HEYNE <

DIE LEGENDEN VON CONAN

Erstes Buch: Das Blut der Wölfe
Zweites Buch: Die Rache der Cimmerier
Drittes Buch: Das Lied der Sieger

DIE LEGENDEN VON

CONAN

Loren Coleman

Die Rache der Cimmerier

Roman

Deutsche Erstausgabe

WILHELM HEYNE VERLAG
MÜNCHEN

Titel der amerikanischen Originalausgabe
Age of Conan: Cimmerian Rage
Deutsche Übersetzung von Andreas Decker
Das Umschlagbild schuf Arndt Drechsler

FSC
Mix
Produktgruppe aus vorbildlich
bewirtschafteten Wäldern und
anderen kontrollierten Herkünften

Zert.-Nr. SGS-COC-1940
www.fsc.org
© 1996 Forest Stewardship Council

Verlagsgruppe Random House FSC-DEU-0100
Das FSC-zertifizierte Papier *München Super* für Taschenbücher
aus dem Heyne Verlag
liefert Mochenwangen Papier.

Deutsche Erstausgabe 08/2007

Redaktion: Joern Rauser

Printed in Germany 2007
Umschlaggestaltung: Nele Schütz Design, München
Karte: Andreas Hancock
Satz: Leingärtner, Nabburg
Druck und Bindung: GGP Media GmbH, Pößneck
ISBN: 978-3-453-52163-6

www.heyne.de

Dieses Buch widme ich:
Fredrik Malmberg,
Theodore Bergquist,
Jeff Conner,
Matt Forbeck
Barbaren-Brüder

NORDHEIM
VANAHEIM
ASGARD
WESTLICHER OZEAN
PIKTISCHE WILDNIS
CIMMERIEN
FLUSS
VELITRIUM
SCHWARZER
DONNERFLUSS
BOSSONISCHE MARSCHEN
GUNDERLAND
GRENZKÖNIGREICH
BRYTHUNIEN
NEMEDIEN
NUMALIA
TAURAN
GALPARAN
AQUILONIEN
TARANTIA
BELVERUS
CORINTHIEN
ZAMORA
ARENJUN
SHAMAR
IANTHE
OPHIR
KHORSHEMISH
KOTH
KHAURAN
ZINGARA
KORDAVA
ARGOS
BARACHAN INSELN
MESSANTIA
ASGALUN
SHEM
INSEL DER SCHWARZEN
KHEMI
LUXUR
STADT DES SET
STYGIEN
PTEION
SUKMET
KUSH
DARFAR
ALKMEENON
KEHSAN
XUTHAL
KESHIA
SIPTHAS INSEL
SCHWARZE KÖNIGREICHE
PUNT
ZARKHEBA FLUSS
XUCHOTL
ZEMBABWEI
SÜDINSELN
N

PATHENIA
KHITAI
HYRKANIEN
KUSAN
VILAYET MEER
TURAN
INSEL DER EISERNEN STATUEN
KHAWARIZM
KOSALA
VENDHYA
KAMBUJA
NEBELINSELN
SÜDLICHER OZEAN

1

Kearn Wolfsauge arbeitete sich an der schattigen Wand eines steil aufragenden Felskamms in den Halsbrecherbergen entlang, krallte sich an der kalten Erde und den scharfkantigen Granitvorsprüngen fest und erkämpfte sich auf dem zickzackförmig verlaufenden schmalen Pfad den Weg nach oben. Der Untergrund war trügerisch. Gefrorener Matsch. Lose Steine. Dornige Büsche.

Seine Fingerspitzen bluteten, wo er die Nägel bis zur Nagelhaut eingerissen hatte.

Seine Brust hob und senkte sich, während er die kalte, dünne Luft mit tiefen Zügen einsog. Sie schmeckte nach Eis und fühlte sich wie ein stumpfes Messer an, das ihm in die Brust gestochen wurde.

Nicht langsamer werden. Keine Ruhepause. Schon der Gedanke daran wurde aus seinem Bewusstsein verscheucht, als ein weiterer Pfeil in unmittelbarer Nähe vorbeizischte – nahe genug, um seinen Flug hören zu können – und oberhalb seiner linken Schulter an der steilen grauen Schieferwand zersplitterte. Die schwere dreieckige Pfeilspitze prallte in einem Funkenregen von dem Felsen ab. Splitter regneten auf sein Gesicht.

Der nasale Ruf hinter ihm klang, als käme er näher. Zu nahe.

Ein noch frischer Steinsturz, der sich von einem der vielen Vorsprünge gelöst hatte, blockierte vor ihm den Weg.

Ein echter Cimmerier hätte im Grunde nichts dagegen einzuwenden gehabt, eine steile Felswand oder einen rutschigen Hang emporzuklettern. Aber verfolgt von einem Rudel aus vier … nein, fünf Vanir, da hätte der kopfhohe Steinschlag genauso gut eine Festungsmauer sein können.

Kearns wütendes Knurren erstarb in der Kehle. Seine Muskeln schmerzten von der cromverdammten Hetzjagd, doch er konzentrierte sich trotzdem und sprang an der Steinbarriere hoch. Blindlings griffen seine Hände zu, seine Füße traten Geröll los, er stürmte das Hindernis hinauf. Oben verharrte er und riskierte einen Blick zurück.

Fünf. Fünf Invasoren, die hinter ihm herjagten, seit er und seine kleine Kriegergruppe ihr Lager angegriffen und vernichtet hatten, noch bevor die Frühlingssonne über die Berge geschaut hatte, die Granitzähne hießen. Bis auf einen hatten sie alle das flammend rote Haar, das bei den Vanir so verbreitet war. Der eine wies dabei eher rötlich blondes auf, das von Aesirblut irgendwo in seiner Vergangenheit kündete; die Locken waren über den Schultern abgehackt. Alle trugen die schweren Lederröcke, wie man sie im hohen Bergland des Nordens bevorzugte. Und mit Stahlbändern verstärkte oder besetzte Lederharnische. Arm- und Beinschienen. Helme, die mit den Hörnern vieler verschiedener Tiere geschmückt waren.

Alle waren von wildem Blutdurst angetrieben.

Alle trugen sie große Schwerter auf dem Rücken oder an den Seiten. Breitschwerter. Kriegsschwerter. Keiner hielt die Klinge blankgezogen in der Hand, aber sie konnten sie schnell ziehen, wenn er ihnen zu nahe kam.

Zwei der Vanir hielten auch Bögen, und das war schlecht. Es fiel schwer, einem Pfeil davonzulaufen. Einer der Krieger legte einen neuen Pfeil ein und spannte die Sehne, zielte an dem polierten Eschenholz entlang. Ließ ihn gekonnt und mit vibrierender Sehne los.

Kearn warf sich über den Steinsturz, duckte sich unter dem heranpfeifenden Geschoss hinweg. Halb kletterte er das Hindernis hinunter, halb rutschte er, Gestein scheuerte seine Arme auf und riss durch das zerlumpte Lederwams hindurch seine Brust auf. Kanten aus gefrorenem Schlamm schnitten in sein Gesicht, als er hart auf dem Boden aufkam.

»Ymirisch!«, brüllte einer der Verfolger hinter Kearn her. Und eine lange Reihe gutturaler Flüche, die ihren Namen für einen Kriegsherrn der Männer aus Vanaheim – einen von Grimnirs treuen Anhängern – in Spott verwandelten.

Und genau das stellte Kearn für sie dar. Eine wilde Verhöhnung. In seinen Adern strömte genauso nördliches Blut, wie er auch wie ein wahrer Ymirisch aussah – wie ein »Ymirsohn«. Da war das lange Haar, das die Farbe von totem Frost aufwies und das sowohl in Cimmerien wie auch in Vanaheim so seltsam wirkte, und dann die wilden, goldgelben Augen eines Wolfes. Es war ein Erscheinungsbild, das man vielen Kriegern zu fürchten beigebracht hatte.

Und trotzdem wollten sie ihn alle tot sehen.

Ihn und jeden Cimmerier, der es wagte, ihm zu folgen.

Kearn befreite sich aus einem verkrüppelten Glockenbeerenbusch und vergewisserte sich mit einem kurzen Schlag, dass das Kurzschwert an seiner Seite dort noch hing. Ein Teil von ihm wollte die Klinge ziehen und seinen Angreifern entgegenstürmen. Der Verfolgung müde. Voller Grimm über die Verfolgung. Doch er lief weiter, nahm ohne Schwierigkeit die nächste Biegung, während die Nordmänner hinter ihm über den Steinschlag kletterten. Ein Stück weiter voraus ragte der Kamm über den steilen, schlammigen Weg hinaus. Ein Kinderspiel. Kearn eilte weiter, arbeitete sich von Halt zu Halt, ließ den unterbrochenen Weg unter sich zurück und zog sich auf den Kamm hinauf.

Und dort ging er auf einer dünnen, schmelzenden Schneeschicht in die Hocke und ergriff einen Stein von der Größe seines Kopfes. Stemmte ihn hoch in die Luft. Wartete auf den ersten Krieger, der um die Biegung kam.

Am Rand des Felskamms kauernd blies ihm eine nördliche Brise ins Gesicht, die noch immer eine Spur von Winter in sich trug. Er fröstelte vor Kälte. Immer nur Kälte. Körperliche Arbeit strengte ihn an, konnte ihn jedoch nie wärmen.

Schweiß rann von seiner Stirn, lief in den rechten Augenwinkel und brannte. Sein angestrengtes Atmen klang laut in den eigenen Ohren, übertönte beinahe das ferne Vogelgezwitscher, das angestrengte Grunzen und das Knirschen von Stein auf Stein. Dann kam das Stampfen von Stiefeln auf dem Bergpfad unter ihm.

Wieder ertönten Rufe. Schwerter scharrten aus eisenbeschlagenen Scheiden.

Weißes Horn blitzte auf, Stahl, rote Haare.

Mit einem wilden Grunzen schleuderte Kearn den Felsbrocken mit seiner ganzen Kraft in die Tiefe. Er prallte an dem grauen Schiefervorsprung ab und krachte gegen die Seite eines Vanirgesichts, dorthin, wo der Helm gerade über den hohen Wangenknochen endete. Der Aufprall warf den Krieger zurück, ließ ihn von dem schmalen Pfad stolpern. Mit einem wilden Aufschrei rutschte er ab und schrie einen kurzen Fluch, bis er mehrere Mannslängen tiefer auf ein paar Felsen krachte.

Noch vier.

Kearn nahm seine Siege, wo er sie fand.

Bevor einer der Bogenschützen einen Pfeil in seine Richtung schwingen konnte, gab er seine Hockstellung auf und rannte den Kamm entlang. Schwang die Arme und fand den besten Untergrund eher durch Instinkt als durch – was auch immer.

Er stürmte durch die letzten Überreste des langen Winters, ließ bei jedem Schritt grauen, nassen Schneematsch aufspritzen und kämpfte sich den breiten Kamm entlang. Dort fand ihn die Sonne, die noch immer tief am Horizont stand, aber bereits ihre wärmenden Strahlen über die messerscharfen Berge schickte. Die Halsbrecher. Ein passender Name für das raue Land zwischen dem nordwestlichen Territorium von Clan Conarch und den unteren Hängen des Eiglophiangebirges, das voller Schluchten, Felsspalten und Berghänge war.

Ein schmaler Spalt durchzog den Kamm, doch er sprang mühelos darüber hinweg und stolperte weiter. Legte wieder an Geschwindigkeit zu, als seine Fäuste und Beine pumpten und seine Lungen noch schneller nach Luft schnappten.

Er rannte geradewegs auf einen Abgrund zu.

Auf drei Seiten ging es steil in die Tiefe. Ein Kreis aus dornigen Büschen umgab einen kleinen, runden Felsvorsprung, dann ragten mehrere Mannslängen weiter die Spitzen von ein paar hohen Kiefern und Zedern in die Höhe. Von dort oben schaute Kearn auf die Wipfel eines dünnen Waldes. Hinter ihm lag nur der schmale Kamm, auf dem vier Vanir heranstürmten.

Kearn zögerte nicht. Er rannte zwischen zwei Dornbüschen hindurch und sprang mit rudernden Armen und Beinen in den tödlichen Abgrund, die Augen beinahe zusammengekniffen und mit einem lauten Schrei …

… und prallte gegen die oberen Äste einer hohen Kiefer.

Mit einer verzweifelten Kraftanstrengung klammerte er sich an den schmalen Baumstamm und ersparte sich einen langen, Knochen zerschmetternden Sturz in die Tiefe. Die Baumspitze beugte sich weit nach unten und ließ ihn in Schwindel erregender Höhe über dem Erdboden baumeln. Dann richtete sie sich langsam wieder so weit auf, dass Kearn die Füße auf die unteren Äste stellen konnte.

Umgeben vom scharfen Duft des Immergrüngewächses schaffte er es, den harzverklebten Stamm ein Stück nach unten zu klettern, bevor die Vanir durch die gleiche Lücke brachen, gerade noch anhalten konnten und sich am Klippenrand aufstellten. Dann wartete er, klammerte sich fest. Kaum geschützt durch den schmalen Stamm und die paar mit Nadeln bewachsenen Äste. Sah zu, während die Krieger in seine Richtung starrten und grinsten.

Einer stieß ein kurzes, blökendes Gelächter aus, das auf seine Kosten ging.

Heftige Böen des kalten Nordwindes rissen an ihren Haaren und Umhängen. Zwei von ihnen zogen neue Pfeile aus Lederköchern. Hakten sie in ihre Bogensehnen ein. Die anderen machten sich nicht einmal die Mühe, erneut ihre Schwerter zu ziehen.

Leichte Beute.

Für Kearns Wölfe.

Wie Falltürspinnen, die aus ihrem Versteck sprangen, um ihre Beute mit den langen, hakenähnlichen Beinen zu umfangen, schossen plötzlich fünf Männer unter den trockenen Büschen empor. Hinter den Vanir. Kearn sah zu, wie Reave und Daol als Erste ihre Decken abwarfen, sich von der leichten Schicht aus Erde und Steinen befreiten, die Dornenbüsche zur Seite traten, die sie sorgfältig in den Boden gesteckt hatten, um die Invasoren daran zu hindern, auf sie zu treten. Dann kam Ossian. Danach Garret und Aodh.

Reave hielt das Langschwert wie einen Stab quer vor die gewaltige Brust, während er dem nächsten Bogenschützen einfach einen Stoß versetzte. Daol, der nie auf einen so knappen Abstand ging, benutzte einen kurzen Wurfspeer. Er traf seinen Mann in den Rücken, rammte die Stahlspitze nach vorn, bis sie wieder aus der Brust des Vanir hervortrat, dann versetzte er ihm einen Tritt, der ihn wieder von dem Speer abtrennte.

Beide Krieger schrien auf, als sie in die Tiefe stürzten.

Aodh und Garret Schwarzklappe waren ältere Männer, älter als vierzig Sommer, aber noch immer Krieger. Und der Vorteil der Zusammenarbeit war auf ihrer Seite. Sie packten den zweiten Bogenschützen, rissen ihn einfach herum, schüttelten ihn, wie ein Lagerhund eine Ratte schüttelt, und dann warfen sie den Krieger einfach in den Abgrund. Fast weit genug, dass er nach einem Baum hätte greifen können, so wie es Kearn getan hatte. Aber nein: Er krachte durch ein paar untere Äste, bevor ein dumpfer Aufschlag seine Schreie beendete.

Ossian war der Einzige, der Schwierigkeiten hatte. Als einer der Krieger, die Kearn von dem Dorfclan von Taur mitgenommen hatte, fiel er in der Gruppe auf. Er rasierte sich fast jeden Tag den Kopf und stutzte sein Gesichtshaar zu einem Spitzbart – genau wie sein Vater, der Häuptling von Taur. Sonst einer von Kearns besten Männern, bewegte er sich diesmal zu langsam – oder sein Opfer zu schnell. Der

Vanir fuhr herum und rang mit Ossian, krallte eine Hand in seinen Bart und die andere in den Wollumhang. Sie kämpften mehrere Herzschläge lang, drehten sich zu schnell, als dass Daol mit dem Speer hätte zustechen können.

Dann traf Ossian einfach eine Entscheidung und stürmte vorwärts, warf sich zusammen mit dem Vanir von der Klippe.

Kearn sprang das Herz in den Hals, obwohl ihm die Vorsichtsmaßnahmen bekannt waren, die seine Krieger treffen sollten, als sie den Hinterhalt vorbereiteten. Eine Chance von fünf zu eins – es hatte bessere Möglichkeiten gegeben. Vernünftigere Möglichkeiten.

Doch es fiel schwer, etwas gegen die Resultate zu sagen. Beide Krieger stürzten, in einer flüchtigen Umarmung gefangen. Ossian zog ein Stück festes Seil hinter sich her, das oben am Boden verankert war. Das Seil straffte sich nach vier Mannslängen, riss die Schlaufe unter Ossians Achseln zusammen und stoppte ihn. Ein harter Ruck durchfuhr den Vanir, dann löste er sich aus der Umklammerung. Ein lautes Reißen ertönte.

Kearn zuckte zusammen. Er hoffte, der Umhang möge gerissen sein. Und nicht der Bart.

Ossian prallte hart gegen die Felswand. Der Vanir legte die gleiche kurze Reise wie sein Landsmann zurück, die auch das gleiche Ende hatte: ein schwerer Aufprall und dann eine letzte, endgültige Stille.

»Kearn?« Daol stand am Rand des Abgrundes, gefährlich weit über die Tiefe gebeugt. Auch wenn er ein Seil hatte. »Alles in Ordnung?«

Ossian baumelte am Ende seines Sicherheitsseils und stieß sich von der Felswand ab. »*Uns* geht es gut«, rief er nach oben. »Ja, und hier unten ist alles in Ordnung.«

Kearn nahm eine Hand von dem klebrigen Baumstamm und winkte lahm.

»Wir treffen dich am Boden«, rief Daol.

Die anderen sammelten Seile und Decken, Ledersäcke und ihre Bettrollen ein. Alles flog in den Abgrund, wo es die Krieger wieder einsammeln konnten, ohne es selbst herunterschleppen zu müssen. Mehrere Bündel flogen knapp an Ossian vorbei.

»He! Passt doch auf!«

»Wenn du Ossians Leiche findest, sieh zu, dass du ihn an eine Stelle zerrst, an der dein Wolf nicht daran rumknabbern kann.«

Ein weiteres Winken.

»Wie? Was meinst du …? Nein! Daol? Aodh?« Nichts. »Reave?«

Nach nur wenig Schlaf und einem schwarzen Morgen gab es keinen rauen Jubel. Aber Kearn hörte, wie mehr als nur einer ein grobes Lachen auf Ossians Kosten ausstieß. Reave hätte den abgestürzten Clansmann allein nach oben ziehen können, aber stattdessen ließen sie ihn am Ende des Seils baumeln und mit in den Nacken gelegtem Kopf die glatte Felswand hinaufstarren.

»Reave!«

Kearn sah zu, wie die anderen über das Plateau zurückgingen. Dann nahm er das Gewicht von den Füßen. Er rutschte in die Tiefe, bog kleine Äste zur Seite und griff nach den größeren, die sein Gewicht halten konnten. So arbeitete er sich langsam und vorsichtig nach unten.

Daol hatte recht. Es gab keinen Grund zur Eile.

»REAVE!«

Hunderte grüne Nadeln steckten in Kearns wilder frostblonden Mähne, steckten in seinem Gesicht und seinen Armen. Juckten auf seinem Rücken, hinter den Beinschienen und unter seinem einfachen braunen Kilt aus grober Wolle.

Seine Hände waren voller Kiefernharz, große gelbbraune Flecken, die nach Immergrün rochen. Er lernte schnell, nicht die Nadeln aus seinen verfilzten Strähnen zu pflücken. Stattdessen kratzte er etwas trockene Erde unter einem großen Stein hervor und rieb sie sich über Hände und Beine. Der Staub saugte das Harz auf. Er machte die Flecken zwar noch dunkler, verhinderte aber, dass Kearn an allem kleben blieb. Er suchte sich einen verwitterten Stein von der Größe seiner Faust und bearbeitete jede Hand, schabte und kratzte, entfernte die schlimmsten Flecken.

In der Zwischenzeit waren die anderen – mit Ausnahme von Ossian – von dem Felsen heruntergekommen.

Aodh und Reave zerrten den fünften Vanir mit sich, den Mann, den Kearn von dem schmalen Pfad gestoßen hatte. Sie warfen ihn neben die übel zugerichteten Leichen der anderen.

»Keine schlechte Ausbeute«, sagte Garret Schwarzklappe. Ein seltenes Kompliment vonseiten des wortkargen Mannes.

»Drei vor Sonnenaufgang.« Aodh schüttelte den Kopf. »Bei Croms steifer Pike, allein das wär schon gut gewesen.«

Ein arbeitsreicher Morgen, wie man es auch betrachtete. Die Art des harten Kampfes, die sie alle die Abwesenheit ihrer fehlenden Freunde spüren ließ, der Leute, die sie im Tal von Callaugh zurückgelassen hatten, damit sie ihre Wunden heilen konnten oder halfen, die Verwundeten zu beschützen. Und ein paar, die Ros-Crana halfen, die westlichen Clans wachzurütteln.

Falls das überhaupt möglich war.

Auseinandersetzungen stellte man am besten für später zurück. Da nur die Handvoll von ihnen hier war, kümmerte sich jeder schnell um seine Aufgaben. Daol hatte bereits einen guten Platz aufgespürt, an dem die Frühlingssonne über eine natürliche Mauer aus Zedern schien, die den kühlen Morgenwind von der kleinen Lichtung fern hielt. Dann rannte er mit seinem Jagdbogen los, immer auf der Ausschau nach Wild und Jägern. Reave und Aodh suchten die Leichen der Vanir und zogen sie aus. Sie stapelten Bettrollen, Rüstung, Waffen und eine große Menge verschiedenster Ausrüstungsgegenstände vor Garret auf, der die besten Stücke zum Mitnehmen in den Süden aussuchte. Da Wallach Graubart fehlte, weil er sich noch immer von dem Verlust seiner Hand bei einem der letzten Kämpfe erholte, hatte Garret den besten Blick für Qualität. Zumindest mit dem linken Auge.

Dabei hatte Garret Glück, nach seiner Rangelei mit Grimnirs Säbelzahntiger überhaupt noch ein Auge zu besitzen. Drei Wochen später waren die drei Risse auf der rechten Gesichtsseite noch immer mit Krusten bedeckt und an den Rändern gerötet. Die zerstörte Augenhöhle verbarg sich hinter einer Verpackung aus ausgekochtem Stoff und einer breiten, schwarzen Lederklappe.

Kearn steckte kurze Stöcke mit Rindfleisch neben eine kleine Feuergrube, die von Schieferbrocken umringt wurde. Er brauchte fast so lange, das Lagerfeuer mit Feuerstein und Stahl zu entzünden, wie Ossian benötigte, Haltegriffe zu finden und die Felswand emporzuklettern und herunterzukommen. Die Flammen fraßen den weichen Zunder und knisterten weiter in einem Haufen aus trockenen, braunen Kiefernadeln. Sie leckten die ersten trockenen Äste entlang, als der taurische Krieger ins Lager stapfte und sich an Kearn vorbeischob.

»Keine Klingen«, warnte Kearn.

Ossian grunzte und ging weiter auf die anderen zu.

Reave und Aodh kauerten neben Garret, dem Feuer, das in Gang kam, den Rücken zugewandt, während sie eine zottelige graue Decke aus Bergschaffell untersuchten. Ahnungslos. Besprachen sich mit wenig an Gezerre, wer den besseren Anspruch hatte. Reave war fast so groß wie zwei Männer und mit seinem schwarzen, buschigen Bart und dem dichten Haar beinahe selbst eine zottelige Bestie. Aber Aodh, dessen grau gesprenkeltes Haar sein Alter verriet, war niemandes Opfer. Also stritten sie sich.

Garret, der ihnen gegenübersaß, sah den Taurer herankommen. Kearn entging das übertrieben weite Aufreißen seines linken Auges und die Anzeichen eines durchtriebenen Funkelns in seiner kalten, blauen Tiefe nicht. Aber Garret sagte nichts, senkte nur den Blick. Ließ Ossian herankommen, Reave auf die Schulter tippen. Als sich der Hüne umdrehte, versetzte er ihm einen Kinnhaken.

Typisch für Ossian, sich zuerst um den größten Gegner zu kümmern.

Aodh sprang mit einem Schrei in die Höhe, stieß Ossian die Schulter in den Unterleib und stieß den anderen Mann zurück. Hart. Sie stolperten durch Kearns Feuergrube. Aodhs Lederstiefel zertrampelten die Flammen.

Kearn schaukelte zurück, fort von den kleinen Explosionen aus beißendem Rauch und Funken, und sah zu, wie die beiden miteinander rangen, seinen Steinkreis zertrampelten, die Stöcke mit dem Fleisch umwarfen. Keiner der Männer hatte einen sichtbaren Vorteil. Dann verschränkte Ossian die Hände zu einer großen Faust und ließ sie auf Aodhs Nacken herunterkrachen.

Aodh sackte erst auf die Knie, und dann, nach dem nächsten betäubenden Schlag, auf den Boden.

Aber Reave stürzte sich mit einem wilden Aufschrei reinen Vergnügens wieder in den Kampf. Er umklammerte Ossian von hinten, klemmte ihm die Arme an die Seiten, und stemmte ihn vom Boden hoch.

Ossians Füße traten wie ein Maultier aus, trafen Reaves muskulöse Oberschenkel und suchten nach seinem Unterleib. Aber dafür war Reave ein zu erfahrener Kämpfer. Er drehte die Hüften zur Seite und schleuderte Ossian in einer wirbelnden Drehung zu Boden. Er rollte neben Garret Schwarzklappe.

So blieb er einen Augenblick lang liegen, zu benommen, um aufstehen zu können. Aodh schüttelte den Kopf, um ihn wieder klar zu bekommen, und Reave spuckte etwas Blut aus und rieb sich das mitgenommene Kinn. Dann drehte sich Ossian ruckartig auf den Rücken und brüllte ein lautes Lachen aus vollem Hals in den blauen Himmel hinauf.

Reave kicherte und Aodh, noch immer auf Händen und Knien, trommelte mit der Faust auf den Boden; er war noch zu benommen, um zu lachen, stimmte aber so gut mit ein, wie er konnte. Garret lächelte schmal, dann zuckte er zusammen. Aus irgendeinem Grund schmerzte sein zerstörtes Auge an hellen Tagen schlimmer. Der Schamane hatte behauptet, das würde daran liegen, weil sein linkes jetzt doppelt so angestrengt arbeitete.

»Habe ich was verpasst?«

Daol spazierte zurück auf die Lichtung, in der einen Hand den Bogen, und in der anderen hielt er zwei Fasane an den Füßen. Er ließ die dürren Vögel neben Kearn zu Boden fallen. Achtzehn Sommer alt, und er wuchs noch immer zum Mann heran. Aber Kearn hatte noch keinen besseren Jäger als Daol kennengelernt. Und wenn es einen besseren Fährtenleser als ihn gab, dann konnte es nur Daols Vater Hydallan sein.

Der jüngere Mann wusste ganz genau, was passiert war. Seine Unschuldsmiene war etwas zu dick aufgelegt.

»Eine Meinungsverschiedenheit«, sagte Kearn und brachte das Feuer wieder zum Leben. Er wies mit dem Kopf auf die Vögel. »Das ging schnell.«

»Gutes Jagdgebiet hier oben.«

Das war es. Für alle Arten von Beute.

Der Frühling war sehr spät gekommen, der endlose Winter hatte gedroht, den Clans von Cimmerien den Hungertod zu bringen, dazu waren noch die üblichen Überfälle der Invasoren aus dem Norden gekommen. Kearn wusste nur zu genau, wie nahe ihr Heimatdorf Gaud dem Untergang gewesen war. Sie hatten ihre Vorratsgruben fast vollständig leeren müssen. Ihr neuer Häuptling Cul hatte die Alten und Schwachen ermutigt, ihr Leben zu opfern, damit Dorf und Clan überleben konnten. So eine Verschwendung.

Aber mit der Rückkehr der Sonne und der Schneeschmelze gab es wieder zahlreiches Wild, das die verlorenen Monate wettmachte. So mancher behauptete, dass es der kürzliche Sieg über Grimnirs Heer war, der die lange Kälteperiode endlich beendet hatte. Die Mehrheit hielt das für lächerlich, aber Kearn war sich da nicht mehr so sicher.

Cimmerier waren für gewöhnlich nicht so abergläubisch, aber wie konnte diese Idee nicht in den Köpfen jener auftauchen, die die künstliche Macht von Grimnirs Zauberern miterlebt hatten?

Und erst recht jene, die Grimnir selbst begegnet waren.

Kearn hatte beides erlebt. Er hatte im Schatten des großen Kriegers gestanden und auf dem Plateau gekämpft, das auf Clan Conarch hinabschaute. Riesensohn! Groß und wild, mit einer dicken Haut in der Farbe alten, schmelzenden Schnees. Starke Muskeln, die wie Seile an seinem Körper hervortraten, und ein Mund mit vielen Zähnen, der zu einem wütenden Knurren verzerrt war. Das Blut der Frostriesen war eindeutig vorhanden, trotzdem war er kein Tier. In diesen großen, goldgelben Augen hatte Intelligenz mit brodelndem Zorn gerungen. Kearn hatte aus nächster Nähe hineingesehen. Hatte in die Augen gesehen, die Grimnir mit seinen Ymirisch gemeinsam hatte.

Mit Kearn.

»Ja«, sagte Reave und stimmte Daol zu. Er wischte sich das Blut mit dem Handrücken von der Lippe. »Die Jagd ist gut hier. Zu gut. Bei Crom.«

Der Hüne strich sich mit einem Finger übers Ohr, über das halbe Dutzend Ohrringe, die er den von ihm getöteten Männern abgenommen hatte. Sein rechtes Ohr wies nur einen einzigen Goldreif auf – seine erste Trophäe, die er im Vorjahr einem Vanir abgenommen hatte. Der Winter und jetzt der Frühling – das waren arbeitsreiche Monate gewesen.

Aodh zuckte die Achseln und erhob sich auf unsichere Beine. »Was können wir tun? Die Schneeschmelze erleichtert die Reise aus den Eiglophianbergen und öffnet die

Pässe zwischen den Ländern Nordheims und Cimmeriens.« Vor allem in den letzten Wochen waren Vanir wie eine zu neuem Leben erwachte Plage über die nördliche Grenze geströmt. Eine zu neuem Leben entfachte Bedrohung. »Die Halsbrecher sind nicht mehr so abgelegen wie früher.«

Und wenn Kearns kleine Gruppe – sein Wolfsrudel – bei den örtlichen Clans etwas erreichen wollte, dann mussten sie es jetzt tun. Er stocherte mit einem dünnen Stock in dem Feuer herum, schürte es erst und hielt dann die Hand in Flammennähe. Wie gewöhnlich spürte er die Hitze nur auf seiner Haut und nicht tiefer. Nicht einmal der Frühling konnte die Berührung des Winters auftauen, die sich für immer in Kearns Knochen niedergelassen hatte. Eine unnötige Erinnerung, dass er nicht richtig nach Cimmerien gehörte. Dass er nicht dazugehörte.

Wieder flammte ein Funken der Wut in ihm auf. Er schob die Dinge erneut hinaus. Er wusste es. Er hob das zu Boden gefallene Fleisch auf, wischte Gras und Erde ab und hängte die Spieße übers Feuer. Dieser Tag war schon lange abzusehen gewesen, und es war sowohl zu früh als auch noch nicht spät genug.

»Wir gehen nach Süden«, sagte er schließlich. Sie hatten alle zu viele Tage um das Thema herumgeredet und versucht, Kearn hervorzulocken. Sein Schweigen hatte ein Ende gefunden. »Nach Conarch. Und Callaugh. Wir finden die anderen und tun, was getan werden muss.«

»Zurück nach Hause?«, fragte Ossian. Er lag noch immer flach auf dem Rücken, aus einer gespaltenen Lippe tröpfelte Blut sein Kinn herunter.

»Auf den Weg.« Kearn nickte behutsam. Seine Leute waren alle Ausgestoßene, und wenn man den Clan einmal verlassen hatte, dann hatte man ihn für immer verlassen. Es war ein Brauch, der in Cimmerien die Macht eines Gesetzes hatte. Es mochte einige geben, die sich *nicht* freuen würden, ihn zu sehen. »Aber wir haben auch geschworen, den blutigen Speer zu anderen Clans zu bringen. In andere Teile Cimmeriens.«

Das war sein Versprechen am Ende der Schlacht gewesen, nach der Überraschung, dass er und seine Krieger noch am Leben waren und Grimnir mit dem Rest der nördlichen Kriegsmeute geflohen war. Aber das war auch *davor* gewesen.

Bevor Sláine Langzahn und Häuptling Thule von Clan Conarch eine neue Fehde begonnen hatten.

Bevor Kearn erfahren hatte, dass einige seiner Krieger Wochen brauchen würden, um sich von ihren Verletzungen zu erholen.

Bevor ihn Ros-Crana von Clan Callaugh darum gebeten hatte, eine Weile zu warten und solange unterzutauchen: ihr die Chance zu geben, Bündnisse zu schmieden, ohne dass seine Anwesenheit andere Häuptlinge in Unruhe versetzte. Aber genug war genug.

»Wir reisen nach Süden«, wiederholte Kearn. Der Funke der Wut wuchs zu einer kleinen Flamme heran; er hatte sich entschieden. »Hat noch jemand was zu sagen?«

Einen Augenblick lang meldete sich niemand zu Wort. Sie standen oder kauerten in der kühlen Frühlingssonne. Lauschten dem Prasseln des Feuers. Richteten sich auf das ein, was die Zukunft bringen würde. In gewisser Weise war es härter, als den Tod durch die Hände der Vanir zu erwarten.

»Ja«, sagte Ossian schließlich. Er rollte sich auf die Beine, kauerte an Ort und Stelle, sah Kearn und dann die anderen an und riss die zottelige Felldecke an sich, die neben Garret Schwarzklappe auf dem Haufen liegen geblieben war. »Die gehört mir.« Und tupfte sich mit dem Deckenrand die gespaltene Lippe ab.

Niemand erhob Einwände.

2

Lange bevor sie es erreichten, roch Kearn das Bergtal von Callaugh. Ein warmer, leicht verdorbener Duft. Schwefelig, aber nicht ganz so schlimm wie verdorbene Eier. Nicht einmal die früh blühenden Wildblumen überdeckten den Gestank.

»Noch eine Meile«, schätzte er laut und glaubte, es noch vor Daol gerochen zu haben. Als Erster.

Daol ging mit dem Bogen in der Hand. Einen Pfeil eingespannt, aber die Sehne nicht gezogen, während er zwischen den Bäumen und Büschen um sie herum nach Wild Ausschau hielt. »Eine halbe.« Er sagte das in dem gleichen Tonfall, den er auch gewählt hätte, um Reave wegen seiner übergroßen Füße und der Begriffsstutzigkeit zu hänseln.

Reave, der in der Nähe ging und sowohl sein wie auch Daols Bündel trug, lachte.

Auch wenn Daol jünger als Kearns dreiundzwanzig oder Reaves fünfundzwanzig Sommer war, wusste er sich zu behaupten.

Tatsächlich kannten sich die drei fast ihr ganzes Leben lang und waren Freunde gewesen. Reave, weil er keinen einzigen hinterhältigen Knochen im Leib hatte und ihm als Jugendlicher seine Stellung im Clan völlig gleichgültig gewesen war. Ihm war es egal gewesen, dass sich sein Freund so sehr von allen anderen unterschied, und so hatte er an Kearns Seite gestanden, als man den Jungen in Gaud zum

Außenseiter gestempelt hatte, noch bevor er sein zwölftes Jahr erreichte. Da hatten die Leute schon angefangen zu tuscheln: über den Jungen »mit dem Winter in seinen Knochen und dem Blut der Wölfe«.

Reave war der erste Mann gewesen, der Kearn jemals »Wolfsauge« genannt hatte, so wie ein Freund dem anderen oft einen Spitznamen verlieh. Und es blieb hängen. Aber nicht immer im besten Sinn.

Was Daol betraf, so war das eine Freundschaft, die sich durch Nähe ergeben hatte. Nachdem Kearns Mutter gestorben war, hatte er so gut wie bei Hydallan gelebt, Daols Vater. Er hatte bei dem erfahrenen Jäger gelernt, bis Hydallans eigener Sohn alt genug geworden war und Clan Gaud Kearn zu einem der Dorfversorger bestimmt hatte – die nötigen Fähigkeiten dazu waren ein Beil und die Grundkenntnisse im Fallenstellen gewesen. Doch seine einzigen beiden Freunde im ganzen Dorf hatten ihn nie im Stich gelassen, ganz gleich, was sie auch persönlich denken mochten.

»Eine halbe Meile?«, fragte Kearn zweifelnd. Sein Stirnrunzeln wog schwer, es fiel seinem Gesicht viel leichter, als es ein Lächeln jemals getan hätte.

»Habe es schon ein Stück weiter hinten gerochen«, gab Daol mit einem langsamen Lächeln zu. Seine grauen Augen ähnelten denen eines Falken, waren beherrscht und ruhig. »Dein Wolf hatte die *richtige* Nase. Er ist bereits hinter uns verschwunden.«

Kearn drehte sich um und warf einen Blick zurück. Er wusste, dass er Frostpfote vermutlich nicht entdecken würde, es sei denn, das Tier war entweder hungrig oder wütend. Doch mittlerweile hatte er sich an die Gesellschaft des Schreckenswolfes gewöhnt. Hatte die gelegentlichen Sichtungen sogar zu schätzen gelernt. Das hatten sie alle, da das Tier vom Conall-Tal bis über die westlichen Granitzähne und den Blutpass ihrer Fährte gefolgt war und sogar etliche Vanir gerissen hatte.

Daol nahm Kearns Arm und drehte ihn fast ganz herum, dann deutete er mit der Pfeilspitze zwischen zwei sprießende Apfelbäume. »Warte auf ihn.«

Da. Ein verstohlener Schatten huschte zwischen den Bäumen vorbei: reine Kraft und Anmut. Im Gegensatz zu einem Grauwolf stellte der Schreckenswolf eine gewaltige Bestie dar, mit einer Schulterbreite von acht Handspannen und einem Gewicht von – im Augenblick – achtzig Kilo, nachdem er einen ganzen Winter lang von den Leichen gefressen hatte, die Kearns zerlumpte Gruppe am Wegesrand zurückließ. Ein silbergraues Fell – mit Ausnahme des dunklen Streifens um die Augen, der wie eine Maske aussah, und der weißen Vorderpfote, die ihm seinen Namen verliehen hatte. Ein Einzelgänger ohne Rudel.

Nein. Nicht ohne Rudel. Frostpfote hatte Kearn und die anderen, wie die anderen sich selbst hatten.

Der Wolf duckte sich hinter einen Himbeerstrauch und war verschwunden.

»Er ist noch immer da«, sagte Kearn an niemanden im Besonderen gerichtet. Noch immer erstaunt.

In der Not des langen Winters hatte das mehr Sinn ergeben. Wo Kearns kleine Gruppe gereist war, hatte sie für jeden Aasfresser reichhaltig Nahrung hinterlassen. Außerdem hatte Kearn das Tier, das ihn aus Hunger angegriffen hatte, zu Boden gerungen und es auf eine Weise beherrscht, die alle Wölfe und die meisten Männer verstanden. Aber da endlich der Frühling gekommen war und damit auch ausreichend Wild …

Er rückte seine Bettrolle zurecht, an der Stelle, an der das Seil in seine Schulter eingeschnitten hatte. »Warum folgt er uns noch immer?«

Aodh marschierte im Schatten einiger weit ausladender Zedern, die Finger gegen die Schläfen gedrückt. Schon seit Tagen klagte er auf dem Marsch nach Süden über schlimme Kopfschmerzen. Dafür machte er die Prügel verantwortlich, die Ossian ihm in den Halsbrechern verpasst hatte. Eine Anschuldigung, die Ossian mit großem Vergnügen auf sich nahm. »Die Frage könnte man jedem von uns stellen«, murrte er.

Kearn brauchte sie den anderen Kriegern nicht zu stellen. Er wusste oder ahnte zumindest, welche Gründe die Männer und Frauen hatten, die zu Ausgestoßenen geworden waren, um ihm zu folgen.

Und diese fünf hier?

Daol und Reave fühlten sich abgesehen von ihrer Freundschaft dafür verantwortlich, dass sie es Häuptling Cul ermöglicht hatten, Kearn aus dem Clan zu verbannen, ihn im tiefsten Winter der Wildnis überlassen zu haben. Das war auf der Reise zum Grabfeld der Häuptlinge geschehen, die sie unternommen hatten, um Burok Bärentöter zur letzten Ruhe zu betten. Burok war ein Mann gewesen, den Kearn respektiert hatte und der in Gaud einer der wenigen gewesen war, die ihm im Gegenzug einen gewissen Respekt entgegengebracht hatten. Cul aber, der die Stellung des Häuptlings bei der traditionellen Herausforderung erobert hatte, hatte Kearn nie getraut. Weder seinem seltsamen Erscheinungsbild noch den eigenartigen Dingen, die in seiner Nähe geschahen.

Es war keine echte Überraschung gewesen, dass er Kearn aus dem Clan ausgestoßen hatte, und Kearn selbst hatte Reave zur Vernunft gebracht und verhindert, dass ihm der Hüne zu Hilfe kam und seine eigene Stellung innerhalb des Clans zerstörte. Aber sowohl Reave als auch Daol hatten sich wegen dieser Entscheidung große Vorwürfe gemacht.

Dann hatten die Vanir angegriffen, mehrere von Culs Leuten getötet und Daol als Sklaven gefangen genommen. Wie auch Maev, Buroks Tochter. Kearn hatte die Vanirhorde verfolgt und dabei geholfen, die letzten Angreifer zu verjagen. Dann war er aufgebrochen, um die gefangenen Sippenangehörigen zurückzuholen. Hatte sich geweigert, sie aufzugeben, und dabei hatte es keine Rolle gespielt, welche Stellung er nun in dem Clan bekleidete.

Aodh war einer derjenigen gewesen, die sich in diesem Augenblick aus freiem Willen von Clan und Sippe getrennt hatten. Er war der Ansicht gewesen, es seinem alten Häuptling schuldig zu sein, bei Maevs Befreiung zu helfen. Und Garret Schwarzklappe war ihm zusammen mit Hydallan später gefolgt; er hatte Daols Vater auf dem harten Marsch nach Norden begleitet. Schließlich waren sie alle in Taur zusammengetroffen – bei einem anderen Clan, der von den Vanir angegriffen wurde, angeführt von einem ihrer ymirischen Herren. Die Belagerung zu beenden und den Ymirisch und die Reste seiner Kriegsmeute zu verjagen, hatte Ossian und drei weitere taurische Krieger zu Kearns kleiner Gruppe geführt. Aus Dankbarkeit für die Rettung ihres Dorfes.

Nein. Er musste nicht fragen. Und er überließ es Frostpfotes Entscheidung, ihnen zu folgen oder zu gehen. Er selbst marschierte weiter in Richtung Callaugh.

Daol und Reave aus Freundschaft. Aodh und Garret wegen alter loyaler Bande. Ossian für seinen Vater und seine Sippe und um der Welt letztlich einen Stempel aufzudrücken, an den man sich erinnern würde. Jeder fühlte sich für etwas verantwortlich.

Und Kearn?

Er fühlte sich für sie alle verantwortlich.

Der gigantische Felsvorsprung verströmte den Schwefelgeruch in der Form eines feinen Nebels. Er entstieg mehreren heißen Quellen, die sich als Tropfen auf der Felswand niederschlugen und rostfarbene und gelbe Streifen auf dem feuchten, schwarzen Stein hinterließen. Warmer Nieselregen tropfte von dem Vorsprung in Teiche und einen breiten, langsam dahinströmenden Fluss, der in das Bergtal von Callaugh eindrang und sich seinen Weg durch das befestigte Dorf schlängelte, bevor er in die Hügel des Tieflandes weiterfloss.

Der Geruch hatte Kearn bei seiner Rückkehr zum Clan Callaugh überrascht, obwohl er wusste, dass er sich schnell wieder daran gewöhnen würde. Die Dorfbewohner nahmen ihn gar nicht mehr wahr. Und wenn sie es doch taten, tauschten sie den Gestank gegen das mineralische Wasser und den warmen, feuchten Nebel, der ihnen erlaubte, manche Getreidearten das ganze Jahr über anzubauen und andere Feldfrüchte bereits Wochen früher als andere Clans zu pflanzen.

In den vergangenen Wochen hatte sich der Wiederaufbau fortgesetzt, wie Kearn sah. Die Zahl der niedergebrannten Häuser hatte sich verringert, und nun stand ein großes, niedriges Gebäude aus Lehm und Flechtwerk an einer Stelle, die einst einen offenen Raum zwischen zwei Häuserzeilen dargestellt hatte. Kampfplätze, auf denen Angreifer, die vom einen Teil des Dorfes zum anderen eilten, aufgehalten und getötet werden konnten.

Hinter dem Neubau erhob sich Callaughs noch immer eindrucksvolle Palisade aus dicken Baumstämmen, die von Eisenbändern und Nägeln zusammengehalten wurde. Jeder der schweren Stämme war in einem der stärksten Fundamente verankert, die Kearn (oder auch sonst jemand) jemals gesehen hatte. So hoch wie ein Mann und drei Armlängen breit, mit einer Mischung aus Lehm und gemahlenem Stein einzementiert. Die Palisade beschützte über die Hälfte des Dorfes innerhalb ihrer Mauer und konnte in verzweifelten Zeiten auch die andere Hälfte und die Viehherden hineinquetschen.

Die letzten Jahre, das waren verzweifelte Zeiten gewesen.

Die kleine Kriegergruppe ging durch den Nebel und passierte das niedrige Gebäude. »Sieht aus wie ein schnell errichtetes Langhaus«, fand Aodh und strich Tropfen von seinem grau gesprenkelten Schnurrbart.

Kearn dachte das Gleiche. »Callaugh hat die Führung dabei übernommen, mit anderen Clans Kontakt aufzunehmen«, sagte er. »In der Gegend wird auch viel mehr Betrieb sein, solange sich die Invasoren bedeckt halten. Zumindest bis Grimnir wieder auftaucht.«

Die allgemeine Geschäftigkeit um das Dorf herum sagte eine Menge über die entspannte Sicherheitslage aus. Viele Callaugher arbeiteten an ihren Häusern. Und an einem befestigten Wachturm, der oben auf der Felsenklippe errichtet wurde. Andere kümmerten sich um das früh sprießende Getreide und trieben Vieh hinter der Palisade hervor.

Ein paar Kühe durften sich viel weiter entfernen, als Kearn es für angebracht gehalten hätte; sie durften weiden, wo sie wollten. Ihr zufriedenes Muhen war ein Laut, der ihn an bessere Tage erinnerte.

Kein Alarm ertönte, als Kearns Männer näher kamen. Diesmal nicht. Aber ein paar Leute sahen zweimal hin und ihre Mienen verfinsterten sich, als sie seine frostfarbene Mähne und die goldenen Wolfsaugen erkannten.

Er machte ihnen ihr Misstrauen oder ihre Wut nicht zum Vorwurf. Noch vor Kurzem hatte es zu viel Gewalt gegeben, und der Ärger mit den Nordmännern war noch lange nicht vollständig beigelegt. Sah man genau hin, so war deutlich zu erkennen, dass Teile der Getreidefelder Spuren von Verwüstungen aufwiesen. Und das lange Gebäude in der Nähe wies ebenfalls Beschädigungen auf; die Tür war von Axthieben fast in zwei Teile geteilt worden, und eine angesengte Ecke verriet, dass jemand versucht haben musste, sie in Brand zu setzen.

Kearn wies die anderen auf die Schäden hin. Und dann sah er es.

Einen blutigen Speer, der im Türsturz steckte.

Eigentlich war es nur ein halber Speer, hinter der Spitze ragte lediglich eine gute Armlänge Schaft heraus. Das Holz wurde beinahe vollständig von schwarzen Flecken bedeckt – es war unmöglich festzustellen gewesen, ob es sich um das Blut von Vanir oder von Cimmeriern handelte. Es war der Speer, den Kearn auf dem Schlachtfeld in der Nähe des Tals der Gebrochenen Beine aufgehoben hatte, nachdem das vereinte Heer aus Talmännern und westlichen Clans Grimnirs Horde besiegt hatte. Der Speer, den er geschworen hatte zu den Clans von Cimmerien zu tragen, um sie vor der ständig wachsenden Bedrohung aus dem Norden zu warnen. Weil er in dem Augenblick, da er erfahren hatte, dass sowohl er als auch Grimnir diesen letzten Sturz in den Abgrund überlebt hatten, auch gewusst hatte, dass der Frostriese zurückkehren würde. Und seine Rache würde schrecklich sein.

Die Tür des niedrigen Hauses öffnete sich, und zwei Clansleute traten heraus, ein Mann und eine Frau. Sie trug einen Armvoll blutverschmierter Kleidung, er aber leerte einen großen Nachttopf und schüttete den Unrat in die eine Ecke des Gebäudes, dorthin, wo man einen schmalen Graben ausgehoben hatte.

»Ha!«, rief Reave erfreut, als er die beiden erkannte. Er setzte sich in Bewegung und ließ die großen Bündel fallen, die er trug. Das auf den Rücken geschnallte cimmerische Langschwert schlug gegen seine Beine.

Sicherlich war er erfreuter, die Frau zu sehen als den Mann. Kearn sah zu, wie die drahtige Desagrena das Bündel Verbände Brig Baum in die Arme drückte und in die Umarmung ihres Mannes hineinschritt. Reave riss sie mit einer großen Hand um die Taille hoch und krallte die andere mit einem harten und zufrieden stellenden Klatschen in ihr Hinterteil.

Sie schrie auf und biss ihn so hart ins Ohr, dass er sie sofort fallen ließ. Sich das Hinterteil reibend betrachtete sie ihn durch die öligen dunklen Locken, die ihr ins Gesicht fielen.

»Mit den Nordmännern bist du bestimmt nicht so grob umgesprungen«, sagte die Frau giftig.

Der Geruch des gerade ausgeleerten Unrats lag schwer in der Luft. Brig reichte seine Last an eine andere Frau weiter, die nach draußen gekommen war, um zu sehen, was der

Aufruhr zu bedeuten hatte. Sie war Kearn unbekannt, also nahm er an, dass da noch mehr von seinen Leuten drinnen waren. Er lud sich eines der Bündel auf, die Reave fallen gelassen hatte, führte die anderen an, nickte Desagrena zu und wechselte mit dem anderen Clansmann einen langen, abschätzenden Blick.

»Noch immer am Leben, Kearn Wolfsauge.«

Immerhin klang der andere Mann nicht länger überrascht. Tatsächlich sagte er es so, als würden er und Kearn einen Scherz teilen, den nur sie allein verstehen konnten. Kearn antwortete wie immer mit den gleichen Worten auf diese Bemerkung.

»Noch immer am Leben, Brig Baum.«

Von den fünfzehn Männern und Frauen, die ihm folgten, stellte Brig nach wie vor das größte Rätsel dar. Als Häuptling Cul die Führung über Gaud übernommen hatte, war Brig einer seiner bevorzugten Männer gewesen, und er hatte alle überrascht, als er eines Tages im Lager der Ausgestoßenen aufgetaucht war, und dann wieder, als er bei der kleinen Gruppe geblieben war, die die Vanir über die westlichen Granitzähne verfolgt hatte. Kearn hatte seine eigenen Vermutungen, warum er das getan hatte. Aber bis jetzt hatte er sich damit zufrieden gegeben, Brig den ersten Schritt machen zu lassen, sich dazu zu äußern. Oder zu handeln.

»Du scheinst ja wieder gesund zu sein«, sagte Kearn. Brig gehörte zu den Leuten, die er zurückgelassen hatte, damit sie sich erholten. Es waren schlimme Prellungen am ganzen Körper gewesen, weil ihn ein Mammut um ein Haar zu Tode getrampelt hatte. Er ging mit nacktem Oberkörper, trug nur einen schlichten Umhang um die Schultern. Auf seiner Haut waren bloß noch ein paar gelbliche Verfärbungen zu sehen.

»Ich hatte Glück.«

Kearn nickte. Sie alle hatten Glück gehabt. Aber wie lange würde es noch andauern? Er wies mit dem Kopf auf die offen stehende Tür. »Lasst uns zu den anderen gehen«, sagte er in der Annahme, dass das lange Gebäude die meisten – wenn nicht alle – Verwundeten beherbergte.

Das tat es auch. Der Bau sah innen genauso hastig errichtet aus wie von außen. An ein paar Stellen trat das Flechtwerk zum Vorschein, dort, wo der Lehm abgebröckelt oder einfach zu dünn aufgetragen worden war. Und das Dach war so niedrig, dass sich Kearn an den Kreuzbalken beinahe den Kopf gestoßen hätte. Reave musste sich ducken.

Zu wenige schmale Fenster, deren Schlagläden geöffnet standen, ließen gerade genug Licht hinein, um sehen zu können. Es gab zwei Feuergruben zum Heizen und Kochen sowie schmale Rauchabzugslöcher in dem Strohdach. Der ganze Raum roch nach grünem Rauch, Pisse und Blut.

Zu viel Blut.

Sie gingen an Männern und Frauen vorbei, deren Arme und Beine – oder auch die ganzen Körper – entzündete Schnitte aufwiesen. Wunden, die beinahe täglich wieder geöffnet werden mussten, damit die Krankheit herausbluten konnte. Irgendwo gab es da auch den Latrinengeruch einer offenen Bauchwunde und den fauligen Gestank nässenden Wundbrandes, den Kearn niemals vergessen würde. Er hatte ihn das erste Mal in Burok Bärentöters Langhaus wahrgenommen – war das wirklich erst ein paar Monate her?

Das Schicksal dieser Menschen ging ihm nahe, da er den langwierigen Tod gesehen hatte, der sich an Leute mit

Wundbrand heranschlich. Verfaultes Fleisch würde abgeschnitten werden müssen. Man musste die Wunde säubern. Mit stinkenden Kräuterumschlägen bedecken. Ein paar von ihnen würden es möglicherweise ertragen, dass man Stücke ihres Körpers abhackte, und dann zu neuen Kräften kommen. Aber die meisten dieser Männer und Frauen würden sterben. Callaughs Schamane hatte ein paar kleine Wunder gewirkt, einige davon hatte Kearn mit eigenen Augen gesehen, aber das würde nicht bei jedem gelingen. Manchmal wurde eine Wunde ganz einfach brandig.

Und Kearn konnte nicht zu Crom beten. Der Schöpfer der Cimmerier interessierte sich nicht für die Probleme der Sterblichen. Angeblich hatte er bereits seinen Teil dazugesteuert, indem er allen Clansleuten ausreichend Kraft gewährte, um in ihrem rauen Land überleben zu können, und ihnen den Willen verlieh, sich allem zu stellen, mit was auch immer sie das Leben bestürmte. In manchen Augenblicken wie diesen schien es eine geringe Gabe zu sein.

Vor allem, wo Grimnir und Ymir, der Gott der Nordheimer, anderen Regeln zu gehorchen schienen.

»Kearn?« Gedankenverloren war er beinahe an zweien seiner Krieger vorbeigelaufen. Desa gab ihm eine Kopfnuss. »Kearn!«

Es waren Ehmisch und der alte Finn. Der Jüngste und der Älteste seines Rudels. Seine Wolfsbrüder. Der Junge war erst fünfzehn Sommer alt. War noch nicht einmal richtig ausgewachsen. Und doch hatte Ehmisch zu den Ersten gehört, die sich freiwillig gemeldet hatten. Zuerst, um Rache für den Tod eines Freundes zu üben, später dann in dem verzweifelten Bemühen, seine Männlichkeit unter Beweis zu stellen.

Was er auch getan hatte, als er im Blutpass seinen ersten Mann getötet hatte. Doch seine Reise war beinahe beendet worden, als ihn ein Vanirschwert von der Brust bis zur Hüfte aufschlitzte. Es war reines Glück gewesen, dass die Schwertspitze nicht zwischen seine Rippen gerutscht war, auch wenn die scharfe Schneide tiefe Kerben in den Knochen geschnitten hatte. Eine schmerzhafte, blutige Angelegenheit.

»Eine hässliche und große Narbe«, sagte Desa. »Aber er wird es überstehen.«

Ehmisch setzte sich auf seinem Lager aus altem Stroh auf. Er hatte dunkle, mit schweren Lidern versehene Augen, die nach einigen Wochen mit wenig Sonnenlicht und noch weniger Bewegung noch tiefer lagen als zuvor. Er schüttelte Kearn die Hand, tauschte einen Männerhanddruck aus, selbst wenn er noch nicht über die Kraft eines Mannes verfügte.

»Hol mich hier raus, Kearn. Desa ist die schwierigste Hüterin, die ein Mann haben kann.« Seine Stimme veränderte sich noch immer und brach ausgerechnet bei dem Wort »Mann«. Er grunzte, wütend auf sich selbst.

Kearn lachte. Ein hartes und brüchiges Lachen, aber trotzdem ein Lachen. Zumindest Ehmisch würde es wieder gut gehen. »Und du, Finn? Was macht das Bein?«

»Ist noch immer dran«, gab der Alte zurück.

Der grauhaarige Veteran mit der Lederhaut und den milchig-blauen Augen saß mit dem Rücken an die Wand gelehnt, das rechte Bein auf einen Stapel alter Wolldecken gelegt. Wegen seiner Gicht und einem üblen Treffer am Knie, den er im Kampf davongetragen hatte, war es fraglich gewesen, ob er jemals wieder würde laufen können.

»Ich ruhe mich aus, wenn ich kann. Ich werde die anderen aber noch immer in Grund und Boden laufen.«

Das entsprach möglicherweise sogar der Wahrheit. Finn hatte sich immer wieder als Überlebenskünstler erwiesen.

»Die meisten Männer sterben schon, wenn sie halb so alt sind wie du«, sagte Kearn und machte ihm ein großes Kompliment.

Auch wenn die beiden nicht die einzigen Verwundeten unter Kearns Männern waren, sie waren doch die Einzigen, die Ruhe brauchten. Jedenfalls die Einzigen, die Desa zur Ruhe zwingen oder überreden konnte. Die kleine Gruppe verließ das Haus wieder.

»Nahud'r? Wallach?«, fragte Kearn.

»Beschäftigt sich mit dem Studium der Befestigungen und half den Arbeitern, sobald seine Rippen verbunden waren«, sagte Desagrena und fing mit dem dunkelhäutigen Shemiten an, den Kearn von einer Sklavenkette der Vanir gerettet hatte. »Wallach …« Sie zuckte die Achseln.

Wallach Graubart hatte in der Nähe von Clan Conarch seine Hand verloren; sie war ihm sauber am Gelenk abgetrennt worden. Kearn hatte geholfen, den Veteranen festzuhalten, während man den Stumpf mit einem rot glühenden Messer kauterisierte und ein Stück Haut über das Ende nähte. Die schlimmste Verletzung der Gruppe. Aber noch bevor Kearn aufgebrochen war, um an Cimmeriens nordwestlicher Grenze Vanir zu jagen, hatte Wallach versprochen, Ende der Woche wieder auf den Beinen zu sein.

Brig verschränkte die Arme vor der nackten Brust. »Keine Entzündung. Noch nicht. Aber er strengt sich zu sehr an, Kearn.«

Natürlich tat er das. Wallach wäre nicht der Waffenmeister der kleinen Gruppe gewesen, hätte er das nicht getan. Ob eine Hand oder zwei, der Mann war so gefährlich, wie er stur war.

»Wir alle werden uns jetzt anstrengen«, sagte er. »Ich habe genug vom Warten und dem Versuch, die Grenze mit einer Handvoll Männer verteidigen zu wollen. Die Vanir sind Tag und Nacht an uns vorbeigeschlüpft. Sie breiten sich in Cimmerien aus. Zu viele, zu schnell. Wir müssen handeln, und wir müssen jetzt handeln.«

Niemand hatte einen Einwand. Also deutete Kearn auf den zerbrochenen, blutigen Speer. »Wann ist er zurückgekommen?«, wollte er wissen.

Er hatte ihn Ros-Crana überlassen, die zum neuen Häuptling von Clan Callaugh aufgestiegen war. Damit sie bei den vom Krieg heimgesuchten Dörfern und Festungen der West-Clans etwas erreichen konnte. Offenbar war das nicht viel gewesen. Die Wut glomm wieder auf. Die, die er verspürt hatte, als er Ros-Cranas Argument akzeptiert hatte, ihr Zeit zu geben.

Desagrena warf ölige Locken aus ihrem Gesicht. »Vor vier Tagen. Aus dem Süden. *Sie* hat ihn hergebracht und in die Wand gerammt.« Desa hatte viel von Ros-Crana gehalten, als sie die Kriegsführerin der Callaugher gewesen war. Aber dann war ihr Bruder Narach, der Häuptling, gestorben und Ros-Crana die neue Anführerin des Clans geworden. Und Desas Meinung hatte sich offenbar geändert. »Eine Stelle, wo ihn jeder sehen kann.«

Und keiner hatte eine Verwendung dafür gehabt. Kearn hatte wenig anderes erwartet, nachdem er das blutige Symbol gesehen hatte. Seine Hände öffneten und schlossen sich.

Er verspürte ein vertrautes kribbelndes Gefühl im Nacken, als sich alle seine Muskeln anspannten. »Ruft Ros-Crana einen Langhaus-Rat ein?«

Brig nickte. »Zurzeit jeden Abend. Sie versucht es, Kearn. Häuptling T'hule und Clan Conarch machen Schwierigkeiten.« Überall gab es finstere Mienen. Nur wenige von Kearns Leuten hielten etwas von Häuptling T'hule, der sich für die Rettung seines Clans nicht unbedingt ... dankbar ... erwiesen hatte.

»Sie legt auch darauf Wert, die Verwundeten zu besuchen«, gab Desa zögernd zu. »Am Nachmittag bringt sie den Schamanen mit.«

Das war gut. Kearn ging zu dem Haus, passte auf den Unrat auf, den Brig zuvor ausgeschüttet hatte, und packte den Speerschaft. Mit einem Ruck hebelte er ihn aus dem Türsturz. »Dann wird sie sehen, dass der hier fehlt«, sagte er.

Desa fing an zu lächeln, doch es versiegte schnell wieder. »Was sagen wir ihr?«, fragte sie. »Wenn sie es bemerkt.«

Er verließ bereits das Haus mit seinem Gestank nach Krankheit und verweilendem Tod. »Schafft Ehmisch und Finn aus diesem Keller. Stellt falls nötig ein Zelt auf. Reave, du findest die anderen. Sag ihnen, sie sollen die Sachen packen, und sie sollen alles mitnehmen, was sie können. Jeder kommt heute Abend zum Langhaus. Jeder ist morgen auf dem Marsch.«

Dann blieb er stehen und drehte sich zu den anderen um. Seine goldenen Augen musterten jedes Gesicht, suchten nach einem Zögern. Nach Fragen. Er fand aber keine.

»Sagt ihr, ich habe ihn.«

3

Ros-Crana erahnte Kearns Rückkehr, bevor sie das Verwundetenhaus besuchte. Selbst in einem Dorf von ordentlicher Größe – so wie Callaugh – dauerte es nicht lange, bis Gerüchte über den Mann mit den Wolfsaugen – einen Ymirisch! – bis an das Ohr des Häuptlings drangen.

Und als sie Reave mit Desagrena sprechen sah, wusste sie es genau.

Reave saß neben zwei neu aufgestellten Zelten auf einem dreibeinigen Hocker und war bis zur Taille ausgezogen. Über seine rechte Schulter verlief eine wächsern wirkende Schwertnarbe und verschwand in dem dichten Brusthaar. Er kaute auf einem Stück getrockneten Rindfleisches herum, während Desa hinter ihm stand und mit einem langen Dolch Hände volles Haar aus seinen langen Locken herausschnitt und sie auf Schulterhöhe stutzte. Sein Gesicht war gerötet und gesund, soweit es über dem buschigen Bart überhaupt zu sehen war, und sein Haar war noch immer feucht.

Desagrena hatte ihr eigenes Haar zu einem Pferdeschwanz gebunden; nur noch ein oder zwei Strähnen klebten auf ihrer Stirn. Die beiden unterhielten sich leise, achteten auf andere, die vorbeigingen, und verfolgten sie mit misstrauischen Blicken.

Immer Fremde, selbst wenn sie von Freunden umgeben waren – das waren Kearns Krieger. Seine Wölfe.

Ros-Crana näherte sich auf kürzestem Weg. Zwei Leibwächter von Reaves Größe folgten ihr, die Schwerter wie immer gezogen, und beschützen den Rücken ihrer Anführerin. Sie verscheuchte sie jedoch mit einer Handbewegung, als sie zu den beiden Talbewohnern trat. Die beiden waren Verbündete, wenn nicht vielleicht sogar Freunde.

Und in Reaves Fall entfernte Verwandte. Ihr war schon vor langer Zeit eine Ähnlichkeit in den tiefen Linien seines Gesichts und der zerklüfteten Stirn aufgefallen, die Blutsverwandtschaft verkündete. Es hatte sie nicht überrascht zu erfahren, dass seine Mutter bei einem Raubzug gegen Clan Conarch entführt worden war. Und da war etwas in seinen gletscherblauen Augen, die Weise, wie er sich immer auf eine Sache nach der anderen konzentrierte: Das erinnerte sie an ihren Bruder Narach.

Alles zusammen zählte zwar nur wenig, aber es war besser als nichts.

Ros-Crana hatte ein Schwert auf den Rücken geschnallt und hielt einen Speer in der Hand. Genau wie zuvor als Kriegsführerin. Vor dem Tod ihres Bruders. Sie sah, dass Reave sein Langschwert bereits *friedensgebunden* hatte, eine Höflichkeit, die Kearn von seinen Leuten verlangte. Es lehnte am Eingang eines Zelts, ein schmales Lederband verband es fest mit seiner Scheide.

Von ihr erwartete man nicht, diese Geste zu erwidern. Aber sie drehte den Speer und rammte die Spitze aus Respekt in den Boden sowie aus einer gewissen Freude, den Hünen lebendig wiederzusehen. Es war eine Freude, die es im vergangenen Jahr nur selten gegeben hatte.

»Ihr seid zurück?«, fragte sie, als keiner von beiden sie grüßte. »Ihr alle?«

Reave senkte das Fleisch. Schluckte. »Sind wir. Und es gibt Vanir, die sich wünschen, sie könnten das Gleiche über ihresgleichen sagen.«

Sie hatte bereits einen zusätzlichen Ohrring in seinem linken Ohr gezählt, was zu den Berichten passte, dass Kearn und seine kleine Gruppe auf weitere Vanir gestoßen waren. Ein paar Dutzend, so behaupteten einige. Jedes Mal mindestens ein Dutzend, sagten andere. Kearn Wolfsauge war ein Lieblingsthema am Lagerfeuer und für den Dorfklatsch geworden. Jede seiner Bewegungen wurde von vielen beobachtet und oft so übertrieben, dass sie nicht mehr glaubhaft waren.

Aber sie hatte Kearn bereits erstaunliche Dinge tun sehen und war oft bereit, auch das Fantastischste erst einmal zu glauben.

»Wo ist er?«

Aber der Hüne zuckte bloß die Achseln. Desagrenas Mund war ein harter, dünner Strich. »Man wird ihn finden, wenn er gefunden werden will.«

Ihre Loyalität dem Anführer der Ausgestoßenen gegenüber war meist bewundernswert. Aber diesmal wollte Ros-Crana Antworten. Sie zog den Speer aus der Erde und hob die Spitze aus blauem Eisen über den Kopf. Sie war zu ihnen gekommen, obwohl es sie kostbare Zeit kostete, die sie eigentlich nicht hatte. Sie würde sich nicht unhöflich abfertigen lassen. Ein Hieb. Ein Stoß. Ihre Leibwächter würden sich vermutlich auf sie gestürzt haben, bevor Reave sein Langschwert ziehen konnte.

Alles Freunde, rief sie sich ins Gedächtnis zurück. Verbündete. Zumindest das.

»Er hat keine andere Botschaft hinterlassen?«

»Doch, hat er.« Reave nahm einen Bissen, kaute. »Sagte, man soll dir sagen, dass er ihn hat.«

Beide erwarteten offensichtlich, dass sie fragte, was mit dem »ihn« gemeint war. Das Verlangen stand Desa ins Gesicht geschrieben. Reave dagegen hatte nicht so viel Spaß an dem knappen Bericht. Tatsächlich machte es vielmehr den Eindruck, als hätte er eine bestimmte Nachricht übermittelt und wäre jetzt froh, von ihr in Ruhe gelassen zu werden.

Ros-Crana nickte – und verstand sie besser, als sie vermutlich ahnten, wandte ihnen dann aber den Rücken zu, den Blick auf das Tor ihrer Palisade gerichtet. Sie wusste bereits, was gemeint war. Und nachdem sie Reave gesehen hatte, der sich nach mehreren Wochen harter Reise gewaschen hatte, kamen nur wenige Orte dafür infrage, Kearn Wolfsauge zu finden.

Sie würde ihre Worte für ihn aufsparen.

Doch als sie ihn schon am ersten Ort fand, an dem sie nachsah, im Inneren der Palisade, im Wasser einer der heißen Quellen, das Callaugh in tiefen Steinteichen sammelte, hatte sie sich noch immer nicht entschieden, was sie ihm nun sagen wollte. Oder in welcher Reihenfolge.

Ros-Crana blieb zwischen zwei hohen Farnen stehen, die in dem feuchten, dampfenden Nebel so gut gediehen, und musterte ihn. Er ruhte sich in einem der tiefen Teiche aus, die Schultern so gerade eben über der Wasseroberfläche und den Kopf nach vorn gesenkt, als würde er schlafen. Überall um ihn herum stieg Dampf in die Höhe, kräuselte sich in sein gesenktes Gesicht, tränkte in dicken Schwaden das elfenbeinfarbene Frosthaar und klebte es an die Seiten seines Kopfes. Kearns Haut war meist frostweiß. Im heißen Wasser rötete sie sich gerade genug, um rosig zu erscheinen. Trotzdem sah er bleich aus. Und reglos. Wie eine Schneeskulptur, die bereit war, im Quellwasser Callaughs zu schmelzen.

Er badete allein. Sein Erscheinungsbild würde andere Badende veranlasst haben, die Teiche vor ihm zu verlassen. Seine einzelgängerische Natur würde andere davon abgehalten haben, sich zu ihm zu gesellen.

Die meisten anderen jedenfalls.

»Du verschwendest deine Zeit«, sagte er. Laut und deutlich, und dabei blieb er nach vorn gebeugt sitzen.

Sie trat aus den Büschen und tauschte ihren starken Duft gegen den schwefeligen Geruch der heißen Quelle ein. Sie spürte bereits, wie sich die erste Feuchtigkeit in dem kurzen Haar hinter ihren Schläfen und den Ohren sammelte. Das Wams klebte unbehaglich an ihrem Körper.

»Ich verschwende niemals Zeit, Kearn Wolfsauge.«

»Du hast aber meine Zeit verschwendet. Wochen. Einen Monat. Und nichts dafür vorzuweisen. Mehr Versprechungen und Entschuldigungen. Du hörst dich wie ein ›zivilisierter‹ Mann an, der in einer Unterhaltung beide Seiten vertritt. Sage mir, was *du* denkst, Ros-Crana.«

Genau das würde sie nicht tun. Aber sie würde auch nicht lügen. »Zivilisierte« Menschen logen, weil sie sich hinter billigen Worten und rückständigen Gesetzen verstecken konnten. In Cimmerien hörte Crom nur auf die Wahrheit. Man war Mann – oder Frau – genug, um zu seinen Worten zu stehen. Oder man hielt den Mund.

Nicht, dass sie je für ihre wohlüberlegten Worte bekannt gewesen wäre. Jedenfalls nicht als Kriegsführerin. Aber als Häuptling … da gab es viele Dinge, die sie mit Misstrauen betrachten musste, und Kearn gehörte dazu.

Männer waren selbst in den besten Zeiten schwierig, rief sie sich ins Gedächtnis. Und dann waren sie wiederum auch einfach nur wie die Tiere. Natürlich sagten das viele Leute oft über den Mann mit den Wolfsaugen. Dass er mehr Tier war als Mensch, genau wie die Ymirisch. Und das Ungeheuer Grimnir. Doch sie glaubte das nicht. Sie hatte Kearn bluten sehen. Kämpfen und töten sehen. Und abstürzen.

Sie ging am Beckenrand entlang und blieb nur durch ein kurzes Stück dampfendes Wasser von ihm getrennt stehen. »Ich kann dir sagen, was ich bin, Kearn. Ich bin nicht deine Feindin.«

Das erregte seine Aufmerksamkeit. Endlich. Er nahm das Gesicht aus dem Dampf und fixierte sie mit seinem lodernden Wolfsblick. »Du bist gegen Grimnir oder für ihn. Für mich gibt es nichts anderes.«

Einen Augenblick lang verspürte Ros-Crana Furcht, als Kearn seine Maske fallen ließ und ihr etwas von der Wut zeigte, die so nahe unter seiner ruhigen, kalten Oberfläche brodelte. Ihre Leibwächter hatten am Tor Aufstellung genommen und warteten dort auf sie. Ein einziger Ruf von ihr würde sie herbringen.

Aber Ros-Crana war nicht hilflos. Sie wich keinem Kampf aus.

»Wirst du mich damit bei meinem eigenen Rat herausfordern?«, fragte sie.

Er antwortete nicht. Lehnte sich zurück, starrte sie an und forderte sie hier heraus.

Sie legte den Speer auf dem Boden ab und verschränkte die Arme vor der Brust. Furchtlos. Dann, bevor sie ihre eigene Entscheidung infrage stellte, löste sie den Umhang und ließ ihn achtlos zu Boden fallen. Das Wams war schwerer auszuziehen, da es bereits durch die aufgesogene Feuchtigkeit an ihrer Haut klebte, aber ihr Kilt und das feuchte Unterhemd stellten kein Problem dar. Schamhaftigkeit war bei den Clans keine überbewertete Sache, da Verwandte und Sippenangehörige oft auf engem Raum zusammenlebten, und das Gemeinschaftsbaden an warmen Tagen war üblich. Und angezogen voller Unbehagen durch die klebrige Kleidung vor den Badeteichen zu stehen und zu versuchen, einen nackten Mann mit ihrer Autorität als Häuptling zu beeindrucken … das kam ihr viel zu albern vor.

Sie würde ihm auf seiner Ebene entgegentreten.

In der Nähe stand ein Fass auf weicherem Boden, das immer mit frischem Regenwasser gefüllt war. Ros-Crana stellte sich davor, griff nach einer großen Schale und goss sich das Wasser in einem reinigenden, frischen Guss über den Kopf. Ein zweiter Guss galt dem Schweiß und dem Schmutz des Tages. Und der dritte nur der angenehmen Spannung, die er auf ihrer Haut erzeugte.

Da fiel ihr Blick auf den blutigen, zerbrochenen Speer, den ihr Kearn abgenommen hatte. Mit der Spitze in die weiche Erde neben dem Fass getrieben. Er war da, damit sie ihn erwähnen oder sich nehmen konnte. Sie tat jedoch keines von beidem.

Sie begab sich zum Teich und ließ sich in das heiße Wasser gleiten, unmittelbar ihm gegenüber, nahm auf einer der Steinbänke im Wasser Platz.

Er nickte. Schöpfte eine Handvoll Wasser und rieb es sich ins Gesicht, ließ die Wochen der Reise und der harten Kämpfe aus jeder Pore sickern. Sie beobachtete ihn und rückte näher an ihn heran. Entschlossen, seine Motive und seine Einstellung ein für alle Mal zu ergründen.

»Du wirst mich herausfordern«, sagte sie. »Und man wird dich wieder verstoßen, Kearn Wolfsauge. Ich werde in Callaugh keine Stimme gegen mich dulden.«

»Wie es auch sein sollte. Aber Grimnir fordert ganz Cimmerien heraus, und doch unternimmst du nichts. Du und Häuptling T'hule.« Er lehnte sich zurück, schloss die Augen. »Die anderen Clans sehen zu dir auf, erwarten Führung von dir«, flüsterte er, »und du tust nichts.«

Sie beugte sich vor, die obere Wölbung ihrer Brüste durchbrach die Wasseroberfläche. »Ist es das, was du glaubst? Kearn, begreifst du eigentlich, was die westlichen Clans in den letzten paar Jahren erlitten haben? Du hast Grimnirs Griff nur einen einzigen Winter lang erlebt. Wir aber haben viel länger damit gelebt. Vanir auf Raubzügen griffen uns aus dem Norden an, und wir haben durchgehalten. Pikten greifen uns aus dem Westen an. Wir überlebten trotzdem. Und jetzt nehmen es die Talclans zur Kenntnis und glauben, ihre Bedingungen diktieren zu können? Du wunderst dich, dass Häuptling T'hule den Clan Cruaidh auf den Heimweg geschickt hat, mit starken Worten und einer kleinen Kriegshorde im Rücken, um ihren Rückzug zu beschleunigen?«

Sie war wütend. Sie spürte es an der Stärke ihres Herzschlages und der Anspannung in ihren Schultern. Aber war sie wütend auf Kearn? Oder auf sich selbst? Denn sie wusste, dass die Worte sie hätten mitreißen sollen. Nein. Sie hatten sie mitgerissen! Sollte Crom alle Männer verfluchen! Sie stritt nicht ab, dass Kearn ein starkes Herz hatte. Und er wusste, wie man führen musste, was sehr, sehr selten war. Aber er stammte von nördlichem Blut ab und war im Tal großgezogen worden. In ihr Haus zu kommen und so mit ihr zu sprechen … von einem einfachen Mann hätte sie sich das nicht bieten lassen.

»Aber das bist du nicht«, sagte sie und rang sich jedes Wort ab, als würde sie dieses Zugeständnis schmerzen. Das tat es aber nicht.

»Was bin ich nicht?«, fragte er. Er öffnete die Augen nicht.

»Ein einfacher Mann.« Nein. Es schmerzte nicht, das zuzugeben. Sie leckte sich über die Lippen, schmeckte frischen Schweiß und den leichten Schwefelgeschmack des Wassers.

»Ein einfacher Mann wäre kurze Zeit nach der Verbannung aus seinem Dorf gestorben. Ein einfacher Mann hätte niemals Jagd auf die Vanir gemacht, die Ymirisch über den Blutpass gejagt oder Grimnir herausgefordert. *Grimnir*! Ausgerechnet ihn, bei Crom!« Sie schüttelte den Kopf, unsicher, ob sie ihn loben oder verletzen wollte. »Du bist ein gefährlicher Mann, Kearn Wolfsauge. Aber ich weiß noch immer nicht, ob du eine Gefahr für mich und die meinen darstellst. Niemand ist sich sicher, wer du bist. *Was* du bist.«

Und sie griff durch das Wasser. Unsicher über ihre eigenen Wünsche wie auch über ihn. Und dann fand sie ihn. Strich mit den Fingerspitzen über seine Brust. Drückte die Hand gegen ihn …

… und riss sie zurück, als hätte sie etwas gestochen.

»Du bist … kalt.«

Kearn öffnete die Augen zu schmalen Schlitzen. Schürte das goldene Feuer. Musterte sie sorgfältig, als würde er erwarten … sich fragen … »Schon mein ganzes Leben lang«, sagte er. Und wartete.

»Selbst hier?« Sie stand auf, ihre Brüste hoben sich aus dem Wasser. Dampf strömte von ihrem Körper, genau wie aus seinem Gesicht, seinem Haar. »Wie kann das sein?«

»Weil es so ist«, sagte er grob. Der Zorn war in seinen Blick zurückgekehrt und er starrte sie über das Wasser hinweg an. »Das Wasser neckt mich mit seiner Wärme, Ros-Crana. Aber das ist alles. Ganz tief in mir drin wird es mich nie wärmen. Das hat noch nichts getan. Und *das* ist es, was ich bin. Ein Geschöpf des Winters. Noch immer.«

Wasser spritzte, als Kearn nackt aufstand und aus dem Teich stieg. Er tropfte seinen Weg zu einem Hocker, wo er Kilt und Umhang abgelegt hatte. Er rieb sich mit seinem alten Wams trocken genug, um sich anziehen zu können.

Sie wartete und sah zu, wie er einen groben, von der Reise beschmutzten Kilt um die Taille wickelte und seine Männlichkeit und den elfenbeinweißen Haarbusch bedeckte, einen breiten Ledergürtel um die Mitte gürtete und sich einen einfachen, grauen Wolffellumhang über die Schultern legte. Die Brust der Luft überließ.

Sie wartete, bis er den zerbrochenen Speer ergriff, nur um ihn wissen zu lassen, dass sie ihn oder das, was er damit möglicherweise bei der Ratsitzung versuchen wollte, nicht vergessen hatte. »Nichts wärmt dich, Kearn? Niemals?«

Das ließ ihn einen Herzschlag lang innehalten. Er stand in der Nähe des Eingangs zu den Bädern, wo der Weg zwischen den beiden hohen Farnen verlief. Starrte in ihre Richtung, wie sie da stand und den Teich zur Hälfte verlassen hatte. Starrte durch sie hindurch.

»Nichts«, erwiderte er. Und betrat den Pfad.

Und Ros-Crana konnte nicht mit Sicherheit sagen, warum sie den Eindruck hatte, dass Kearn tatsächlich gelogen hatte.

4

Das Langhaus von Callaugh dominierte den Mittelpunkt des engen Dorfes. Seine Türen waren von doppelter Mannsgröße und breit genug, dass Kearn beide Seiten nicht einmal mit dem Kurzschwert in der einen *und* dem blutigen Speer in der anderen Hand hätte erreichen können. Dicke, schwere Planken, mit blauen Eisenbeschlägen verbunden und auf eisernen Türangeln ruhend. Bereit, von einem großen, metallverstärkten Balken verriegelt zu werden, für den Fall, dass die Callaugher jemals ihre Kinder und Vieh hier drinnen verbarrikadieren mussten.

Der Reichtum eines jeden Clans.

An diesem Abend waren Nachwuchs und Vieh anderswo untergebracht. Die Festungstüren standen geöffnet. Der Boden war ausgefegt und mit einer frischen Schicht trockener Binsen ausgelegt worden. Fackeln hingen in Wandhaltern und brannten seltsam hell. Der Saal des Langhauses war voller Clansleute und Gäste – Männer und Frauen, die in den Ecken debattierten oder um eine der drei großen Feuergruben herum Kriegsgeschichten austauschten. Manche brüllten ihre Unterhaltungen quer durch den Raum. Zwei Männer hockten an einem niedrigen Tisch und machten Armdrücken, hinter jedem stand eine Reihe, die anfeuerte, Wetten abschloss und darauf wartete, dass sie an die Reihe kam. Jeder aß und trank.

Fenster waren geöffnet worden, um die Abendbrise hereinzulassen, was half. Die Luft war raucherfüllt und voller anderer Gerüche: Dungfeuer, auf die man frisch geschlagene Scheite gehäuft hatte; kochendes Wildbret; der schwarze, nicht brennbare Teer, mit dem die Callaugher ihr Holz behandelten.

Und Körper. Schweiß und Leder und Pferde. Der Geruch von Leuten, die schnell gereist waren oder hart gearbeitet hatten. Abgesehen von den wenigen, die sich so wie Kearn die Zeit für ein Bad genommen hatten. Und die Frauen, die sich die Mühe gemacht hatten, sich mit frischen Wildblumen einzureiben. Auf der Suche nach Ehemännern. Um die zu ersetzen, die sie während des langen, blutigen Winters verloren hatten oder um sich die Versammlung zum ersten Mal zu Nutze zu machen, seit sie das richtige Alter erreicht hatten.

Eine Frau, kaum mehr als ein junges Mädchen, drängte sich an Kearn vorbei, als er und die doppelte Handvoll seiner Besten sich an der Tür durch die Menge drängten.

Sie schaute auf, selbstbewusst und neugierig, dann zuckte sie beim Anblick seiner bleichen, elfenbeinernen Hautfarbe und den wilden goldenen Augen zusammen, die durch das Licht einer Fackel, die sich in der Nähe befand, funkelten.

»Ymirisch!«, schrie sie und sprang zurück.

Das ließ mehrere Köpfe herumfahren und Hände nach Schwertern greifen, ob sie nun friedensgebunden waren oder nicht. In der Hälfte des Langhauses verstummten die lauten Unterhaltungen, obwohl die andere Hälfte sich alle Mühe gab, das von ihnen hinterlassene Schweigen zu füllen. Wütende, selbst ängstliche Blicke fielen in ihre Richtung und verwandelten sich mehrere Herzschläge lang in Verwirrung, bis ein Callaugher die zerfurchte Stirn runzelte und das Kriegsschwert wieder band, das er schon zur Hälfte aus der Scheide gezogen hatte.

»Wolfsauge«, sagte er laut.

Ein paar stießen ein bitteres Gelächter aus. Ein Krieger hob einen Zinnbecher in Kearns Richtung, mit stummem Salut. Nur einer. Die meisten nahmen wieder ihre früheren Unterhaltungen auf.

Ein älterer Veteran schlug die junge Frau auf den Hintern und kniff sie grob. Bereits peinlich berührt durch ihren Ausbruch und mit gerötetem Gesicht fuhr sie herum und versetzte ihm eine Ohrfeige. Dann stand sie mit wogendem Busen da, als sich der Krieger mit einem Grinsen ein paar Blutstropfen aus dem Mundwinkel wischte.

»Das war es aber wert«, sagte der Mann. Seine Gefährten lachten.

Sie stürmte auf die andere Seite des Langhaussaals.

Aber Kearn entging keineswegs, dass nicht jeder die Augen abgewandt hatte. Er bemerkte misstrauische Blicke und nicht wenige hasserfüllte Mienen. Seine Ohren wurden wärmer, und er hatte nicht den geringsten Zweifel, dass einige der Unterhaltungen, die gerade außerhalb seines Hörvermögens lagen, sich jetzt um ihn und seine Krieger drehten, die sich in dem Langhaus verteilten. Reave und Desagrena setzten sich als Erste in Bewegung, gingen auf ein paar Clansmänner zu, die lautstark dabei waren, ein großes Fass Ale zu leeren. Und entweder nahmen sie die finsteren Gesichter nicht wahr, die sie grüßten, oder sie waren ihnen gleich. Mit einem Blick und einem Nicken schickte Kearn ihnen Daol hinterher, damit er ein Auge auf sie haben konnte. Ossian begab sich an eine der Feuergruben. Wallach Graubart und Hydallan gesellten sich zu einer Gruppe Veteranen. Ashul, die einzige andere Frau in Kearns Rudel, nahm sich Brig Baum und Aodh und zerrte sie zum Essen.

Nahud'r und Mogh mit dem mürrischen Gesicht blieben bei Kearn; die drei bahnten sich einen Weg durch die Menge. Nahud'r folgte der cimmerischen Sitte und trug Kilt und Lederwams. Nur selten benutzte er einen Umhang. Dafür nahm er einen langen, dünnen Schal aus feiner Wolle, um ihn sich nach shemitischer Art um den Kopf zu wickeln. Oft verhüllte er auch das Gesicht, aber an diesem Abend hatte er die letzten Bahnen lose um den Hals gewunden. Der schwarze Mann bewegte sich mit anmutiger Kraft, und das Weiß seiner Augen leuchtete in dem gut erhellten Langhaus.

Wie Kearn erwies auch Mogh Ros-Crana seinen Respekt mit einem Kilt, der mit goldenen Stickereien versehen war. Kearn hatte sich in einen roten Kilt mit aufgestickten Clanschwertern gewunden, der mit dem zotteligen Fell einer Bergziege abgesetzt war. Sein frostblondes Haar wurde von einem Lederband zusammengebunden und seine Wangen waren mit einer scharfen Klinge frisch rasiert worden. Kearn hatte auch seine Armschienen poliert, die er um jedes Handgelenk trug, und den silbernen Reifen um seinen linken Arm.

Er trug auch den zerbrochenen Speer, den er sich früher am Tag zurückgeholt hatte. Es war die einzige Waffe seiner Gruppe, die nicht friedensgebunden war und deren Spitze einen Lederüberzug vermissen ließ. Sein Kurzschwert wurde mit einem Lederriemen an seine Scheide gebunden, genau wie sein Dolch. Aber der Speer nicht. Weil er nicht länger eine Waffe war.

Er war eine Botschaft. Und er wollte nicht, dass diese Botschaft auf irgendeine Weise verfälscht wurde.

Der Zahl der gesenkten Blicke nach zu urteilen, die er sah, würde das wohl auch nicht passieren.

Das dritte Feuer – es war am weitesten vom Eingang entfernt. Dort saß Ros-Crana auf einem breiten, mit braunen Hirschhäuten versehenen Stuhl, umgeben von ihren stärksten und fähigsten Kriegern und mehreren Gästen des Clans. Clansmänner, die aus dem Süden angereist waren. Ein paar Zurückgebliebene von Sláine Langzahns verstreuter Kriegsmeute. Und drei aquilonische Soldaten, die von der Abteilung Kavallerie übrig geblieben waren, die König Conan nach Conarch entsandt hatte und die ebenfalls gegen Grimnir gekämpft hatten.

Kearn entdeckte auch den Schamanen des Clans in der Nähe, der eine langsame Runde durch den Raum drehte und sich um die Fackeln kümmerte. Klapperdürr und hochgewachsen, mit dünnem weißen Haar, aber noch immer mit energischem Schritt. Seine mit Leberflecken übersäte Haut sah im Fackelschein noch schlimmer aus: fleckig und rau, wie vermoderndes Leder. Die Bemalung um sein rechtes Auge spiegelte das Licht der flackernden Flammen.

Der Schamane trat an jede Fackel heran und griff in einen kleinen Beutel, um eine Prise körniges Pulver hervorzuholen, die er dann auf die Flammen streute.

Mattes Feuer brannte plötzlich hell und wild, verbreitete ein saubereres, gelbes Licht.

Kearn nickte Mogh und dem Shemiten zu und trat zur Wand, um den Schamanen abzufangen. Er wartete zwischen zwei Fackeln, da er nichts von dem seltsamen Pulver abbekommen wollte. Nachdem er die finstere, befremdliche

Macht eines ymirischen Zauberers erlebt hatte, zog er es vor, auf Abstand zu bleiben.

Der Schamane schien das zu verstehen. Er zog die Schnüre des kleinen Beutels zu und steckte ihn in eine Tasche an der Vorderseite seines Kilts, während er auf Kearn zuging und dann wartete.

»Du hast dem Jungen das Leben gerettet«, sagte Kearn ohne Umschweife. Obwohl es nicht gerecht war, ihn noch immer einen Jungen zu nennen. Nicht, wenn er mehrere Männer getötet hatte. »Ehmisch. Du hast Wallach geholfen … und dem alten Finn.«

»Das überrascht dich?« Die Stimme des Schamanen war papierdünn. Ein raues Flüstern. Aber es trug weit. »Dass ich mich um deine Leute genauso kümmere wie um die meinen?«

Kearn gab es nicht gern zu, nickte aber. »Das habe ich nicht erwartet.« So nah konnte er an eine Entschuldigung herankommen und zugleich dem ehrenwerten Clansmann danken.

»Das kann man über viele Dinge sagen, Kearn Wolfsauge. Und viele Männer.«

Noch mehr Dinge, über die sich das Nachdenken lohnte. Er nickte dem Alten wieder zu, trat zurück und wandte sich Ros-Crana und ihrem wilden Hofstaat zu.

Die neu ernannte Clanführerin beobachtete ihn misstrauisch; ihre Augen waren blaue Tiefen, wie der Sommerhimmel bei Einbruch der Dämmerung. Sie saß wie eine Anführerin da, die einzige Kriegerin an diesem Feuer, die mit einer Sitzgelegenheit versehen war, den Rücken ganz gerade und die Hände auf den Oberschenkeln hielt. Alle anderen hockten auf den Fersen oder saßen auf dem mit Binsen bestreuten Boden. Nur ihre beiden Leibwächter standen hinter und über ihr, die Hände nie weit von den friedensgebundenen Schwertern entfernt. Allerdings waren die Bänder so dünn, dass sie bei der geringsten Belastung sofort reißen würden.

Trotz der Anwesenheit der Clanführerin, die Ruhe ausströmte, ging es in diesem Teil des Saales allerdings keineswegs gesitteter – oder gar weniger ausgelassen – zu als im Rest des Langhauses. Männer und Frauen zogen sich für ein schnelles Kräftemessen oder für kurze, prahlerische Geschichten über den endlosen Winter zurück. In einer Ecke schien ein Kopfstoßzweikampf damit zu enden, dass beide Männer taumelten und zu stürzen drohten. Kearn sah auch Mogh, der an den Rändern des Kreises herumlungerte, sich an den langen Schnurrbarthaaren zupfte und sich mit einer älteren Frau unterhielt, die den Witwenzopf trug – er war auf der rechten Seite ihres Kopfes geknüpft und ließ ihr linkes Ohr als Einladung zur geflüsterten Konversationen frei. Sie schien interessiert zu sein.

Aber die Feuergrube war nicht der Ort für stille Unterhaltungen. Hier ging es laut und selbstbewusst zu; fast die Hälfte des Kreises lauschte einer gar nicht so schlechten Erzählung eines Abenteuers von Conan. Kearn trat hinter einen Mann mit einem Verband um den Kopf, der auch fast die Hälfte seines Gesichts bedeckte, und hockte sich auf die Fersen. Nun näher an dem prasselnden Feuer, schob er die Säume seines grauen Wolfsumhangs zurück und ließ die Wärme gegen seine nackte Brust strömen. Das orangerote Flackern spiegelte sich tief im Inneren der silbrigen Armschienen, die er an beiden muskulösen Armen trug.

Das in dem polierten Metall eingefangene Feuer war nur eine weitere Illusion. Es war wie mit seiner Haut, die sich rötete, obwohl er nichts davon spürte.

Erstaunlich.

Er fröstelte und sah, wie Ros-Crana schnell den Blick abwandte.

»Natürlich ließ Conan es nicht zu«, fuhr der Geschichtenerzähler fort, »dass sich die Sklavenjäger der Vanir Cimmerier nahmen. Keine Krieger Croms. Nicht einmal jene, die nichts von seiner Gesellschaft wissen wollten. Er folgte ihnen einen Tag und eine Nacht, kaute das Aas, das hinter einem Vanirlager zurückgeblieben war, lief ohne Ruhepause und stieß schließlich in den Ausläufern hoher, mit weißen Gipfeln versehener Berge auf sie.«

Eine Geschichte, die Kearn allmählich bekannt vorkam. Ein Callaugher trat mit einem halben Dutzend voller Krüge in den großen Händen heran und teilte sie aus. Kearn stieß den zerbrochenen Speer in den Boden und ergriff einen der großen Metallkrüge.

Er nahm einen Schluck von dem bitteren Ale und spülte den unerfreulichen Geschmack aus seinem Mund.

»Conan machte sich Sorgen, gegen so viele Vanir bestehen zu können. Also legte er sie herein, indem er brennende Fackeln an einen Schössling band und sie auf- und abhüpfen ließ, damit es so aussah, als käme eine Reihe von Männern den Pfad hinauf.

Dann schlich er sich zurück in das Lager der Krieger und wartete, bis die Hälfte von ihnen aufgebrochen waren, in dem Glauben, neue Opfer gefunden zu haben. Conan schlich sich durch die Schatten, befreite den ersten Sklaven, dann noch einen, bewaffnete sie mit Dolchen und Keulen und

Steinen. Und dann schickte er sie gegen die Krieger, die ihre Gefangenenwärter gewesen waren, während er den großen Ymirisch jagte, der die Vanir angeführt hatte.«

Sogar sehr bekannt. Und nicht besonders glaubhaft, wenn man wusste, dass Conan Jahre vor dem ersten Auftauchen der Ymirisch unter den Nordmännern aus Vanaheim zum König von Aquilonien aufgestiegen war. An einen Thron gebunden schien es unwahrscheinlich, dass der große cimmerische Krieger jemals in seine Heimat zurückkehren würde. Und noch weniger wahrscheinlich war, dass man ihn freundlicher empfangen würde als … als …

Freundlicher empfangen würde, als es Kearn und seine Ausgestoßenen oft erlebten. Einmal vom Clan verstoßen, war man für immer verstoßen. Das war das Gesetz.

Und davon abgesehen war es eigentlich Kearns Geschichte. Wie er eine Gruppe Vanir an den Pässen des Schneeflusses gejagt hatte, nachdem man ihn aus seinem Dorfclan Gaud ausgestoßen hatte, und wie er Freunde und Sippenangehörige gerettet hatte. Aber nicht allein. Reave war dabei gewesen. Desa und Aodh und Wallach Graubart. Ehmisch war es gewesen, der den Baum mit den brennenden Fackeln getragen hatte, um ein paar der Krieger fortzulocken.

Doch Conan brauchte nur selten Hilfe. So war die Legende dieses ungewöhnlichen Helden gewesen, seit er Clan Conarch verlassen und seine Reisen als Ausgestoßener, Dieb und Krieger begonnen hatte und schließlich zum König aufgestiegen war.

Kearn kannte die Grundzüge der Geschichte – schließlich hatte er sie selbst erlebt. Also hockte er da und musterte die Gesichter der Zuhörer. Natürlich glaubten nicht alle an diese Geschichte. Ein paar Leute wie Nahud'r und Ros-

Crana kannten die Wahrheit. Andere schüttelten bloß den Kopf über eine weitere unwirkliche Geschichte. Tatsächlich ließ der Name Conan noch immer viele Cimmerier ein finsteres Gesicht machen. Sie mochten über seine Unternehmungen staunen, über die Kraft und den Scharfsinn, mit denen er seine Taten durchführte, aber das konnte die Tatsache nicht ungeschehen machen, dass er seine Leute und sein Land verlassen und sich viel zu lange in der »Zivilisation« herumgetrieben hatte. Einige vertraten die unumstößliche Meinung, dass »König« Conan versucht hatte, Cimmerien seinen Willen aufzuzwingen, indem er die südlichen Teile mit Soldaten besetzt, sein Volk dann aber im Stich gelassen hatte, indem er den größten Teil des Besatzungsheeres abzog, gerade als die Vanirbedrohung am größten war.

Zuerst war er ein Ausgestoßener, weil er gegangen war, um seine Sippe zu rächen. Dann ein Eindringling, weil er glaubte, dem Süden Cimmeriens Frieden bringen zu können. Und schließlich ein Feigling und Verräter, da er demselben Land die Freiheit gegeben hatte, das unter seiner aufgezwungenen Autorität gelitten hatte.

Cimmerische Urteile waren hart, sogar in guten Zeiten.

Aber es gab genügend Leute, die die Geschichte um ihrer selbst willen zu schätzen wussten, dass sich der Geschichtenerzähler zum Weitererzählen ermuntert fühlte. Krieger, die sich zum Salut an die Brust schlugen. Und die aquilonischen Soldaten, die Conan als ihren König kannten und an jedem Wort hingen, als würden sie alle von ihm selbst kommen.

»Conan stieß auf den großen Krieger, den Ymirisch, der die Häuptlingstochter an einen starken Wachturmbaum fesselte, wo die frostmähnige Bestie sie schänden wollte. Mit einem lauten, wilden Schlachtruf stürzte er sich mit einem Langschwert, das im Mondlicht blitzte, auf den hünenhaften Nordmann.

Der Kampf wogte hin und her, und Conans Blut floss auf den eiskalten Schnee, bis er schließlich gegen denselben Baum gestoßen wurde, an dem die Häuptlingstochter hing, seine Geliebte« – und Kearn stählte sich gegen *jede* Reaktion – »wo es ihm gerade eben noch gelang, einen tödlichen Streich abzuwehren, der seine Kehle durchtrennt und seinen Kopf zur Vanirtrophäe gemacht hätte.«

Das war, wie Kearn nur zu genau wusste, der Augenblick, da er keine Kraft mehr gehabt hatte. Keinen Grund zur Hoffnung auf Überleben. Gegen den Baum gedrückt, das eigene Schwert zwischen ihren Körpern festgeklemmt – und nur seine Hand hielt den Arm des Ymirisch fest, um den tödlichen Schlag zu verhindern.

»Mit einer letzten Kraftanstrengung warf Conan den Vanir zurück. Er versenkte die Spitze des Langschwertes im Leib des Nordmannes und schlitzte ihn auf. Was darin war, fiel zu Boden. Aber es dampfte nicht wie bei einem normalen Mann. Seine Eingeweide waren gefroren. Ein großer Eisblock.«

Eine nette Wendung.

»Der Ymirisch stolperte nach vorn und fiel. Und Conan brachte die Häuptlingstochter zurück zu ihrem Volk.«

Ein paar Leute applaudierten lautstark, doch das Grunzen derjenigen überwog, die weniger begeistert waren, als die Geschichte schließlich endete. Ein paar Männer erhoben schweigend die Becher, prosteten dem Sieg zu und schütteten den Rest ihres Ales in einem Zug herunter.

Kearn trank selbst noch mehr von dem bitteren Ale.

Und verschluckte sich beinahe, als sich Nahud'r über das Feuer beugte. »So ist das nicht passiert«, sagte der Shemite in gebrochenem Aquilonisch, einer Sprache, in der sich die meisten Cimmerier leidlich verständigen konnten. Seine Augen leuchteten in dem dunklen Gesicht hell auf. Er hatte große Zähne, sein Grinsen war wild und schneeweiß.

Nein, genau so hatte es sich wirklich nicht abgespielt. Es überging völlig den Schmerz und die Pein, die der Ymirisch Maev, Burok Bärentöters Tochter, zugefügt hatte. Ganz abgesehen von der Tatsache, dass Kearn an ihrer Seite gestorben wäre, hätte Daol sie doch nicht verfolgt und dem Krieger drei Pfeile in den Rücken geschossen.

Ihm drei Pfeile *gekonnt* in den Rücken geschossen, wie Daol es ausdrücken würde.

Trotzdem verspürte er nicht das geringste Verlangen, dass Nahud'r – einer der geretteten Sklaven – den Geschichtenerzähler korrigieren möge. Maevs Schande musste nicht in allen Einzelheiten ausgeschmückt werden, genauso wenig wie seine eigene Schwäche. Und auch nicht das, was sich zwischen den beiden in den kommenden Nächten abgespielt hatte. Sollten sie diese Geschichte Conans Legende zuordnen.

Aber Nahud'rs ebenholzschwarze Haut und seine seltsame Kleidung zogen alle Blicke auf sich. Als Nomade aus den sagenhaften Wüsten des südlichen Shems, der später in Aquilonien seine Bildung erhalten hatte, gab es nicht viel an dem Mann, das nicht ungewöhnlich war. Wenn der Shemite sprach, hatte er immer ein Publikum.

»Wie denn?«, fragte der Geschichtenerzähler und runzelte finster die Stirn.

Kearn hätte sich keine Sorgen zu machen brauchen. Sein Freund beabsichtigte keinesfalls, ihn in eine unbehagliche Position zu bringen. Nahud'r zuckte die Achseln und lehnte sich wieder zurück. »Conan. Er wirbelte den … Ymirisch herum. Nachdem das Eis aus ihm fiel. Und trieb sein Schwert durch den Rücken des feindlichen Kriegers und nagelte ihn an den Baum. *Lebendig*. Befreite Tochter, und sie …« Hier fielen Nahud'r die passenden Worte nicht ein, also hackte er einfach mit der Handkante auf seinen Schoß ein. Die meisten Männer am Feuer zuckten zusammen, und nicht wenige der Frauen lachten grölend und wollten mehr davon erfahren. Er zuckte wieder die Achseln.

»Dann ließ er ihn zurück, um im Schnee zu sterben, voller Qualen.«

Dem Geschichtenerzähler gefiel die Ausschmückung, und er nickte. »Könnte schon sein«, gab er zu. »Ich weiß nur das, was ich gehört habe.«

Ein Krieger hieb Nahud'r auf den Rücken, ein anderer drückte ihm einen Becher Ale in die Hand, den der Shemite entgegennahm, aber dann an den nächsten Mann im Kreis weiterreichte, ohne zu trinken. Einen Augenblick lang senkte sich Kameradschaft wie eine warme Decke über die ungehobelte Ratsversammlung; Clansmänner lachten und machten mehr als nur ein paar grobe Bemerkungen über den Verlust der ymirischen Männlichkeit. Es war, als hätte dieser Winter nicht das Leben von unzähligen Cimmeriern gefordert, als wären nicht hundert weitere oder gar noch mehr bei dem Versuch gestorben, Grimnirs Würgegriff um die nordwestlichen Territorien zu sprengen. Als wäre es einfach nur eine Feier am Lagerfeuer gewesen, um eine gute

Jagd, einen guten Kampf oder die Erhebung eines neuen Häuptlings zu preisen.

Einfach nur zu feiern, dass man noch am Leben war, entschied Kearn. Obwohl die Schlacht noch lange nicht gewonnen war. Sondern bloß das erste Geplänkel.

Wie sich herausstellte, teilte einer von Kearns Männern diese Meinung.

»Scheint fast so, als könnten wir Conan im Augenblick gut gebrauchen. Und noch viele Männer wie ihn.« Das sagte Mogh, der vom Rand der Versammlung sprach. Er umarmte die Callaugherin von hinten, hatte die Hände um ihre Taille und den Kopf auf ihre linke Schulter gelegt. Aber jetzt richtete er sich auf und schob sie an seine Seite, obwohl ihr die plötzliche Aufmerksamkeit von mindestens einem Drittel des Langhauses Unbehagen einzuflößen schien.

Es war eine ungehobelte Bemerkung, zweifellos. Aber ehrlich. Kearn beobachtete, wie Ros-Cranas Leibwache und ein paar andere Callaugher über Moghs Worte nachdachten und mit saurem Gesichtsausdruck darauf herumkauten, als hätten sie in verdorbenes Fleisch gebissen.

»Bist du der Ansicht, man sollte noch mehr Ymirisch so behandeln?«, fragte Ros-Crana nach einem scharfen Blick in Kearns Richtung.

Machte sie ihn für diesen Ausbruch verantwortlich? Als hätte er ihn geplant? Aber das wäre unmöglich gewesen.

»Wenn er es nicht denkt, dann sollte er es tun. Wir alle sollten es.«

Eine Stimme, die Kearn bekannt war, kam von den Kriegern, die im Schneidersitz vor ihm saßen. Tief und stark, trotz des verbundenen Gesichts, das ihn so geschwächt aussehen ließ. Gard Feindhammer war einfach unverwechselbar. Ein selbstbewusster Krieger, der Erste Wächter von Clan Cruaidh …

Und in der Schlacht gegen Grimnirs Heer durch finsteren Zauber geblendet. Es überraschte Kearn, dass der einst so stolze Krieger von Sláine Langzahn im Stich gelassen worden war und jetzt von der Gnade von Clan Callaugh lebte.

»Wir sollten *allen* Vanir dieses Ende wünschen, die in Cimmerien einfallen. Erst recht Grimnir dem Schrecklichen!« Gard schaukelte nach vorn, kam auf die Füße und verharrte in der Hocke, lehnte sich erst nach rechts und dann nach links. Sein verborgener Blick ließ einige Männer wegschauen. »Wo auch immer sich diese Kreatur Ymirs verkrochen hat, ihr könnt sicher sein, dass er nicht feiert oder am Lagerfeuer Geschichten erzählt. Er sammelt seine Kraft. Er wird die Niederlage nicht vergessen, die wir ihm auf der Ebene über Conarch zugefügt haben.«

Ein jüngerer Mann, kaum mehr als ein Junge, der Kearn sehr an Ehmisch erinnerte, schnaubte spöttisch. »Soll er es nicht vergessen. Und wenn er kommt, werden wir es wieder schaffen!«

Kearn bezweifelte, dass der junge Krieger an diesem letzten verzweifelten Kampf teilgenommen hatte.

Die meisten von Ros-Cranas Männern aber schon. »Ich habe gesehen, wie man Grimnir eine Klinge ins Herz gestoßen hat«, sagte einer von ihnen. »Bei Crom, ich schwöre, dass die Kreatur Wunden davontrug, die drei Männer getötet hätten. Und am Ende stürzte er über diese Klippe, doch er lebt noch *immer*.«

»Wie soll man so ein Ding bekämpfen?«, fragte ein anderer.

Noch mehr meldeten sich zu Wort, stritten sich über das, was sie gesehen hatten oder was die Clans als Nächstes unternehmen sollten. Man warf Kearn nicht wenige misstrauische Blicke zu: Der war ebenfalls über die Klippe gestürzt, bereit, den nordgeborenen Frostmann mit in den Tod zu reißen.

Aber der Cimmerier war ein Stück tiefer auf einem Felsensims gelandet und hatte überlebt. Zerschlagen und blutig, mit vielen Abschürfungen, aber ohne Knochenbrüche. Blindes Glück.

»Ich habe es gesehen«, sagte einer der aquilonischen Reiter und hob die Stimme, um den Lärm zu übertönen. Er sprach das Cimmerisch gut. »Ich habe gesehen, wie er sich das Schwert aus der Brust zog.«

Kearn erinnerte sich wieder an den Mann, der im Kampfgetümmel vom Pferd gestürzt war und bei dessen Rettung er geholfen hatte. Der Aquilonier trug das gleiche Kettenhemd wie in der Schlacht, jedoch ohne Helm. Sein sandbraunes Haar hing in dichten Locken über seine Ohren. Seine Augen wiesen zwar das schlammige Grün von Teichwasser auf, blickten aber lebendig und aufmerksam.

»Ich habe auch gesehen, wie Grimnir vor Schmerzen aufbrüllte. Ich habe gesehen, wie das Ungeheuer *geblutet* hat!« Seine Stimme ließ die meisten debattierenden Rufe verstummen. Der Aquilonier sah Ros-Crana ruhig an, dann Kearn.

»Wenn es blutet, kann es auch getötet werden.«

Kearn prostete dem Aquilonier mit dem Becher zu, dann nahm er ein paar bittere Schlucke. Das Ale brannte in seinem Mund. Es hinterließ einen wolkigen Geschmack auf der Zunge, gegen den nur ein weiterer Schluck half.

Ros-Crana erwischte ihn mitten in seinem zweiten Schluck.

»Du bist so still gewesen, Kearn Wolfsauge.« Ihre Augen blitzten gefährlich. »Du hast Grimnir auf dem hohen Plateau zum Unentschieden gezwungen. Du bist der einzige mir bekannte Krieger, der gegen den Schrecklichen angetreten ist und es überlebt hat. Ein Ymirisch, der nicht zu Grimnirs Horde gehört.« Sie tat Kearn keinen Gefallen damit, auf seine Eigenheiten hinzuweisen: Sie zeigten sich in seiner bleichen Haut, dem frostfarbenen Haar und den goldenen Wolfsaugen. Er teilte sie mit jedem Ymirisch. Und mit Grimnir. »Du verlangst nicht Grimnirs Tod?«

»Ich habe danach verlangt, ja. Und ich habe seine Spuren verfolgt und sie im Süden verloren.« Im Süden, nicht im Norden. »Seitdem musste ich mich um verletzte Krieger kümmern. Aber jetzt sind sie genesen.«

»Und? Was willst du tun?«

Sie hatte Kearn schnell und wirksam von den meisten Clansmännern getrennt, indem sie alle an seine Andersartigkeit wie auch an seine Siege erinnert hatte. Und als Häuptling konnte man kaum von ihr erwarten, dass sie einem Ausgestoßenen folgte. Selbst der jüngste Mann oder die jüngste Frau von Callaugh nahm im Langhaus eine höhere Stellung ein.

Seine Wut kehrte zurück, darüber dass sich Ros-Crana weigerte, die Notwendigkeit für das einzusehen, was getan werden musste. Genau wie Häuptling T'hule von Conarch – und viele der westlichen Clans. Warum behandelten ihn die Häuptlinge so oft wie eine Bedrohung? Er war es nicht, der Kriegshorden nach Cimmerien führte!

Er zuckte mit den Schultern und verbarg den heißen Zorn, der sich in ihm aufbaute.

»Was ich versprochen habe«, sagte er. Er packte den zerbrochenen Speer mit einer großen Faust und hielt ihn Ros-Crana hin, als würde er ihn ihr wieder anbieten. Aber das tat er nicht. »Ich werde den Speer zu anderen Clans tragen. Und hoffen, dass sie die Gefahr erkennen, der wir noch immer gegenüberstehen.« Das mussten sie auch. Den Speer zu vielen Häuptlingen zu tragen sollte sie zusammenrufen. Es war Tradition, mit der Macht eines Gesetzes.

»Der Speer muss von einem Häuptling oder Kriegsführer ausgesandt werden.« Es war Gard Feindhammer, der ihn diesmal zur Vorsicht mahnte, durch die Binde um die Augen nach ihm Ausschau hielt. Die Blasen, die der Zauber der Ymirisch auf seinem Gesicht hinterlassen hatte, waren eingetrocknet und hatten auf Stirn und Wagen weiße Narben hinterlassen, die wie frostige Tränen aussahen.

»In wessen Namen wirst du den Speer überbringen?«, fragte er.

Eine gute Frage. Sláine Langzahn war zurück ins Conall-Tal und in sein Festungsdorf Cruaidh gekommen. Häuptling Narach war tot und Ros-Crana unschlüssig. Und Häuptling T'hule von Conarch … er wollte noch weniger mit Kearn und den anderen Ausgestoßenen zu tun haben als alle anderen zusammen.

»Ich werde ihn im Namen des Häuptlings tragen, der als Erster vortritt und *führt*«, versprach Kearn und schüttelte den Sud seines Ales in die prasselnden Flammen. Wildes Zischen ertönte um das Feuer herum; es gab viele finstere Blicke von jenen, die darum versammelt saßen, als er auf schmalem Grat wandelte und nahe daran war, Ros-Crana als Callaughs Häuptling und Kriegsführerin zu beleidigen.

Er stand auf, und Nahud'r – ihm gegenüber – folgte seinem Beispiel. Er fühlte, wie Mogh hinter ihn trat und sofort seinen Rücken deckte. Er ließ den Becher einfach zu Boden fallen, hörte seinen hohlen, metallischen Aufprall und entließ sich aus Ros-Cranas Gastfreundschaft.

Ihrem Schutz.

Dann war Reave an seiner Seite, mit einer Wildbretkeule in der einen Hand und der anderen auf Kearns Schulter, zum Zeichen seiner Unterstützung. Desagrena und Daol bauten sich neben Nahud'r auf. Keiner hatte die Waffe gezogen. Kearn bezweifelte, dass es jemand täte. Aber seine Leute hatten gelernt, einander zuerst den Rücken zu schützen und sich später um das Einhalten der nötigen Traditionen zu sorgen.

So war das Leben der Ausgestoßenen.

»Dir und deinem Clan viel Kraft, Häuptling Ros-Crana.« Kearn nickte einmal knapp. Dann trat er vom Feuer fort und ließ sich von seinem Kriegerrudel umgeben; sie waren wie Wölfe, die ihren Anführer beschützten.

»Kearn? Kearn! WOLFSAUGE!« Ros-Cranas Stimme klang wie ein Peitschenschlag.

Kearn wartete und sah zurück. Sie war aufgestanden, das Gesicht vor Wut gerötet und mit einem gefährlichen Funkeln in den dämmerblauen Augen. Aber sie kam endlich zu ihm, stieß einen ihrer Leibwächter schnell zurück und bahnte sich mit finsteren Blicken einen Weg an Reave und Nahud'r vorbei, die beide einen ganzen Schritt zurücktraten.

Groß und stark, sah sie jeden Zoll wie ein Häuptling oder eine Kriegführerin aus. Kein Zweifel oder Zögern stand in ihre Miene geschrieben. Nicht die geringste Schwäche lag in ihrer Stimme, obwohl sie sich ihm mit nichts Lauterem als einem Flüstern näherte, während das halbe Langhaus der Konfrontation zusah. Hände griffen verstohlen nach Schwertern und Dolchen.

»Lass es sein, Kearn. Versuch das nicht. Wir haben den Frühling, vielleicht sogar einen Teil des Sommers, um zu heilen. Und man muss sich um Clan Conarch Sorgen machen. Sie sind schwer geschwächt, und es gibt nichts Gefährlicheres als einen Clan, der verletzlich ist.«

War es das, was Ros-Crana in Wirklichkeit abwarten ließ? Schaute sie an die Wand gedrückt nach Norden und bemerkte eine Bedrohung, die Grimnir gleichkam? Oder eine Gelegenheit?

»Grimnir ist mit dem Rest seines Heeres nach Süden geeilt«, erinnerte er sie. »Süden. Das ist nicht der Rückzug eines besiegten Anführers. Er wird schneller zurückkehren, als du glaubst. Ich will herausbekommen, was er vorhat, und mich ihm in den Weg stellen.«

»Er wird dich vernichten.«

»Vielleicht«, gab Kearn zu.

»Narr. Sich der Bestie in den Rachen zu werfen bedeutet keinen Mut, Wolfsauge. Es ist Wahnsinn. Und Wut.«

Er zählte seine Krieger, sah, wie sie jetzt alle näher traten, seinen Weg zum Ausgang sicherten. Kearn schluckte trocken, wusste ganz genau, dass der nächste Schritt der erste auf einem langen Pfad mit nur wenig Ruhe oder Erleichterung sein würde. Und er tat ihn. Bewegte sich von Ros-Crana und ihrer eindringlichen Bitte im letzten Augenblick fort. Wahnsinn. Und Wut.

»Das«, sagte er, »ist vielleicht alles, was uns noch bleibt.«

5

Regen prasselte wütend auf die unteren Hänge des Ben Morgh an diesem Abend, füllte Bachläufe und schnitt neue schlammige Gräben zwischen den zerstörten Hütten von Tuong. Hier trommelte der Regen in einem harten Rhythmus auf die Strohdächer des Dorfes und die Häuserwände, strömte an sich überlappenden Schichten aus dicker Baumrinde herunter. Eisige Tropfen zischten in einer seifenartigen Mischung aus Wasser und Erde, klangen auf seltsame Weise wie Fleisch, das auf Feuer briet.

Und an anderen Stellen spritzte der Regen in blicklose Augen und sammelte sich in den aufklaffenden Mündern von Leichen, die im Schlamm vermoderten.

Lodur trat einen weiteren Toten zur Seite; man hatte ihm das Bein an der Hüfte abgebissen. Er stapfte durch eine tiefe Pfütze. Bereits bis auf die Haut durchnässt tropfte dem Ymirisch das Wasser vom Bart und den dicht anliegenden frostblonden Haaren. Die Feuchtigkeit und ihre eisige Berührung kümmerten ihn wenig. Er hatte sein ganzes Leben mit der Kälte des Winters in seinen Knochen gelebt, und nicht einmal der große weiße Bärenfellumhang um seine Schultern konnte die Kühle abhalten. Eine ungemütliche Nacht machte Leuten von seinem Blut nichts aus.

Und das Unbehagen der Vanirkrieger bedeutete ihm noch weniger.

Grimnirs Kriegsmeute war groß, zählte noch immer mehr als hundert Männer und Frauen. Die meisten drängten sich zusammen mit den Lagerhunden gegen zerstörte Hüttenwände und suchten unter vorspringenden Dachkanten Wärme und Zuflucht. Und in ein paar Zelten oder provisorisch errichteten Unterständen aus Pfosten und Rinde von Hüttenruinen. Ihr Schlaf war unruhig, ihre Nacht voller Zittern und gemurmelten Flüchen. Die stärksten von ihnen hatten das Dutzend unversehrt gebliebener Häuser für sich beansprucht und Feuer entzündet, die schließlich niedergebrannt waren und jetzt einen dumpfen, orangenen Schein durch eingeschlagene Türen warfen.

Von den glühenden Scheiten abgesehen war die Finsternis der Nacht vollkommen. Dicke schwarze Sturmwolken verdeckten Mond und Sterne. Der Regen hatte schon längst alle versuchsweise entzündeten nächtlichen Wachfeuer gelöscht. Trotzdem hatte Lodur keine Schwierigkeiten, seinen Weg durch das Dorf zu finden. Seine goldenen Wolfsaugen nahmen jeden noch so geringen Lichtschimmer wahr, jedes orangerote Flackern. Für ihn war die Nacht kaum schlimmer als eine düstere Abenddämmerung.

Für ihn war die Nacht ein Verbündeter.

Oder wäre es gewesen, unterstünde die Nacht – und die Kriegshorde – noch seinem Befehl.

Er näherte sich der Dorfmitte wie jeder anderen Herausforderung in seinem Leben. Auf kürzestem Weg. Mit Stahl an seiner Seite und einem kalten Eisblock in seiner Brust stieg er den schmalen Pfad hoch, der die Seite eines Felsvorsprungs hinaufführte, wo zwei Vanir den

Weg bewachten. Sie waren selbst für die flammenhaarigen Krieger Vanaheims große Männer, und dennoch waren sie einen halben Kopf kleiner und gute zehn Kilo leichter als Lodur. Einer streckte die Hand aus, als wollte er ihn aufhalten.

Er hätte sie mit den Köpfen aneinanderschlagen können, allein für die Unverschämtheit, einem Angehörigen des Blutes den Weg verwehren zu wollen. Stattdessen schob er sich mit einem finsteren Blick an ihnen vorbei. »Er ruft mich«, sagte der Ymirisch.

Das reichte den Wächtern. Niemand stellte einen Ymirisch infrage, der sich auf *seinen* Willen berief. So wie sich kein wahrer Ymirisch *ihm* verwehrte. Niemals. Und wenn Lodur nun in den Tod marschierte, würde er sich auch ihm wie jeder anderen Schlacht stellen.

Furchtlos. Ohne Schwäche.

Das Langhaus des Dorfes war nicht viel größer als ein gewöhnliches Haus, auch wenn es über ein starkes Dach und dicke Wände und eine gute Position auf dem Vorsprung verfügte. Die Clansmänner hatten sich dort versammeln wollen, es aber schnell wieder aufgegeben, nachdem sie die volle Stärke von Grimnirs aufmarschierender Kriegshorde und den wilden Kreaturen gesehen hatten, die von den oberen, ungezähmten Hängen von Ben Morgh herabbeschworen worden waren. Yetis, die beinahe genauso groß und Furcht einflößend wie Grimnir waren.

Ein paar verwundete Tuong hatten dort drinnen – unfähig zur Flucht – ein letztes, hartes Gefecht geführt. Den anderen Zeit zur Flucht erkauft, um über die weitläufigen Hänge des Berges fliehen zu können, während Grimnirs Yetis die Pfeile gar nicht beachteten, als wären sie bloß ein paar Holzsplitter, und an mehreren Stellen die Hauswände durchbrachen.

Lodur hatte zu jenen gehört, die sich die Köpfe der Tuong geholt hatten, und sie später vor den zerstörten Langhauswänden auf Pfähle gespießt. Vier Männer und eine Frau. Alle mit hohen Stirnen und mit Färberwaid bemalten Gesichtern, beides weit verbreitet unter den Bergclans, die in mehreren Dörfern auf und vor den Hängen von Ben Morgh lebten.

Er erinnerte sich an das Vergnügen, das es ihm bereitet hatte, den ersten noch immer kämpfenden Feind zu köpfen. Die plötzlich hochschießende Wärme, als sich diese Aufregung mit seiner Wut vermischte und er eine Handvoll der flammenhaarigen Krieger durch die eingeschlagenen Wände in das dunkle Innere führte, um zu töten. Eine Wärme, die er seit dem Angriff auf Clan Taur im Winter nicht mehr verspürt hatte. Eine Wärme, die ihm verloren gegangen war, als ihm der *Andere* einen sicheren Sieg gestohlen hatte. Verdorbenes Blut.

Kearn.

Der Name stieg wie ein Flüstern in ihm auf, eine kalte Flamme, die hinter seinen Augen aufblitzte. Ja, Lodur kannte seinen Feind. Seinen falschen Bruder. Und als er das Haus durch das zerstörte Loch betrat, das einst eine Tür gewesen war, verspürte er wieder die kalte Schande seines Versagens. Den verräterischen Sohn Ymirs nicht zu töten, als er die Gelegenheit dazu gehabt hatte.

Und wenn man jetzt sah, was *er* angerichtet hatte!

Grimnir wartete im Inneren. Der Große Schrecken. Der Unverwundbare. Abkömmling des Erstgeborenen von Frostriesen, fast anderthalbmal so groß wie jeder Mann, mit einer dicken, faltigen Haut, Augen wie eine reine, goldene Flamme, und mit wilder Wut, der sich niemand entgegenstellen konnte – oder sollte.

Der riesige Kriegsführer nahm ein Viertel der großen Hütte ein, hockte in einer Ecke neben einem schneeweißen Fell. Das lange, zottelige Haar des Riesensohns war mit altem Blut verklebt. Seine rechte Gesichtshälfte bestand aus einer Masse heilender Narben, die seinen Mundwinkel zu einem ständigen Knurren verzogen. Er ruhte mit einer riesigen Streitaxt auf dem Schoß. In seinen goldenen Augen standen Schmerz und Hass und reiner, blindwütiger Zorn geschrieben.

Das war Lodurs Verbrechen und auch seine Strafe: den Erhabenen so zu sehen. Noch immer unter den Verletzungen von dem Winterangriff auf Clan Conarch leidend, wo sich Kearn dem entgegengestellt hatte, dem man sich nicht entgegenstellen konnte! Lodur war nicht dabei gewesen. Ihn hatte man in Schande fortgeschickt. Aber er hatte gehört, wie dieser Ymirisch mit verdorbenem Blut Grimnir über den Plateaurand gezogen und den Anführer der Nordmänner mit sich in den Tod gerissen hatte.

Und doch hatten es beide überlebt. Kearn, weil er nach kurzem Sturz auf einem Felssims landete. Und Grimnir, weil er nicht durch die Mittel der Sterblichen getötet werden konnte.

Aber der Preis des Überlebens war hoch gewesen. Die Kriegsmeute vernichtet sehen zu müssen. Den Körper so zerschlagen, dass er Zeit zum Heilen brauchte. Nur sein Rachedurst war ungebrochen. Und der war in der Tat schrecklich.

»Kommst spät«, knurrte Grimnir mit einer Stimme, die wie ein Erdbeben grollte, das bereit war, die Welt zu zerreißen.

Das weiße Fell zu seinen Füßen verrutschte, und ein Kopf mit kalten, teuflisch blauen Augen und dolchscharfen, mit Blut verschmierten Zähnen wandte sich um. Der Säbelzahntiger starrte Lodur knurrend an, dann legte er sich wieder hin, hielt aber ein Auge auf den Neuankömmling gerichtet.

Das gewaltige Tier war nicht das einzige andere Wesen in der Hütte. Zwei Zauberer dienten dem Großen. Zwei schlanke Ymirisch, die über Lodurs goldene Augen, das frostfarbene Haar und die bleiche, wachsähnliche Haut verfügten. Sie waren dünner als er, ihre Gesichter schienen ausgezehrt; sie waren ehemalige Krieger, die *Ymirs Ruf* gesegnet hatte. Er hatte ihnen den Weg zur vollen Kraft ihres Blutes geöffnet hatte. Ihrem Erbe.

Einst hatte Lodur geglaubt, eines Tages eine solche Macht erlangen zu können.

Wenn Grimnir ihn leben ließ, konnte er das noch immer schaffen.

»Du hast mir befohlen, nach Überlebenden zu suchen. Zwei versteckten sich in der Nähe zwischen ein paar Bäumen. Einen anderen haben wir aus einer kleinen Höhle ausgegraben.« Sie hatten die Frau tatsächlich ausgegraben und wegen der Mühe, die es sie gekostet hatte, gevierteilt. Ihre Schreie gellten noch immer angenehm warm in seinen Ohren.

»Die anderen?«, fragte Grimnir.

Hier war nur die Wahrheit möglich. »Den Bergen oder den Yeti zum Opfer gefallen. Über die weiten Hänge verstreut oder unten im Conall-Tal unterwegs zu anderen Dörfern der Tuong.«

Und von denen gab es einige. Ben Morgh war ein gewaltiger Berg, der die anderen Gipfel, die in einer geraden Linie nach Norden bis zum Eiglophiangebirge verliefen, zwergenhaft klein aussehen ließ: auf der Westseite heiß und von Flammen vernarbt. Auf den östlichen und westlichen Hängen gab es bewaldete Schluchten und unwegsames Gelände. Und ein kalter, weißblauer Gipfel, der über die Wolken ragte. War es ein Wunder, dass die Cimmerier gerade ihn als »Croms Berg« bezeichneten? Ein passender Thron für ihren verschwundenen Gott?

Mindestens zwei Clans beanspruchten die ausgedehnten niedrigeren Hänge von Ben Morgh und auch das Land der Umgebung. Die Tuong waren die zahlenmäßig größten und am weitesten verbreitet, und offenbar gab es keine zentrale Festung, die man stürmen und vernichten konnte.

»Viele von ihnen sind den Berg hinauf, als würden sie glauben, sie könnten sich über der hohen Schneegrenze vor uns verstecken. Vielleicht gibt es da auch einen Sammelplatz für sie. Ich hatte noch keine Zeit, das zu entdecken. Ich habe deinen Ruf gespürt, Erhabener. Ich bin zurückgekehrt.«

Einer der Zauberer legte einen Breiumschlag auf Grimnirs Seite, wo die Haut ein fleckiges Purpur aufwies und die Knochen darunter seltsam verschoben aussahen. Waren sie gebrochen? Wuchsen sie schlecht zusammen? Grimnir knurrte den Mann an, der die Drohung überging und sich bückte, um die Finger in den Umschlag und das darunter liegende Fleisch zu krallen.

Lodur wartete darauf, dass Grimnir dem Mann die Kehle mit den Zähnen herausriss. Oder dass der Säbelzahntiger seine gewaltigen Reißzähne in die Flanke des Zauberers grub.

Nichts davon geschah. Die Katze ließ Lodur nicht aus den Augen, und Grimnir knurrte, ein tiefes Grollen, das aus den Tiefen seiner Brust kam. Die Schmerzen aber ließen ihn sich nicht bewegen. Der Zauberer verzog das Gesicht, konzentrierte sich jedoch auf seine Aufgabe. Lodur konnte die Veränderung nicht sehen, er fühlte sie aber. Hinter seinen Augen explodierte der Schmerz, und einen Augenblick lang drohte ein violetter Energiestrom seine Sicht zu überwältigen. Etwas jenseits der Dunkelheit, die auf ihn wartete, wenn er die Augen schloss. Formlos. Mächtig. Und etwas, das aus dem Zauberer in Grimnirs Wunden zu *fließen* schien.

Seine Sicht verschwamm, und einen Augenblick lang hatte es den Anschein, als würde er das Bewusstsein verlieren. Aber dann kehrte die Wut zurück. Die Wut, die er in dem kurzen, aber blutigen Angriff auf das Dorf endlich wieder verspürt hatte, die einen Ymirisch wärmen und in der Hölle eines nördlichen Blizzards oder auf dem schlimmsten und brutalsten Schlachtfeld Kraft verleihen konnte. Etwas, das mehr war als einfacher Blutdurst.

Etwas Reines.

Als er sich wieder aufrichtete, sah er, wie der eine Zauberer von seinen Anstrengungen erschöpft schwankte und ihn der zweite konzentriert anstarrte. In den Augen seiner Brüder lag keine Verhöhnung, kein Urteil. Nur kalte, brutale Berechnung. Und der Umschlag auf Grimnirs Seite war zu einer harten Masse erstarrt. Einer harten Masse auf Fleisch und gebrochenen Knochen. Der Brei war zu einer elfenbeingelben Kruste verhärtet.

Der violette Nebel hielt sich am Rand von Lodurs Blickfeld. Er legte sich wie ein Drahtgeflecht um sein Gehirn, schnitt tief ein und quetschte es zusammen. Stieg in einem Schmerz hoch, der drohte, seinen Kopf platzen zu lassen.

»Was soll ich für dich tun?«, fragte er. Seine Stimme klang abgehackt und rau; er verabscheute es, irgendeine Schwäche zu zeigen.

Grimnir lehnte sich vor, die Axt drohend erhoben. Seine Augen blitzten golden und wütend. Plötzlich wirkte er geheilt und zur Schlacht bereit, und seine Riesenkatze knurrte, als sie den Unterschied spürte. Lodur vermochte nicht zu sagen, ob es Schwäche war, die seinen Anführer innehalten ließ, oder die Erinnerung an ihre Aufgabe. Aber der Riesensohn beherrschte sich, senkte die Waffe, auch wenn die Wut weder aus seinen Augen noch aus seiner Stimme wich.

»Nimm zwanzig gute Männer und verlass Berg. Sofort.« Grimnir sprach in gebrochenem Nordheimisch, seine kräftige Stimme, die mit der Kraft eines donnernden Echos ausgestoßen wurde, verstümmelte die nasal klingende Sprache. »Nimm. Übergebe sie Magni.« Ein weiterer von Lodurs Ymirisch. »Dann zurück nach Venarium. Bring mehr.«

Zwanzig Männer für seinen Bruder. Danach sollte Lodur noch mehr von den Vanir holen, die sich in dem Lager im Südwesten versammelten.

Und wo würden die anderen hingehen? Nach Norden, wieder nach Cruaidh? Durch das Tal, auf das Hoathplateau? Mit einer Horde Vanir im Conall-Tal konnte sich Grimnir nichts in den Weg stellen. Während Lodur zurückgelassen wurde, um mit seiner Schande zu leben.

Die Beleidigung war beinahe zu groß, um sie ertragen zu können. Beinahe.

»Ich diene, Erhabener.« Es waren die schwersten Worte, die Lodur jemals aussprechen musste, selbst wenn er sie einem so tierhaften Antlitz sagte, das einem so großartigen Anführer wie Grimnir gehörte. Sie erstickten ihn und hinterließen einen fauligen Geschmack. »Ich gehorche natürlich.«

Aber viel mehr konnte er nicht ertragen. Sein Blut verlangte nach Vergeltung und Mord. Die kalte Berührung des Winters, die in den Tiefen seiner Eingeweide wühlte und selbst im wärmsten Sonnenschein Eissplitter durch seine Knochen jagte, würde sich nicht länger zügeln lassen. Er dürstete nach der gleichen Entspannung, die er in dem Angriff an diesem Tag gefunden hatte. Jetzt, da man ihm erlaubt hatte, diese Hitze wieder zu spüren, würde er nicht lange auf sie verzichten – konnte es einfach nicht. Ungeachtet seiner Schande in Taur, das wusste Lodur. So wie er auch wusste, dass sich Grimnir nicht von den hart ausgesprochenen Worten täuschen ließ.

Der Kriegsführer wusste, wie er sich fühlte. So wie Lodur gewusst hatte, dass man ihn rief und dass die Zauberer die ganze Zeit über angespannt gewesen waren und darauf warteten, dass er die Hand gegen seinen Herrn erhob – woraufhin sie ihn getötet hätten. Auch das war Teil des Ymirischblutes. Oder etwa nicht?

Der Furcht einflößende Anführer grinste und zeigte scharfe Zähne. Dann lehnte er sich zurück, wegen Lodur nicht länger besorgt. Die Treue des Ymirisch war ihm noch immer gewiss, selbst angesichts seiner wachsenden Wut. Lodur missgönnte dem Abkömmling des Ersten Blutes dieses Wissen nicht. Tatsächlich genoss er dieses offene Geheimnis.

Er würde nach Venarium zurückkehren. Und er würde ein letztes Heer mitbringen, um wie eine Axt in weiches Holz in das Conall-Tal zu schlagen. Das würde er tun.

Aber er würde nicht wieder weggeschickt werden.

Bei Ymirs Blut, das würde er nicht!

6

Kearn glaubte nicht an Omen. Trotzdem behielt er den unzuverlässigen Himmel misstrauisch im Auge, als sich seine Krieger am nächsten Morgen zum Aufbruch aus Callaugh vorbereiteten.

Dunkle Gewitterwolken waren über Nacht heraufgezogen, bedeckten das Land der Gebrochenen Beine und türmten sich über dem Bergtal von Callaugh wie ein Amboss auf, der jeden Augenblick in die Tiefe stürzen konnte. Ein leises Grollen kam von dieser Seite der Granitzähne, als würde es von Crom persönlich ausgestoßen werden. Kearn zog den grauen Wolfspelzumhang fester um die Schultern. Vor Tagesende würden noch schwere Regenfälle niedergehen. So kalt und gnadenlos, wie es sie nur im cimmerischen Frühling geben konnte.

Der immer mürrisch dreinblickende Mogh fasste es am besten in Worte. Er stampfte mit seiner Ausrüstung heran, die bereits in schwere Zeltplane eingewickelt war; zwei dicke Taustücke bildeten Riemen, die er sich über beide Schultern geschlungen hatte. Ein neues Breitschwert schlug gegen seine Hüfte, und auf dem Ende seines langen Dolches steckte ein Stück dampfendes Fladenbrot.

Er spuckte aus, dann deutete er mit dem Kopf auf die dunkle Bewölkung.

»Das passt schon«, sagte er.

Ossian lachte hart und schlug seinem taurischen Gefährten auf die Schulter. Aodh und Ashul traten Kochfeuer aus und warfen den Männern, die in unmittelbarer Nähe standen, die letzten heißen Brotfladen zu. Kearn fing einen und balancierte ihn auf der offenen Handfläche, während er sich genug abkühlte, damit man ihn essen konnte. Wallach Graubart fummelte mit dem anderen herum, versuchte ihn mit beiden Händen zu halten, obwohl er doch nur eine hatte.

Kearn sah zu, wie er das Brot vom Boden aufhob und den Dreck und ein paar Grashalme abwischte. Nach Finn war Wallach der älteste Veteran der Gruppe und hatte mehr Überfälle erlebt und in mehr Schlachten gekämpft als zwei Clansmänner in Kearns Gruppe zusammen. Im Kampf gegen Grimnir hatte er seine linke Hand durch eine Streitaxt verloren. Kearn hatte ihn mit vier anderen festgehalten, während Desagrena die Wunde mit einer rot glühenden Klinge kauterisiert hatte. Der noch immer wunde Stumpf wurde nun von einer Manschette aus gekochtem Leder bedeckt.

Sein eisengraues Haar war oben auf dem Kopf dünn und spärlich, an den Seiten aber lang genug, um zu einem Pferdeschwanz zusammengebunden werden zu können. Sein Bart war dicht und eckig geschnitten; er war fast vollständig grau, nur an einigen Stellen war noch etwas Schwarz übrig. Wallach fungierte oft als der Waffenmeister der kleinen Gruppe, und auch nur mit einer Hand war er eine Bereicherung – schleppte ein Bündel auf der rechten Schulter und ein massives Breitschwert auf dem Rücken.

Zum Aufbruch bereit.

Kearn biss in sein Brot, durch eine dunkle Kruste, die hauptsächlich nach schalem Fett schmeckte. Dann beobachtete er und wartete. Nur wenige Angehörige von Clan Callaugh hatten sich die Mühe gemacht, zu ihnen zu kommen und die Talleute zu verabschieden. Ein paar Krieger, die an der Seite von Kearn und seinem Rudel gekämpft hatten. Ein paar Frauen, die mit Mogh, Daol und Brig Baum das Lager geteilt hatten und Reiseproviant in Form von getrocknetem Rindfleisch brachten. In Daols Fall war es ein rasiermesserscharf geschliffener Dolch aus blauem Eisen.

Von einer jungen Callaugh-Frau eine Waffe zu bekommen war keine kleine Geste. Aber eine so wertvolle Klinge zu erhalten, das machte den jungen Mann sogar verlegen. Er nahm sie nach einem Seitenblick auf seinen Vater an. Dann streckte er die Hand aus und zog den linken Zopf der Frau nach vorn, um ihr Ohr zu verhüllen. Ihre blauen Augen brannten vor Interesse und Stärke, und sie nickte. Falls sie erwartet hatte, von der kleinen Kriegergruppe mitgenommen zu werden, zeigte sie ihre Enttäuschung jedenfalls nicht. Offenbar reichte ihr Daols Geste der Zuneigung und das, was dem Versprechen gleichkam, zu ihr zurückzukehren. Wenn er konnte.

Falls er konnte.

Ein besserer Abschied, als Kearn ihn je zustande gebracht hatte. Andererseits, was sich zwischen ihm und Maev, Buroks Tochter, zugetragen hatte, war nur wenig mehr als ihre Vorkehrungen für die Zukunft gewesen. Oder nicht? Für sie? Es war besser für sie, wenn sie nicht wusste, ob ihr der feindliche Ymirisch einen Bastard gemacht hatte. Hatte sie behauptet.

Maev war mit ihren Clansleuten gegangen, als die kleine Gruppe in Taur aufgebrochen war. Aber zwischen ihnen waren keine Worte gefallen. Es hatte keine Versprechen gegeben. Sie hatte sich geweigert, auch nur den kleinsten Blick mit Kearn Wolfsauge zu wechseln.

Nicht der Abschied, den Kearn seinem Freund gewünscht hätte. Er wünschte Daol in solchen Dingen mehr Glück.

»Eine hübsche Klinge.« Das war alles, was Hydallan sagte, als sein Sohn zu der sich versammelnden Gruppe zurückkam.

Ehmisch humpelte zusammen mit Desagrena und Reave heran. Nahud'r hüllte sich in einen dunklen Wollumhang und wickelte sich nach einem Blick auf den unheilvollen Himmel einen langen Schal um den Kopf. Nach Wüstennomadenart.

Daol schob den Dolch in seiner Scheide unter den breiten Kiltgürtel. »Das ist sie«, sagte er.

Reave konnte dies jedoch nicht auf sich beruhen lassen. »Das ist bloß gerecht«, sagte der Hüne mit tief grollender Stimme, die an den Donner erinnerte, der in den nahen Bergen krachte. »Sie muss das Gleiche über deine gedacht haben.« Er grunzte, als ihm die Bemerkung Desas Ellbogen in die Rippen einbrachte.

Daol sah seinen Freund an, erwiderte aber nichts. Dann studierte er bemüht den feuchten, schwarzen Felsenvorsprung, von dem wie immer der Niederschlag der heißen Quellen herunterdampfte.

Aber nicht jeder von denen, die sich am Talrand versammelten, waren mit einem knappen Nicken oder einer verstohlenen Umarmung zufrieden. Nahud'r sah sie als Erster, als sie sich von der anderen Dorfseite näherten. Drei Männer auf Pferden und ein weiterer, der neben dem führenden Tier ging und eine Hand auf seine Flanke gelegt hatte. Der Shemite nickte in ihre Richtung; wie immer ruhte seine linke Hand auf dem Griff seines langen Krummsäbels.

Kearn schlang den Rest des Brotes hinunter und leckte sich das Fett von den Fingern; er wusste, dass es in den kommenden Tagen oft eine derartige Kost geben würde. Sah zu, wie sie näher kamen. Er hatte *etwas* erwartet. Wenn auch nicht unbedingt das. Ein Teil von ihm hatte erwartet, dass Ros-Crana sie persönlich verabschiedete, aber offenbar hatte sie am Vorabend alles gesagt, was sie zu sagen hatte. Stattdessen wartete er, während Gard Feindhammer mit seiner Augenbinde und die drei Aquilonier auf ihren Pferden herankamen.

Sie alle waren für eine Reise ausgestattet, hinter den Sätteln waren Bündel festgeschnallt oder wie in Gards Fall hinter der Schulter. Er trug auch eine Pike mit einer Speerspitze und benutzte ihr Ende jetzt als Wanderstab.

Die Reiter trugen Kettenhemden und Leder, und die Kapuzen waren zurückschlagen und entblößten ihre Köpfe dem nebelähnlichen Dampf, der durch das Tal wehte. Sie hatten sich große Schilde auf den Rücken geschnallt und trugen Lanzen von doppelter Mannslänge. Kearn hatte sie aus nächster Nähe damit umgehen sehen, wie sie Nordmänner aufspießten und zu Boden ritten. Die Eisenspitze einer jeden Lanze war in Blut getaucht gewesen.

Jetzt hielten die Reiter die Lanzen stolz nach oben gerichtet, flammend rote Wimpel wehten daran. Der Mann an der Spitze war nicht der Mann, dem er in der Schlacht geholfen hatte, aber die Augen eines Jägers und die selbstbewusste Haltung seiner Schultern machten ihn für Kearn sofort als Anführer erkennbar.

Der Mann, den er als Ersten versucht hätte zu töten, falls er diese Eigenschaften bei einem Kampf entdeckt hätte.

»Wolfsauge«, sagte der Pferdesoldat als knappen Gruß. Entweder kannte er sich in den cimmerischen Bräuchen aus oder er hatte Probleme mit der Sprache, denn er kam sofort zur Sache. »Du weißt, wer wir sind?«

»Ihr seid die *diplo-matische* Gesandtschaft aus Aquilonien.« Er stolperte über das für ihn fremde Wort. Häuptling Narach, Ros-Cranas Bruder, hatte es ihm einmal erklärt. »Heißt, ihr sprecht für König Conan.« Und er hatte genug von diesem Gerede.

Aber Gard Feindhammer hinderte ihn daran, sich abzuwenden; er trat vor und stemmte seine Pike vor Kearn auf den Boden. »Das ist ein Teil der Bedeutung, Kearn. Sie *handeln* auch für Conan. Du hast sie kämpfen sehen.«

Das hatte er. Und darum schenkte er ihnen noch einen Augenblick.

»Die Geschichte gestern Abend.« Der Reiter sah mit rätselhaftem Blick zu ihm herunter. Er sprach auch weiterhin wohlüberlegtes, schlichtes Cimmerisch. »Die bei deiner Ankunft am Feuer erzählt wurde. Ist sie wahr?«

Kearn zuckte die Achseln. »Eine Geschichte über Conan«, erwiderte er, als würde das alles erklären.

Aber damit gab sich der Aquilonier nicht zufrieden. »Ist sie *wahr*?«

In jeder Einzelheit? Nicht mal annährend. Aber er glaubte nicht, dass der Kavallerist das meinte. Nicht nach dem durchdringenden Blick zu urteilen, mit dem er auf eine Antwort wartete.

»Wahr genug«, sagte Kearn so kurz angebunden, als hätte man ihm die Antwort entrungen.

Das reichte den Soldaten, die sich schweigend einen Moment lang anblickten. Der dritte Mann ganz hinten, der

Mann, *den* Kearn bei dem Kampf gerettet hatte, nickte zur Unterstützung.

»Du gehst nach Süden«, fuhr der Kavallerieoffizier schließlich fort. »Wir würden dich begleiten, zumindest bis ins Gunderland.«

Das *war* zumindest der Plan: die Granitzähne und den gewaltigen Gipfel von Ben Morgh im Süden zu umkreisen und über Venarium ins Conall-Tal vorzustoßen. So umging man den Blutpass und vermied die abtauenden Wassermassen des Frühlings, die die Bergpfade trügerisch machen würden, wie auch die Möglichkeit, dass die Vanir ihre Stellungen zurückerobert und ausgebaut hatten. Er hatte nicht länger ein Heer in seinem Rücken.

»Schlechter Boden in Venarium«, meldete sich Hydallan zu Wort. »Taugt nicht viel für Pferde, das kann ich euch sagen.«

Der andere Soldat zuckte die Achseln und tätschelte den breiten Hals seines Tieres. »Sie haben es durch den Norden geschafft. Sie können es zurückschaffen.«

Kearn neigte dazu, in den gleichen Bahnen wie der alte Fährtenleser zu denken. Nur wenige Cimmerier hielten etwas von Pferden, ausgenommen als Schlachtvieh. Und diese südlichen Viecher waren viel schlanker und sahen noch weniger belastbar aus als die zotteligen Gäule, die ein paar Clans als Arbeitstiere hielten.

Und Reisen? Seine Krieger konnten die meisten vierbeinigen Geschöpfe bei langen Entfernungen hinter sich lassen, ein Terrain erklimmen, das kein Pferd auch nur hoffen konnte zu ersteigen. Es waren zerbrechliche Geschöpfe, die sich ständig das Bein brachen oder einfach tot umfielen, wenn man sie zu sehr oder zu schnell antrieb. Und wenn sie sich erschraken und durchgingen, dann meist mit den Vorräten auf den Rücken.

»Und du?«, fragte Kearn den Blinden, und ein ungutes Gefühl warnte ihn vor der Absicht des Cruaidhers.

»Ich komme mit«, sagte dieser sofort.

»Wir reisen schnell, Gard Feindhammer. Keine Zeit, dich an der Hand zu führen.«

Eine gefühllose Einschätzung, aber gerecht. Kearn konnte sich die Dunkelheit nicht einmal vorstellen, in die die befremdlichen Zaubereien der Ymirisch Gard geworfen hatten. So viele Clansmänner hätten sich lieber dazu entschieden, von einem solchen Schicksal »erlöst« zu werden, statt Clan und Sippe zur Last zu fallen. Sláine Langzahn hätte sich darum kümmern sollen, statt seinen ehemaligen Ersten Wächter der Wohltätigkeit der Callaugher zu überlassen.

»Du würdest uns behindern, selbst wenn du eines der Pferde rittest.«

Aber Gard war nicht so hilflos, wie es den Anschein hatte. Und die Augenbinde war auch nicht annähernd so dick, wie es erschien. Der stämmige Cruaidher tat einen Schritt nach vorn, die Pike schwang wie ein Schemen nach oben und zur Seite. Die Spitze aus blauem Eisen raste auf Kearns Ohr zu, wo Gard sie durch eine Kraft, die in vielen Jahren der Übung entwickelt worden war, plötzlich anhielt. Dann zog er sie mit einer winzigen Richtungsänderung langsam in einem Abstand von kaum einem Fingerbreit an Kearns Hals vorbei.

»Meine Augen heilen, Kearn Wolfsauge. Heute bist du ein Schatten. Am Ende des Monats werde ich dich wieder klar erkennen können. Sláine Langzahn wollte nicht warten, aber ich werde nicht länger von der Großzügigkeit von Clan Callaugh leben. Als Ausgestoßener.«

Kearn musste nicht erst seine Krieger abstimmen lassen. Er kannte keinen, der nicht zumindest einen gewissen Respekt vor Gard Feindhammer entwickelt hatte, als er noch der Erste Wächter von Clan Cruaidh gewesen war. Und sie alle hatten selbst erlebt, was für ein Gefühl es war, wenn man von seinem Heimatclan verstoßen wurde oder sich aus eigenem Antrieb gegen ihn stellte.

Und darum würde er Gard die gleiche Chance geben wie allen anderen auch.

»Du hältst mit. Oder wir lassen dich zurück.«

Er wollte sich schon umdrehen, aber Gard trat vor und legte ihm die Hand auf den Arm; die andere ließ er auf der Flanke des Pferdes liegen. »Und die Aquilonier?«, fragte der Krieger und erinnerte ihn an ihre Bitte.

Hätten die Reiter aus Sorglosigkeit oder Bequemlichkeit gefragt, er hätte sie abgelehnt. Aber es hatte ihnen etwas bedeutet, dass sich Kearn und seine Krieger für ihre Sippe gegen die Vanir gestellt hatten. Offenbar noch mehr als die Tatsache, dass Kearn gegen Grimnir angetreten war und es überlebt hatte.

Er nickte. Kurz angebunden.

»Aber sollten die Pferde anfangen zu lahmen, schlachten wir sie und gehen dann sofort weiter«, sagte er zu Gard statt zu dem Kavallerieoffizier. Als übergebe er dem verwundeten Clansmann den Befehl. Was auch so gemeint war. »Sorg dafür, dass sie das begreifen.«

Der Aquilonier antwortete. »Ich verstehe, Wolfsauge.«

Kearn beachtete ihn nicht und schickte Daol und Hydallan mit einem Blick los, um die südlichen Wege aus dem Tal von Callaugh zu erforschen. Ehmisch rückte seine Ausrüstung zurecht und folgte ihnen. Dann kamen Ashul und Aodh und Wallach Graubart. Der alte Finn humpelte ihnen hinterher.

Die anderen setzten sich in ihrem eigenen Tempo in Bewegung.

»Mach ihnen klar, dass wir von Sonnenaufgang bis Sonnenuntergang unterwegs sind.«

»Ich kann dich hören, Kearn.«

Natürlich konnten sie das. Aber sie waren Außenseiter, gehörten keinem Clan an. Und Kearn vertraute ihnen nicht im Mindesten.

Er wollte, dass Gard Feindhammer das verstand.

»Ich sage es ihnen«, erklärte Gard. Dann schlug er dem Tier auf die Flanke und ging den anderen nach, benutzte die Pike als Wanderstab und drehte den Kopf ständig von der einen auf die andere Seite, las aus den Schatten.

Kearn wartete nicht ab, ob die Reiter ihnen nun folgten oder nicht. Er setzte sich ebenfalls in Bewegung, das Kurzschwert am Gürtel und die Bettrolle mit einem kurzen Stück Seil zu einer Reiseschlinge gebunden. Und eine enge Gruppe bildete sich um ihn, als sich Nahud'r und Reave und Desa um ihn scharten.

Er schaute auch nicht zurück, bis sie den Kamm des Steilweges erreichten, der aus dem Tal führte, das wie eine Schüssel geformt war. Er tat es nicht, um zu sehen, ob ihnen die Reiter folgten – was sie allerdings taten. Er sah, wie sie langsam den Weg erklommen, die Pferde sich ihre eigene Geschwindigkeit suchen ließen. Und dahinter standen noch immer ein paar Leute und sahen zu. Daols Frau. Und ein paar andere.

Aber keine Ros-Crana.

Auch gut. Er war fertig mit den nordwestlichen Territorien. Und die Chancen, sie jemals wiederzusehen, standen schlecht. Die Tage von Clan und Sippe lagen nun hinter ihm. Also richtete er seine Aufmerksamkeit nach Süden, auf den Weg und das, was sie dort erwartete.

Und seine Wölfe schlichen sich aus dem Tal von Callaugh.

7

Das Heulen setzte zu Beginn der Abenddämmerung ein, als regenschwangere Wolken grünlich schwarze Farbe annahmen und die Ostwinde auffrischten, um die massive Wolkenschicht gegen den westlichen Rand der Granitzähne und den Ben Morgh zu drücken.

Fünf Tage.

Fünf Tage lang ein mühsamer Marsch durch den Schlamm, und der Schreckenswolf hatte sich nur selten blicken lassen. Fährten im Boden, der vom Regen aufgeweicht war. Ein silbergrauer Schemen, der sich von frischem Frühlingsgrün abhob – und dann gelegentlich blutige Spuren, wo das Tier Beute gemacht hatte. Doch in der Nacht konnten die, die nach Frostpfote Ausschau hielten, ihn am Lagerrand herumschleichen sehen, wie die hellen goldenen Augen das Kochfeuer widerspiegelten. Angezogen vom Licht und dem grünen Rauch, dem Duft von bratendem Fleisch.

Kearn hielt immer danach Ausschau.

Zu diesem Zeitpunkt reagierten selbst die Pferde nicht mehr so nervös, wenn sie das Raubtier in dieser Nähe spürten und die Reiter ihre Tiere mit geübter Mühelosigkeit beruhigten. Nur Valerus, der Aquilonier, bei dessen Rettung Kearn geholfen hatte, machte sich die Mühe, eines Abends eine Bemerkung fallen zu lassen.

»Er hat dich nie angegriffen?«, fragte er und blickte über die Schulter, um nach den vom Feuerschein erhellten

Augen zu suchen, als würde er sich sorgen, dass sich der Schreckenswolf hinter ihm anschlich. »Oder eure …« Er unterbrach sich, als ihm einfiel, dass Cimmerier keine Reiter waren. »Oder einen von euch?«

Kearn kaute langsam ein Stück Hasenfleisch, verlängerte den Geschmack, um seinen Magen fälschlicherweise davon zu überzeugen, dass er mehr als diese kleine Portion Fleisch bekommen hatte. Da sie sich schnell vorwärts bewegten, blieb Daol nicht viel Zeit zur Jagd. Die Gruppe würde die Vorräte so lange strecken, wie das nur möglich war.

»Nur mich«, gab er zu. »Einmal.«

Halb verhungert und allein war Kearn in den Tiefen des langen, grausamen Winters, der noch immer nicht geendet hatte, auf die Südgrenze Cimmeriens zugelaufen, aus Gaud verstoßen, nur weil der neue Häuptling den seltsam aussehenden Clansmann nicht ausstehen konnte und ihm nicht vertraute. Wegen seines frostfarbenen Haars und der goldenen Wolfsaugen.

»Wilde, grausame Bestien«, sagte Strom, der Anführer der drei Reiter.

Valerus nickte. »Und jetzt folgt er dir?«

»Er kommt und geht, wie er Lust hat«, sagte Kearn und wandte sich wieder dem Feuer zu, ging in der Hocke nach vorn, bis er die Hitze auf seinem Gesicht spüren konnte. »Wie alle anderen auch.«

Nicht wie alle anderen. Der Schreckenswolf verfolgte sie nicht, befand sich nicht auf der Jagd, sondern blieb immer am Rand ihres Pfades, ein dunkles Flüstern in den Schatten. Tatsächlich lag es vermutlich an seiner stillen Gegenwart, dass man den Wolf so einfach als Mitglied ihres Außenseiter-Clans anerkannte. Ihres Rudels. Er stellte keine Ansprüche und hatte sich gelegentlich als nützlich erwiesen. Warnte sie, wenn sich Fremde – oder Feinde – näherten. Scheuchte Wild auf, das vermutlich nicht einmal Daol oder Hydallan gesehen hätte.

Und jetzt, als der Abend über die sich abmühende Gruppe hereinbrach, heulte der Wolf. Heiser und wild. Zuerst vor ihnen. Dann von der einen oder anderen Seite. Als würde er zwischen den verkümmerten, dürren Kiefern umherschleichen, die aus dem felsigen Boden wuchsen.

Es war ihr erster Tag abseits der schlammigen Pfade und der bewaldeten Hänge, auf uraltem Lavagestein, das sich nördlich und östlich von den Ausläufern des Ben Morgh ausbreitete. Der dunkle Felsen sammelte sich in fremdartigen Senken oder stieg als Buckel empor, die an Wachs erinnerten, das zur Hälfte geschmolzen war. Das war eine andere Seite des gewaltigen Berges, der die Granitzähne verankerte. Eine wütende, gewalttätige Seite, die Kearn nie zuvor gesehen hatte.

Im Conall-Tal, in dem die meisten Angehörigen des Rudels ihr ganzes Leben verbracht hatten, beherrschte Ben Morgh mit seinem riesigen, schneebedeckten Gipfel den westlichen Teil des Himmels. Ein ruhiges, freundliches Antlitz, das auf sie herunterstarrte. An vielen Tagen trug der Gipfel einen Bart aus frostigen Wolken, vor allem im Winter und Frühling. Aber an klaren, ruhigen Sommertagen inspirierten die hohen Hänge viele Langhaus-Geschichten. So erzählte man sich, dass Crom, der ferne Gott der Cimmerier, auf dem Ben Morgh seinen letzten Fußabdruck auf Hyperborea hinterlassen hatte, und darum war der Berg ein Ort der Macht. Einst hatte man Häuptlinge und große Krieger auf dem Berg – diesem Haus Croms – zur letzten Ruhe gebettet, und nicht auf dem Grabfeld der Häuptlinge. Die Verzweifelten reisten noch immer dorthin, um Croms Segen zu suchen.

Was auf dem Berg zu finden war, blieb sagenumwoben. Für jede Geschichte voller Wunder gab es auch eine voller Wahnsinn. Es gab sogar eine Geschichte über Conan – wie konnte es auch anders sein! Darin entdeckte der sagenhafte Krieger uralte Grüfte, die von untoten Kriegern beschützt wurden.

Kearn hatte nie verstehen können, wie ein so prachtvolles Antlitz gleichermaßen zu Schönheit und Schrecken anregen konnte. Bis jetzt. Die östliche Seite des Ben Morgh hatte kaum Ähnlichkeit mit der westlichen. Finster. Zerklüftet. Weiter oben mit Schnee bedeckt, aber viele der unteren Hänge waren mit frischen Narben verkrustet. Auf einem Stück zog ein heller roter Strich eine lange Narbe über das Antlitz, wo die Erde wieder blutete.

Sie hielten Abstand. Der Untergrund war schwierig genug zu begehen, Geröll und Steinsplitter gaben unter ihren Stiefelsohlen nach. Selbst die schwieligen Hände der Cimmerier hatten Mühe, einen Halt zu finden. Die Reiter waren oft gezwungen, lange Umwege zu machen, die sie weit von der Hauptgruppe trennten; sie mussten sich sichere Wege über die Schlacke suchen. Selbst Gard Feindhammer kam besser voran, verließ sich auf das stumpfe Ende seiner Pike und einen entschlossenen Schritt, der immer davon ausging, auch beim nächsten Mal wieder Halt zu finden.

Die Gruppe aus Kriegern und Reitern hatte sich auf den zerklüfteten Ebenen zu einer langen, unregelmäßigen Kolonne auseinandergezogen. Aber jetzt schloss Kearn zu Daol und Ehmisch auf, die auf einer großen, runden Kuppel aus gefurchter Schlacke kauerten. Der alte, blasige Felsen hatte die Wärme des Tages gespeichert, und als die ersten dicken Regentropfen fielen, wurde die Luft plötzlich warm und feucht: die falsche Wärme des Sommers. Ehmisch schnupperte, als wollte er den Wolf riechen. Daol hatte beide Hände auf den Boden gelegt.

»Vermutlich gefällt ihm der Untergrund nicht«, vermutete Daol. Er rieb über die rauen Steinfurchen und hielt dann die Hand hoch, um die Vertiefungen zu studieren, die sich in seine Haut und die Nägel gegraben hatten. »Will er uns dazu bringen, umzukehren?«

Ehmisch sagte nichts, und Ossian gesellte sich zu der kleinen Gruppe, die dort hockte, suchte das Zwielicht nach einer Spur des Tieres ab. In der Ferne schwebten feine Nebelschwaden herbstlichem Bodennebel gleich über den felsigen Untergrund. Vielleicht war es auch Dampf.

»Was gefällt deinem Wolf nicht, Kearn? Angst vor hartem Gelände?«

»Hör zu«, sagte Ehmisch.

Kearn schüttelte den Kopf. Die Mähne frostfarbenen Haares strich über seine Schultern. »Das ist keine Angst.« Und es war auch kein Jagdruf. Den hätte er nach so vielen Monaten in der Gesellschaft des Wolfes erkannt. »Das ist Wut. Jemand reizt Frostpfote zur Weißglut.«

»Hört doch!«, sagte Ehmisch erneut, diesmal nur drängender.

Er hielt das Kinn in die Höhe und den Kopf in den Nacken gelegt, als wollte er die feuchte Brise einatmen. Doch er schnupperte nicht. Er hielt die Augen geschlossen, während er nach einem fernen Laut horchte.

Doch Kearn hörte nichts außer einem schlurfenden Schritt

auf Geröll und das angestrengte Grunzen, als sich seine Krieger über den trügerischen Boden vorarbeiteten. Das Zerplatzen dicker Regentropfen auf Stein. Das Klatschen von Leder auf Haut. Klirrender Stahl.

Stahl!

Kearn riss die Augen auf und sah auf Daols und Ossians Gesichtern die gleiche Erkenntnis. Es war da. Gerade eben am Rande ihres Hörvermögens, wie ein fernes Echo, das über das Lavagestein durch die Luft herangetragen wurde. Stahl traf auf Stahl. Und – so glaubte er zu hören – da waren die Rufe von Männern und das Gejaule eines verwundeten Tieres. So etwas *würde* einen Jäger wie den Schreckenswolf aufregen.

Kampfeslärm. Was meist Vanir und Clansleute bedeutete, die um ihr Leben kämpften. Irgendwo vor ihnen auf der gewaltigen Lavaebene.

Es blieb keine Zeit für Pläne, und sie hatten auch keine große Ahnung, was sie vorfinden würden. Trotzdem erhob sich Kearn und gab seinen Kriegern, die sich noch immer auf dem unsicheren Pfad vorankämpften, ein Zeichen. Von den Aquiloniern war keine Spur zu entdecken, und es war auch keine Zeit, sie zu suchen. Er wedelte wild mit den Armen über dem Kopf und erregte ihre Aufmerksamkeit. Sie blieben stehen, schauten hin. Er ballte die Faust über dem Kopf, hielt sie einen Moment lang erhoben, dann stach er mit der Hand in Richtung der Gefahr. Es gab keine Rufe zur Antwort, kein Gebrüll. Aber alle bewegten sich nun schneller, blieben dabei geduckt, während sie hinter ihrem Anführer hereilten. Hände legten sich auf Schwertgriffe und Schilde wurden von Schultern gestreift.

Die Jagd hatte begonnen.

Es war nicht weit. Vielleicht eine Meile. Auf dem Lavastein hallten die Geräusche auf seltsame Weise. In dem einen Augenblick waren sie weit entfernt. Im nächsten ganz nahe. Bevor Kearn die Schlacht sehen konnte, wusste er bereits, dass keine Cimmerier daran beteiligt waren. Männer aus dem Süden. Den Flüchen und Rufen nach zu urteilen, die er hörte, waren es möglicherweise Aquilonier.

Dann stolperte er über einen Spalt im Boden, aus dem Dampf in die Höhe schoss. Der kochend heiße Strahl verbrannte ihn knapp hinter der Beinschiene am linken Unterschenkel. Er sprang zur Seite, brachte den Schild zwischen sein Bein und die schreckliche Hitze.

Der Lavauntergrund war gar nicht so alt oder tot, wie sie gedacht hatten. Wie sich nun herausstellte, handelte es sich bei dem aus der Ferne beobachteten Bodennebel doch um Dampf. Er stieg aus Spalten im Boden auf und sickerte gelegentlich auch aus porösen Felsen – als stünde das Land selbst in Gefahr, Feuer zu fangen. Kearn erkannte den Geruch von Schwefel aus der Zeit in Callaugh. Aber hier gab es keine heißen Quellen. Nur eine narbige, unvollendete Landschaft, in der erst vor kurzer Zeit selbst die geringsten Ansätze von Leben wieder versiegt waren.

Auch weiter fiel Regen in großen, unregelmäßigen Tropfen. Doch er brachte nur wenig Erleichterung. Die starke Hitze, die aus dem Boden strömte, rührte vermutlich weniger von der Wärme des Tages als vielmehr von der Tätigkeit im Untergrund her. Kearn hatte nie gesehen, wie die Feuerberge in den Granitzähnen Lava auf den Boden ergossen, aber er hatte von den Reisenden aus dem Westen, wo dieser Anblick weitaus verbreiteter war, Geschichten gehört. Geschichten von flüssigem Felsen, der orange und hell glühte, wenn er aus der Tiefe, wo – wie manche behaupteten – Götter um die Macht rangen, ans Tageslicht gedrückt wurde. Er hatte ihnen nie viel Beachtung geschenkt, da solche Kämpfe unter Croms Würde und deshalb für Cimmerien unwichtig waren.

Zumindest hatte er das geglaubt.

Aber das rötliche Glühen vor ihnen, das schrille Klagen eines verletzten Pferdes und die Flüche schmerzerfüllter Männer ließen ihn zweifeln, ob solche simplen Behauptungen angebracht waren. Manchmal bedeuteten die Dinge den cimmerischen Clans mehr, als die meisten dachten oder zugaben, wie er fand. Und schnell geschah es, dass man sich von diesem Verlust an Gewissheit verraten fühlte. Oder von dem Verlust der Sicherheit.

Dann führte er sein Rudel Ausgestoßene über einen scharfkantigen Hügelkamm, und es blieb keine Zeit mehr, über solche Dinge nachzusinnen. Eine Hitzewoge schoss mit brütender Heftigkeit über den Grat, raubte den Atem und brannte schwefelig in den Augen. Ihnen blieb kaum genug Zeit, sich den Albtraum, der sich vor ihnen ausbreitete, anzusehen, bevor die Vanir lautstark nach ihrem Tod verlangten.

»Croms Blut«, flüsterte Ehmisch und stolperte gegen die dicht gedrängt stehende Gruppe, die Kearn umgab.

Es sah wie Blut aus. Kleine Adern, die in der hereinbrechenden Dunkelheit rötlich oder orangerot glühten. Die die Gesichter und nackten Arme und die Schwerter und Schilde der kämpfenden Männer in ein fremdes Licht tauchten. Sie in Dämonen verwandelten. Ein langer Finger aus *sich bewegendem* Stein kroch an einer großen und flachen Felsplatte vorbei. Der sporadische Regen landete darin, Tropfen verwandelten sich zischend in Dampf. Die Steinmasse pulsierte und brodelte langsam wie etwas Lebendiges. Wie etwas, das Kearn so fürchterlich falsch erschien, obwohl er kaum genug Zeit hatte, den Gedanken zu Ende zu führen, da der erste Pfeil neben seinem Fuß zersplitterte.

Der Kampf hatte sich über die ganze Platte ausgebreitet, in viele dicht gedrängt stehende kleine und ein paar große Gruppen und viele Zweikämpfe. Die Vanir trugen die Röcke und Lederharnische, die bei den Nordmännern so weit verbreitet waren. Gehörnte Helme. Beinschienen aus Bronze und silbrige Armschienen. Sie schwangen Breitschwerter und riefen in der nasalen Sprache Nordheims.

Die Hyperboräer schienen sich aus hochgewachsenen schlanken Aquiloniern und vielleicht ein paar der Gundermänner mit gelbbraunen Haaren zusammenzusetzen, die manchmal zu Raubzügen ins Conall-Tal hinaufzogen. Im Licht der rot glühenden Lava war das schwer zu sagen. Männer in langen Gewändern und Männer in Kettenhemden. Ein paar trugen die konischen Helme Aquiloniens. Die Gundermänner, wenn es denn welche waren, kämpften ohne Kopfschutz mit Piken oder Schlachtkeulen. Sie kämpften Rücken an Rücken, manchmal auch in einem Dreieck um ein gefallenes Pferd.

Eine Handvoll Kaufleute und Soldaten kämpften sich mit einem halben Dutzend Lastpferden nach Norden. Und genauso viele Vanir verfolgten sie.

Es gab doppelt so viele Nordmänner wie Männer aus dem Süden. Ihren beladenen Pferden nach zu urteilen handelte es sich bei ihnen vermutlich um Kaufleute. Die Karawanenwächter traten den ungleich verteilten Chancen mit großen Schilden und Breitschwertern entgegen, als sich die Vanir auf sie stürzten wie Hunde auf Frischfleisch. Die Männer in der besseren Kleidung hatten oft das Glück, Kurzschwerter zu tragen. Das mochte zwar gut genug sein, um den ersten Schlag abzuwehren. Aber nicht stark genug, um wiederholten, heftigen Angriffen standzuhalten.

Dem ersten folgten weitere Pfeile. Ein Funken blitzte in Kearns Bewusstsein auf – wie ein warnender Blitz – und er riss den Schild schnell hoch. Ein Jagdpfeil durchbohrte den Eisenbeschlag und blieb im Holz stecken.

Kearn hielt das Kurzschwert bereits in der Hand und fuhr reflexartig über den Schild, schnitt den Pfeil ab. Dann sprang er seitlich nach vorn, verließ den deckungslosen Kamm, während seine Krieger hinter ihm herbeieilten. Es war ein kurzer Sprung auf einen unnachgiebigen Sims, und sein Fuß traf hart auf, schlitterte über Geröll.

Drei hüpfende Schritte trugen ihn von dem niedrigen Sims, und ein kontrollierter Sturz ließ ihn hinter zwei Vanir landen, die mit Streitäxten auf einen schweren Schild einhieben, den ihnen ein Gundermann mit tonnenförmiger Brust ins Gesicht hielt. Der bedrängte Krieger beschützte mehr aus Stolz ein gestürztes Lastpferd, zwei offensichtlich gebrochene Beine ließen das Tier vor Schmerzen kreischen.

Kearn stolperte, stützte sich mit einer Hand auf dem unebenen Untergrund ab und stach nach oben. Stieß mit der Spitze des Kurzschwertes zu, genau wie man es ihm beigebracht hatte, um die Reichweite zu vergrößern. Die Klinge durchschnitt die Lederrüstung, genau zwischen den schmalen Stahlreifen, die die Seite des Nordmannes schützten – und stach tief.

Der Krieger heulte vor Schmerz und Wut auf, senkte die Deckung lange genug, damit der Gundermann zuschlagen und eine Wunde durch einen deckungslosen Hals stoßen konnte. Blut sprühte in einem heftigen Strahl über den Boden und Kearns Hände, benetzte sein Gesicht mit warmen, roten Flecken.

Der zweite Vanir reagierte reflexartig, wandte sich der neuen Bedrohung mit einem waagerecht geführten Rundumschlag zu. Die große Axtklinge verfehlte nur knapp Kearns Magen, traf den Schildrand und riss ihn ihm beinahe aus der Hand.

Die Kraft, die dahinter steckte, riss Kearn herum und öffnete so seine Deckung. Der Nordmann nutzte den Schwung zu einem nachfolgenden Hieb über den Kopf, drehte sich herum, während Kearn sich duckte und zur Seite rollte, als die Klinge keine Handbreit von seinem Hals entfernt gegen das brüchige schwarze Lavagestein krachte. Auf dem Rücken liegend trat er mit dem Fuß gegen den Schaft der Streitaxt, in dem Versuch, ihn dem Vanir aus der Hand zu prellen.

Nicht, dass es eine Rolle spielte. Mit einem Schrei, der an das leise Grollen einer losstürzenden Lawine erinnerte, stürzte Reave den Kamm herunter, das große cimmerische Langschwert hoch über dem Kopf erhoben. Noch in der Luft und mit einem wilden Blick in den Augen hieb der Hüne mit seiner gewaltigen Kraft zu. Das Schwert hackte das Bullenhorn von der Seite des Vanirhelmes und grub sich dann tief in seine Schulter. Durchschnitt Fleisch und Knochen, trennte den Arm ab und glitt schräg weiter in seine Brust und zerschlug nun mindestens drei Rippen.

Der Vanir starb ohne Schrei, sein Herz war geteilt, und ein schockierter Ausdruck verzerrte sein Gesicht. Kearn gestattete sich einen kurzen Augenblick der Zufriedenheit, als er es sah.

Dann warfen sich seine Krieger in die Schlacht, machten sich den gleichen Sims zunutze – wie schon Kearn. Halb sprangen sie, halb stürzten sie. Daol und Brig Baum duckten sich hinter Schilden, die Hydallan und der alte Finn hoben, beugten sich zur Seite, um Pfeile auf die beiden Vanirbogenschützen abzufeuern, die es schließlich geschafft hatten, einen Mann mit einem Pfeil in der Hüfte auszuschalten. Mogh. Ossians mürrischer Clanbruder.

Kearns Krieger waren größeren Bedrohungen entgegengetreten und hatten mehr ausgeteilt, als sie eingesteckt hatten. Hier waren sie mit einem Vorteil ausgestattet wie die Wilden. Sie kämpften zusammen und nicht als Einzelne, sie deckten sich gegenseitig den Rücken und bedrängten die Vanir mit der gleichen Übermacht, mit der die Nordmänner gerade eben angefangen hatten, die Kaufleute aus dem Süden abzuschlachten. Schwerter schlugen und stachen zu. In der Nähe des langen Fingers aus träge dahinfließendem Stein prallten Nahud'r und Garret Schwarzklappe gegen einen Nordmann und stießen ihn von einem blutenden Mann in dunklem Gewand fort.

Der Vanir stolperte zurück und stürzte in den Lavastrom.

Seine Schreie gesellten sich zu dem schrillen Wiehern des verletzten Pferdes. Sie wurden noch schlimmer, als die Flammen hochzüngelten und seinen Umhang in Brand setzten, gefolgt von seinem Bart und den öligen Locken. Er warf sich zur Seite, entkam der brodelnden Glutmasse. Der lodernde Strom hatte die Hälfte seiner Brust weggefressen, eine Hand war nur noch ein verkohlter Stumpf aus geschwärztem Knochen.

Der Geruch von verbranntem Fleisch stieg scharf in die Höhe und überlagerte die schwefelhaltige Luft.

Nahud'r beendete sein Leiden mit einem Schnitt seines Krummschwertes quer über den Hals.

Garret und mehrere der anderen verteilten sich auf der Felsplatte, eilten zu einem der vielen Kämpfe, blieben jedoch immer zumindest mit einem Verbündeten zusammen, um sich gegenseitig zu beschützen und die Gegner mit zahlenmäßiger Überlegenheit zu überwältigen. Kearn setzte über das zuckende Tier hinweg, das von dem Gundermann beschützt wurde, umging den Lavafluss und lief auf dem tiefer gelegenen Pfad der fliehenden Karawane und ihren Verfolgern nach. Reave und Desagrena folgten ihm. Dann kam Gard Feindhammer; er hatte sie eingeholt, sich den Verband abgerissen und spähte mit zusammengekniffenen Augen in die vom Feuer erzeugten Schatten.

Zwischen der Karawane und Kearn erledigten drei Krieger einen kämpfenden Aquilonier; einer durchbohrte seine Brust mit dem Schwert, ein anderer hackte ihm mit brutalen Hieben den Kopf von den Schultern. Er packte seine Trophäe an den Haaren und schleuderte sie den herbeieilenden Cimmeriern entgegen.

Reave schlug ihn mit einer großen Faust zur Seite, als wäre es bloß ein in ihre Richtung geworfener Stein.

Die Vanir waren schlachterprobt und stellten sich schnell Schulter an Schulter zu einer Reihe auf. Schilde bildeten eine Verteidigungsmauer, und Schwerter, über die Köpfe oder an der Seite gehalten, stachen wie die Schwänze von Felsskorpionen zu.

Trotz der vier wütig angreifenden Krieger hätte die Mauer halten und einem von Kearns Leuten schreckliche Wunden zufügen können.

Aber Kearn sah, wie sich Gard mit einem hüpfenden Sprung vor das Rudel setzte und seine Pike mit unglaublicher Kraft in einer beinahe waagerechten Bahn schleuderte; sie raste durch das Zwielicht und den bloß tropfenden Regen. Sie bohrte sich durch den Hals des Vanir, ganz in der Mitte, trieb ihn zurück und ließ ihn nach Luft ringen. Er schlug mit den Händen nach der Wunde, der Pike, und trommelte schließlich auf den Boden.

War bereits tot, wusste es nur noch nicht.

Was die anderen beiden Vanir auseinandergerissen und unsicher zurückließ. Beide umklammerten blutverschmierte Breitschwerter in den großen, grobknochigen Händen. Einer der Männer hatte seinen flammend roten Bart zu langen, mit Silberperlen beschwerten Zöpfen geflochten. Sein Schild trug die mit einfachen Strichen gemalten Umrisse eines gewaltigen Riesen, der Hammer und Streitaxt schwang. Blitze zuckten zwischen den Waffen. Mächtig und Furcht einflößend.

Grimnir.

Der andere Krieger hatte offensichtlich Aesirblut in den Adern. Goldblondes Haar fiel in dichten Locken auf seine Schultern, ein dicker Schnurrbart ersetzte den Vollbart. Er war ein großer Mann, fast so groß wie Reave, und trug verzierte Bronzebeinschienen, am rechten Arm aber einen Lederpanzer, der mit großen Knöpfen aus Bronze und Gold besetzt war.

Kearn überließ den kräftigen Blonden Reave und Desa. Er hieb die Schwertspitze des anderen Mannes zur Seite, riss den Fuß hoch und trat direkt gegen die Mitte des bemalten Schildes. Die Wucht ließ den Vanir mehrere Schritte zurücktaumeln und trennte ihn so noch mehr von seinem

Kameraden. Kearn – und kurz darauf Gard – stürzten sich sofort auf ihn.

Kearns Kurzschwert hob und senkte sich, stach zu, ließ Hiebe auf Schild und Klinge herabregnen, und versuchte so, eine Öffnung zu erzwingen. Er hatte die Vorsicht in den Wind geschlagen und ließ sich von einem wilden, wärmenden Zorn leiten, da er fühlte, wie die Hitze seinen Muskeln und jedem Schlag Kraft verlieh.

Sein Schwert durchdrang die Schildpanzerung, schälte die dünne Metallschicht ab und legte das Holz darunter frei. Schlug Stücke und Splitter ab. Und eine der Stützstreben auf der Rückseite zerbarst unter der Wucht. Aber es gelang dem Vanir, den Schild zwischen sich und einen gewaltsamen Tod zu halten.

Jedenfalls einen Augenblick lang.

Nachdem Gard seine Pike geschleudert hatte, stand ihm nur noch ein langer Dolch zur Verfügung. Aber er traf immer wieder, stahl mit jedem tiefen Schnitt das Lebensblut des Vanir.

Dann rammte Gard die Klinge in die Schulter seines Schildarms und wich einem Seitenhieb aus, der ihn um ein Haar am Kopf getroffen hätte.

Ein markerschütternder Aufschrei voller Schmerz und Wut trieb Kearn zurück und erregte einen Augenblick lang seine Aufmerksamkeit. Es war der dritte Krieger, den Reave und Desa in der Zange hatten. Reaves Langschwert steckte im Schild des Aesirs und riss ihn weg. Desagrenas Kurzschwert hatte den Bauch des Mannes aufgeschlitzt; seine Eingeweide quollen hervor. Ihre Klinge fuhr erneut darüber, tränkte den schwarzen Felsen mit Blut und Latrinengestank. Der dritte Hieb kam so schnell wie eine zubeißende Giftschlange und fuhr über seinen Hals.

Sein Schrei erstarb mit einem feuchten, erstickten Gurgeln. Der Tote sackte auf die Knie, dann landete er in seinem eigenen Blut und Dung.

Das reichte dem übrig gebliebenen Krieger. Ein Arm hing nutzlos an seiner Seite herab. Seine beiden Gefährten waren tot. Er schlug mit dem Schwert zu, zwang Kearn noch ein paar Schritte zurück, dann drehte er sich um und rannte seinen Leuten hinterher, die noch immer die fliehenden Überreste der Karawane verfolgten.

Kearn nahm sofort die Verfolgung auf, doch die Panik verlieh dem Mann eine beeindruckende Geschwindigkeit. Er sprang von einer flachen Steinfläche zur nächsten, mied die Risse im Boden, die Dampflöcher und eine weitere erst vor Kurzem entstandene schmale Rinne aus fließender Lava.

Er ließ den Schild fallen, als er dann einen kurzen Steilhang hinaufhastete. Warf sich förmlich die andere Seite hinunter.

Alles, nur um entkommen zu können.

Kearn erklomm ebenfalls den Hang, suchte unter den scharfen Kanten und dem Geröll nach Halt und krallte sich fest. Oben hatte er freien Blick auf eine weitere Felsenplatte. Es war flacher, leichter begehbarer Untergrund, der aber mit vielen sich überlappenden Spalten voller glühender Lava übersät war, die wie von einer riesigen unterirdischen Hand hervorgepresst an die Oberfläche sickerte. Die Hitze traf Kearn wie ein Schlag und stieß ihn zurück. Regen zischte auf dem Boden wie ein lebendiges Ding. Dampfschwaden legten sich über das orangene Glühen und trieben über das ganze Gebiet, blutigem Nebel gleich.

Zwischen den glühenden Rissen gefangen kam der verwundete Vanir stolpernd zum Stehen.

Zuerst dachte Kearn, es läge daran, dass der Vanir die aquilonische Kavallerie gesehen hatte, die seinen Fluchtweg abschnitt: Strom, Valerus und Lucian hatten den zerklüfteten Grund umritten, über den Kearns Krieger zu der Schlacht geeilt waren. Sie trieben ihre Tiere nun zu einem gefährlichem Galopp an, die Lanzen gesenkt und auf die Rücken der Vanir gerichtet, die auf der dampfenden schwarzen Steinplatte festsaßen.

Die Kaufmannswache hatte vor den Nordmännern eine Reihe aufgebaut und beschützte die übrig gebliebenen Lasttiere. Die Reiter ritten zu schnell von hinten heran und kamen wie rachedürstige Dämonen aus dem rotfleckigen Zwielicht. Es gab kein Entkommen.

Kearn verharrte, keuchte mühsam, als er die heiße Luft in die Lungen sog, wo sie wie Scheite eines Lagerfeuers brannte. Dieses kurze Zögern rettete ihm vermutlich das Leben. Er beobachtete, wie der Kavallerieangriff über offene Bodenspalten hinübersetzte und die Pferde auf unsicherem Untergrund aufsetzten. Wie sich drei Lanzen auf ihre Ziele richteten. Wie drei Männer von Spitzen durchbohrt zurückgeworfen und dann von der schieren Wucht der Treffer zur Seite geschleudert wurden.

Dann stürzten sich Kavalleristen und Karawanenwächter auf die restlichen Nordmänner; die Lanzen waren zur Seite geworfen und die Schwerter gezogen worden, Klingen hoben und senkten sich unablässig.

Ein kurzes und blutiges Gemetzel.

Der Vanir eilte wieder auf Kearn zu, fort von dem Massaker und den Schreien der Sterbenden. Er stürzte und sprang mit angsterfülltem Jaulen zurück. Ließ aufbrechende Risse hinter sich, aus denen grelles geschmolzenes Gestein über die zersplitterte schwarze Fläche quoll.

Der Untergrund erzitterte mit dem scharfen Bersten zersplitternden Felsens. Kearn ging in die Hocke, suchte sich einen sichereren Stand in Bodennähe. Ein schreckliches Knirschen ächzte in seinen Ohren, ein neuer Hitzeschwall traf ihn. Eine verzehrende Hitze, so heiß wie der Zorn in einer Schlacht, so stark, dass er sich einen Augenblick lang fragte, ob sie jede letzte Spur des Winters aus seinen Knochen vertrieben hatte.

Reave und Desa gesellten sich zu ihm, gerade als der Vanir wieder auf Hände und Knie fiel und dabei sein Schwert verlor, weil der Boden unter seinen Füßen vom Rest der Platte abbrach und plötzlich auf einem Lavateich schwamm. Auf drei Seiten wurden die Risse immer breiter, die Lava war so heiß, dass es der Regen gar nicht mehr bis nach unten schaffte, sondern sich bereits in Dampf verwandelte, bevor er überhaupt den Boden erreichte. Gard Feindhammer kroch die Steigung herauf und beschützte seine Augen vor dem gelbroten Glühen, während der Vanir auf dem kippenden schwarzen Felsstück kämpfte, das zerbrach und in Stücken in dem Lavateich versank: unter ihm in der vernichtenden Hitze. Bald bestand der einzige Weg aus dem Inferno darin, zurück auf den Kamm zu steigen, wo Kearn von drei Leuten aus seinem Kriegerrudel umgeben hockte.

Goldene Augen glühten und spiegelten das Feuer wider. Frostweißes Haar nahm eine dunkelrote Tönung an, als es das seltsame Licht der Lava aufsog. Er wartete. Sah zu.

Dann beugte er sich nach unten, als sich der Vanir die kurze Steigung hochkämpfte. Schweiß strömte über die Stirn des Nordmannes und tränkte seine Kleidung. Die Härchen auf seinen Armen waren verkohlt. Sein Gesicht war gerötet, vielleicht auch verbrannt, zu einem dunklen Scharlachrot.

Kearn packte den Mann bei seinem geflochtenen Bart, zerrte ihn zur Hälfte auf den Felskamm, während Stein zersplitterte und direkt unter seinen Füßen in den Lavateich fiel. Er zerrte ihn zu einem halb aufrechten Stand hinauf, beugte sich dabei über die höllische Hitze, die die Härchen auf seinem entblößten Arm versengte und sein Gesicht einhüllte, ihn wärmte.

Dann *stieß* Kearn den Mann zurück. Warf ihn auf den verschwindenden Sims, wo er mit einem Kreischen auf einem dampfenden Felsenstück landete.

Die Kleidung des Vanir qualmte, als er sich auf die Füße kämpfte, einen wilden, verzweifelten Ausdruck in den Augen. Der Krieger bleckte die Zähne, um den Schmerz zu unterdrücken, rannte dann auf den Rand zu, wo sich der Lavastrom bis zu Manneslänge verbreitert hatte, vielleicht auch noch mehr, und sprang …

… und sein Fuß versank in dem gelb-orangen Strom, dann das Knie bis hinauf zur Hüfte, während das gierige Feuer den Krieger lebendig auffraß.

Flammen sprangen den Lederrock und den Harnisch hinauf, verwandelten den Vanir in kürzester Zeit in eine menschliche Fackel. Er schrie, schrill und schmerzerfüllt, so wie das Pferd gekreischt hatte. Aber die Leiden des Vanir würde kein Gnadenstreich beenden. Vier Augenpaare sahen zu, wie er brannte und gegen den feurigen Griff der Lava ankämpfte. Eine Handbreit nach der anderen wurde er gefressen, während der Gestank von verbranntem Fleisch übermächtig wurde.

Kearn bewegte sich nicht. Er ließ die Schreie über sich hinweghallen, sein Atem ging in kurzen Stößen, während violette Funken in den finsteren Ecken seines Verstandes aufflammten und erstarben.

Reave räusperte sich und spuckte in den Teich, in dem Blasen platzten. Kearn bezweifelte, dass der Speichel jemals den geschmolzenen Stein erreichte. »Ich glaube, eine helfende Hand hat er sich anders vorgestellt«, sagte der Hüne. Er wandte sich von der sengenden Hitze ab und zog Desagrena mit sich.

Gard Feindhammer folgte ihm. Sie ließen Kearn dort zurück, wo er am Rand der Felskante kauerte. Seine Augen schmerzten, als sie über den hellen, wilden Strom starrten. Seine Haut war gerötet und schwitzte. Die Muskeln hatten sich entspannt, mit Ausnahme seiner Hand, die noch immer den Griff des Kurzschwertes umklammerte. Und tief im Inneren, wo er ihn verbannt geglaubt hatte, da fand er ihn, unberührt von der lodernden Hitze und auch von seinem wärmenden Zorn.

Einen Eissplitter.

8

Die Nacht senkte sich wie ein dunkler Vorhang, zurückgehalten bloß vom rötlichen Glühen des geschmolzenen Felsens und ein paar stinkender Fackeln, die die nemedischen Kaufleute aus einigen Ölhäuten ausgewickelt hatten. Ehmisch hatte ihnen dabei zugesehen. Sie zu entzünden war nicht schwer gewesen, und sie brannten mit einem beinahe rauchlosen Feuer, dem selbst der Regen nichts ausmachen konnte, der immer stärker fiel.

Kalte Tropfen klebten Ehmischs dunkles, widerspenstiges Haar an seinen Kopf. Er war völlig durchnässt. Sein rauer Wollumhang stellte ein schweres, mit Wasser vollgesogenes Leichentuch dar, das an seinen Schultern zerrte. Der Kilt, den er trug – dunkelbraun mit roten Schnörkeln, ein einfaches cimmerisches Muster –, klebte an seinen Beinen. Sein Ledergürtel und die Lederstiefel waren vor Nässe geschwärzt.

Der junge Mann wischte lange Strähnen aus den Augen und quetschte mit einem schmutzigen Knöchel Wasser aus den langen Wimpern.

Dann griff er mit der anderen Hand eine Faust voll feuchten Haares und zerrte eine Vanirleiche in eine halb sitzende Stellung. Von seinem mit silbernen Einlegearbeiten verzierten Breitschwert, das er vor Wochen als Kriegsbeute mitgenommen hatte und auf das er so stolz gewesen war, es sich verdient zu haben, tropfte klumpiges Blut, als er es hob und einmal zuschlug. Dann noch einmal. Und wieder.

Er riss den abgetrennten Kopf ab und trug ihn an den Haaren zu dem kleinen Stapel, den man in der Nähe auf einem Vorsprung des erkalteten Felsens errichtet hatte. Er krönte das schauerliche Monument.

Der letzte Kopf der etwa zwanzig Vanir, die nach Ankunft von Kearns Wölfen getötet worden waren.

»Fertig«, rief er Desagrena zu, die ihm die Aufgabe zugeteilt hatte, die erledigt werden musste.

Sie durchsuchte zusammen mit Wallach Graubart und den nemedischen Kaufleuten, die den Angriff auf ihre Karawane überlebt hatten, einen gewaltigen Waffenstapel. Die Krieger würden die besten Waffen nehmen. Sämtliche Vorräte der Vanir und kleine Beutestücke, die ihnen gefielen.

Ehmisch hatte sein Auge auf eine dicke Filzdecke geworfen, um die fadenscheinige Wolldecke zu ersetzen, die er aus Callaugh mitgenommen hatte.

»Dann mach dich anderswo nützlich.« Desa winkte ihn zur Seite und zeigte auf Gard Feindhammer, der allein ein Stück abseits stand und in den dunklen Himmel hinaufstarrte: in den Regen. »Sieh nach, was Gard braucht.«

Nun, *er* brauchte einen trockenen Umhang und ein Stück Fleisch im Magen. Nicht, dass ihn jemand danach gefragt hätte. Und er würde sich auch nicht beschweren. Ehmisch wusste, dass er sich einfach eine andere Arbeit hätte suchen sollen. Es überraschte ihn jedes Mal, dass das Aufräumen nach einer Schlacht so viel länger dauerte und sich so viel verzweifelter anfühlte als der eigentliche Kampf.

Die Toten nach nützlichen Waffen und Essen zu durchsuchen. Sich um die Verwundeten zu kümmern.

Eine Liste aufzustellen, was das Rudel gewonnen und was es verloren hatte.

Mogh hatten sie nicht verloren, auch wenn der Clansmann einen Vanirpfeil in die Hüfte bekommen hatte. Dafür konnten alle dankbar sein. Vor allem der mürrische Taurer. Die keilförmige Spitze von der Dicke einer nemedischen Silbermünze, an der einen Seite so scharf geschliffen wie ein Dolch, war in der Nähe des Hüftknochens tief eingedrungen.

Schlimm genug, um den Taurer stürzen zu lassen, der dort, wo sein Gesicht auf dem Boden aufgeschlagen war, blutige Kratzer davongetragen hatte. Doch leicht genug, um ihn einfach herausziehen und die Wunde verbinden zu können. Mogh würde mehrere Tage lang heftig humpeln müssen, aber das konnte man kaum mit der beinahe tödlichen Verletzung vergleichen, die Ehmisch vor mehreren Wochen davongetragen hatte und die ihm noch immer Schmerzen bereitete.

Der junge Cimmerier verspürte Mogh gegenüber nicht das geringste Mitleid.

Alles in allem hatte er das Gefühl, sich sehr erfahren verhalten zu haben. Wie es ein Mann tun sollte, der mittlerweile vier Männer getötet hatte und seit mehreren Monaten allein durch sein Geschick und seine Kraft unter solch harten Männern und Frauen lebte. In der Tat hatte er nur eine geringfügige Enge in der Brust verspürt, als er mit Kearn Wolfsauge, Daol und den anderen losgelaufen war und gehört hatte, wie Frostpfotes Heulen hinter ihnen verklungen war, nachdem der Schreckenswolf seine Warnungen eingestellt hatte. Eine gewisse Kurzatmigkeit. Vielleicht einen oder zwei schmerzhafte Stiche unter der Narbenmasse, die sich seine Seite hinunterzog. Aber hauptsächlich war es diese Enge gewesen. Das Warten auf die kommende Bewährungsprobe.

So hatte er sich entschieden, sich in seinem neuen Leben als einer von Kearns Kriegern zu betrachten. Der jüngste von denen, die Ros-Cranas Clan Wolfsbrüder genannt hatte. Bewährungsproben. Der ständige Kampf, den sie alle als Lebensart gewählt hatten.

Cimmerier fürchten den Tod nicht.

Das hatte sein Vater einmal gesagt. Es kam ihm vor, als wäre es ein ganzes Leben lang her. Bevor er Clan und Sippe für immer verlassen hatte, den Ausgestoßenen bei ihrer Verfolgung der Vanir gefolgt war, um den Tod seines Freundes zu rächen und dabei zu helfen, Maev zu retten, Bärentöters Tochter.

Cimmerier fürchten den Tod nicht. Sie ringen jeden Tag damit. Und sie siegen, bei Crom. Sie siegen bis zu dem Tag, an dem sie sterben.

Das war die Stärke gewesen, die Ehmisch in Kearn Wolfsauge erkannt hatte. Kearn war als Ausgestoßener zurückgekehrt, um seinen Arm und sein Schwert gegen die Vanir zur Verfügung zu stellen. Er war hinter den Ymirisch hergejagt, um Maev und Daol, Nahud'r und eine Handvoll andere zu retten, und statt danach in den Süden und in den Frühling und in die mögliche Sicherheit zu fliehen, hatte er den Kampf zu den Vanir getragen. Zu den Ymirisch, die sie führten.

Zu Grimnir höchstpersönlich.

Ehmisch hatte die Reise als einfacher Dorfjunge begonnen. Ein Kind auf der Schwertschneide zur Mannbarkeit, das einer unüberlegt getroffenen Entscheidung gerecht werden und bloß überleben musste. Den anderen abschauen musste, was er nur konnte, im Umgang mit dem Schwert, bei der Jagd, im Fährtenlesen.

Wie man überlebte.

Und er hatte überlebt. Wieder einmal. Ob es reines Glück gewesen war oder Können, wichtig war nur, dass die Krieger die Schlacht überstanden hatten, ohne einen einzigen Mann zu verlieren. Es hatte ein paar oberflächliche Schnitte gegeben. Eine Pfeilwunde, die Desagrena mit einer zur Glut erhitzten Messerspitze kauterisiert hatte. Ein geringer Preis.

Vor allem, wenn man es mit der Finsternis und den Schmerzen verglich, die Gard Feindhammer durch das schreckliche Zauberwerk der Ymirisch erlitten hatte. Der junge Gauder näherte sich vorsichtig dem ehemaligen Ersten Wächter von Cruaidh; noch immer erfüllte ihn der enge Kontakt des Kriegers mit der unnatürlichen Macht mit einem gewissen Unbehagen. Er war sich unsicher, welche Auswirkungen ein solcher Kampf auf den Verstand und das Herz eines Mannes haben würde.

Gard stand in der Mitte einer flachen Steinplatte aus schwarzem Felsen, die am Rand eines gerundeten Hügelkamms lag, der die arbeitenden Clansleute und die nervösen Kaufleute von dem Lavateich trennte: dem Teich, wenn man Reave glauben wollte, den Kearn erschaffen hatte, indem er einen Vanir über den Kopf gestemmt und ihn auf den brüchigen Felsboden geschleudert hatte.

Nicht dass Ehmisch Reave für einen Lügner hielt. Das tat man bei solch einem Krieger nicht. Und man bezweifelte auch nicht Kearn Wolfsauges Taten.

Aber er fragte sich …

»Hast du eine Frage?« Gard Feindhammer unterbrach seine vorsichtige Annäherung.

Ehmisch stolperte unwillkürlich, seine Zehen gruben sich unnötigerweise in das lose Geröll und verteilten es mit einem lauten Prasseln. »Nein. Aber man hat mich gebeten, nach dir zu sehen.«

Er rief sich ins Gedächtnis, wie der stolze Krieger gewesen war, als ihn die Gruppe in Cruaidh kennengelernt hatte. Groß und kräftig. Und selbstbewusst. Er hatte Kearn Wolfsauge und die anderen als Krieger anerkannt, war aber nie von seiner Position der Stärke abgewichen. Jetzt wartete Gard Feindhammer auf ... etwas. Starrte in den Himmel und den Regen, wo Ehmisch nur das Funkeln fallender Tropfen bemerkte, die das Glühen des fließenden Lavastroms widerspiegelten. Dies und die Dunkelheit dahinter.

»Mir geht es gut, Ehmisch. Ich genieße das wenige, was ich jetzt von dem Regen sehen kann. Ich hätte nie gedacht, so etwas jemals wieder zu sehen.«

Es fiel schwer, sich vorzustellen, den Anblick von Regen zu vermissen. Regen führte zu kalten, feuchten Nächten und verkrampften Muskeln am nächsten Morgen, wenn man weitergehen musste. »Dann bist du geheilt?«

Gard sah zur Seite und nach unten. Es war das erste Mal, dass Ehmisch den anderen Krieger ohne den Verband über seinen Augen sah, der die weißen Blasen verdeckt hatte, die einen Teil der einen Braue verbrannt hatten. Genau wie das wulstige Fleisch, das die Augen wie Pockennarben umgab. Gards Augen waren so blutunterlaufen, dass sie rot und geschwollen wirkten.

Ehmisch erinnerte sich an die Erzählungen über den öligen Dunst, der an diesem Morgen aus dem Nebel gestiegen und wie ein lebendes Ding vor den Ymirisch-Zauberern geschwebt hatte. Dunkle Tentakel waren den Männern und Frauen entgegengepeitscht, verbrannten ihre Gesichter, trieben sie in den Wahnsinn und den – schnellen –

Tod. Gard hatte schneller als die meisten reagiert und sich zur Seite geworfen, was ihm schließlich das Leben gerettet hatte. Und sein Augenlicht. Jedenfalls den größten Teil davon.

»Ich genese«, sagte der Cruaidher. »Das ist wichtig für mich. Du bist ein verschwommener Umriss, Ehmisch, aber einer, den ich erkenne. Und ich konnte heute genug sehen, um zu kämpfen. Also mache ich weiter.«

»Das ist dir wichtig? Weiterzumachen?«

Gard zuckte die Achseln. Wandte seinen starren Blick wieder in den Regen. »Was ist dir wichtig, Ehmisch?«

Ihm gefiel die Art und Weise, wie Gard Feindhammer seinen Namen aussprach: als Gleichgestellter. Aber lag das nun daran, weil Ehmisch in seiner Achtung gestiegen oder Gard so tief gefallen war?

»Vanir zu töten«, sagte er schließlich. Was gab es sonst? Was konnte es da überhaupt noch anderes geben?

»Und Wolfsauge?«, fragte Gard. »Was glaubst du, ist Kearn am wichtigsten?«

»Grimnir zu töten.«

Das war leicht gewesen. Obwohl, noch während er das sagte, wurde er nachdenklich. Ob Kearn noch immer an die Heimat und den Clan dachte, den sie alle verloren hatten? An Maev, Bärentöters Tochter? Ehmisch hatte gesehen, wie sie nach ihrer Rettung eines Nachts unter Kearns Decken geschlüpft war. Vermutlich aus Dankbarkeit. Oder aus Trotz Häuptling Cul gegenüber, der sicherlich geplant hatte, sie zur Frau zu nehmen, und ihr nicht gefolgt war. Und auch wenn Ehmisch einen Augenblick kindischer Eifersucht wegen Maev verspürt hatte, hatte er wegen diesem gestohlenen Augenblick nie gering von ihr oder Kearn gedacht.

Ob Kearn noch an sie dachte?

Wenn dem so war, hatte sich ihr wolfsäugiger Anführer jedenfalls nie etwas anmerken lassen. Überhaupt hatte er in den vergangenen Wochen kaum mehr als ein stures Beharren auf der Verfolgung der Vanir gezeigt, die Cimmerien auch weiterhin überfielen und vergewaltigten. Aber endlich schauten sie wieder in die Richtung ihres Tals und ihrer Heimat.

Was dachte Kearn?

Was auch immer es war, Ehmisch vertraute darauf, dass ihr Anführer es ihm sagte, sobald er es wissen musste. Noch eine Sache, die man ihm seiner Meinung nach schuldete.

Als Mann.

Ihm den Jungen hinterherzuschicken war schlau gewesen. Obwohl Gard bezweifelte, dass Desagrena oder Kearn – oder wer auch immer Ehmisch losschickte – eine andere Absicht gehabt hatte, als ihn loszuwerden. Um ihn aus dem Weg zu haben.

Wie hätten sie es wissen sollen? Keiner von ihnen hatte Alaric Häuptlingssohn gekannt. Sie hatten nicht wissen können, wie sehr Ehmisch Sláine Langzahns Sohn ähnelte – einer von Gards besten Kriegern, als er der Erste Wächter von Cruaidh gewesen war.

In seinem ersten Leben.

Eine solche Ansicht hätte am abendlichen Lagerfeuer nicht gefallen. Was das betraf, bereitete sie selbst Gard Unbehagen. Cimmerier lernten von frühester Jugend an, dass Crom seinen Beitrag geleistet hatte, indem er Männer und Frauen unglaubliche Kraft schenkte sowie den Willen, sich jeder Herausforderung, die sich bot, zu stellen. In der Zeit vor der Zeit hatte Crom sogar mit den anderen Göttern gerungen. Mit Ymir, dem Gott der Nordmänner, der die Nordheimer über die Cimmerier hatte stellen wollen.

Dank Croms Sieg waren die Völker der Vanir und Aesir in das Land nördlich des Eiglophiangebirges verbannt worden, und der cimmerische Gott hatte die Angelegenheiten der Sterblichen hinter sich lassen können. Grimnir der Schreckliche, in dessen Adern Ymirs Blut floss, hatte vielleicht die Absicht, diese uralte Fehde wieder anzufachen. Aber Gard Feindhammer und seine Clansbrüder würden immer die Kraft finden, sich einer solchen Kreatur entgegenzustellen.

Crom hatte seinen Beitrag geleistet. Jetzt war der Augenblick für alle Cimmerier gekommen, den ihren zu leisten.

Aber wie passte ein Mann wie Kearn in dieses Bild? Ein Sohn von Ymir *und* Crom. Ein Außenseiter in Nordheim und Cimmerien, der bestimmt auch von beiden Göttern verabscheut wurde. Schuf er sich seinen eigenen Weg?

Dies hatte Gard in Cruaidh gedacht. Dort hatte er dem Krieger mit den Wolfsaugen ein gewisses Maß an Wohlwollen entgegengebracht. Und der Mann hatte Vanir gejagt, gegen die Ymirisch gekämpft – wie hätte Gard eine geringe Meinung von ihm haben können? Andererseits war das in jenem Leben gewesen, in dem er Sláine Langzahn respektiert hatte. Das Leben, das er geführt hatte, bevor er auf dem Schlachtfeld über dem Bergtal von Conarch hätte sterben sollen.

»Dann geht es dir gut?«, fragte Ehmisch.

Sie hatten so lange geschwiegen und so reglos dagestanden wie Daol oder einer der anderen Jäger, die sich das angewöhnt hatten, um mit ihrer Umgebung zu verschmelzen, dass Gard ihn vergessen hatte.

Oder er hatte sich zu sehr an seine Blindheit gewöhnt. Jetzt nahm er die Außenwelt nicht mehr wahr, solange sie keine unmittelbare Bedrohung darstellte. Aus diesem Grund beobachtete er den Regen und sah Umrisse, die vom rötlichen Glühen des Lavastroms beleuchtet wurden. Versuchte mehr aus den rotgrauen Schemen herauszulesen, bevor er sie wieder an die erdrückende Dunkelheit verlor.

»Das könnte es«, sagte er. Wandte Ehmisch den Rücken zu und ließ den jungen Mann mit einer unbeantworteten Frage zurück, als er sich auf die Suche nach Kearn Wolfsauge machte.

Er fand ihn an der Schlachtergrube, wo Brig Baum und Hydallan zwei der verletzten Pferde geschlachtet hatten. Der Platz stank nach Tod und Blut. Abgekratzte Hautstücke waren zur Seite gelegt worden, um sie vielleicht mit Salz zu räuchern. Große Stücke Pferdefleisch waren bereits für die Mahlzeiten am nächsten Tag in Öltuch eingewickelt worden.

Die Männer versammelten sich um zwei der Kaufmannsfackeln, denen der Regen nichts ausmachte. Kearn sprach mit dem Anführer der Kaufleute und dem Hauptmann der Karawanenwächter. Die Südländer versuchten noch immer, Kearn davon zu überzeugen, wieder nach Norden zu reisen und ihnen zu einer sicheren Passage hinauf nach Callaugh und Conarch zu verhelfen, wo sie um blaues Eisen handeln wollten, bevor sie den Blutpass nach Cruaidh bezwangen. Eine ganz gewöhnliche Handelsroute im Frühling, wie sich Gard in Erinnerung rief.

»Wir haben zwölf Männer verloren«, sagte Tahmat, der Kaufmann, als sich Gard zu der kleinen Gruppe aus Männern und Frauen gesellte. »Fast genauso viele Pferde. Ich brauche starke Rücken und scharfe Klingen, um meine Waren sicher durchzubringen.«

Er war ein großer, untersetzter Mann, der eine gepolsterte Lederrüstung unter einem voluminösen, wie Brokat gemusterten Gewand von dunkler moosgrüner Farbe trug. Er war rund um die Mitte, hatte kurze, dicke Beine und ein Doppelkinn. Tahmat war zweifellos fett. Er hatte auch einige Fertigkeit mit dem Kurzschwert bewiesen und eine Menge verborgener Kraft gezeigt. Ashul und Wallach Graubart waren in den Kampf bei der Nachhut der Karawane verwickelt worden und hatten bereits erzählt, wie der Kaufmann die Ablenkung durch ihr Eintreffen dazu benutzt hatte, um einen seiner Angreifer zu fassen und ihn hochzustemmen, um ihn gegen einen anderen Vanir zu schleudern.

Und der Kaufmann lebte noch immer – nach einem Kampf, der sich fast den ganzen Tag hingezogen hatte. Auch das sagte etwas aus.

Tahmats Cimmerisch hatte einen schweren Akzent, war aber passabel. »Ich werde euch eure Bemühungen gut entgelten«, sagte er nachdrücklich.

Daol, Hydallan und Ossian deckten Kearn den Rücken, der mit verschränkten Armen vor der Brust dort stand. Sein frostfarbenes Haar war wie das Fell eines Flussotters zurückgelegt. Er war nicht der größte Mann in der Gruppe. Kleiner als Ossian und nicht so breit wie der Anführer der Wächter aus dem Gunderland. Und Kearn war bei Weitem nicht der beste Krieger der Gruppe, auch wenn er sich in den meisten Kämpfen zu behaupten wusste. Aber so, wie sich die anderen um ihn scharten, war er offensichtlich der

Anführer. Er hatte die Haltung eines Häuptlings, obwohl ihm die Last der Bürde manchmal Unbehagen zu bereiten schien.

»Wir gehen nach Süden«, sagte Kearn und schüttelte den Kopf.

Gard sah, dass Kearn dies nicht zum ersten Mal gesagt hatte. Er konnte die Augen des Anführers der Ausgestoßenen nicht sehen, sich aber vorstellen, wie ihr wolfsähnlicher Blick das flackernde Fackellicht widerspiegelte. Und wie die zu bleiche Haut einen seltsamen Kontrast zu den dunkleren Clansmännern bot und das rötliche Fackellicht aufsaugte, bis sich Kearns Miene blutrot verfärbte.

Die Männer, die hinter Kearn standen, tranken aus einer silbernen Taschenflasche, die zweifellos von dem Kaufmann stammte, um die Verhandlungen zu eröffnen. Ein Brauch in den meisten der Südländer, wo man einen Mann, mit dem zusammen man getrunken hatte, angeblich nicht so leicht verraten konnte. Gard glaubte das jedoch nicht länger. Jeder Mann konnte zum Verräter werden. Selbst einer, den er sein ganzes Leben lang gekannt hatte.

»Der Süden!« Der Kaufmann spuckte zur Seite aus, verwarf den Plan. »Nichts als zerstörte Dörfer und ein paar Vanirkrieger, die hinter der Hauptstreitmacht hereilen. Ihr glaubt, ihr könnt davon leben, die Vanir zu berauben? Ja? In einer Woche seid ihr tot oder am Verhungern.«

Der braunhaarige Gundermann nickte. »Wir haben bloß Pech gehabt, in der Nähe eines Vanirlagers erwischt zu werden. Hört auf Tahmat. Guter Handel. Viele Männer zu töten da.«

Nach der Art zu schließen, wie der Gundermann den schwieligen Daumen über die Schneide seiner Klinge führte, konnte man nicht sicher sein, ob er nicht auch ein paar Cimmerier auf die Liste setzen wollte. Gunderland und Cimmerien waren selten gut aufeinander zu sprechen.

Gard aber hatte etwas aus der Prahlerei des Kaufmanns herausgehört. Ein Wort hatte sich hinter dem ausgeprägten südländischen Akzent versteckt. Etwas, das Kearn entgangen war. Ihm war es mittlerweile gleich, welche Richtung Kearn Wolfsauge einschlug. Wen Kearn als seinen Feind bezeichnete, solange seine Pike und sein Schwert nur gebraucht wurden. Was blieb einem Mann noch, wenn er nicht länger nützlich war? Zum Ausgestoßenen war er geworden.

Da war die eine Frage.

Was war aus den Vanir geworden, die nach Süden marschiert waren? Dies war plötzlich die wichtigere Frage, die sich Gard Feindhammer stellte.

»Hauptstreitmacht?«, fragte er. »Welche Hauptstreitmacht? Man hat uns erzählt, dass die Vanir tief im Süden bis zur Westermark und dem Gunderland zugeschlagen haben, aber da war keine Rede von einem organisierten Feldzug.«

Tahmat sah verblüfft aus. »Wen kümmert das?« Er richtete den Blick wieder auf Kearn. »Die Vanir haben alle Handelswege nach Norden zu lange versperrt. Dann, vor zwei oder drei Wochen zieht eine große Horde vorbei. Ich sage es euch. Viele Männer mit Frosthaar dabei. So wie du. Einige dünn und gefährlich, wie Spinnen. Unnatürlich.« Zauberer. »Andere sehr, sehr große Männer. Sie fangen Sklaven und nehmen Köpfe.«

Kearn hatte Gards Interesse verstanden. »Eine Kriegshorde?«

Das konnte nur Grimnir gewesen sein, der weiter nach Süden getrieben worden war als gedacht, und das ungezähmte Land um Venarium herum dem Blutpass vorgezogen hatte.

»Nordheimer«, sagte der Gundermann. Er schob das Schwert energisch zurück in die Scheide. »Hauptsächlich Vanir. Auch Aesir. Und die Eiskalten. Ein paar Dörfler jammern was von einem Ungeheuer. Bekommen es aber nie zu Gesicht.«

Ein Ungeheuer. Das passte auf die Beschreibung des Riesensohns. Der große Kriegsführer, der ein Heer über die Granitzähne geschickt, es aber nicht etwa *angeführt* hatte. Der nach Süden gereist war, um noch mehr von seinen Brüdern einzusammeln. Bestimmt für eine größere Horde, als er sie beim ersten Mal gehabt hatte: die wie Heuschrecken ausschwärmte und verschlang und tötete.

»Wo?«, fragte Kearn. Er trat einen Schritt vor, legte Tahmat die grobknochige Hand auf den Arm. Der Gundermann schlug sie fort, und Daol und Ossian bauten sich vor dem Wächterhauptmann auf, als hätte er Kearn mit dem Dolch bedroht, die Hände auf den Schwertgriffen und die Klingen zur Hälfte aus den Scheiden gezogen.

Ein gefährlicher Augenblick. Aber entweder wusste es der Wächter besser, als unter diesem Kräfteverhältnis einen Kampf zu beginnen, oder er bekam von Tahmat ein Zeichen, es sein zu lassen. Er entspannte sich sofort. Aber sein Lächeln enthüllte große, scharfe Eckzähne, und man hätte es als Knurren bezeichnen können: als Herausforderung.

»Ich habe nur Fährten gesehen«, sagte Tahmat, »sie zeigten nach Norden und Osten. Viele Männer, schneller Marsch. Ohne viel Ausrüstung. Verschwanden von meinem Weg ins Land der Gebrochenen Beine und zu den Minen des blauen

Eisens. Der einzige Ort, wo sie meiner Meinung nach hin können … Wolfsauge!«

Kearn zog die mit Öl brennende Fackel aus dem Spalt, in den man sie gesteckt hatte, und schwenkte sie in großen Bögen über dem Kopf. Die Flammen knisterten, zu einer schrecklichen Helle angefacht. Kearn war bereits in Bewegung. Und Daol und Ossian auch, genau wie Gard, wie er sich bewusst wurde. Sie alle folgten, als Kearn sie mit geschwungener Fackel zu dem Stapel aus Bettrollen und den eingesammelten Waffen führte, die von Garret Schwarzklappe und Wallach aussortiert wurden. Reave erschien mit Desa, die beiden bewegten sich wie zwei große Wölfe, ein vollkommenes Paar. Ashul und Aodh antworteten mit einem Ruf, als sie die flammende Fackel gesehen hatten, und gaben es schnell an die anderen weiter.

»Schnappt euch, was wir brauchen und leicht tragen können«, befahl Kearn.

Tahmat war ihm nachgelaufen und stand stumm da, während Garret und Wallach ein paar gute Klingen und einige der besseren Gürtel und Schilde sowie eingesammelte Lebensmittel verteilten. Strom und Valerus kamen ebenfalls herbeigeeilt und überließen es dem dritten Aquilonier, die Pferde zu halten. Strom war offensichtlich lange genug im Feld gewesen, um ein schnelles Abbrechen des Lagers zu erkennen, wenn er es sah.

»Jetzt? Es ist fast völlig dunkel. Wo willst du so schnell hin?«

»Venarium«, erwiderte Kearn.

Tahmat schüttelte den Kopf. »Das sind zwei Tage bis dort. Schlechtes Gelände, selbst wenn man den Lavaboden hinter sich gelassen hat.«

Strom war die Zeit egal. Er hatte andere Bedenken. »Hart für die Pferde, Wolfsauge.«

»Lasst sie zurück«, schlug Kearn vor.

Gard hatte eine gewisse Vorstellung, wie wertvoll die ausgebildeten Reittiere für die Krieger aus dem Süden waren. Nicht viele Pferde hätten einen schnellen Sturmangriff in so schrecklichem Gelände wie dem schwarzen Lavafelsen überstanden. Und Kearn hatte ihn für diese Männer verantwortlich gemacht. Trotz seines tiefen Sturzes hatte er doch immer noch einen Funken Stolz in sich.

»Sie können die Tiere nicht einfach zurücklassen, Kearn.«

»Lasst sie zurück, verkauft sie, schlachtet sie.« Kearn warf Reave die brennende Fackel zu. Der hielt sie, während er eilig ein großes Stück eingewickeltes Fleisch in seine Decken band und das ganze Bündel dann in die Filzmatte wickelte, die er bei einem früheren Angriff auf die Vanir erbeutet hatte. Ein Stück Seil verschnürte beide Enden der Rolle. »Oder folgt uns, so gut ihr könnt. Aber wir werden die Nacht nutzen.«

»Sattelt die Pferde und beladet sie.« Strom knurrte Valerus den Befehl beinahe zu, der mit einer geballten Faust salutierte.

Tahmat zuckte die Achseln und postierte seinen Wachhauptmann an den erbeuteten Ausrüstungsgegenständen, die Kearns Krieger nicht mitnehmen würden. »Macht, was ihr wollt. Aber ihr seid verrückt, jawohl, das seid ihr.«

Was durchaus möglich war, wie Gard wusste. Aber Kearn und die anderen waren bereits zu demselben Schluss wie der Karawanenführer gekommen. Und für sie hatte er eine viel größere Bedeutung.

Falls Grimnir in den Süden gezogen war, zu den Ruinen von Venarium, und eine *zweite* Kriegsmeute versammelt hatte, dann war er vermutlich gefährlicher, als alle angenommen hatten. Und da er in der südwestlichen Ecke von Cimmerien lauerte, unterhalb des Ben Morgh und der Granitzähne, und da nur sehr wenige Clans stark genug waren, ihn allein auf sich gestellt herauszufordern, stand ihm der Weg ins Conall-Tal weit offen.

Kearn hatte es allerdings eilig.

Er rannte nach Hause.

9

Kearn duckte sich auf der Seite eines schlammigen Hügels, hockte zusammen mit Nahud'r und Daol in einer kleinen Ansammlung aus zwei Jahre alten Kiefern und bitter riechendem Schwertfarn. Er packte einen frisch gewachsenen Ast, der vor seinem Gesicht hing, dann bog er ihn zurück, riss ihn von dem Baum ab und ließ ihn zu Boden fallen. Danach zeigte er auf das, was von einer von Conans frühesten und wahren Geschichten übrig geblieben war.

»Venarium.«

Von einfallenden Gundermännern erbaut, als Conan noch ein Junge gewesen war, wirkten die Ruinen auf dem Hügel uralt und einsturzgefährdet. Zwei Seiten der einst eindrucksvollen Palisade standen noch immer, fast dreißig Sommer später, aber ein Ende wies eine gefährliche Krümmung auf, da die Zeit die robuste Konstruktion unterhöhlt hatte und die großen Stämme, die von der Sonne zu einem Grau gebleicht worden waren, sich im Boden bogen. Am Fundament der kippenden Mauer wucherten Glockenbeerenbüsche. Und selbst aus der Entfernung eines langen Bogenschusses war das alte, verrottende Holz noch zu riechen.

Vom Rest der Festungsstadt kauerten nur noch ein paar Steinfundamente im Schatten der Palisadenwände, wo es einst Häuser und Hallen in der Art von Langhäusern und vermutlich auch einen Wachturm gegeben hatte. Von den alten Gebäuden war sonst kaum noch etwas übrig geblieben. Vielleicht ein paar zur Hälfte verkohlte, von Termiten zerfressene Holzbalken. Falls im Verlauf der Jahre nicht alles zu Feuerholz zerkleinert worden war.

Nahud'r nickte. »Eindrucksvoll zu seiner Zeit.«

Kearn vermutete, dass der Shemite … wie war noch einmal dieses zivilisierte Wort? … höflich war. Nahud'rs Volk bestand aus Nomaden, die in Zeltdörfern lebten. Falls nötig, brach man sie ab und zog weiter. Der schwarzhäutige Mann mit den großen weißen Zähnen hatte jedoch unter anderem in Aquilonien und Nemedien seine Bildung erhalten. Er hatte die großen Steinstädte mit ihren hohen Türmen und gepflasterten Straßen gesehen. Er hatte die Hauptstadt von König Conan erblickt. Tarantia. Hatte den Palast und die goldenen und türkisen Türme von Weitem gesehen.

Und hatte sich entschieden, nicht zu diesem Leben zurückzukehren, nachdem ihn Kearn aus der Sklavenkette der Vanir gerettet hatte.

»Das war es«, bestätigte Daol, obwohl auch er zum ersten Mal die legendären Ruinen sah. »Vor dem Aufstand.«

Wo Conan den Legenden zufolge seinen ersten Feind getötet hatte: kaum fünfzehn Sommer alt und bereits so groß wie ein Mann und mit dem Geschick eines Mannes im Schwertkampf. Der legendäre Krieger hatte zu einer großen Kriegsmeute gehört, die sich der Invasion der Gundermänner entgegengestellt hatte. Diese hatten sich gegen die Siedler und Krieger in der starken, befestigten Stadt erhoben. Sie kamen mit Feuer und Schwert und schierem Mut. Sie gingen erst, als auch der letzte Gundermann entweder tot oder auf der Flucht war.

Conan selbst hatte fünf kräftige Gegner getötet – nein, zehn! Fünfzehn! – und angeblich hatte er die Fackel getragen, die die Mauer in Brand gesetzt hatte.

Kearn glaubte beinahe, die fernen Echos dieser Schreie zu hören. Die Rufe der Männer in der Schlacht. Das war natürlich lächerlich. Niemand konnte nach so vielen Jahren noch die Schlachtrufe hören. Trotzdem sorgte etwas dafür, dass sich ihm die Nackenhaare sträubten. Und obwohl er den Kopf schüttelte, um zu sich zu kommen, war da wieder dieser Laut, der an den Brand der Festung damals erinnerte.

Was auch immer das sein mochte, was ihn da störte, eines war klar: Venarium lebte wieder. Als Vanirlager. Es gab nicht mehr als zwei oder drei provisorische Hütten und ein Dutzend einfacher Zelte auf dem Hügel. Aber Daol hatte bereits auf die zwanzig, nein dreißig Stellen hingewiesen, wo man Büsche entfernt hatte und das niedergedrückte Gras zeigte, wo vor kurzer Zeit noch Vanir gelagert hatten.

»Es sind noch immer zu viele«, sagte Daol. »Bestenfalls genauso viele wie wir.«

Und die kleine Gruppe hatte nur darum so lange überlebt, ohne ein weiteres Leben zu verlieren, weil sie zusammengearbeitet oder sich mit größeren Clans verbündet und den Feind in eine unterlegene Position gedrängt hatte.

»Ich sagte ...«

»Ich habe dich gehört, Daol.«

Kearn sah nach der Sonne, heute eine helle Scheibe hinter dünnen, weißen Wolken. Noch zwei Stunden bis zur Abenddämmerung. Seine Krieger kampierten auf der anderen Seite des Hügels, erschöpft und wund vom langen Lauf. Mit der aquilonischen Kavallerie konnte er erst nach Einbruch der Dunkelheit rechnen. Es war kaum genug Zeit, um sich für einen Kampf auszuruhen. Und er hatte es viel zu eilig, um es einen oder zwei Tage hinauszuschieben, in denen sie sich neu formierten, ausruhten und Pläne schmiedeten.

Das Tal. Und Grimnir. Das mussten seine Prioritäten sein.

Aber die Vanir in Ruhe zu lassen, sie einen eigenen Stützpunkt gründen zu lassen, von dem aus sie cimmerische Dörfer überfallen und plündern konnten? Konnte er das so einfach zulassen? Selbst wenn es sich da um Leute handelte, die ihn und seine Krieger größtenteils ablehnten, nur dann nicht, wenn man sie brauchte?

Nein.

»Heute Nacht«, sagte er. Sich unsicher, warum er den verzweifelten Drang verspürte, dies zu schaffen und so schnell weiterzureisen. Reiner Instinkt: Kearn hatte gelernt, auf ihn zu hören. »Es muss heute Nacht sein.«

Nahud'r zuckte lediglich mit den Schultern, als hätte er den Ruf schon erwartet. »Was werden wir tun?«, fragte er.

»Nur so viel wie nötig.« Er schob sich von dem Aussichtspunkt fort, sah zuerst den schwarzen Mann an und dann Daol. »Hart und schnell, und dann begeben wir uns ins Tal. Wir werden die Aquilonier brauchen. Und ein paar von Ehmischs Spinnenlöchern.« Er starrte Daol weiterhin an.

Der junge Mann verlagerte das Gewicht in der Hocke von einem Fuß auf den anderen. »Noch etwas?«, fragte er.

Kearn lächelte bitter. »Ja.«

»Das habe ich mir gedacht.«

Im Schutz der Nacht führten Kearn und Reave die kleine Gruppe Krieger zum Fuß des Hügels, auf dem sich Venarium erhob. Er blickte zurück und überzeugte sich, dass Nahud'r, Ashul und Aodh auf dem Boden kauerten, hinter Büschen oder im hohen Gras. Reave hieb ihm auf die Schulter.

»Sie wissen, was sie zu tun haben«, erinnerte ihn sein Freund mit einer Stimme, hinter der keine Kraft lag. Sie trug nicht weiter als bis zu Kearns Ohren. »Mach dir um sie keine Sorgen. Mach dir lieber um uns Sorgen, falls dein von Crom verfluchter Wolf noch näher kommt und dort oben die Blicke auf sich lenkt.«

Kearn nickte. Er konnte im kaum verhüllten Mondlicht gut sehen, und auch er hatte Frostpfote vor einer guten Vierteldrehung des Sternbildes Drache entdeckt. Der Schreckenswolf war kaum mehr als ein dunkler Schatten, der sich links von ihnen den grasigen Hügel hinaufschob. Er war ein großes Geschöpf, keine Frage, mit breiten Schultern. Aber die Nacht war seine Heimat. Was zugleich gut und schlecht war. Das Tier dachte sich nichts dabei, in der Dunkelheit offen herumzuschleichen. Glücklicherweise schlich es auf leisen Pfoten.

»Ich kümmere mich um den Wolf«, versprach Kearn. »Halte du dein Bärengrollen bloß leise.«

Er wusste, dass sich Reave nicht wegen den Vanirkriegern sorgte. Bestenfalls würden einer oder zwei der flammenhaarigen Nordmänner vor den sterbenden Scheiten eines Kochfeuers hocken. Nein. Die Frage war eher, ob sich dort oben im Lager ein Krieger der Ymirisch oder – noch schlimmer – ein Zauberer aufhielt. Abgesehen davon, dass sie außerordentlich gefährlich waren; falls ihre goldenen Augen so gut wie Kearns waren, verfügten sie über eine hervorragende Nachtsicht.

Aber Kearn glaubte nicht, dass es hier einen Zauberer gab. Oder überhaupt Ymirisch in der Nähe waren. Es gab eigentlich keinen guten Grund für die Annahme, abgesehen von der Ruhe, die sich seiner bemächtigt hatte. Sie schlichen vorsichtig ein paar Mannslängen weiter. Obwohl der Hüne so bärenhaft aussah, wie er manchmal klang, bewegte er sich dennoch mit der Anmut eines Hirschs. Langsam und leise. Und immer auf einen großen Sprung nach vorn vorbereitet. Sein cimmerisches Langschwert, das fast so lang wie Kearn groß war, hing auf seinen Rücken geschnallt, und der mit einer Schnur umwickelte Griff ragte über seine linke Schulter.

Kearn streckte sich zu voller Länge aus, die Brust auf den feuchten Boden gelegt, und wartete. Es dauerte nicht lange. Und er war dankbar, dass er die anderen erst entdeckte – was bedeutete, dass die Vanir vermutlich nichts bemerkt hatten –, als vier Brandpfeile durch die Dunkelheit schnellten und Geisternarben in seiner Sicht hinterließen, während sie lange und wild durch die Nacht brannten.

Ein Alarmruf erklang, als der Wächter den Rest der Krieger alarmierte, dass sie angegriffen wurden. Fast gleichzeitig ertönten eine zweite und eine dritte Stimme. Drei Wächter am Lager! Kearn hätte nicht gedacht, dass sein Feind so gut vorbereitet war.

Nicht, dass er Daols Gruppe in noch größerer Entfernung hätte aufstellen können. Tatsächlich schafften es zwei der Pfeile nicht bis zum Vanirlager.

Die anderen beiden trafen zwei der niedrigen Zelte. Kearn wäre jede Wette eingegangen, dass sie von Brig Baum und Daol abgeschossen worden waren, die beide die stärkeren, zusammengeleimten Kriegsbögen benutzten, die auch die

Vanir verwendeten. Die brennenden Spitzen zerschnitten die Zeltplane und setzten sie in Brand, während zwei Krieger mit gezogenen Schwertern in den großen Fäusten heraustaumelten.

Rufe und Flüche zerrissen die einst so stille Nacht. Bereits ertönte das Schnappen von Bogensehnen, als die Schützen der Vanir ihre schweren Pfeile mit den eisernen Dreiecksspitzen in die Dunkelheit schossen und nach ihren Angreifern suchten. Kearn hörte keine Schmerzensschreie und hoffte, dass die Nordmänner blindlings schossen und keine Aussicht auf einen Treffer hatten.

Zumindest nicht bis eine zweite Salve vom Fuß des Hügels in die Höhe raste.

Sie schoss aus dem Unterholz einer kleinen Baumgruppe, die einen guten Steinwurf entfernt war. Flammen lösten sich Funkenkäfern gleich von den brennenden Pfeilen. Die vier Geschosse landeten bei den ausschwärmenden Kriegern. Drei bohrten sich in den feuchten Untergrund. Einer schlug eher durch einen glücklichen Zufall als durch Absicht in die rechte Brustseite eines breitschultrigen Vanir.

Der Mann brüllte vor Schmerzen auf, ein Schrei, der sich schnell in Angst verwandelte, als die Flammen weiter auf seiner Haut und dem Lederharnisch brannten und Feuer, Fleisch und Blut wie Wachs seine Brust hinuntertropfen ließ.

Jetzt hatten die feindlichen Bogenschützen ein Ziel. Und da sie vom Hügel schossen, würde ihre Reichweite größer sein. Ihre Bögen ertönten wieder, und dieses Mal flog ein Dutzend Pfeile in die Baumgruppe. Kearn versuchte, es sich vorzustellen. Die Pfeile flogen zwischen schlanken Stämmen und an Ästen vorbei und hoffentlich in die Brustwehr aus Schilden und Rinde, die man von Bäumen in der Nähe abgeschält und mit schmalen Lederriemen und ein paar stützenden Stöcken zusammengebunden hatte.

Genug, um Daol und Brig und den anderen eine Chance zu geben.

Rufe in Nordheimisch und gebrochenem Cimmerisch erschollen. Flüche, die dem Hinterhalt galten. Rufe nach Hilfe, Rufe, in denen nach rollenden Köpfen verlangt wurde! Kearn sah zu, doch er entdeckte keinen seiner ymirischen Brüder, die an die Seite der Vanir eilten. Keinen von Grimnirs treuen Anhängern.

Eine gute Sache. Oder der Gegenangriff wäre vielleicht mit größerer Schnelligkeit und besser organisiert erfolgt. Trotzdem stürmte eine viel größere Horde, als ihm lieb war, den Hügel hinunter. Große Männer, die Streitäxte und Breitschwerter schwangen; einer trug einen Helm mit Hörnern, dessen Spitzen über seine massigen Schultern hinausragten. Er bediente seinen Bogen mit unglaublicher Geschwindigkeit, schoss einen Pfeil nach dem anderen den Hügel hinunter und in das Waldstück hinein, in dem Kearns Freunde kaum mehr tun konnten, als sich zu ducken und den Sturm zu erdulden.

»Jetzt«, flüsterte er und verfolgte, wie nahe die Vanir an das Unterholz herangekommen waren.

Ein Bogenschütze beugte sich zur Seite und schoss flach über den Boden, verschwand dann aber wieder hinter Baum und Brustwehr, bevor der Pfeil sein Ziel überhaupt getroffen hatte.

Er bohrte sich in die fleischige Hüfte eines der heranstürmenden Krieger und holte ihn mit einem Aufschrei von den Füßen.

Jetzt. Jetzt. Kearn erhob sich in die Hocke, bereit, seinen Plan zu verwerfen und seinen Freunden zu Hilfe zu eilen. »Jetzt.«

Ein Krieger, der zurückblieb, während sieben … acht … neun … Er hörte auf zu zählen, als das Trommeln der Pferdehufe wie künstlicher Donner heranrollte. Die Flammenpfeile hatten nicht nur die Aufmerksamkeit der Vanir wecken sollen. Sie waren außerdem das erste von mehreren Signalen gewesen. Sie hatten Strom und seinen beiden Kavalleristen das Zeichen geben sollen, ihre Pferde anzutreiben und herangaloppiert zu kommen – von einer weit entfernten Stelle, wo man die Pferde weder hatte sehen noch hören können. Als sie auf das Schlachtfeld donnerten, hatte die erste große Kriegergruppe Kearns Bogenschützen fast erreicht.

Fast bedeutete so viel wie gut zwanzig Schritte.

Strom, Valerus und Niuss vertrauten darauf, dass ihre Pferde einen sicheren Untergrund fanden, und eilten mit gesenkten Lanzen im Sturmangriff herbei. Der Vanirbogenschütze mit dem gehörnten Helm schaffte es, einen einzigen Schuss abzugeben. Und er tat es etwas zu hastig. Statt die breite Brust oder den langen Hals des Pferdes zu treffen, zersplitterte der Pfeil auf Valerus' tränenförmigem Schild.

Dann rammten die Reiter die schlecht organisierte Gruppe und durchbohrten mindestens zwei Männer mit den Lanzen und zertrampelten einen dritten mit den eisenbeschlagenen Hufen von Stroms kohlenschwarzem Wallach. Die Pferde verharrten kaum, und die Reiter rissen an den Zügeln, um ihre Tiere in eine Richtung zu wenden, die sie auf die andere Seite des Hügels galoppieren ließ, weg von Kearn und seinem kleinen Rudel.

Nicht schnell genug. Ein Schwertträger schlug zu, schnitt eine blutige Furche in die fassgleiche Seite des Wallachs und Niuss' Bein. Kearn hatte auch nicht bedacht, wie verwundbar ihre Rücken sein würden, nachdem sie die neue Richtung eingeschlagen hatten. So wartete er darauf, dass der Bogenschütze sie alle aus dem Sattel schoss.

Aber in diesem Augenblick sah er, dass Strom den Bogenschützen mit dem Helm niedergeritten hatte. Der Veteran hatte sicherlich die Bedrohung erkannt und seine Richtung korrigiert, um zu verhindern, einen Pfeil in den Rücken zu bekommen.

Die ganze Hügelseite war in Aufruhr. Ein paar Vanir rannten närrischerweise hinter den Reitern her, und nur einer oder zwei eilten auf die kleine Baumgruppe zu, die plötzlich zum Leben erwachte, als die cimmerischen Bogenschützen auf den dichteren Wald zustürmten, um hinter dickeren Bäumen Schutz zu suchen.

Daol, ein schlanker Schatten in der Nacht, fällte den ersten Vanir mit einem Pfeil durch den Hals. Brig – Kearn war sich sicher, dass es Brig war – erwischte den zweiten.

Hydallan und Ossian verfehlten ihre Ziele.

Die Alarmrufe und die Verfolgung der Bogenschützen, die plötzlich wieder mit mehr Nachdruck betrieben wurde, spielte Kearn direkt in die Hände, auch wenn es ihm einen Augenblick lang ein kaltes Gefühl im Nacken bescherte. Bei jedem Plan gab es Augenblicke, in denen die Gefahr für diese oder jene Person anstieg. Gerade waren seine Bogenschützen so deckungslos, wie sie sonst nie sein würden, da die Schwertkämpfer hinter ihnen herrannten und eine doppelte Handvoll Bogenschützen auf dem Abhang schossen, weiter hinunterliefen und erneut schossen, um sie mit tödlichen Pfeilen einzudecken.

Aber Kearn zählte vier Männer. Und als sie einen Augenblick später den Waldrand erreichten, waren sie noch immer zu viert.

Er stieß Reave den Ellbogen in die Rippen. »Geh.« Und er griff nach den beiden unangezündeten Fackeln, die neben ihm lagen.

Sie sprangen wie zwei angreifende Wölfe aus einem Hinterhalt auf und eilten den Hügel hinauf, im schrägen Winkel zu den Männern, die herunterkamen. Deren Aufmerksamkeit wurde von den Reitern und den fliehenden Bogenschützen in Anspruch genommen; keiner von ihnen dachte daran, nach einer dritten oder gar einer vierten Gruppe Ausschau zu halten.

Tief geduckt – und jeder mit zwei nicht entzündeten Fackeln mit langen Schäften in den Händen – umgingen Kearn und Reave eine breite Stelle mit Dornenbüschen und blühenden Beerenbüschen und befanden sich dann mitten zwischen den Zelten des Vanirlagers. Natürlich hatten sich die Nordmänner nicht damit aufgehalten, die beiden von den Flammenpfeilen verursachten Brände zu löschen. Welche Bedeutung hatten schon zwei Zelte, wenn es Blut zu vergießen gab? Aber Kearn konnte die brennenden Zeltwände gut gebrauchen, als er die Fackelenden in die Flammen stieß und entzündete. Reave tat das Gleiche. Die Fackeln waren kaum mehr als Büschel aus trockenem Gras und Zweigen, die mit starken Lederriemen zusammengeschnürt und mit etwas ranzigem Fett beschmiert worden waren. Doch sie fingen schnell Feuer und brannten flackernd.

Kearn und Reave rannten von Zelt zu Zelt, stießen ihre

Fackeln in die kleinen Unterkünfte und setzten Decken und Filzmatten in Brand. Wo immer das möglich war, trat er zwischen zwei dicht nebeneinander stehende Zelte und benutzte beide Fackeln gleichzeitig. Sechs weitere Zelte standen in Flammen … Dann sieben. Der herbe Gestank brennender Wolle wurde stark.

Acht.

Dann war Nahud'r da, packte Kearn am Umhang und zerrte ihn auf einen der notdürftigen Unterstände zu, in denen die Vanir den größten Teil ihrer Ausrüstung und Vorräte untergebracht hatten. »Hier lang!«, sagte er, und zwar drängender, als Kearn ihn je erlebt hatte.

Er sträubte sich, aber nur kurz, und ließ zu, dass ihn sein schwarzer Freund an völlig intakten Unterkünften vorbeizerrte. »Du solltest unten am Hügel warten, um unsere Flucht zu decken!«

»Aodh und Ashul können das tun. Die Vorräte!«

Herzschläge pochten in rasender Schnelle. Jeden Augenblick würden die Vanir sehen, dass man ihr Lager hinter ihnen anzündete.

Die Bogenschützen hatten sich in Spinnenlöcher geworfen; eine eigens vorbereitete Decke war mit Blättern und Ästen und langem Gras bedeckt worden und wurde von langen Weidenstöcken aufgeklappt gehalten. Sobald sich die Cimmerier unter ihre Deckung warfen, würden sie sofort aus dem Blickfeld verschwinden. Dann würden die Krieger und Bogenschützen bemerken, dass die Reiter nicht zurückgekehrt waren. Sie würden sich umsehen.

»Es wird zu lange dauern, sie in Brand zu setzen.«

Kearn hielt seine Fackeln an ein Zelt. Die Filzwand fing sofort Feuer und sandte Flammen zu dem schmalen Mittelpfosten. Noch vor zwei Tagen wäre alles zu feucht gewesen, um in Brand gesteckt werden zu können. Das gute Wetter eines Tages und das organisierte Lager der Vanir machte die Aufgabe einfacher.

Der Shemite aber zerrte Kearn trotzdem zu dem Unterstand. Er griff in die große Tasche an seiner Taille und zog einen faustgroßen Beutel hervor. Dann öffnete er ihn und tauchte zwei Finger hinein, zog sie mit einer ordentlichen Portion eines fein gemahlenen Pulvers wieder heraus.

»Der Schamane gab mir das. Verstehst du?«

Kearn erinnerte sich. Das Pulver, das der Schamane von Callaugh benutzt hatte, damit die Fackeln heller und länger brannten – und heißer. Offenbar hatte Nahud'r mit dem Segen des Schamanen einen kleinen Vorrat davon gesammelt. Die Unterstände wiesen keine Strohdächer auf, aber das Holz war nicht dick. Mit etwas Hilfe würde man sie anzünden können.

Er traf sofort seine Entscheidung, vertraute darauf, dass Nahud'r wusste, was er da tat. Ihn erinnerte das eigentlich zu sehr an die finstere Magie, die Grimnirs Ymirisch benutzten. Aber wenn sich der Shemite sicher war …

»Reave! Die Vorräte. Verbrenn sie!«

Sein Freund stellte die Planänderung nicht einmal infrage, sondern wandte sich dem nächsten Verschlag zu, stieß seine Fackel zwischen die Äste, und fand sogar einen kleinen Tuchstapel, den er anzünden konnte. Kearn hatte die schräge Dachkante des Unterstandes mittlerweile angesenkt. Nahud'r fügte eine Prise des Schamanenpulvers hinzu, und die Flammen flackerten sofort stärker empor. Doch es reichte nicht.

Tuch!

»Die Zelte! Schnappt euch die Zeltwände!«

Er rannte zu dem nächsten angezündeten Zelt, schob die langen Fackeln unter die brennende Plane und zerrte sie zu dem Unterstand. Ein Stoß beförderte sie mitten ins Innere, legte sie auf Nahrung, die in Öltuch und Leder eingewickelt war, auf Gürtel und Stiefel und zahllose Felle. Waffen mit Holzgriffen.

Das alles konnte brennen.

Nahud'r nahm mit gebotener Vorsicht noch eine größere Prise des Schamanenfeuerpuders und schleuderte sie in die brennende Masse. Die Flammen schossen sofort grell und entfesselt in die Höhe, heiß genug, um sogar das Dach des Unterstandes in Brand zu setzen. Das würde Aufmerksamkeit erregen! Und zwar schneller als gedacht.

»Kearn! Sie kommen!«

Ein Blick den Hügel hinunter bestätigte das. Mehrere Vanir rannten den Weg zurück, den sie gekommen waren, und verbreiteten brüllend die Nachricht über den Angriff auf ihr Lager. Unglücklicherweise waren die Bogenschützen in der ersten Reihe. Was bedeutete, dass sie keine Zeit mehr hatten.

Während Nahud'r zu Reave rannte, um ebenfalls Pulver in dieses Feuer zu werfen, trat Kearn vor den Unterstand, die brennenden Fackeln hoch über den Kopf gehalten. Von hinten durch das immer größer werdende Feuer angestrahlt und mit den erhobenen Fackeln bot er eine klare Herausforderung. Der erste Pfeil bohrte sich in den brennenden Stützpfeiler des Unterstandes. Ein zweiter grub sich neben seinen Füßen in die Erde.

»Nahe genug«, brüllte er und warf die Fackeln in zwei noch unversehrte Zelte, während er Reave und Nahud'r nachjagte.

»Ja, und hätte es dir nicht früher einfallen können, die Dinger mit den Zelten anzuzünden?«, brüllte Reave zurück.

»Ich bin kein Conan«, gab Kearn zurück. Aber wer war das schon?

Die drei Männer stolperten den Hügel hinunter, so weit wie möglich von den heranstürmenden Vanir entfernt. Die meisten Feinde fielen zurück, eilten lieber in ihr Lager, um zu retten und zu verteidigen, was ihnen noch geblieben war, statt drei fliehende Männer zu verfolgen. Ein paar Vanir am Fuß des Hügels, die von dem aufgegebenen Versuch zurückkamen, die fliehenden Bogenschützen zu fangen, versuchten aber, ihnen unten den Weg abzuschneiden.

Kearn zählte zwei. Und sah, wie sie genau an der Stelle vorbeikamen, an der sich er, Reave und Nahud'r zuvor versteckt hatten.

Wo Aodh und Ashul wie die Rachegeister der Cimmerier in die Höhe sprangen, die einst vor Venarium gekämpft und den Tod gefunden hatten. Ihre Schwerter fuhren – tief gehalten – durch die Luft, durchtrennten beiden Männern die Sehnen, bevor sie überhaupt bemerkten, dass sie angegriffen wurden. Aodh machte kurzen Prozess mit seinem Mann, durchbohrte sein Herz und nagelte ihn auf dem Boden fest. Ashul warf sich auf den ihren, ihre Klinge hob und senkte sich immer wieder.

Und dann war keiner mehr da, der sie herausfordern konnte. Nahud'r war in der Dunkelheit nicht mehr zu sehen. Reave fiel ein Stück hinter Kearn zurück, als sie den Hügel hinunterstürmten und in den Schutz der Bäume gelangten. Doch er hielt mit. Aodh und Ashul würden sich zurückziehen, um die vier Bogenschützen zu holen, die sich in ihren getarnten Löchern verbargen, und der Rest würde die Rückzugspositionen verlassen, da man sie nicht gebraucht hatte.

In dieser Nacht waren nicht viele getötet worden. Aber es reichte. Wenn man sie dagegen aufrechnete, dass keiner von Kearns Kriegern verletzt oder tot war. Das hoffte er zumindest. Und sie hatten Chaos hinterlassen und den Legenden um Venarium ein neues Kapitel hinzugefügt. Neue Echos von Kampf und Tod, die durch die Jahre hallen mochten. Ein Gefühl, das Kearn Zufriedenheit hätte verspüren lassen sollen.

Aber es war nur eine Erinnerung daran, was auf sie wartete – welche Echos Grimnir für sie im Conall-Tal hinterlassen hatte.

10

Kearn starrte über das sich mehrere Meilen hinziehende offene Gelände hinweg und kam sich völlig schutzlos vor: wie ein Insekt auf einem flachen Backblech. Sein schnell reisendes Rudel war von Venarium nach Osten geeilt, vorbei an dem gewaltigen Gipfel des Ben Morgh und den südlichen Berghängen, die nicht weit entfernt im Norden zu den westlichen Granitzähnen des Tales emporwuchsen.

Das war flaches Hochland. Das Tiefland erhob sich in großen Steppen vom nahe gelegenen Gunderland bis zu Croms Thron, dem cimmerischen Hochland. Karge Pfade durchschnitten Schlammflächen, deren Boden durch die Schneeschmelze nachgiebig geworden war. Überflutete Plateaus mit Teichen aus schlammigem, vom Wind bewegten Wasser wurden von schneidenden Winden gepeitscht, die von den westlichen Granitzähnen des Tals herunterkamen.

Kearn und seine Krieger erklommen den Steilhang eines niedrigen Kamms, nur um ein weiteres, flaches Plateau vorzufinden, wo sie jeder von der anderen Seite aus sehen konnte – gleichgültig ob Clan, Vanir oder Südländer wie die Gundermänner. *Sie* sehen konnte. Sich hinter ein paar Felsblöcken eingraben oder hinter die niedrigen Schlachthügel schleichen konnte, um auf sie zu warten und sich auf den Angriff vorzubereiten.

Das Schaben von Lederstiefeln auf Felsen klang in seinen Ohren manchmal wie das kurze Knirschen von Klingen, die geschliffen wurden.

»Todesland«, nannte es Hydallan und schaute mit zusammengekniffenen Augen in die Ferne.

Valerus hatte sein Pferd mit einem zerfledderten Lappen abgerieben. Jetzt hielt er inne. »Warum?«

Die kleine Gruppe hatte mittags für eine Mahlzeit aus Trockenfleisch und Brotfladen angehalten, die mehr nach altem Fett als dem ursprünglich verwendeten Hafermehl schmeckten. Der alte Fährtenleser riss sein Essen mit Fingern in kleine Stücke, die leicht zitterten, wie Kearn sah, da das Alter und die anstrengende Reise ihren Tribut forderten. Aber da war noch immer Stahl in seinem Rückgrat und Kraft in seinen Beinen, denn er hielt das Tempo durch, das Kearn auf dem Weg von Venarium zu den südlichen Ausläufern des Conall-Tals anschlug.

»Freies Gelände und schlechte Jagdbeute. Noch schlechter für Ackerbau. Zu viel Blut in diesem Boden.«

Der Reiter hatte seine Kettenhemdkapuze auf die Schulter zurückgestreift. Er rieb sich mit den starken Fingern durch die sandblonden Locken, die an seinem Kopf klebten. »Blut?« Valerus war neugieriger als die anderen beiden Aquilonier und nahm oft an Unterhaltungen teil.

»Blut«, sagte Wallach Graubart. Er hatte die Ledermanschette von seinem linken Armstumpf abgenommen, und Brig Baum war ihm dabei behilflich, das dreckige Tuch abzuwickeln, das um die verschorfte Wunde geschlungen war. »Hier sind viele Clansmänner gestorben. Und Gundermänner. Pikten. Aus der Westermark. *Aquilonier.*«

Wallach hatte den Reitern nie richtig vertraut und es sich

zur Aufgabe gemacht, sein Misstrauen bei jeder sich bietenden Gelegenheit deutlich zu machen.

»Als König Conan in Cimmerien eingefallen ist, hat er die ersten Forts auf den Sandebenen gebaut.«

Valerus verlagerte das Gewicht von einem Fuß auf den anderen. »Aquilonien ist nicht eingefallen. Wir haben das Grenzgebiet besiedelt, um dabei zu helfen, den Frieden zu bewahren und die Handelsrouten zu beschützen. Das war für alle gut.«

Kearn schlang die letzten Bissen herunter, schluckte, ohne sie zu schmecken. »Und zogt die Soldaten wieder ab, als die Vanir kamen? Habt die Südebenen offen gelassen?«

»Zu Hause gab es … *Probleme*.«

Probleme. Kearn leckte die letzten Krümel von den Fingern und pulte sich ein Stück Knorpel aus den Zähnen. Die Cimmerier wussten nur zu gut, was Probleme waren. Und sie wussten, dass – als König Conans Hilfe willkommen gewesen wäre – der ferne Anführer in Aquilonien seinem Volk den Rücken zugewandt hatte. Wieder einmal. Oder zumindest sah es für die meisten so aus.

Er erhob sich, wandte sich nach Nordosten, wo sich die westlichen Granitzähne und die Schneeflussberge dem Conall-Tal näherten. Ein Windstoß wirbelte sein frostblondes Haar durcheinander, trug den Geruch von altem Schlamm und frischem Gras heran. Ein Frösteln spannte seine Muskeln an, als er die vor ihnen liegenden Meilen musterte. Noch ein Tag. Vielleicht zwei. In seinen dreiundzwanzig Sommern war Kearn noch nie so weit nach Süden gereist. Bis zu diesem verzweifelten Winter hatte er sich niemals weiter als eine Wochenreise von Gaud entfernt.

Cimmerier wollten keine Veränderungen. Aber sie wussten, wie man damit umgehen musste.

Für gewöhnlich mit einer großen Klinge.

Es bestand keine Notwendigkeit, die Mittagsrast zu beenden. Es waren keine Befehle nötig. Seine Krieger zogen bereits Schnallen und Riemen enger. Schlangen Bettrollen über die Schultern. Daol und Ehmisch waren schon losgeschlendert und gingen voraus – auf der nächsten Etappe der Reise. Die Bogen waren bereit für den Fall, dass seltenes Wild ihren Weg kreuzte. Die anderen gingen in einer langen, unregelmäßigen Kolonne.

Reave, Desagrena und Gard Feindhammer brachen auf.

Der alte Finn und Mogh humpelten zusammen los. Der eine litt im geschwollenen Knie an Gicht, der andere unter dem Pfeil, der ihn vor Venarium in die Hüfte getroffen hatte.

Nahud'r wartete auf Kearn. Er hatte das lange Tuch vom Kopf geschoben, das Gesicht vor dem Wind entblößt und sah aus, als würde er die Luft schmecken. Seine Augen funkelten hell und lebendig.

Ashul, die andere Frau in Kearns kleiner Gruppe, bot Aodh die Hand, um ihn hochzuziehen. Ihr Haar hing in einem verknoteten Pferdeschwanz bis zum Kreuz herunter. Er baumelte und tanzte wie eine Schlange, als sie im Laufschritt loslief. Kearn entdeckte einen roten Schimmer in dem dunklen, langen Zopf. Etwas Vanirblut – von ihren Vorfahren – kam zum Vorschein.

»Wie schafft ihr das?«

Das war wieder Valerus. Der sein Pferd an Kearns Seite führte, während Strom und Niuss aufsaßen und ihre Tiere im langsamen Schritt gehen ließen und nicht auf ihn warteten.

Niuss' Bein war noch immer verbunden, aber glücklicherweise war der Schnitt, den er in Venarium davongetragen hatte, nicht tief und hatte sich – noch – nicht entzündet. Sein Pferd trug eine lange Brandnarbe, wo der Kavallerist die Blutung kauterisiert hatte. Valerus studierte den Schritt des Tiers, dann tätschelte er den Hals seines eigenen Pferdes, als wäre er dankbar, dass es nicht sein Hengst gewesen war, den man festgehalten hatte, während man ein glühendes Messer auf die Wunde drückte.

Aus dieser Nähe wirkte das Tier gewaltig, mindestens siebzehn Handspannen bis zu den muskulösen Schultern – was Valerus als Widerrist bezeichnet hatte. Mit seiner tonnenförmigen Brust und den dicken Muskelsträngen hätte es das Kriegerrudel mühelos eine Woche lang ernähren können. Es roch nach trockenem Gras und frischem Schweiß, moschusartig. Und nach Furcht. Obwohl Frostpfote weder zu sehen noch zu wittern war. Kearn fragte sich, ob das Tier ebenfalls nichts für das offene Gelände übrig hatte. Ein natürlicher Fluchtinstinkt.

»Was denn?«, fragte er schließlich.

Valerus deutete mit dem Kopf auf das abgebrochene Lager. Die paar Krieger, die vor ihnen gingen. Einen schnellen Blick auf Ossian, Hydallan und Garret, die die Nachhut bilden würden. »Ihr kommt schneller voran als die meisten berittenen Kompanien. Aufbruch vor der Morgendämmerung. Kaum eine Ruhepause bis zum Sonnenuntergang. Und wir treiben die Pferde an, um mithalten zu können.«

Das Cimmerisch des Mannes wurde immer besser. Es war sehr klar, wenn auch mit einem melodischen aquilonischen Akzent.

Kearn verlangsamte seinen Schritt, um einen Augenblick lang mit Valerus gehen zu können. Nahud'r marschierte nicht weit entfernt vor ihnen, und Ossian trat von hinten näher heran.

»Wir laufen schnell, weil wir es müssen«, sagte er schließlich. »So sind die Dinge hier ganz oft. Siebenmal hinfallen, achtmal wieder aufstehen.« Hinter ihm grunzte Ossian seine Zustimmung zu dem cimmerischen Sprichwort. »Wenn wir aufhören zu laufen, sterben wir. Du willst wissen, wie wir das machen.« Er blieb stehen, fixierte den Reiter mit seinem kalten Wolfsblick. »Ich frage dich, warum ihr das nicht tut.«

»Ich weiß es nicht«, gestand Valerus.

Der Aquilonier trat an die Seite seines Schlachtrosses und schwang sich in den Sattel, passte auf die Lanze auf, die an der Seite des Pferdes festgebunden war.

»Aber ich lerne«, sagte er. »Siebenmal hinfallen, achtmal wieder aufstehen.« Er sann über die Worte nach, als würde er sie das erste Mal schmecken, nickte und trieb sein Pferd an, um zu seinen Landsmännern aufzuschließen.

»Meine Frage«, sagte Ossian und näherte sich Kearns Schulter. »Wir gehen nach Norden. Warum sind die Reiter noch immer bei uns?«

Das fragte sich Kearn auch, hatte es sich gefragt, seit sich die Aquilonier ihnen in Callaugh angeschlossen hatten. Aber Nahud'r hatte eine Idee.

»Sie suchen«, sagte er in stockendem Aquilonisch. Der dunkelhäutige Shemite verstand Cimmerisch, sprach es aber nur selten.

»Wonach?«, wollte Ossian wissen.

Der Shemite zuckte die Achseln. »Was es auch ist, sie haben es noch nicht gefunden.« Dann zog er sein Tuch nach oben und beschützte die untere Gesichtshälfte vor dem schneidenden Wind. Als er fertig war, waren nur noch seine Augen zu sehen. Seine Stimme erklang nur leicht gedämpft, als er hinzufügte: »Wir haben es auch noch nicht gefunden.«

Kearn nickte. Das traf wohl zu.

Obwohl es hilfreich gewesen wäre, wenn er das hätte benennen können, wonach er persönlich Ausschau hielt. Seine Wut und Ohnmacht würden ihm dann viel besser dienen. Möglicherweise würde er sogar wissen, wann er sein Ziel erreicht hatte. Das Ende.

Falls das nicht auch durch eine große Klinge eintrat.

Kurz vor Sonnenuntergang stießen sie auf die zerstörte Siedlung, als sich die Schatten nach Osten erstreckten und sich das kleine Rudel an einer steilen Anhöhe entlang bewegte, in der Hoffnung, einen Pferdepfad zu finden, bevor die Nacht wie ein Amboss auf das Ödland fiel.

Im Norden und Westen ballten sich dunkle Wolken zusammen. Kearn beobachtete sie mit einem unbehaglichen Blick. Schwarze Wolkentürme im Norden, schwer mit Regen oder möglicherweise auch Spätfrühlingsschnee, dazu bereit, über die Eiglophianberge ins Conall-Tal hinunterzuwallen. Im Westen sah es eher nach Gewitterwolken aus, dunkel und rußig, aber ohne das volle, trächtige Aussehen von wahrhaft feuchtem Wetter. Die Wolken zogen sich zusammen und ließen den Himmel im Süden und weiter nördlich klar, als würde Venarium noch immer brennen und sich der Rauch zu einer soliden Masse verbinden.

Schlechtes Wetter nahte heran, aus der einen oder der anderen Richtung, und sie alle wussten es. Die Luft fühlte sich brüchig und kalt an, zog sich für den nächsten Sturm zusammen. Sie sorgte für Anspannung und trieb kleines und großes Getier hervor, als sich das Wild vor Einbruch der Dämmerung zeigte. Brig Baum erbeutete zwei Murmeltiere mit dem Bogen, und Daol zwei Paar der großen, schmalen Hasen, die man auf den Ebenen häufig fand. Auch Frostpfote jagte. Zweimal kam Kearn an einem Schlachtplatz aus Blut und Fell vorbei, die einen zur Hälfte gefressenen Kadaver umgaben. Und er bekam den Schreckenswolf, der sich auf den offenen Ebenen nicht so weit entfernte, dass man ihn nicht auf der einen oder anderen Seite laufen sehen konnte, selbst auch zweimal zu Gesicht.

Ehmisch hatte unter Hydallans Anleitung tatsächlich die Fährte eines Rothirschs gefunden und verfolgt. Es war die Hälfte des Rudels nötig, um das Tier zu umzingeln und es gegen einen Steilhang zu treiben, es mit drei Pfeilen zu spicken und der Blutspur schließlich bis zu einem vom Regen angeschwollenen Strom aus eiskaltem Wasser zu folgen, wo es sich einen Weg am steinigen Ufer entlang suchte. Das Blut von der Jagd in Wallung versetzt, rannte Ehmisch mit Daol voraus, während Kearn, Gard Feindhammer und ein paar andere in einem Kräfte sparenden Trott daherliefen. Sie hatten keinen Grund zur Eile. Kearn wollte den Rest seiner Gruppe nicht hinter sich lassen.

Was der Grund dafür war, warum noch immer ein paar scharfe Biegungen vor ihm lagen, als er Ehmischs aufgeregten oder verängstigten Ruf hörte und sich Daols Stimme hob, um die anderen herbeizurufen.

Er rannte durch die kalte Strömung des Flusses und hörte das Rauschen und die Gischt von Wasser, bevor er den kleinen Wassersturz zu Gesicht bekam. Ein Wasserfall, der an der Seite eines steilen Abhangs hinabstürzte und die Luft mit kaltem, silbergrauen Nebel erfüllte. Er endete in einem großen Teich zwischen gerundeten Felsen und rotem Lehmboden, der einen schlammigen Strom speiste.

Der Fluss führte am Rand des Steilhangs vorbei, als er nach Süden in Richtung Gunderland abbog und sich durch die Siedlung schlängelte, die zu klein für ein Dorf war, aber offensichtlich kein Nomadenlager darstellte. Kleine Hütten, kaum größer als Ehmisch, der über die erste von vielen Leichen gebeugt stand, von Abscheu und Trauer gefangen. Jedes Gebäude war gerade groß genug, dass ein oder zwei Menschen dort hineinkriechen und Unterkunft finden konnten, mit dicken Grasbüscheln gedeckt und die Wände mit Lehm verputzt. Bei einigen der Hütten waren die Wände zerstört, leichtes Spiel für ein schweres Schwert oder eine Streitaxt. Bei den meisten hingegen waren einfach nur die Türbedeckungen – Wolldecken oder Filzmatten – weggerissen worden.

Kearn drängte sich an Ehmisch vorbei und untersuchte die erste Hütte, eine der zerstörten, und entdeckte die zerhackte und blutige Leiche eines Kriegers. Kohlenschwarzes Haar, rot gefärbter Kilt, besetzt mit dem Fell einer Bergkatze.

Er konnte nur vermuten, dass das Gesicht eine zerklüftete Stirn und blaue Augen aufgewiesen hatte. Man hatte es dem Mann vom Kopf geschnitten.

Ein Cimmerier.

»Croms Blut«, sagte Hydallan und spuckte aus.

»Damit hat Crom nichts zu tun.«

Die anderen schwärmten zu den Rändern des Dorflagers aus. Gard Feindhammer trat vor, um Ehmisch von der Frau wegzuführen, die in Schande und Tod ausgebreitet zu seinen Füßen lag. Die Augen des jungen Mannes waren weit aufgerissen und wiesen einen wilden Blick auf, sein Mund war ein schmaler, zorniger Strich. Die Hände an seinen Seiten waren zu Fäusten geballt.

Nur zögernd zog ihn Gard auf den Fluss zu, wo der Hirsch, den sie gejagt hatten, in der Mitte zusammengebrochen war und nun einen kleinen Damm bildete. Wasser trat über das seichte Ufer und schuf schlammige Pfützen, bevor es den Weg zurück ins Flussbett fand. Gemeinsam zerrten die beiden Männer das große Tier langsam vorwärts in den Schatten der Steilwand und hielten ihn an einem beeindruckenden Geweih. Sechs Sprossen – ein drei Jahre alter Bock.

Gutes Fleisch. Eine gute Ablenkung.

Als der Rest des Rudels eingetroffen war – die Reiter führten die zehn zu Fuß gehenden Krieger an –, war Kearn die winzige Siedlung abgegangen und hatte zwölf Tote gezählt. Alle kunstvoll erschlagen. Teilweise geköpft. Für gewöhnlich zerhackt und zurückgelassen, um auf dem unfruchtbaren Boden zu verbluten.

Reave hatte sich von der Jagd ferngehalten und traf als einer der Letzten ein. Der Hüne kam mit dem Langschwert in der Hand und Wut in den Augen. Offenbar hatten Gard oder Daol die Neuigkeit übermittelt. Kearn war sich nicht sicher, wer geblieben und wer gegangen war, um die anderen herbeizuführen.

Was Reave jetzt für diese Menschen glaubte tun zu können, vermochte Kearn nicht zu sagen. Und Reave wohl auch nicht, der sich die Klinge zurück über die Schulter schob. Er kam auf Kearn zu und wusste nicht, was er sagen sollte.

»Frisches Wasser«, rief Kearn und deutete mit dem Kopf auf den Wasserfall. Die ganze Siedlung schmiegte sich in den Steilhang, so geschützt, wie das auf den Ebenen überhaupt möglich war. »Ein gewisser Schutz. Eine gute Rückzugsmöglichkeit die Felswand hinauf, falls sie Zeit dafür gehabt hätten.«

Cimmerier wären vor dieser Kletterpartie nicht zurückgeschreckt. Ob vom Wasser besprüht oder nicht, mit den Vorsprüngen, die Kearn entdecken konnte, wäre selbst der schmächtigste Junge den Felsen wie eine Spinne hochgeeilt.

»Das haben sie nicht getan. Die Vanir müssen in der Nacht gekommen sein. Möglicherweise hatten sie jemanden oben auf dem Felsen.« Am Fuß des Felsens lagen ein paar lose Steine und eine Leiche. Es hatte keine Mühe gekostet, sie von der Felswand zu bergen.

Zwölf Leichen. Männer und Frauen. Zwei dürre Jugendliche. Ein Kind, das kaum älter als fünf Sommer gewesen sein konnte. Das harte Leben. Der Zustand ihrer Siedlung. Daol erkannte, worauf Kearn hinauswollte.

»Flüchtlinge. Ausgestoßene oder einfach Leute auf der Flucht.« Er hatte die Augen zu engen Schlitzen zusammengezogen. Seine Stimme war heiser von Wut. »Sie sind nicht weit genug gelaufen. Sie wollten Cimmerien nicht verlassen. Bei Crom, sie hätten nur wenige Orte finden können, die noch abgelegener gewesen wären als dieser hier!«

»Alle tot?«, fragte Strom.

Der Kavallerist war nicht abgestiegen. Valerus schon, und er half Gard Feindhammer und Ehmisch, den Hirschen zu häuten, Fleisch und Fett und ein paar gute Stück Haut herauszuschneiden.

Kearn nickte. »Ich glaube schon. Ich habe ein junges Mädchen gefunden, das sich hinter dem Wasserfall versteckt hielt. Vor den Vanir versteckt hatte. Davor, von ihnen entehrt zu werden. Aber dahinter muss es sehr kalt gewesen sein. Zu kalt – und zu lange.« Niemand blickte zum Wasserfall hin. Niemand wollte das sehen.

»Sie haben gekämpft. Ich habe einen toten Vanir gefunden. Aber sie haben nicht gut gekämpft, nicht zusammen.« Im Kopf ging er den Kampf immer wieder durch, versuchte ihn zu verstehen und aus ihm zu lernen.

»Die meisten der Krieger, die nicht unter freiem Himmel gestorben sind, haben es bis in eine Hütte geschafft. Es gab ihnen die Chance, jeweils gegen einen Feind zu kämpfen. Aber die Angreifer sind auch von hinten in die Hütten eingebrochen.«

Sie hatten keine Chance.

Und das war genau das, was Kearn hoffte, zu den Vanir tragen zu können, die Cimmerien überfielen und vergewaltigten. Tod. Und keine Chance. Er hörte den Ruf des Blutrauschs in seinen Ohren dröhnen. Sein Verlangen, dieses Gemetzel zu rächen. Heißer Zorn ersetzte die eiskalte Berührung des Winters, die so oft an seinem Inneren fraß. Man hatte ihm die Gelegenheit zur Flucht gegeben, und er hatte sie verweigert. Er zog die Jagd vor. Den endlosen Pfad, den er erwählt hatte, der aber nur zu weiterem Blutvergießen und Schmerz führen würde. Auf welche Weise unterschied er sich also von den Nordmännern?

Vielleicht gehörte er nicht länger zu Cimmerien. Vielleicht hatte er das nie getan. Aber er verneinte die Verwandtschaft mit den Nordmännern, und zwar mit jeder Faser seines Wesens. Ymirs Blut oder nicht.

Es gab schlimmere Entehrungen, als ein Ausgestoßener zu sein.

»Kearn?«, fragte Reave, als sich das Schweigen hinzog und so lang wie eine Dolchklinge wurde.

Er nickte. »Nehmt das Tier auseinander und packt das Fleisch ein. Schneidet die größeren Knochen raus. Schabt die Haut ab und rollt sie erst einmal ein.«

Er trat über die tote Frau hinweg, vor der Ehmisch gestanden hatte, und schob mit dem Stiefel ihre Beine zusammen. Reave kam ihm zu Hilfe, nahm den einen Arm, während Kearn den anderen ergriff. Zusammen hoben sie ihren zerschlagenen Körper mühelos auf und trugen ihn zu einer der leeren und unversehrten Hütten.

»Bringt sie in die Hütten. Zerschlagt eine Mauer, um den Eingang zu verschließen. Sollen die Aasfresser für ihre Mahlzeit arbeiten. Wir werden vor Einbruch der Dunkelheit auf dem nächsten Tafelberg sein«, versprach er.

Er starrte nach Norden und Osten. Etwas zog ihn da an, immer heftiger, und warnte ihn, dass es bereits zu spät war.

»Wir bleiben nicht hier.«

11

Eiskalter Wind peitschte den Boden, drückte hohes Gras nieder und schüttelte die Bäume, die Venarium umgaben. Lodur ging den Fuß des Hügels entlang, unterhalb der zerstörten Burgsiedlung, und kämpfte seine Wut nieder. Fühlte zwölf Augenpaare auf sich ruhen – alle gefüllt mit Wut und Hass. Seine Untergebenen, die auf dem Hügel in dem zerstörten Lager zwischen seinen verbrannten Zelten und Versorgungsschuppen warteten und durch seinen Befehl an Ort und Stelle gebannt waren.

Die Nacht brach schnell herein, aber seine goldenen Augen nahmen genug von dem nördlichen Licht auf, sodass er in dem Dornbusch herumsuchen konnte. Er fand einen zurückgelassenen Rindenschild in einer kleinen Gruppe zersplitterter Kiefernbäume; zwei Pfeile steckten darin. In dem nahe gelegenen Wald führte ihn sein Geruchssinn zu einer Wolldecke hinter einer dicken Zeder, die entweder vergessen oder zurückgelassen worden war. In dem groben Stoff steckten Zweige und ein paar schlanke Äste; er war mit einer Masse aus getrocknetem Schlamm und Blättern verkrustet.

Unter der Decke befanden sich zwei Stöcke und eine ausreichend tiefe Ausschachtung in der Erde, sodass er verstehen konnte, was passiert war.

Wie man den Außenposten hereingelegt hatte.

Wie *er* es getan hatte.

Der große Krieger brüllte seinen nackten Zorn heraus, ließ das Knurren zu einem langen, wilden Schrei anschwellen, der gegen den Hügel hallte.

Der Gefühlsausbruch wärmte ihn, wie er es immer tat. Er füllte die eiskalte Leere tief in sich, überlagerte alles bis auf den einen gefrorenen Funken, der allen Ymirisch vertraut war. Das Frösteln, das sie in den heißesten Sommertagen überfiel. Der Hauch des Winters, der ihnen immer in den Nacken blies.

Er warf den Umhang aus weißem Polarbärenfell zurück, lehnte sich zurück und brüllte erneut. Und diesmal antwortete der Himmel mit einem berstenden Donnerschlag.

Lodur schmeckte die sich auftürmende Wut des Sturmes. Scharf und bitter. Fühlte sie in seiner sich anspannenden Haut. Er hatte seine Mähne aus frostblondem Haar ganz kurz geschnitten. Nur ein paar Strähnen waren lang genug, um ihm vor den Augen zu wehen. Der Rest sträubte sich wie das Fell eines Säbelzahntigers. Es fühlte sich wie tausend winzige Nadeln an, die auf seine Kopfhaut und sein Gesicht einstachen.

Er wollte sich kratzen, sich das Gefühl mit den blutverklebten Fingernägeln wegkratzen, wollte die Fäuste in seinen wild wuchernden Frostbart krallen und ganze Büschel ausreißen.

Wollte zerstören.

Töten.

Das würde er auch. Der Blutdurst von *Ymirs Ruf* verlangte es.

Mit der vor Dreck starrenden Wolldecke in der einen und dem Rindenschild in der anderen bahnte sich Lodur seinen Weg aus dem Unterholz und wieder den Hügel hinauf.

Venarium bedeutete nicht mehr als eine Handvoll Schatten. Die Sonne hatte sich bereits hinter den Horizont gesenkt und war in der piktischen Wildnis verschwunden. Aus dem westlichen Himmel strömte kaum genug Licht – verblassende lachsrote und goldene Flächen –, um die sich dort zusammenballenden finsteren Sturmwolken zu erhellen. Die Wolken, im ersterbenden Sonnenlicht noch von dunkelgrünen und purpurnen Streifen durchzogen, hingen nun als schwere und dunkle Masse dort, wie eine von Ymir über Venarium gemalte Zielscheibe.

»Eine dreckige Decke«, wütete Lodur. Er schwenkte seinen Fund über dem Kopf, während er den zerstörten Außenposten betrat. Eiskalter Wind griff nach der Decke und ließ sie wie ein finsteres Banner flattern.

Es gab neue Zelte und einen kleinen Stapel Ausrüstung und Lebensmittel, die man aus den zerstörten Unterständen hatte bergen können. Ein einzelnes Feuer, das sich schnell in Asche und glühende Scheite verwandelte. Und zwölf Männer, die von den sechzehn übrig geblieben waren, die sich während des Überfalls dort aufgehalten hatten. Zwei Männer erschlagen. Ein Dritter am Wundbrandfieber gestorben. Und ein Vierter war wie ein feiger Nemedier weggelaufen. Weggelaufen!

Allein deswegen hatte er keinen weiteren Kriegern erlaubt, auf den Hügel zu kommen. Von seinem Standort aus hätte er drei oder vier weitere Lagerfeuer ausmachen können, die auf Hügeln in der Nähe oder Talsenken brannten, wenn es ihn interessiert hätte. Und dort würden sie auch bleiben.

Auf ihn warten, bis er mit diesen nutzlosen Hunden fertig war.

»Eine Decke und ein Stück dicke Rinde«, brüllte er und warf die dreckige Wolle einem in der Nähe stehenden Vanir zu. »Damit haben sie euch geschlagen? Uns Krieger gekostet? Waffen?«

Niemand gab eine Antwort. Elf Männer und eine Frau, die stumm und wütend vor sich hin starrten, sich angesichts seines Zorns aber nicht rührten. Obwohl ein paar fast so gerötete Mienen hatten, dass sie kaum von ihren Haaren zu unterscheiden waren, und sie bereit schienen, die Klingen zu ziehen und sich auf ihn zu stürzen.

Lodur wandte ihnen den Rücken zu. Seine Muskeln zitterten vor unterdrückter Wut und dem Blutgeschmack in seinem Mund. Sollten sie es doch versuchen. Sollte einer oder sollten auch alle die Klinge gegen einen von Grimnirs Treuen, einen der Söhne Ymirs ziehen, wenn sie den Mut dazu hatten.

Keiner tat es. Schwächlinge.

Sie warteten ab. Beobachteten ihn, wie er durch das zerstörte Lager stürmte, die Rinde wie eine Keule herumschwenkte, während sein Bastardschwert in der Scheide blieb und gegen sein Bein schlug. Der mit Bronze beschichtete Harnisch funkelte matt im orangenen Feuerschein, als hätte er etwas vom schwindenden Sonnenlicht aufgesogen. Er wusste genau, dass auch seine Augen wie von Feuer erfüllt aussehen würden, voll von dem Hass, den er nur für einen Mann verspürte.

»*Er* war hier! Das verdorbene Blut von unserem Blut!« Lodur konnte ihn riechen, *seine* Gegenwart auf die gleiche Weise spüren, die ihm auch verriet, wann seine Brüder unter den Ymirisch in der Nähe waren oder vor ihm denselben Weg genommen hatten.

Oder wenn Grimnir seine Treuen zu sich *befahl* oder sie in Ungnade fallen ließ und verstieß. So wie Lodur nach seinem Scheitern in Taur zurückgerufen worden war. Nach seinem ersten Zusammenstoß mit dem Dunkelblütigen. Das war ein Augenblick, den er nie vergessen würde. Auf dem Höhepunkt dieses glorreichen Winters, von dem Grimnir versprochen hatte, dass er ein nie endender Winter aus Blut und Eis werden würde, hatte er etwas an diesem Morgen gespürt, als seine Krieger das Dorf der Taurer verwüsteten. Eine verdorbene Präsenz, die er zu diesem Zeitpunkt nicht hatte erklären können und dem wärmenden Rausch aus Blutdurst und Tod zugeschrieben hatte, der seine anderen Sinne beinahe überdeckte.

Dann hagelte es Pfeile, und ein paar seiner Männer brüllten vor Schmerz. Zwei cimmerische Bogenschützen, die närrischerweise ohne Deckung auf einem Hügel über dem Dorf standen. Dann vier. Dann noch mehr. Genug, um seine Kampfeswut zu dämpfen. Gerade genug, wie sich herausstellen sollte, gerade genug.

Eine Handvoll seiner Krieger stürmte den Hügel und hatte die Hälfte des Weges schon geschafft, als eine zweite Gruppe Cimmerier oben auf dem Hügelkamm erschien und einen Baumstamm umklammert hielt und ihn seinen Kriegern ins Gesicht warf. Dann wurde ein zweiter Baumstamm ergriffen. Und die Cimmerier – mittlerweile mehr als zwölf an der Zahl – stürmten den Hügel mit ihrem Rammbock hinunter, um seine Reihe zu sprengen und wilden, hungernden Wölfen gleich über seine kleine Kriegsmeute herzufallen. Lodur hatte sich von den Verteidigern im Langhaus ab- und dieser neuen Herausforderung mit dem Schwert in der Hand zugewandt und außerdem von seinen Kriegern

Köpfe und vergossenes Blut verlangt. In diesem Augenblick hatte er den Dunkelblütigen das erste Mal gesehen, ihn aber sofort an seinen goldenen Augen und dem Frosthaar erkannt, dem Zeichen für Ymirischblut. Hatte das erste Mal seinen Namen gehört, als ihn einer der cimmerischen Krieger mit einem Langschwert in der Hand und einem wilden Funkeln in den Augen gebrüllt hatte.

Kearn.

Jung. Keine dreißig Sommer alt. Klein für ihr Blut, ihre Brut. Verdorben durch cimmerisches Fleisch – das Blut seiner Mutter –, dessen lederiges Aroma Lodur unter dem reinen, kalten Eis gerochen hatte, das sie teilten. Es ließ ihn nur einen Augenblick lang zögern, und die Schlacht war verloren. Der Ymirisch und seine Kriegsmeute hatten plötzlich in der Falle gesessen, gefangen zwischen den Rettern und den herbeieilenden Kriegern aus dem Langhaus.

Er hatte mit dem Vanirjagdhorn zum Rückzug geblasen, ein Befehl, den er nie geglaubt hätte geben zu müssen. Niemals. Lodur hatte sich einen letzten Kopf geholt und ihn seinem dunkelblütigen Bruder zugeworfen, bevor er endgültig das Feld räumte. Aber sie verließen das Feld. Um die Kräfte Nordheims für Grimnir zu retten und um berichten zu können, was er gesehen hatte.

Und Grimnir hatte ihn dafür beinahe getötet.

Stattdessen hatte der Riesensohn Lodur fortgeschickt. Er war bei der letzten, wilden Schlacht über Conarch nicht dabei gewesen und war so nicht Zeuge von Grimnirs Niederlage geworden. Er war wieder nach Süden gezogen, hatte die flammenhaarigen Krieger in der Nähe von Venarium zusammengerufen, um eine zweite Kriegsmeute aufzustellen, über die Grimnir den Befehl übernommen hatte. Und dann, nachdem Grimnir die untere Hälfte des Conall-Tals verwüstet hatte, hatte er ihn wieder zurückgeschickt, um noch mehr Krieger zu holen.

Noch mehr Tod.

»Er war hier«, sagte er wieder. »Und ihr habt ihn entkommen lassen!«

Wieder krachte der Donner und rollte über die Hügel um Venarium. Violette Blitze tauchten das Land in ihr hartes Licht.

Lodur schmeckte die Entladungen des Sturms und hieß sie willkommen. Akzeptierte sie tief in seinem Inneren, während seine Wut wuchs und in seinen goldenen Augen brannte.

Und ein Krieger war der Erste, der ihm den Weg vertrat. Die Hand auf den Griff seines Schwertes gelegt schüttelte der flammenhaarige Vanir die langen Zöpfe zurück über beide Schultern. »Drei Tote«, sagte er. Es klang, als würde er über nichts Ernsteres als ein paar in der Waffenkammer gefundene verrostete Klingen berichten. »Wir haben mühelos genauso viele getötet. Könnte sein, dass wir auch den Fauligen getötet haben.«

Mühelos? Genauso viele? »Und wo sind dann die Leichen?«, brüllte er, während noch mehr Donnerschläge krachten. Und stieß dem Krieger den Rindenschild mitten ins Gesicht.

Was nichts weiter als eine blutige Nase und eine Beleidigung hätte sein können. Doch er hielt ihn an der Vorderseite, an einem Pfeil, der noch immer darin steckte und sie ein Stück weit durchbohrt hatte. Die keilförmige Spitze riss eine tiefe Furche in die Gesichtsseite des Vanir. Schnitt ihn vom linken Augenwinkel bis hinunter zum Kiefer, öffnete seine Wange, bis er von den Zähnen aufgehalten wurde.

Dann *schob* Lodur.

Der Pfeil durchbrach die Rinde, die Eisenspitze durchbohrte Wange und Zunge und drang in das weiche Gewebe im Hals des Vanir. Er rammte sie tiefer, drehte sie um und schob erneut, stieß den Pfeil durch den Hals des Mannes.

Der Vanir gurgelte, ertrank plötzlich im eigenen Blut und krallte nach dem Arm des Ymirisch, nach der Rinde, die in sein Gesicht genagelt war, nach dem Pfeilschaft. Stürzte dann aber rücklings ins Feuer und versuchte noch immer, einen Schrei auszustoßen, schickte eine Funkenwolke in den eisigen Wind, der sie schnell fortpeitschte.

»Wo sind die Leichen?«, brüllte Lodur erneut, während der Gestank von angesengtem Haar und verbranntem Leder aus der zerstörten Feuergrube aufstieg.

Die Flammen ergriffen das Haar des Sterbenden und den mit Widderfell besetzten Umhang um seine Schultern.

Drei der Vanir reagierten schneller als die anderen, unter ihnen eine Frau, und griffen nach den Schwertern. Aber Lodur hatte sich dem wärmenden Zorn überlassen, bevor er dem Krieger den Pfeil in den Hals rammte, und so hatte er sein Bastardschwert bereits gezogen, bevor auch nur eine der anderen Klingen ihre Scheide verlassen hatte. Fast einen Kopf größer als die meisten der Vanir, mit einer Brust in der Breite von sieben Handspannen und mit hervortretenden Muskelsträngen versehen, gab es nur wenige, die gegen ihn bestehen konnten. Seine Klinge schlug ein- oder zweimal zu, – und dem nächsten Krieger flog der Kopf von den Schultern.

Sein Zorn verlieh ihm Kraft, wie auch das übernatürliche Gespür dafür, wo die nächste Bedrohung stünde. Die Frau stieß mit einem Kurzschwert nach seinem Hals. Er parierte den Hieb, dann schlitzte er sie wie ein Kalb auf, um ihre Eingeweide auf dem Boden zu verteilen.

Donner krachte, der Boden erbebte. Er drehte sich herum. Die Klinge blitzte im Feuerschein auf. Ihr schweres Ende grub sich durch das Handgelenk des dritten Angreifers, trennte den Mann von Hand und Schwert und ließ ihn zusammenbrechen und sich den Stumpf halten, aus dem das Blut hervorschoss.

Hinter ihm!

Lodur hatte keine Zeit für eine Drehung. Sie reichte kaum, um einen Blick über die Schulter zu werfen, in den Augen saß die Wut und das Feuer der Ymirisch. Wieder erhellte ein Blitz den Hügel und die Ruinen von Venarium, fror den panischen Gesichtsausdruck eines vierten Mannes ein, der mit einem Dolch nach Lodurs Rücken stach. Dem Ymirisch dröhnte der Herzschlag in den Ohren. Sein Schrei war urtümlich und heiser, so wie der Donner auch. Seine Miene verzog sich zu einer wilden Grimasse.

Und irgendwo tief in seinem Inneren, dort, von wo der Hauch des Winters niemals wich, flammte der kleine Eisfunke plötzlich zu strahlendem Leben auf.

Ymirs Ruf.

Seine Muskeln verkrampften sich, und um ein Haar hätte Lodur die Klinge fallen lassen. Die Zeit blieb einen Augenblick lang stehen, der Wind fing sich zwischen dem Keuchen, das von Leben kündete, und dem von Blitzen erhellten Himmel. Ein Schwall künstliches Feuer schoss aus der Grube, in die der erste Tote gefallen war, und knisterte vor Macht.

Ein violetter Blitz schoss aus dem purpurnen Himmel und bohrte sich in die Brust des Mannes, durchschlug Lederharnisch, Fleisch und Knochen.

Stieß den Krieger zurück und verwandelte ihn in ein zerbrochenes Bündel.

Über Venarium krachten ganze Reihen violetter Blitze in einer Kaskade übernatürlicher Energien, strömten über den Hügel und die dort wie angewurzelt stehenden Krieger. Dies ließ die Vanir erstarren, die Lodur in einer Mischung aus Angst und Ehrfurcht anstarrten. Die eisigen Windstöße peitschten mit erneuter Wucht zu, rissen an Zöpfen und langen, verfilzten Locken und trieben lange Haare in die Gesichter.

Lodur drehte sich an Ort und Stelle langsam um; Grimnirs neuester Zauberer starrte den Vanirkriegern entgegen und schwitzte deutlich sichtbar, während sein Kern so heiß und hell brannte wie das Feuer, das den bloß noch glimmenden Scheiten eben entsprungen war. Der beißende Geruch von brennendem Fleisch und Haar füllte seine Nase, und der krachende Donner hallte in seinen Ohren wider. Aber vielleicht war das ja auch sein eigener Herzschlag.

Wärme … Das war es. Nicht die blinde Hitze des Zorns oder der falsche Schweiß eines lodernden Feuers, sondern eine alles verzehrende Hitze, die sich in seinen Muskeln und Knochen niederließ.

Lodur bedauerte seine geringeren Brüder, die *Ymirs Ruf* noch nicht vernommen hatten.

Er fühlte nichts für jene, die Grimnir und ihn enttäuscht hatten.

Abscheu verzerrte sein Gesicht. Mehrere der Vanir in seiner unmittelbaren Nähe waren noch geistesgegenwärtig genug, einen Schritt zurückzutreten. Doch keiner von ihnen ergriff die Flucht. Wo sollten sie auch hingehen, an welchem Ort würde er sie nicht aufspüren können?

Er sammelte seine dunkelsten Gedanken, seine Qual und seinen geballten Hass und verlieh ihnen Gestalt. Er fühlte die Macht anschwellen, wusste ohne hinzusehen, dass sie als dunkler, öliger Nebel hinter ihm feste Gestalt annahm, wie ein zum Leben erwachter Rauch. Dann peitschten Tentakel aus finsterer Macht in die Gesichter der Krieger. Mehrere von ihnen krallten nach ihren Augen und stürzten zuckend zu Boden. Andere wichen voller Entsetzen zurück, mit weit aufgerissenen und furchterfüllten Augen.

Lodur vergaß das Schwert in seiner Hand, schlug immer wieder mit dem schwarzen Nebel zu. Sah tiefer als das, was sich seinen Augen bot. Dass da mehr als eine Geißel war, die ihre Augen bluten ließ. Er spürte die Finsternis aus seinem Inneren aufsteigen, durch ihre Augen und Ohren und Nasen greifen und ihre Hirne mit einem unbarmherzigen, giftigen Griff umklammern. Wie sie die Vanir für ihr Versagen vergiftete und in den Wahnsinn und Tod trieb.

Sie ergriffen die Flucht, aber es war zu spät. Die Macht, die Lodur zur Verfügung gestellt worden war, wirkte neu und ungestüm, wie ein junger Mann, der zum ersten Mal im Griff der Wollust war, oder ein Krieger, der den Ruf des Blutdurstes zum ersten Mal erlebte. In diesem Augenblick *war* er der Sturm. Der Wind gehorchte ihm. Blitze zuckten in seinen Augen. Die Wolken selbst senkten sich vor seiner Macht. Er wusste, dass sie möglicherweise nie wieder so stark in ihm pulsieren würde wie in diesem Augenblick ihrer Geburt. Aber vorerst reichte ihm das.

Er schlug nach den Augen und dem Verstand zweier weiterer Männer. Auf einen dritten rief er einen violetten Blitz herab, der ihn von Kopf bis Fuß durchbohrte, Haut und Fleisch zerfetzte.

Dieser letzte Mann wollte an ihm vorbeistürmen und flüchten, war aber ohne die Geistesgegenwart, von ihm wegzulaufen.

Endlich fiel ihm sein Schwert wieder ein, die Kriegerreflexe. Sie erschienen etwas gedämpft, aber noch immer ausreichend. Die Klinge blitzte auf. Traf den letzten Mann am Hals, trennte den Kopf von den Schultern und ließ ihn über die breite Klinge rollen, während der Körper noch zwei lange Schritte rannte, bevor er zusammenbrach.

Womit nur noch ein Mann übrig war, der Lodurs Zorn entkommen war, seiner Rache. Der Vanir, der nach dem Kampf klugerweise geflohen war, aus Angst um sein Leben. Keine Entfernung war ausreichend genug, dass er den Feigling nicht erreichen würde. Kein Preis zu hoch, um ein solches Verhalten zu bestrafen.

Das glaubte er zumindest in dem Augenblick, da er dem Sturm befahl.

Dann griff er nach dem öligen, schwarzen Rauch, der von der verbrannten Leiche in der Feuergrube wehte.

Dann flüsterte er seine finstere Botschaft in den Luftschwall, um eine letzte, düstere Tat in die Welt zu setzen.

Der dunkle Wirbel rotierte vor seinen Augen und pulsierte mit einem fremdartigen Herzschlag, als wäre er lebendig und hätte einen eigenen Willen. Eine gequälte Seele, der man ein einziges, schreckliches Lebensziel geben konnte. Ein Stück von Lodurs Leben, seinen Hass und seine Kraft, das er mit einem letzten, dünnen Atemzug dem flüchtenden Vanir hinterherschicken konnte, ganz gleich, wo er hingelaufen war.

Der Wirbel jagte in den Sturm hinein, kreischte schrill vor Schmerz und Zielstrebigkeit.

Und Lodur sackte zusammen, verwendete das Bastardschwert als Krücke.

Die Waffe fühlte sich schwerer an. Sein Körper reagierte langsamer, als er es gewöhnt war. Er war hungrig und müde, ihm war schwindelig. Aber erst als er eine Reihe furchterfüllter Vanir herankommen sah und die Verwirrung und das Entsetzen in ihren Augen las, wusste er, wie er aussah.

Zerlumpt und verbrannt. Von dem tobenden Feuer mit Ruß verschmiert. Mit Blut und Fleisch bespritzt.

Und dünner als zuvor, aber noch immer hochgewachsen und muskulös. Trotzdem fühlte Lodur den Verlust durch die Weise, wie sein Körper reagierte und sein Harnisch saß. Wie locker der Gürtel saß, selbst seine Stiefel. Als hätte sich sein Körper bei der kurzen aber wilden Zurschaustellung von Macht selbst aufgefressen.

»Dann soll es so sein«, flüsterte er. »Ein geringfügiger Preis.«

Da sackte Lodur endgültig auf die Knie, seine Kräfte waren aufgebraucht.

Und er erinnerte sich an Kearn.

»Nein!«, schrie er und griff nach der schrecklichen Willenskraft, über die er nur Herzschläge lang verfügt hatte. Aber selbst wenn es sie je gegeben hatte und sie wirklich und wahrhaftig da gewesen war, nun war sie verschwunden. Der eisgetriebene Wind peitschte gleichgültig auf ihn ein, und der Donner war mit genauso viel oder wenigen finsteren Untertönen einer dunklen Macht versehen wie je zuvor. Das Feuer war wieder zu glimmenden Scheiten zusammengefallen. Es gab keine Blitze mehr. Genauso wenig wie das Gefühl, in den Sturm gehüllt zu sein.

Da lagen nur noch zwölf Leichen und in der Ferne ein gequältes Heulen in der Luft.

»Wo …«, keuchte er und hielt inne, während sein mühsam gehender Atem die dringend benötigte Luft in seine Lungen pumpte. »Wo sind die Leichen?«

Sie würden im Conall-Tal sein. Kearn und der Rest der Wölfe. Dorthin mochten sie von Venarium aus gegangen sein. Wo sie Grimnirs Werk sähen, gemalt mit Blut und Asche. Und wo Lodur sie fände. Oder zumindest ihre Spur.

12

Ein kaltes, beständiges Nieseln fiel aus dem dunklen Himmel. Es hatte Kearns Krieger den ganzen eiligen Weg ins Conall-Tal begleitet. Sie verfolgt. Den Schweiß ihres anstrengenden Laufs weggewaschen und ihnen einen feuchten, zitternden Schlaf beschert, der nur wenig Erholung bot.

Die kleinen, stechenden Tropfen waren zwei Nächte lang und im Verlauf mehrerer kleiner und verzweifelter Scharmützel ihre Begleiter gewesen. Jetzt prasselte der Regen auf zerstörtes Stroh und sammelte sich in Pfützen auf dem harten Boden von Hütten und Heimen. Verwandelte die Dorfwege in Schlamm.

Kearn stapfte blutig und zerschunden daher; jeder Muskel schmerzte und seine Lungen brannten, als er gequält nach Luft schnappte und durch das, was von Gaud übrig geblieben war, stapfte.

Von ihrem Zuhause.

Größtenteils ausgebrannte Trümmer und blutiges Gemetzel.

Der Gestank von abgestandenem Rauch, nasser Asche und Blut.

Seine Hände waren zu Fäusten geballt, die Nägel gruben sich in die Handflächen. Zu spät. Mindestens mehrere Tage zu spät. Grimnirs Zorn war so schrecklich gewesen, wie Kearn geahnt hatte. Zu schnell, um ihn einholen zu können, obwohl sein Rudel es versucht hatte und die Talpfade mit mehr Verlangen nach Schnelligkeit als nach Vorsicht entlanggelaufen war. Wunde Dornenkratzer an seinen Beinen brannten wie Feuer, eine einen Tag alte Messerwunde an seinem rechten Arm blutete wieder, nachdem er am Türrahmen seiner alten Hütte die Kruste abgescheuert hatte – seiner Heimat für viele Sommer.

Jemand anders hatte jetzt dort gelebt. Und war dort gestorben.

Kearn hatte den jungen Mann nicht erkannt. Von seinem Gesicht war nicht genug übrig geblieben.

Der Regen klebte das frostblonde Haar an seinen Kopf. Wasser bahnte sich seinen Weg durch die Bartstoppeln und strömte mit eisigen Fingern seinen Nacken herunter. Er strich die langen Haare zur Seite, die ihm in die Augen hingen: blinzelte seine Sicht frei und versuchte das dröhnende Pochen seines Herzens zu unterdrücken, die von Qual und Blutdurst geschürte Wut.

Seine Krieger waren bereits ausgeschwärmt und zählten ihre toten Sippenangehörigen. Kearn fand Reave bei einem größeren Gebäude, wo seine Schwester und ihr Gemahl gewohnt und drei Kinder großgezogen hatten. Die Tür war fortgerissen worden – man hatte die Lederangeln durchtrennt. Reave füllte den Eingang, seine großen Hände packten den Türrahmen über seinem Kopf; er wandte dem Gemeinschafsraum den Rücken zu und starrte in den Regen hinaus, als wollte er sich nicht umdrehen und sich dem stellen, was drinnen möglicherweise auf ihn wartete.

Diese gletscherblauen Augen, die für gewöhnlich so voller Gefühl waren, blickten nun flach und tot.

»Ich kann für dich reingehen«, bot er an. »Vielleicht war Ros nicht da.«

Aber er verwechselte Furcht mit einem noch selteneren Ausdruck auf Reaves Gesicht: Schock, Benommenheit. Der Hüne rieb sich mit der Hand durchs Gesicht und vergrub die Finger in dem buschigen schwarzen Bart.

»Sie war da, Kearn«, sagte er. Und trat hinaus in den Regen. »Sie war da.«

Langsam bahnten sich die beiden ihren Weg durch den Schlamm und über ein paar Rinnsale, die zwischen einigen der Häuser verliefen. Gingen weiter in Richtung Langhaus. Die anderen liefen oder rannten an ihnen vorbei oder kamen ihnen entgegen, durchsuchten das Dorf, riefen nach Überlebenden. Nach irgendjemandem. Ganz gleich, ob die Rufe weitere Vanir heranbrachten.

Kearn hoffte sogar, dass sie es taten.

Nicht, dass sie nicht genug gekämpft hatten. Mehrere Tage im Laufschritt hatten Kearns Rudel das Conall-Tal hinaufgeführt, wo die Clans der Cimmerier schon vor langer Zeit ein paar kleine, wehrhafte Dörfer aus dem Boden gestampft hatten. Das Tal war von Vanirkriegern verseucht. Wenn ein Kampf endete, fing der nächste an. Patrouillen und Kriegerlager und kleine, umherschweifende Gruppen. Flammenhaarige Männer und auch ein paar Frauen, die mit Berserkergebrüll oder dem leisen, klagevollen Blöken von Nordheimjagdhörnern vorwärtsstürmten.

Glücklicherweise kamen sie in kleiner Anzahl, jedoch von ihrer Überlegenheit überzeugt und an leichte Siege gewöhnt. Es waren die Hörner, die Kearn am meisten beunruhigten. Weil sie die anderen Vanir anzogen wie Kadaver die Geier. Und er hatte keine Zeit für die Umwege, die das ihm und seinen Leuten aufzwang. Nicht, wenn sie so nahe bei Gaud waren. So nahe an dem Dorf, das einst für die meisten von ihnen die Heimat gewesen war.

Beweise, dass ihnen eine große Kriegsmeute vorauszog, waren leicht zu finden. Lagerstätten mit Schlachtergruben nach Vanirart. Niedergebrannte Häuser und Hütten und ein Dorf, das die gaudischen Krieger gut kannten – Maran, einst ein starker Gegner. Es war bis auf die Grundmauern zerstört worden und als verkohlte Ruine zurückgeblieben. Es waren keine Clansmänner zu finden. Auch keine Leichen. Was bedeutete, dass es genug Überlebende gegeben hatte, die sich hinterher um die Toten gekümmert hatten, bevor sie das Untertal den Schakalen aus Nordheim überließen. Aber nicht einmal Hydallan vermochte zu sagen, in welche Richtung sie gegangen waren.

Es hatte auch Dörfer gegeben, die überlebt hatten. Die die Vanir übersehen oder die nicht direkt in Grimnirs Marschrichtung gelegen hatten. Dörfer voller wütender Männer und Frauen, die nur von dem wilden Eindruck der Krieger hinter Kearn und blankgezogenen Klingen davon abgehalten wurden, sich auf ihn zu stürzen.

Nicht einmal der blutige Speer in Kearns Faust besaß viel Gewicht. Ihr Schmerz konnte von keinen Geschichten über Grimnirs Niederlage in den nordwestlichen Territorien gelindert werden. Sie vertrauten niemandem. Vor allem keinem Ausgestoßenen mit Wolfsblut in den Adern.

Selbst als sein Rudel auf das Dorf Baur stieß und den bedrängten Verteidigern half, eine kleine Gruppe Vanir zu verjagen, hatte es keinen Dank gegeben. Nur eine Schwertspitze, die ihnen den Weg vom Territorium der Baurer wies.

Kearn erinnerte sich, wie er den beißenden Geschmack der Wut heruntergeschluckt hatte und weitergezogen war.

Sie waren keinen halben Tageslauf mehr von Gaud entfernt gewesen, als eine Vanirpatrouille ihre auseinandergezogene Reihe angriff. Ein halbes Dutzend großer Männer, gut bewaffnet und gut im Fleisch, ohne eine einzige Spur der Entbehrungen der harten Wintermonate. Mit guten Schilden, mit Bronzebeschlägen und schweren Schwertern. Und von Berserkerwut ergriffen.

Wären seine Krieger den Vanir nicht drei zu eins überlegen gewesen, keiner hätte zu sagen vermocht, wie verzweifelt der Kampf hätte werden können. So brauchten sie sich nur auf eine Verteidigungsstellung zurückfallen zu lassen, bis Stroms kleine Kavalleriestreitmacht zwei der Vanir einfach niederritt. Dann erwischte Reave einen dritten mit einem Hieb seines Langschwertes. Danach überwältigten er und Daol und Nahud'r einen vierten, während Brig und Wallach Graubart jeder einen weiteren in Schach hielten.

Von der Schlachtbeute hatte Kearn seinen verbeulten Schild gegen einen neuen eingetauscht, dessen golden schimmernder Bronzebeschlag kaum einen Kratzer aufwies und dessen hässlich aussehender Sporn zu einer scharfen Spitze geschärft worden war. Aus einem der Bündel der Vanir hatte er ein gut sitzendes Kettenhemd genommen und noch eine erstklassige Decke aus zotteliger Bergwidderwolle entdeckt, die er in die Filzmatte eingerollt hatte, die er als Teil seiner eigenen Bettrolle trug.

Essen wurde erbeutet.

Waffen gegen stärkere Klingen ausgetauscht.

Dabei stieß Ehmisch auf seinen Fund.

Ein Schwert aus blauem Eisen mit einem Griff, der mit Riemen umwickelt war. Am Ende kam ein blau gefärbter Lederstreifen – dunkelblau, mit einer eingebrannten Bärenklaue.

Das Kriegsschwert von Häuptling Cul!

»Nein!«, brüllte Brig, als er Ehmischs Ruf hörte. Hätte Ashul nicht einen flachen Schnitt verbunden, wäre Brig vermutlich zu Ehmisch gelaufen und hätte so lange auf ihn eingeschlagen, bis er das zurückgenommen hätte. »Das kann nicht sein.«

»Doch. Ich sage es dir.«

Der junge Mann hielt das Schwert so, dass die Spitze zu Boden zeigte und jeder den Griff sehen konnte. Der Lederstreifen war zerfleddert und blutgetränkt, blieb aber unverkennbar. Von allen Kriegern Gauds hatte allein Häuptling Cul ein Schwert aus blauem Eisen getragen, im Untertal ein seltener Fund. Und das Brandzeichen war jedem aus Gaud bekannt; Burok Bärentöter, der Häuptling vor Cul, hatte es beliebt gemacht. Der Häuptling, der siebzehn Sommer lang geherrscht hatte.

Maevs Vater.

»Ich habe es mal für Cul geholt«, sagte Ehmisch. Seine Stimme war noch immer dabei, zu der eines Mannes zu werden, und brach beim letzten Wort. »Ich habe es ein paarmal geschwungen, als mich keiner sehen konnte. Dabei sind mir drei Kerben am unteren Rand der Klinge aufgefallen. Dazu habe ich mir eine Geschichte einfallen lassen, wie es Sklavenketten durchschlägt … um Conan zu befreien, der in Gefangenschaft geraten war.« Er errötete und schluckte schwer. »Ich *kenne* dieses Schwert, Brig Baum.«

Hydallan riss ihm die Klinge aus der Hand, betrachtete

sie und gab sie an Reave weiter, wonach sie über Desa bei Wallach Graubart landete. Alle nickten, nachdem sie sich selbst überzeugt hatten.

Kearn glaubte es in dem Augenblick, da er das Brandzeichen sah.

»Wir alle kennen dieses Schwert«, sagte er.

Als er es das letzte Mal gesehen hatte, war er davon überzeugt gewesen, dass Häuptling Cul es ziehen und damit auf ihn einschlagen würde. Am Fuß der Schwarzen Berge hatte Kearn den neuen Anführer von Clan Gaud herausgefordert, nachdem er die Verluste durch den Vanirangriff festgestellt hatte, bei dem Daol und Maev verschleppt worden waren: als er ihm nach Culs Ansicht fünf fähige Krieger gestohlen hatte, um den Feind zu verfolgen. Aber Cul hatte sie ziehen lassen, wenn auch mit der Warnung, Kearn sollte nie wieder seinen Pfad kreuzen. Nie wieder.

Und Kearn hatte es auch nicht vorgehabt. Aber als er nun dieses Schwert sah und in seinem Kopf wieder das Echo so vieler Schreie vernahm, fühlte er tief in seiner Magengrube die schreckliche Wahrheit und wusste, was sie in Gaud finden würden.

Und doch hatte er noch gehofft. Hatte sich sogar dabei ertappt, Crom um Schutz für Maev und die anderen anzuflehen. Das Wissen, dass die Götter nicht auf die Klagen oder Bitten von Sterblichen hörten, hatte ihn nicht davon abgehalten. Nur dieses eine Mal.

Und es hielt Crom nicht davon ab, ihn nicht zu beachten. Der Schöpfer der Cimmerier hatte kein offensichtliches Interesse an Kearn. Falls überhaupt, betrachtete er den wolfsäugigen Krieger als das Blut von Ymir, seinem Erzfeind. Und warum sollte er auf solch einen Mann hören?

Und er hatte es auch nicht getan. Gaud war tot. Ein totes Dorf voller toter Menschen. Wie Maran. Wie die erschlagene Gemeinschaft, die sie auf den Schlammebenen entdeckt hatten. Und jeder scharfe Windzug und jedes Quietschen einer schwingenden Tür raunte Kearn den Namen dessen zu, der dafür verantwortlich war.

Grimnir.

Der Große Teufel höchstpersönlich.

»Kohlitt war nicht dabei«, sagte Reave, als sie sich der Dorfmitte näherten. Der Ehemann seiner Schwester. »Oder Bayan oder Cor.«

Seine Nichte und der ältere Neffe. Also war der junge Kale da gewesen und zusammen mit seiner Mutter gestorben.

Kearn hoffte, es möge schnell gegangen sein. Es war das Beste, was man für jemanden hoffen konnte, den die Vanir erwischten.

Beide Männer schwiegen, als sie durch den Schlamm stapften und das kalte, stille Dorf durchquerten und die Hütte passierten, die einst dem alten Finn gehört hatte, dann das kleine Haus mit den Lehmmauern, in dem Daol und Hydallan zusammen gewohnt hatten. Sie folgten einem sich windenden Pfad; Gaud war nicht nach einem Plan entstanden. Hier gab es keine breiten Straßen und eng beieinander stehenden Gebäude, so wie Nahud'r die »zivilisierten« Städte der südlichen Königreiche beschrieben hatte. Orte, in denen Menschen so dicht beieinander lebten, bedeuteten mehr Krankheiten und brauchten so viele Regeln – die man als Gesetze bezeichnete –, um allen beizubringen, wie man miteinander leben konnte, ohne sich gegenseitig umzubringen.

Cimmerier kannten solche albernen Bedürfnisse nicht. Gaud war nur so groß geworden, wie es sein musste, mit ein paar Hauptwegen, die sich um Ansammlungen von Gebäuden und einzelnen Hütten herumschlängelten, mit dem Langhaus in der Nähe der Dorfmitte, wo alle zusammenkamen, wenn sie gerufen wurden.

Und dort warteten die meisten Angehörigen von Kearns kleiner Gruppe, wieder einmal von einer stillschweigenden Übereinkunft zusammengeholt. Kearn fielen die Veränderungen auf, die sich in ihrer Abwesenheit zugetragen hatten. Und er verstand plötzlich, warum er den Jungen in seiner alten Hütte vermutlich niemals hätte erkennen können. Ossian hingegen wohl schon.

In seiner ersten Woche als Ausgestoßener, als sie Taur gerettet hatten, hatte Kearn Häuptling Liam und Maev einen Vorschlag gemacht. Dass die beiden Dörfer – die sich so oft als Rivalen gegenübergestanden hatten, nun aber von demselben Feind bedroht wurden – ihre Kraft und ihre Vorratslager zusammentaten, um den erstaunlich langen Winter zu überstehen und die tödlichen Überfälle der Vanir abzuwehren. Maev war in dieser Diskussion ein gewaltiges Risiko eingegangen, da sie anbot, Cul herauszufordern. Auf Burok Bärentöters Tochter würde man hören, wie sie versprochen hatte. Und als Kearns Krieger aufbrachen, hatte es den Anschein gehabt, dass Taur ernsthaft über ein solches Bündnis nachdachte.

Offenbar war es viel weiter gegangen.

Das Langhaus von Gaud war in etwas verwandelt worden, das der Struktur ähnelte, mit der die Taurer die ununterbrochenen Angriffe abgewehrt hatten. Rund um das Langhaus war eine Brustwehr aus Erde und Steinen aufgeschichtet worden, mit angespitzten Pfählen, die überall in willkürlichen Winkeln aus der Wehr ragten und jeden Sturm auf das Langhaus zu einem gefährlichen und kostspieligen Unterfangen machten. Da war ein einziges Tor, massiv erbaut und mit tief in der Erde versenkten Pfosten verstärkt. Und hinter der Verteidigungsstellung konnten Krieger hinter V-förmigen Schilden Schutz suchen und lange genug wieder hervorkommen, um auf jeden zu schießen, der den Versuch unternahm, die Brustwehr zu bezwingen.

Gute, solide Arbeit. Sicherlich musste sie auch Grimnir Zeit gekostet haben, während er in dem sinnlosen Versuch, den Wall zu durchbrechen, Leben verschwendete.

An der einen Seite lag ein Haufen Vanirleichen, darauf ganz oben zwei der größeren Ymirisch. Die gaudische Verteidigung hatte ihren Teil an Blut gefordert und der metallische Geruch war stark.

Zu stark, um von den aufgeschichteten Leichen stammen zu können. Und darunter lag bitterer Latrinengestank. Der Gestank einer Schlachtergrube.

Kearn wusste, dass er aus dem geplünderten Langhaus kam. Und er wusste, was er darin finden würde.

Niemand war näher herangegangen, obwohl das Brustwehrtor herausgerissen worden war und der Eingang des Langhauses offen stand. Eine der Türhälften fehlte. Die andere schlug im böigen Wind, der durch die Dorfruinen wehte, gegen die Wand. Ein langsames und unregelmäßiges Poltern, wie ein ersterbender Herzschlag.

Strom, Valerus und Niuss kamen heran; ihre Pferde waren abseits des Gemetzels angebunden. Die Aquilonier zeigten die gleichen Ausdrücke des Ekels und Entsetzens.

»Sinnlos«, sagte Strom und brach das unbehagliche Schweigen, das die Cimmerier ergriffen hatte. »Wie Schakale, die auf das kotzen, was sie nicht fressen können, um es zu verderben.«

Kearn vermutete, dass es um mehr als dies ging. Grimnir hatte immer wieder bewiesen, dass er nicht über solchen Massakern stand. Die Aquilonier waren erst in den letzten Tagen in Conarch Zeugen solch mutwilliger Zerstörung geworden.

Aber für Kearns Krieger war das nicht neu. Maran und Gaud waren nicht die ersten toten Dörfer, durch die sie gegangen waren.

»Irgendeiner?«, fragte er Hydallan, der mit seinem Sohn und einer Handvoll der anderen in der Nähe wartete.

Der Veteran räusperte sich und spuckte aus, als müsste er einen üblen Geschmack loswerden. »Nein.« Er schüttelte den Kopf. Regentropfen fielen von der Hutkrempe des alten Fährtenlesers. »Wir warten auf dich.«

Kearn starrte einen Augenblick lang in den Himmel und ließ den kalten Nieselregen jede Spur von Schwäche aus seinem Gesicht waschen. Nicht vor seinem Rudel. Nicht, wenn er in dieser verzweifeltsten aller Zeiten wollte, dass sie ihre Konzentration behielten. Er wartete und ließ den Regen den wärmenden Zorn zurückdrängen, der sein Gesicht sich hatte röten lassen und seine Kopfhaut kribbeln ließ, als würden sich wütende Hornissen dort austoben. Violette Funken der Macht zerplatzten hinter seinen Lidern, blendeten ihn beinahe mit einem plötzlichen, heftigen Schmerz, der in sein Hirn hineinstach. Aber er bezwang auch den Wahnsinn. Es war nicht der richtige Zeitpunkt dafür.

Mit einer schwieligen Hand rieb er das Wasser ab, nickte und schritt auf das zerstörte Tor und das Langhaus zu.

Ein Dutzend Clansmänner folgten ihm.

Es war offensichtlich, wie die Vanir die Belagerung des Langhauses schließlich beendet hatten. Brandpfeile hatten die Wände angesengt, konnten aber kein Feuer entfachen. Der Leichenstapel vor der Brustwehr bewies, dass Cul – oder jemand anders – solide Verteidigungsarbeit geleistet hatte. Doch etwas Klugheit im Kriegshandwerk hatte große Auswirkungen. Kearn blieb kurz hinter dem Tor stehen, um die Seite des Langhauses zu betrachten, wo zwei gewaltige Baumstämme an der stellenweise eingedrückten Wand lehnten. Junge Wachturmbäume, deren dicke Äste man größtenteils entfernt und die man seiner Einschätzung nach aus meilenweiter Entfernung besorgt hatte. Von sechsfacher Manneslänge. Finstere Zauberei oder übermenschliche Stärke hatte die beiden Stämme an der einen Seite der Langhausverteidigung aufgestellt und sie dann über die Palisade mit ihrer Erdschanze und den angespitzten Pfählen gekippt.

Eine Brücke.

Kearn konnte sich mühelos vorstellen, wie die von Grimnir und den Ymirisch aufgestachelten Vanir auf die dicken Stämme stiegen und den kurzen Spießrutenlauf aus Pfeilen und Speerstößen schnell hinter sich brachten, um die tödliche Brustwehr zu überwinden und dann in den Hof zu springen.

Er hörte, wie sie ihre wilden Schlachtrufe brüllten …

Roch das Blut, als es floss und auf dem Boden zu Pfützen gerann …

Unter den Stämmen lagen drei weitere feindliche Krieger. Und noch einer der großen, frostbärtigen Ymirisch. Der hier hatte den Kopf auf ungewöhnliche Weise so rasiert, dass sich ein kahler Streifen seinen Scheitel hinunterzog.

In seiner Brust und seinem Unterleib steckten mindestens ein Dutzend Pfeile. Er war nicht leicht gestorben.

»Jemand ist den ganzen Stamm entlanggelaufen«, sagte Kearn mit einem heiseren Wispern und empfand die letzten Augenblicke des Kampfes nach.

Es schnürte ihm den Hals zu, bis er kaum noch zu atmen vermochte. Er wollte brüllen, seine Ohnmacht in den Himmel schreien, doch er beherrschte sich und unterdrückte mit verzweifelter Kraft den Zorn. Am bewölkten Himmel donnerte es. Einen kurzen Augenblick lang erhellte ein mit violetten Streifen durchsetzter Blitz die dunklen Wolken.

»Sie sind auf das Dach des Langhauses geklettert. Wären ein paar Bogenschützen dort oben stationiert worden, hätte das viel mehr Schaden anrichten können, als ihre geringe Anzahl ahnen ließe.«

Dort oben lag eine Leiche, aber es war schwer zu sagen, ob es ein Vanir oder Cimmerier war, weil sie in das Dachstroh eingesunken war.

Eine weitere Handvoll hackten das Stroh fort und schufen die zerklüfteten Löcher, die er auf dem Dach gezählt hatte. »Sprangen hinein, um auf die Jungen und Verletzten loszugehen. Um dann aus dem Vordereingang zu stürmen.«

Er konnte es beinahe vor sich *sehen*. Eine Flut brutaler Bilder in seinem Kopf, die gegen die Schläfen hämmerten und hinauswollten. Die verzweifelten Hilfeschreie hallten in seinen Ohren wider. Und da war auch der Geruch von Blut. Überall Blut.

Weiterer Donner grollte durch den Himmel. Kearn fühlte seine urtümliche Macht, sie verschaffte ihm eine Gänsehaut, ließ die Härchen auf seinen Armen sich wie harte Stacheln aufstellen.

Und eine finstere Gegenwart lauerte in seinem Hinterkopf, doch er kehrte ihr den Rücken zu und bewegte sich weiter.

Auf die Vorderseite des Langhauses zu. Der Pflicht seinem Clan gegenüber.

Je näher er kam, desto stärker wurde der Geruch von schrecklichem Tod. Offene Gedärme. Gestocktes Blut. Es raubte ihm den Atem, griff mit einer Widerwärtigkeit tief in seine Lungen hinein, die ihn nicht so schnell wieder loslassen würde. Der übrig gebliebene Türflügel schlug weiter gegen die Wand. Aus dem Inneren ertönte Quietschen und knisterndes Ächzen, als suchten ruhelose Geister die Dunkelheit heim. Aber es war unmöglich, mit einem Blick zu entdecken, was sie erwartete. Die Türöffnung lag voller Schatten, das düstere Tageslicht drang kaum mehr als einen langen Schritt ins Hausinnere.

Kearn wusste, dass seine Krieger in letzter Zeit nichts Vergleichbares gesehen hatten. Ihm brach der Schweiß im Nacken und unter den Armen aus.

Und mit einem letzten stockenden Atemzug trat er endlich ein.

Niemand trat sofort vor, um Kearn Wolfsauge in den Gemeinschaftsraum des Langhauses zu folgen.

Brig Baum stand ziemlich weit vorn im Rudel und blinzelte Regenwasser aus den Augen. Trat von einem Fuß auf den anderen und wühlte neuen Schlamm auf, während er zusah, wie der frosthaarige Anführer von der Finsternis verschlungen wurde. Hielt noch immer fast vergessen das blankgezogene Schwert in der Hand, nachdem die Ausgestoßenen keinen Vanir gefunden hatten, den sie herausfordern konnten. Es hing einfach herab und klatschte mit der flachen Seite gegen seine Hirschlederstiefel. Markierte die Zeit. Zählte die Herzschläge.

Er hörte, wie Wolfsauge drinnen langsam umherging, über den festgestampften Boden schlurfte. Es gab keine Falle. Offensichtlich. Niemand hatte damit gerechnet, nachdem sie Gaud verlassen vorgefunden hatten. Verlassen bis auf die Toten. Trotzdem trat keiner ein, um den letzten Schrecken zu sehen, der sie im ehemaligen Langhaus von Burok Bärentöter und dann Häuptling Cul erwartete. Niemand wollte mit letzter Sicherheit wissen, was mit seinen Angehörigen geschehen war. Die, die sie nicht in ihren Hütten und Häusern ermordet aufgefunden hatten.

Brigs Bruder. Sein Vater. Maev mit dem rabenschwarzen Haar, die nach dem Tod ihres Vaters für Häuptling Cul bestimmt gewesen war. Er wollte wissen, was mit ihnen geschehen war. Er musste es wissen. Und doch lösten sich seine Füße nicht vom Boden, so als hätte man sie dort mit Eisennägeln festgenagelt.

Dann vernahm er das erste *Snick* einer kurzen Klinge. Und ein schweres Scharren, als sich drinnen etwas bewegte oder möglicherweise langsam umkippte.

Niemand regte sich.

Noch hatte Kearn sie nicht gerufen.

Das Vorrecht des Häuptlings. Die gleiche Tradition, die dem Clanführer auch das Vorrecht zugestand, den ersten Bissen vom Fleischspieß zu nehmen oder sich bei einem Zeremonienfeuer oder einem Fest als Erster zu Wort zu melden. Erwiesen sie alle Kearn diese Ehre? Selbst

Brig, der Mann, der einst Kearn Wolfsauge hatte töten wollen?

Er verschluckte ein überraschtes Lachen, als er erkannte, dass, ja, dass sie alle in stummer Übereinkunft auf eine *Erlaubnis* warteten. Kearns Herrschaft über die kleine Gruppe Ausgestoßener – über ihn! – schien allumfassend zu sein.

Bei Croms langem Schwert, Brig Baum hätte niemals geglaubt, dass es so weit kommen würde. Kearn war in Gaud als Außenseiter groß geworden. Der Mann mit dem Hauch des Winters in seinen Knochen. Dem Blut der Wölfe. Und im unbarmherzigen Griff des Winters, als das Dorf kurz vor dem Verhungern und der Vernichtung stand, als Cul nach Burok Bärentöter zum Häuptling aufgestiegen war, da hatte es Brig nicht überrascht, als Cul den Baums anvertraut hatte, dass er den Paria loswerden wollte.

Es geschah während der Begräbnisprozession, als sie Buroks Leiche zum Grabfeld der Häuptlinge gebracht hatten. Cul hatte Kearn aus dem Clan ausgestoßen. Dann aber waren die Neuigkeiten eingetroffen, erst durch Morne, dann durch Cul persönlich, der frühzeitig zurückkehrte. Nicht nur hatten die Vanir Culs Plan zunichte gemacht, Burok Bärentöter die letzte Ehre zu erweisen, sondern Kearn war auch zurückgekehrt, um seinem ehemaligen Clan zu helfen, um dann hinter Maev und den anderen Gefangenen herzujagen. Da hatte Cul Brig den Befehl gegeben, Kearn aufzuspüren, um Maev sicher zu ihm zurückzubringen, falls man sie befreit hatte.

Und vor allem, um Kearn Wolfsauge zu töten.

»Sorge für seinen Tod«, hatte Cul befohlen. »Bring mir die Klinge oder den Pfeil, an dem sein Blut klebt.«

Keiner von ihnen hatte dem seltsamen Mann mit den Tieraugen jemals vertraut – nicht Cul, nicht Talbot, Morne oder Brig. Ihn zu verstoßen lag im Interesse des Clans, und Brig loszuschicken, um die Sache ordentlich zu beenden, um die Entehrung und Heimsuchung durch Kearns Existenz für alle Zeiten zu beseitigen, war als vernünftiger Befehl erschienen. Damals.

Jetzt stieg eine diffuse Wut in Brig auf. Er fragte sich, ob der Tod von Gaud wohl eine Art Strafe dafür gewesen war, dass er seinen Häuptling im Stich gelassen hatte. Dass er Kearn Wolfsauge am Leben gelassen hatte, als er die Gelegenheit dazu gehabt hatte – und er hatte so viele Gelegenheiten gehabt! –, den Anführer der Ausgestoßenen mit einem Pfeil zu durchbohren. Einmal hatte er tatsächlich Kearns Leben gerettet, als der frosthaarige Mann im Blutpass von der Schneeschlange ergriffen worden war. Er hatte immer wieder gezaudert, hatte in Kearn einen Wert erkannt, den man respektieren musste. Einen Anführer. Sicher, er war zögerlich gewesen. Tat sein Bestes, um zu überleben, stellte aber sein Leben hinter das Wohlergehen des Rudels zurück.

War es falsch, einen Feind zu achten? Ihn gar zu bewundern?

Es war dieses Eingeständnis seiner beinahe völligen Umkehr, die ihn schließlich antrieb, die Klinge bereitzuhalten, um allem begegnen zu können, was er in dem Langhaus finden würde – Kearn eingeschlossen. So trat er durch die offene Tür in die Finsternis.

Hier war es dunkler, als der Gemeinschaftsraum hätte sein dürfen. Nicht, wo es nur eine Türhälfte gab und graues Licht durch die Spalten der verschlossenen Fensterläden und durch das zerstörte Strohdach sickerte. Seine Augen gewöhnten sich nur langsam daran.

Vielleicht wollte er auch einfach nicht sehen können.

Snick. Und wieder ein schweres Scharren.

Der Geruch des Todes überfiel ihn. Viel stärker als der Gestank nach Blut und Unrat, der bis nach draußen gedrungen war. Ein Gestank nach offener Kanalisation und vergossenem Blut sowie der unsägliche Geruch von verdorbenem Fleisch, der nur von Leichen stammen konnte. Schatten sprangen auf Brig zu, stapelten sich in den Ecken, baumelten von den Dachbalken. Ein trockenes Stöhnen stellte seine Nackenhaare auf.

Er trat in etwas Weiches und Feuchtes. Es ließ ihn innehalten.

Glücklicherweise rechtzeitig. Bevor er gegen die blutverkrustete Leiche lief, die von einem der Balken an einem kurzen Strick hing, der die Füße zusammenband.

Verblüfft starrte Brig in das Innere eines Brustkorbes hinein, der brutal aufgehackt worden war, damit Eingeweide, Herz und Lungen herausfallen konnten. Arme baumelten dem Boden entgegen. Ihnen fehlten die Hände. Unmöglich, das blutüberströmte Gesicht zu erkennen.

Dann schaute Brig nach unten und sah, dass sein Fuß in der blutigen Masse stand, die auf den irdenen Boden gerutscht war.

Er trat zurück und zur Seite, nur um mit der Schulter gegen eine weitere Leiche zu stoßen, die in der Nähe hing. Das Seil, das die Füße zusammenband, ächzte und schabte an dem Balken, als die Leiche umherpendelte. Brig drehte sich herum, riss das Schwert abwehrbereit hoch, während er einen Satz tiefer in den Gemeinschaftsraum hinein machte.

Trat auf einen kleinen, dort liegenden Gegenstand und sah, dass es eine abgetrennte Hand gewesen war, atmete keuchend die verdorbene Luft ein und wandte sich erneut seitwärts, zwischen zwei weitere Leichen, starrte dann wild um sich, während er nach der Bedrohung Ausschau hielt, dem Feind, der Bewegung der schrecklichen Schatten, die am Rand seines Blickfeldes tanzten.

SNICK!

Eine Armlänge entfernt fiel einer der hängenden Körper zu Boden. Heruntergeholt von einem großen Schatten, der daneben stand. Kearn hatte das Seil um die Knöchel bereits durchtrennt und ließ den Toten so sanft zu Boden gleiten, wie ihm das möglich war.

»Mit dem Messer geht das leichter«, war alles, was er zu sagen hatte.

Brig rang seinen stoßartig gehenden Atem unter Kontrolle und erkannte, dass er in der geduckten Haltung des Kämpfers dastand, das Breitschwert zwischen sich und Kearn erhoben. Noch nie hatte sich eine bessere Gelegenheit geboten. Der wolfsäugige Anführer stand nur mit seinem Gürtelmesser in der Hand da und schaute kaum in seine Richtung. Ein schneller Stoß und eine Drehung, um die Wunde größer zu machen und das kalte Blut des Mannes unter denen zu vergießen, die hier bereits gelitten hatten. Und Brig würde den letzten Befehl seines Häuptlings doch noch erfüllen. Es spielte keine Rolle, dass er am Ende mit Brigs persönlichem Ehrgefühl zusammengeprallt war. Oder dass der Befehl jetzt kaum noch eine Rolle spielte.

Gaud war tot.

Der Clan war tot.

Jemand musste dafür bezahlen!

Kearn warf Brig einen Seitenblick zu, als er in müheloser Reichweite der Klinge an ihm vorbeiging. Seine goldenen Augen fingen einen der grauen Lichtstrahlen ein und funkelten wie von einem übernatürlichen Feuer erhellt. Brig erinnerte sich, wie gut Wolfsauges Nachtsicht war, und fragte sich, wie deutlich er die ausgeweideten und gefolterten Leiber seiner einstigen Sippenangehörigen sehen musste.

Kearn stand vor dem nächsten Toten. Es war ein Mann, der im Leben größer als Kearn gewesen war. Mit breiten Schultern und starken Muskeln. Der Anführer der Ausgestoßenen zog mit dem Fuß einen schweren Schemel heran, dann stellte er sich darauf, um besser an das Seil zwischen den Knöcheln zu kommen.

»Hilf mir.«

Brig blieb stehen, das Schwert in der Hand bereit. »Warum sollte ich?«, fragte er, die Zähne so fest zusammengebissen, dass sein Kiefer schmerzte. Warum sollte er Kearn helfen? Das war zwar seine Frage gewesen, aber das hatte er damit nicht gemeint. Eigentlich hatte er fragen wollen, warum er der Qual nicht endlich ein Ende bereiten sollte, mit der er nun schon so viele Monate gelebt hatte? Warum er den letzten Befehl seines Häuptlings nicht doch noch ausführen sollte?

Aber Kearns Antwort war wie immer direkt und einfach.

»Weil«, sagte er und hielt das Messer an das Seil, das die Füße fesselte, während sich sein anderer Arm um die Beine der hängenden Leiche legte, »dies hier dein Bruder war.«

13

Ros-Crana schlich durch den riesigen Gemeinschaftsraum von Häuptling T'hule und spürte eine unsichtbare Klinge im Rücken. Schaute immer wieder über die Schulter und auf die Schatten, als rechnete sie damit, dass Grimnir und sein Schrecken dort hervorstürmen würden, sobald sie in ihrer Aufmerksamkeit nachließ. Und sei es auch nur einen Augenblick lang.

Nicht, dass Clan Conarch an diesem Festabend viele Schatten übrig gelassen hätte, die man erforschen konnte. Helle Kochfeuer loderten in nicht weniger als sechs Feuerstellen innerhalb des beeindruckenden Langhauses. Und an den Wänden flackerten Dutzende von Fackeln fröhlich in ihren Halterungen, ihr Licht verstärkt von Silberschilden, die dahinter hingen. Eine Zurschaustellung des Clanreichtums, das mit Sicherheit, aber es hatte auch praktische Gründe. Nicht nur schützte es die Holzwände des Langhauses vor der verzehrenden Hitze, die silberne Oberfläche der Schilde glühte goldorange wie die untergehende Sonne, sie reflektierten mehr von dem Licht und der Wärme in den Raum hinein, in dem nicht weniger als fünf der nordwestlichen Clans zusammengekommen waren, um die Ankunft des ersten Händlers im Frühling zu feiern.

Die Tradition hatte verlangt, dass sie als Häuptling von Clan Callaugh, dem Beschützer aller Wege in den Süden, Tahmats Karawane nach Conarch eskortierte. Und das hatte sie auch getan. Und erwartet, dass T'hule ihre kleine Gruppe beherbergte und bewirtete. Und das tat er auch. Auf verschwenderische Weise.

Tatsächlich konnte sich Ros-Crana nicht erinnern, dass Clan Conarch eine so große Zusammenkunft schon oft ausgerichtet hatte, und dann auch nur in Kriegszeiten. Im Gemeinschaftsraum herrschte eine fast schon erdrückende Hitze. Männer und Frauen prosteten sich mit großen Humpen voll von saurem Met zu – der letzte Rest aus Conarchs Wintervorratslagern. Auch wenn die Getränke zu wünschen übrig ließen, Häuptling T'hule hatte dies durch seine Tafel wieder ausgeglichen. Der grüne Rauch von Kochfeuern vermengte sich auf köstliche Weise mit dem Duft von Wildbret, das mit einer Mixtur aus Öl und Wein eingepinselt war, sowie von Fladenbrot, das man mit gehorteter Muskatnuss gewürzt hatte.

Knochen klapperten in Zinnbechern, wo ein dichter Kreis aus Kriegern um die Ehre spielte, um Einsätze aus kleinen Schmuckstücken oder in einem Fall – wo sich zwei Männer unbeschreiblich reich fühlten – um einen scharf geschliffenen Dolch gegen einen faustgroßen Klumpen polierten Bernsteins.

An einer anderen Wand erscholl betrunkener Jubel, als es einer der Gundermann-Wächter schaffte, ein Steinchen in einen Metallpokal mit Met zu schnipsen, und seinen Gegner zwang, ihn runterzuschlucken. Ein beliebtes cimmerisches Trinkspiel.

Alles schien in Ordnung zu sein. Entspannt.

Aber warum krallten sich dann ihre Finger unentwegt zusammen, als wünschten sie, sich mit dem Gewicht von Schild und Speer zu füllen?

»Ros-Crana?«

Häuptling T'hule winkte sie an seinen Tisch heran, der am Ende des Raumes auf einem Podest aus Steinplatten stand. Vor dem Podest und Tisch brannte ein kleines Kochfeuer und bediente allein die Gesellschaft des Häuptlings. Der Stein fühlte sich unter ihren weichen Stiefelsohlen glatt und hart an. Die Augen, die sie anblickten, dunkel unter buschigen Brauen, wirkten genauso unnachgiebig.

T'hule saß in der Mitte des langen Tisches und bewirtete neben den nemedischen Kaufmännern drei weitere Häuptlinge aus benachbarten Dörfern. T'hule war ein muskulöser, stämmiger Mann mit tellergroßen Händen, die die Schwielen von Jahren des Schwertkampfes aufwiesen. Sein dunkles Haar war zu strickähnlichen Zöpfen geknüpft, seine himmelblauen Augen blickten durchdringend und schienen nie zu blinzeln. Er war mindestens eine doppelte Handvoll Sommer älter als Ros-Crana, aber weder sein Haar noch die Bartstoppeln wiesen eine Spur von Grau auf.

Ein starker Mann. Ein starker Häuptling.

Er zeigte mit der Spitze seines Essmessers auf einen freien Platz am Tisch. »Frau, du hast dich noch nicht hingesetzt, seit die Feuer entzündet wurden. Du schleichst herum wie eine nervöse Wölfin.« Dann blickte er zur Seite und überspielte das einsetzende Schweigen, indem er ein Stück Fleisch aufspießte.

Als hätte einer von ihnen sie an Kearn Wolfsauge erinnern müssen.

Die Geschichte, die Tahmat von seiner Rettung und seinem plötzlichen Verlassenwerden erzählt hatte, hatte den meisten gereicht.

Dann war da der Vanir, den ihre Männer vor zwei Nächten auf ihrem Weg nach Conarch gefangen genommen hatten, der Mann, der durch die Wälder nach Norden gehetzt war, als wären die Rachegeister auf seinen Fersen. Er hatte wirres Zeug gefaselt. Von den nachtgeborenen Ymir-egh, die in Venarium angegriffen hatten, von dem goldenen Meister, den sie alle enttäuscht hatten. Die Vergeltung nahte auf schnellen Winden, hatte er versprochen, und in seinen Augen hatte der Wahnsinn geflackert, als er bei jedem Windzug zusammengezuckt war.

Eigentlich hätte Ros-Crana versucht, ihn noch einmal auszuquetschen, und ihn dann am nächsten Morgen hingerichtet. Aber mitten in der Nacht hatten sie die Schreie des Mannes und das verrückte Heulen wie von entfesselten Geistern aufgeweckt und alle nach ihren Waffen greifen und sich auf den Angriff vorbereiten lassen.

Die Anführerin der Callaugher war eine der wenigen gewesen, die sich in der Nähe des Gefangenen aufgehalten hatte und die glaubte, den Schatten gesehen zu haben, der ihn angriff. Das Stück Nacht, das in einem Wirbel aus Wind und Gestank und einem schwarzen Schatten zum Leben erwacht war, das Schwingen um seinen Kopf schlang, während ein formloses Haupt auf ihn einstach wie ein Rabe, der nach seinen Augen hackte. Der Vanir schrie sich in einem Augenblick zu Tode. Es war keine Verletzung zu sehen gewesen. Nur weit aufgerissene Augen, vor Angst erstarrt.

Häuptling T'hule hatte ihre Geschichten als nächtlichen Albtraum abgetan. Aber Tahmats Geschichte, die er für den Gemeinschaftsraum von Conarch noch einmal erzählt hatte, hatte erneut die Frage in ihr geweckt, was in Venarium geschehen sein mochte. Und wo sich Kearn nun aufhielt.

Dreizehn Tage! Fast zwei Wochen. Und noch immer konnte Ros-Crana die kleine Schar Ausgestoßener nicht vergessen, so sehr sie sich auch bemühte. Zu behaupten, dass sie sich an den Mann mit den Wolfsaugen gewöhnt hatte, wäre untertrieben gewesen. Nicht, wo sie die Erinnerung an den Badeteich wie eine offene Wunde quälte. Aber da steckte noch mehr dahinter. Eine Befriedigung, die sie verspürt hatte, das Wissen, dass gegen die Invasoren aus dem Norden gekämpft wurde. Das Vertrauen, das es vermittelt hatte, und das seine Klinge an ihrer Seite willkommen hieß ... und eine Leere, jetzt, da er fort war.

Bei Crom! Warum sollte ein solcher Mann sie so beschäftigen?

»Ich bin nicht in der Stimmung, mich auszuruhen, Häuptling T'hule. Vielleicht sollte das keiner von uns: sich ausruhen oder feiern, solange die Vanir und ihre ymirischen Herren noch immer unser Land vergewaltigen.«

Da, jetzt war es heraus. So wie jedes Problem zwischen Clan und Sippe offen ausgesprochen werden sollte, damit es gelöst und vergessen werden konnte.

»Vanir!« Einer der Krieger an T'hules Tisch spie das Wort wie einen Fluch aus. »Sie haben uns schon früher überfallen.« Er sagte es, als wäre dies die abschließende Antwort auf drei Jahre Überfälle.

Ein anderer stimmte ihm zu. »Ja. Am Ende haben wir sie immer geschlagen und in ihren eisigen Kerker zurückgetrieben.« Überall nickte und grunzte man zustimmend.

Aber nicht jeder nahm das so leicht.

»Wann haben die Vanir das letzte Mal so hart zugeschlagen?«, fragte ein anderer der unbedeutenden Häuptlinge. »Zerstörte Dörfer? Vertriebene Clans?«

»Die Talleute. Sie haben gesagt, es wäre in den Bergen genauso schlimm gewesen. Vielleicht schlimmer.«

»Schlimmer?« T'hule hieb mit der Faust auf den Tisch und erhob sich ein Stück. Er schlug nicht auf das massive Holz, um Aufmerksamkeit zu erregen. Die erhielt er ohnehin, verlangte sie auch. »Wenn das verweichlichte Talvolk nicht seine eigenen Dörfer verteidigen kann, dann ist das nicht unser Problem. Wir haben uns Grimnir selbst entgegengestellt, diese ganzen drei Jahre. Und wir haben uns behauptet. Wir behaupten uns immer.« Er schaute auf den Tisch, vermied Ros-Cranas direkten Blick. »Kein Feind fordert Clan Conarch heraus!«

Da war es wieder. Das unsichtbare Messer, das ihr mit seiner kalten Stahlspitze in den Nacken stieß, sie zurück in die Reihe trieb. Das Erbe ihres Bruders, Häuptling Narachs. Clan Callaugh hatte immer unter der hintergründigen – und manchmal auch weniger hintergründigen – Bedrohung ihres nördlichen Nachbarn gelebt. Conarch war stark. Es verließ sich auf Callaugh, so wie es sich für Verbündete gehörte, aber nur so lange, wie es Vorteile davon hatte.

Nur so lange, wie es ihnen passte.

»Häuptling T'hule, ich habe euch zweiundzwanzig Clansmänner geschickt.« Ros-Crana ließ die Hand auf den Schwertgriff an ihrer linken Seite fallen. Die Klinge war friedensgebunden worden, mit einem Lederriemen, den sie mit der Scheide verband. Der hauchdünne Anschein von Höflichkeit. Es würde nur einen einzigen Herzschlag dauern, den Riemen zu zerreißen und die Klinge zu ziehen. »Zweiundzwanzig, die nie nach Hause zurückgekehrt sind. Willst du dieses Opfer beleidigen?«

Hinter Häuptling T'hule standen drei Wächter mit Piken. Einer hob seine Waffe und hielt sie mit beiden Händen quer vor den Körper: bereit. Ros-Crana wandelte auf einem gefährlichen Grat, so nahe, wie man kommen konnte, um den mächtigsten Häuptling der Region herauszufordern, und dann noch in seinem eigenen Heim! Jeder am Tisch wusste das, ausgenommen vielleicht Tahmat, der mit den Zähnen ein Stück Fleisch von einem Spieß riss. Der Kaufmann begriff nicht, was sich da vor ihm abspielte.

T'hules Augen funkelten gefährlich. Er legte die großen Hände auf den Tisch und stemmte sich ihr gegenüber in die Höhe. Er hob das Essmesser, schob sich das letzte Fleisch in den Mund und säuberte die Klinge mit den weißen, ebenmäßigen Zähnen. Er kaute langsam, während er so tat, als würde er über ihre Worte nachdenken. Während er die ganze Zeit mit dem Messer in ihre Richtung wedelte.

Es hätte reine Unbedachtheit sein können.

Ros-Crana glaubte es keinen Herzschlag lang.

»Nein«, sagte Häuptling T'hule schließlich. »Ich habe die Hilfe der Callaugher nicht vergessen. Genauso wenig wie die der anderen Clans.«

Es war keine Entschuldigung. Aber es war vorsichtig formuliert. Manchmal musste man das in Cimmerien tun, wo die Grenze zur Beleidigung sehr, sehr schmal war.

Und es reichte Ros-Crana. Für den Augenblick. Sie angelte sich einen Hocker von einem unbesetzten Platz an T'hules Tisch und setzte sich, achtete sorgfältig auf die Hände des Häuptlings und die der anderen Krieger von Conarch.

Er entspannte sich und nahm seinen Sitz langsam und mit sichtlicher Anstrengung wieder ein, um über das Fest zu herrschen. Einen Augenblick später lachte er wieder, aber jetzt war es eine erzwungene Fröhlichkeit, denn er behielt Ros-Crana und die anderen, die die Missstimmung verursacht hatten, im Auge. Sie achtete darauf, ihn nicht zu unverhohlen zu beobachten, und schätzte T'hules sich verdüsternde Laune mit flüchtigen Blicken und dem Druck des unsichtbaren Dolches ein.

Vielleicht hätte sie nun das ganze Thema fallen gelassen. Hätte es begraben, da sie Häuptling T'hule immerhin ein gewisses Maß an Ehrerbietung abgerungen hatte. Was sollte man noch von ihr erwarten? Was sollte sie noch alles für einen Mann tun, den sein eigener Clan verstoßen hatte? Sich allein von der Erinnerung an Kearn Wolfsauge ermutigen zu lassen, das würde ihr nicht viel Gutes einbringen, und ihrem Clan auch nicht. Vor allem, da Kearn nicht länger da war, um sich irgendwelchen Repressalien in den Weg zu stellen. Er würde vermutlich auch nicht wiederkommen. Die Ausgestoßenen waren fort. Und mit ihnen vermutlich auch die einzige Chance, sich angesichts der Bedrohung durch die Vanir zusammenzuschließen.

Sie hätte Kearn mehr Unterstützung anbieten sollen.

Bei Croms wachsamem Blick, zumindest das würde sie sich eingestehen.

Und doch müsste sie die Sache ruhen lassen.

Hätte bloß Tahmat, der Kaufmann, auch den Mund halten können.

»Also dieser Kearn Wolfsauge, dem ich begegnet bin. Er war auch bei der großen Schlacht über Conarch dabei?«, fragte er. Seine Beherrschung der cimmerischen Sprache war brauchbar.

Ros-Crana wartete auf das, was T'hule antworten würde, und spießte ein Stück Wildbret von einem Holzbrett auf.

Die Haut war verkohlt und knirschte, als sie hineinbiss, aber das Fleisch darunter war zart und rot und wärmend. Met passte gut dazu, den rauchigen Geschmack herunterzuspülen, auch wenn es etwas säuerlich war.

»Er kam mit seinen Ausgestoßenen über den Blutpass«, sagte T'hule schließlich. »Scheuchte die Vanir auf und verspottete Grimnir, bis er in die Schlacht zog.«

»Er hat geholfen, eine Kriegsmeute von Cruaidh über den Pass zu führen«, fügte Ros-Crana zu der knappen Bemerkung hinzu. Sie sprach in kurzen, knappen Sätzen. »Er kämpfte gegen eine Schneeschlange. Und erschlug einen Zauberer. Sláine Langzahn schien ihn darum zu schätzen.« Sie hielt inne. »Ich weiß, dass mein Bruder es tat.«

Es war eine der wenigen vertraulichen Mitteilungen von Narach, die ihr noch geblieben waren. Sie fragte sich, ob es nicht dumm von ihr gewesen war, dies hier preiszugeben.

»Warum das?«, fragte Tahmat sie offen.

»Während wir glaubten, den Sturm aussitzen zu können« – sie sah sich am Tisch um – »wir alle …, da trug Kearn Wolfsauge den Kampf zu unserem Feind. Die Vanir haben ihn *gefürchtet* – vermutlich auch ein paar der Ymirisch. So wie sie bisher keinen Clan gefürchtet haben.« Sie ließ einen zürnenden Blick über den Tisch gleiten, rechnete mit einem Ausbruch und kam ihm schnell zuvor: »Nicht einmal deinen Clan, Häuptling T'hule. Ich kann vom Eingang deines Langhauses aus den Hügel hinuntersehen und erkenne die Trümmer Dutzender Häuser, die an dem Tag niedergebrannt sind, an dem Grimnir fiel.«

T'hule hielt das Essmesser fest umklammert. Seine Knöchel traten weiß hervor. »Sei ganz vorsichtig, Ros-Crana«, warnte er sie.

Die Drohung in seiner Stimme war eindeutig. Und diesmal ließ sie es sich nicht bieten. Ros-Crana sprang auf, stand über ihrem umgestürzten Schemel und starrte wütend zurück.

»Glaub ja nicht, du könntest mir drohen, weil ich die Wahrheit sage, *Conarch.*« Sie spuckte den Namen ebenso aus, wie zuvor einer der Krieger am Tisch den Namen *Vanir* verflucht hatte. »Ihr alle, ihr wisst es auch, denn keiner von euch ist ihm gegen Grimnir zu Hilfe gekommen. Wir alle hatten nichts dagegen, Conarch brennen zu lassen.« Es gab viele verblüffte und anklagende Blicke von T'hule und seinen Sippenangehörigen.

»Narach wäre nicht gekommen, und Sláine Langzahn auch nicht, hätte Kearn sie nicht *beschämt*, es doch zu tun. Er hat mehr mit einer Handvoll Krieger ausgerichtet als jeder von uns mit einer ganzen Kriegsmeute. Was sagt das über uns aus?«

Sie war außer sich vor Zorn, sie sprach mit dem Herzen und nicht mit dem Verstand – wovor sich ein Häuptling immer hüten musste. Wovor sie ihr Bruder immer gewarnt hatte. Narach hatte immer auf sie aufgepasst, so wie ein Häuptling seinen Kriegsführer beschwichtigen sollte. Aber jetzt war sie beides. Und sie hatte genug von der Drohung, die ihr zwischen den Schulterblättern brannte. Sie wischte die unsichtbare Klinge mit einer Geste weg, verwarf sie und Häuptling T'hule zusammen.

In den Gemeinschaftsraum kehrte tödliche Stille ein. Am anderen Ende des langen Raumes erhoben sich noch ein paar Stimmen, zu betrunken oder zu weit entfernt, um hören zu können, was geschehen war. Aber die meisten Clansleute sahen zu und lauschten. Und warteten angespannt auf einen Befehl ihres jeweiligen Häuptlings, die sie zum Kampf riefen.

In der plötzlichen Stille senkte Ros-Crana ihre Stimme fast bis zu einem Flüstern. »An diesem Tag sind Conarcher, Callaugher *und* Cruaidher auf das Schlachtfeld gezogen«, erinnerte sie Häuptling T'hule, »und wir waren nicht genug. Grimnir hat uns um ein Haar vernichtet, und dann hätte ihm ganz Cimmerien offen gestanden. Diese kleine Schar Ausgestoßener hat den Unterschied ausgemacht. Kearn Wolfsauge hat den Unterschied ausgemacht, als er Grimnir mit sich über die Klippe riss.«

»Und er ist *gescheitert.*« T'hules Stimme war ein Brüllen. Er blieb sitzen, stellte sich Ros-Crana entgegen, ohne sie überragen zu müssen.

»Kearn hat überlebt. Grimnir hat überlebt. Und jetzt ist der Große Teufel auf das Tal losgelassen worden. Gut, dass wir ihn los sind, sage ich. Wir haben den Druck der Invasoren lange genug ertragen müssen. Was sollen wir deiner Meinung nach sonst noch tun, Frau?«

Ihr Atem kam in kurzen, heißen Stößen hervor, während sie um Beherrschung rang. Sie schmeckte Blut im Mund und wusste, wie nahe sie davor stand, von der Berserkerwut übermannt zu werden. Stattdessen schluckte sie den trockenen, metallischen Geschmack herunter und durchbohrte T'hule förmlich mit ihrem Blick.

»Kearn hat den blutigen Speer zu dir getragen, zu mir, zu uns allen. Wir alle haben ihn fortgeschickt, weil er nicht mehr zu uns gehörte. Einmal verstoßen, für immer verstoßen. Aber wir haben nicht anerkannt, dass er ihn *für* uns trug, und das nagt seit zwei Wochen an mir. Aber damit ist jetzt Schluss!«

Sie beugte sich über den Tisch und hielt T'hules Blick fest, während sie nach unten griff und den Bundriemen von ihrem Schwert riss. Sie warf ihn in die brennenden Scheite eines Kochfeuers. Er flammte kurz auf und verkohlte dann.

»Es gibt keinen Frieden«, sagte sie ruhig, als erklärte sie es einem Kind. »Ich bin im Krieg mit den Vanir. Das sind wir alle. Und ich sage Folgendes: Wenn du nicht anerkennst, dass Kearn den blutigen Speer für dich trägt, dann tut er es für Clan Callaugh und alle, die sich mir unter diesem Banner anschließen. Und wenn du mir im Weg stehst, werde ich auch dich als meinen Feind betrachten.«

Mit diesen Worten wandte sie dem Tisch den Rücken zu und stürmte los, die Hand auf dem Schwertgriff. Bereit, sich gegen jeden zu verteidigen, der sich ihr in den Weg stellte.

Niemand tat es. Häuptling T'hule erlaubte ihr, sich zurückzuziehen, rettete den letzten Frieden, den es in dem Langhaus noch gab. Hinter ihr scharrten ein paar Schemelbeine über die Steinfliesen, als noch andere vom Tisch aufstanden. Dabei spielte es keine Rolle mehr, ob sie für sie oder gegen sie waren. Nur, dass sie nicht länger tatenlos zusehen würde. Die Hitze ihres Zorns hatte endlich die dünne Rüstung der Vorsicht geschmolzen, die sie getragen hatte. Und vielleicht hatte Kearn auch damit recht.

Vielleicht war Wut alles, was ihnen noch blieb.

Der Regen war zu einem grauen Nieseln geworden, rann durch Kearns Haar und fuhr wie Eisfinger seinen Nacken herab. Drang in das Lederwams ein, das er trug, bis es schwer und steif an seinem Körper hing. Aber er reichte nicht, um ihn bis auf die Haut zu durchnässen. Nicht einmal, wenn er sich in der Form fetter Tropfen von der Dachkante des Langhauses löste.

Stattdessen fand er ein breites Ziel in dem schlammigen Bach, der durch Gaud floss, wo das Wasser an den zusammengebrochenen Fundamenten der ausgebrannten Hütten vorbeiströmte und hinter mehreren großen Steinen tiefe Pfützen bildete. Tief genug, dass Kearn die Hand eintauchen und kaltes Regenwasser schöpfen konnte. Es schmeckte erdig, war aber klar und viel besser, als verkrustetes Blut auf der Haut zu tragen. Kearn bearbeitete damit die Arme, das Gesicht und das frostblonde Haar, wusch das Blut der Männer, Frauen und Kinder ab, die er geholfen hatte zur letzten Ruhe zu betten. Die Erinnerungen, die mit jedem Toten verbunden waren, blieben stark.

Nach Talbot Baum hatten er und Brig Jocund abgeschnitten, die Heilerin des Clans. Und dann Morne, einen von Häuptling Culs treuesten Kriegern. Das war nicht der klügste oder ausgeglichenste Mann gewesen, den Kearn gekannt hatte, aber blinde Loyalität hatte auch ihr Gutes. Das hatte er in den vergangenen Monaten erkannt.

Zu diesem Zeitpunkt hatten sich andere in die Dunkelheit des Gemeinschaftsraums gewagt, und noch mehr Leichen wurden heruntergeholt. Ehmisch erkannte Willem und Gart – zwei gaudische Jugendliche, mit denen er zusammen aufgewachsen war und an die sich Kearn erinnerte, weil sie ständig umhergelaufen waren. Die beiden waren immer am Rennen gewesen. Daol fand Arland Grüne Ähre. Der beste Getreidebauer des Clans. Er wusste, wann man säen musste und wie viel – und übertraf stets alle anderen bei der Wettervorhersage.

Cobh. Martsa und Kilian. Ruhk.

Mehr Namen. Mehr Erinnerungen.

»Hier sind keine mehr«, sagte Reave hinter ihm und unterbrach seinen Gedankengang. Der Hüne platschte durch den schlammigen Bach, um sich zu Kearn zu gesellen. Daol und Hydallan und ein paar der anderen folgten ihm stumm, mit funkelnden Augen. Aodh, Garret.

»Wir alle sind durch das Dorf gegangen und haben ein weiteres Dutzend ins Langhaus gebracht.«

Einschließlich Ros, Reaves Schwester. Und ihr jüngstes Kind. Und mehr als nur ein paar Fremde, soweit Kearn erfahren hatte. Taurer. Ein Teil der Bemühungen, angesichts der Vanirangriffe die Stärken beider Clans zu vereinen. Ossian und Mogh hatten einige von ihnen erkannt.

Reave ging neben Kearn in die Hocke. Der Regen hatte ihm sein dichtes Haar an den Kopf geklatscht. Unter seinem linken Auge klebte verkrustetes Blut. Seine erste Handvoll Wasser wusch es fort.

»Kohlitt und die Jungen sind nicht hier.« Der Ehemann seiner Schwester. Und die ältesten Söhne. »Oder Cul und Maev. Könnte ein gutes Zeichen sein. Könnte ein schlechtes Zeichen sein.«

Ein sehr schlechtes Zeichen. Die Vanir nahmen oft Sklaven. Wenn sie Zeit für Unterhaltung hatten oder es die Mühe wert war, neue Sklaven nach Norden zu bringen. Aber das hier hatte nichts damit zu tun gehabt.

»Hier ging es nicht um Beute«, sagte Kearn. »Es wurden keine Sklaven mitgenommen. Das war eine Bestrafung. Genau wie in Cruaidh.« Er spritzte sich wieder kaltes Wasser ins Gesicht. »Das ist meine Schuld.«

Daols Vater räusperte sich und spuckte aus. »Das weißt du nicht, Welpe. Lad dir keinen Ärger auf, mit dem du nichts zu tun hast.« In seinen grauen Augen lag ein abwesender Blick, und durch die Schrecken des Tages war sein Gesicht verkniffen. »Das weißt du nicht«, wiederholte er.

»Das tue ich doch, Hydallan.« Kearn richtete sich auf, stand in dem seichten Bach und schaute in den grauen Himmel empor. »Frag mich nicht, warum ich es weiß, aber ich weiß es. Grimnir.« Er spuckte den Namen wie ein verdorbenes Stück Fleisch aus. »Vielleicht kam der Dämon nicht gezielt nach Gaud, aber wegen uns ist er hier im Tal.« Er hielt inne und dachte nach. »Hätten sie genau gewusst, dass wir aus Gaud kommen, dann hätten nicht so viele entkommen können.« Sie hätten die Leichen von allen gefunden, die sie kannten.

Daol wechselte einen Blick mit Aodh, der den Kopf schüttelte. »Man könnte genauso gut sagen, dass es wegen Sláine Langzahn und seiner Kriegsmeute aus Cruaidh geschah. Vielleicht hat die Niederlage bei Conarch den Dämon auch bloß in neue Jagdgründe getrieben.«

Reave hatte sich den größten Teil des Blutes von Händen und Armen gewaschen und stand plötzlich auf. »Du glaubst, sie sind entkommen?«, fragte er und bezog sich auf Kearns frühere Bemerkung. Gab nicht die Hoffnung auf, dass einige ihrer Sippenangehörigen überlebt hatten.

»Ja. Nach Norden. Vielleicht nach Osten.« Er schaute sich in dem zerstörten Dorf um, wo noch immer ein paar seiner Krieger umherstreiften und warteten. »Im ganzen Tal verteilt. Vielleicht versuchen sie sich nach Cruaidh durchzuschlagen.«

Garret kratzte sich unter der schwarzen Augenklappe. »Aber wo würde Häuptling Cul sie hinführen? Oder Maev?« Ihre Leichen hatte man nicht entdeckt. Noch nicht. Aber dass Culs Schwert im Besitz der Vanir gewesen war, verhieß nichts Gutes, was das Überleben des Häuptlings betraf.

Maev … hatte sie Cul herausgefordert? Oder seinen Platz übernommen, um die anderen anzuführen? Oder war sie wieder zur Gefangenen geworden, versklavt von einem nördlichen Kriegsherrn?

Kearn wollte nicht darüber nachdenken. Nicht jetzt.

»Oder Ossians Vater«, erinnerte Aodh sie. »Die Taurer würden zuerst ihrem Häuptling folgen.«

Aber Hydallan schüttelte den Kopf. »Ossian hat seinen Vater gefunden. In der Nähe der Schlachterställe. Sie legen ihn im Langhaus hin.« Er räusperte sich. »Der Rest von uns, wir haben getan, was du gesagt hast, Kearn. Haben alles trockene Stroh von den Unterseiten verschiedener Dächer eingesammelt, das wir dort finden konnten. Dann haben wir das Winterholz aufgestapelt und Zunderballen aus den Trockengruben geholt.«

Er nickte und trat von dem strömenden Bach weg. Da war noch eine Sache, die erledigt werden musste. »Wir sollten uns lieber darum kümmern.«

Gaud war tot. Alles, was jetzt noch blieb, war der Begräbnisscheiterhaufen.

Mit so vielen Händen war es die Arbeit von nur wenigen Stunden, das Langhaus mit dem Holz zu füllen, das Kearn den größten Teil des Winters herbeigeschafft und aufgestapelt hatte. Und das Talvolk war geübt darin, in einem derart nassen Land trockene Büsche und Holz zu finden. Von der Unterseite alter Scheite geschält, an geschützten Stellen unter dichten Ästen im Wald. Und Immergrünzweige, die schnell genug brennen würden, sobald das Feuer sie getrocknet hatte. Wallach Graubart führte eine kleine Arbeitsgruppe an, die nichts anderes tat, als Bündel von Pinien und Zedernholz zu bringen und die Äste im Gemeinschaftsraum aufzuschichten, bis von den mehreren Dutzend Toten, die man in respektvollen Reihen hingelegt hatte, nichts mehr zu sehen war.

Kearn hielt eine hell flackernde Fackel daran, deren Flamme durch das von Nahud'rs sicherer Hand gestreute Pulver heiß und hoch loderte. Er betrat das Langhaus selbst, bahnte sich vorsichtig den Weg über aufgeschichtetes Immergrün und an Haufen aus Holzscheiten vorbei. Er legte in allen vier Ecken des Raumes Feuer.

Grüner Rauch erfüllte schnell die Luft, da er nicht schnell genug durch die kleinen Abzugslöcher – oder die größeren, ins Dach gehackten Öffnungen – abziehen konnte. Er brannte in seinen Augen und seinen Lungen. Der Schmerz war scharf und willkommen.

Kearn atmete flach und floh zur Tür, dann blieb er auf der Schwelle stehen, um zu sehen, ob das Feuer auch zu brennen begann. Als er sicher war, dass es sich ausbreiten und schließlich das ganze Langhaus verschlingen würde, trat er zurück, hinaus in den Regen. Noch immer die Fackel in der Hand gesellte er sich zu seinen Kriegern, die abwarteten, was er als Nächstes tun würde.

Ossian stand in der ersten Reihe des stummen Rudels. Sein Gesicht war wie aus Stein gemeißelt. Die Hand blutete, wo er zuvor in sie hineingschnitten und dann die Langhaustür zum Zeichen seiner Trauer beschmiert hatte. Das hatte jeder getan. Selbst Nahud'r und die drei aquilonischen Soldaten. Angesichts von so viel Tod gab es keine Unterschiede.

»Danke, Wolfsauge«, war alles, was Ossian zunächst sagte.

Kearn verstand ihn. Jeder Tote war auf ein dünnes Bett aus Immergrün und totem Holz gelegt worden – mit Ausnahme von Ossians Vater. Häuptling Liam vom Clan Taur. Man hatte ihn respektvoll angekleidet und auf einen Tisch gelegt, ihm die Hände auf das Schwert gebettet, das man auf seinen Körper gelegt hatte. Da Cul nicht dabei war, erhielt er die Ehre, die einem Anführer zustand.

»Man hätte ihn zum Grabfeld der Häuptlinge bringen sollen«, beschwerte sich Mogh, wenn auch ganz leise. Ashul und Danon, die anderen Taurer in Kearns Gruppe, nickten.

Aber Ossian starrte bloß auf die ersten Flammen, die durch das trocknende Stroh züngelten. »Das wird ausreichen«, versprach er. Das Nächstbeste – statt seinen Vater auf dem Grabfeld der cimmerischen Häuptlinge beizusetzen – war, ihn dem Schlachtfeld zu opfern, auf dem er gefallen war.

Der Geruch nach feuchter Asche und angesengtem grünen Holz vermengte sich mit dem fettigen Geruch nach verbranntem Fleisch. Dichter, schwarzer Rauch quoll in den Regen hinauf und zeichnete sich als dunkler Fleck vor dem grauen Himmel ab.

»Bei diesem Wetter, so lange nach dem Gemetzel.« Daol schüttelte den Kopf. »Jeder Vanir wird wissen, dass das kein Zufall ist, sondern Absicht. Vielleicht hätten wir das in der Abenddämmerung tun sollen, oder in der Nacht.«

Ossian grinste und bleckte die Zähne. »Hätten wir das in der Nacht getan, dann würden die Vanir nicht wissen, wo sie uns suchen müssen«, sagte er. »Oder?«

Daol, Aodh und die anderen antworteten ihrerseits mit einem wilden Grinsen. Und irgendwo in dem nahen Wald heulte ein Wolf lange und wild und traurig. Als antworte er.

Kearn warf die Fackel durch die offene Tür, dann verfolgte er die hohe Rauchsäule mit seinem goldenen Blick.

»Hier sind wir«, brüllte er seine Herausforderung.

»Kommt und holt uns.«

14

Kearn schlich am Rand von Gaud entlang, das Kurzschwert in der Hand. Tief geduckt, von Hütte zu Hütte, wie ihn die stummen Handsignale von Brig, Ashul und Aodh und die von Hydallan und Daol nachgeahmten Vogelstimmen führten.

Der Geruch von verbranntem Fleisch haftete an seinem Haar und Wams. Er schmeckte ihn im Rachen. Eine fettige und beißende graue Rauchwolke hing über dem toten Dorf und brannte in seinen Augen. Wie ein von einem Ymirisch-Zauberer herbeibeschworener teuflischer Nebel.

Aber das war es nicht.

Dies war sein Werk. Die Überreste der Schlacht zwischen Regengüssen, die bis auf einen beständigen Nebel abgeklungen waren, das angezündete Langhaus, das helle Flammenzungen in den Himmel schickte, während die Morgendämmerung über das Conall-Tal hereinbrach. Scheite knisterten und zersprangen, als die Hitze des Feuers Wasser aus dem Inneren des Holzes verdampfte. Dampf stieg von dem wassergetränkten Boden auf, vermischte sich mit rußigen Schwaden und ließ sie sich über die schlammigen Pfade zwischen den verlassenen Häusern schlängeln.

Eine breite Rauchsäule wehte wie Croms Kriegsbanner über ihren Köpfen.

Wie eine Herausforderung.

Indem Kearn das Langhaus angezündet hatte, hatte er eine Flagge geschwenkt, die jeder Vanir im Umkreis von mehreren Meilen gesehen hatte. Sie hatten es gesehen und waren angelaufen gekommen, auf der Suche nach Opfern. Zu zweit und in kleinen Gruppen näherten sie sich Gaud. Die meisten hatten sich angeschlichen und versucht, lautlos zu sein, aber Kearn hatte Augen in jeder Richtung. Hände griffen aus dunklen Türen zu, um einen der flammenhaarigen Vanir ins Innere zu ziehen und ihn dort schnell und leise zu erledigen. Ein anderer fand seinen Tod, als Ehmisch von einem Dach sprang, dem Mann einen Speer in die Brust rammte und ihn am Boden festnagelte.

Drei Krieger, die aus dem Süden angerannt kamen, fanden durch die Pfeile von Brig Baum und Daol einen schnellen Tod. Desagrena und Nahud'r hatten zusammen einen Mann getötet. Und Reaves Langschwert hatte zwei anderen das Lebensblut geraubt.

Das Ende von Kearns Klinge war blutverschmiert, weil er einem Vanir die Spitze in die Niere gerammt hatte – den Arm um den Hals des Mannes geschlungen, um jeden Schrei zu ersticken, während er auf dem schlammigen Boden verblutete.

Doch bei den vier Vanir, die vom nördlichen Waldrand kamen, bemerkte Kearn ein anderes Verhalten. Sie kamen unbekümmert und sorglos näher, als gehöre ihnen die ganze Welt. Darum umging er sie, duckte sich hinter einen hölzernen Unterstand, wo Reave und Wallach Graubart bereits warteten.

Reave hockte auf den Knien, das Langschwert zur Seite gelegt, während er durch ein Astloch im Holz starrte und das Näherkommen der feindlichen Krieger beobachtete, ohne selbst gesehen zu werden. Wallach ruhte sich aus, lag auf nassem Stroh, den verletzten Arm auf die Brust gelegt. Sein Breitschwert steckte zu seinen Füßen im Boden – dennoch war er nicht waffenlos. Er hatte eine Pikenspitze genommen und sie durch die Ledermanschette geschoben, die das Ende seiner amputierten Hand schützte. So hatte er eine scharfe Klingenspitze, wo zuvor seine Hand gewesen war. Praktisch, wenn auch nicht besonders klug. Die Wunde war noch immer nicht ganz verheilt und konnte nicht viel Druck vertragen, bevor sie sich wieder öffnete. Wallachs Gesicht war blass und angespannt, mit dunklen Ringen unter den Augen.

Besorgt berührte Kearn die Schulter des alten Mannes. Ein Auge öffnete sich langsam und starrte ihn mit dem harten Blau des Wintereises an. »Sind sie schon da?«

Er schüttelte den Kopf.

»Dann lass mich in Ruhe.« Seine Worte klangen undeutlich, aber nur ein wenig. »War ein langer Tag, und er wird noch länger.«

Reave schüttelte den Kopf, hin- und hergerissen zwischen Belustigung und Sorge um den Waffenmeister der Gruppe. Kearn nickte, er teilte seine Meinung. Aber jetzt im Augenblick konnte man wegen Wallachs Zustand nichts tun. Er schob sich vor und drückte den Hünen zur Seite, lehnte sich an die Wand. Das Holz war alt und voller Splitter. Vorsichtig legte er ein Auge an das Loch, schaute auf den schlammigen Pfad auf der anderen Seite, vorbei an zwei älteren Hütten, die einst das Heim von … Da!

Zwei der Vanir, ein Mann und eine Frau, kamen um die Ecke gebogen. Sie trugen Lederröcke, die mit Bronzeplättchen beschlagen waren, und Harnische. Die Frau hatte einen

Faustschild an den linken Arm geschnallt. Beide hatten Eisenkappen mit Hörnern auf dem Kopf. Die Stiefel des Mannes schienen aus Cimmerien zu stammen, genau wie der Umhang, der mit dem silbergrauen Wolfspelz besetzt war. Ihr Faustschild hatte einen Besatz aus blauem Eisen mit einer dreieckigen Spitze in der Mitte. Schlachtbeute.

Die Frau ging voraus, die Hand auf dem Schwertgriff, die Klinge aber noch immer in der Scheide. Er trug bloß ein Horn von der Art, mit der sich die Vanir über kurze Entfernungen Signale gaben. Doch es war ihre lässige Haltung, wie sie völlig ohne Angst das Dorf betraten und wie der Mann das Horn hielt – das überzeugte Kearn.

Und Reave offenbar auch. »Sie sind nicht allein«, flüsterte der Hüne, vergrub die Finger in seinem dicken, buschigen Bart.

Kearn nickte. Zumindest die beiden bewegten sich mit dem Selbstvertrauen von Kriegern, die viele Männer hinter sich wussten. Zu sehr an leichte Siege gewöhnt. Sie mussten nie weit laufen, sollten sich die Dinge schlecht entwickeln.

Reave beugte sich zur Seite und hob sein cimmerisches Langschwert auf. »Wo, was glaubst du?«

Kearn rückte von den alten Brettern ab, dachte nach. »Nicht weit. Kommen aus dem Norden.« Obwohl er einen Seitenblick nicht vermeiden konnte und den nahen Waldrand fand, wo das Frühlingsgrün eine ganze Kriegshorde verbergen konnte, die den ersten Baum zwanzig Schritte hinter sich gelassen hatte.

Ihm blieb nicht viel Zeit für eine Entscheidung. Er hatte seine Krieger ins Feld geschickt. Und die beiden Vanir kamen näher, einen lässigen Schritt nach dem anderen.

Er rückte von den Brettern ab, blickte zu dem Dach eines Hauses in der Nähe, wo sich Ehmisch wieder auf dem feuchten Stroh ausgestreckt hatte. Er winkte und errang die Aufmerksamkeit des jungen Mannes, wedelte mit zwei Fingern, dann stieß er mit der einen Hand gegen die andere, als renne er gegen eine Wand. Eine wilde Bewegung quer über den Hals, dann noch eine an dem schmalen, harten Strich seines Mundes entlang.

Finde die anderen beiden. Töte sie. Leise. Ehmisch würde die stummen Befehle an diejenigen weiterleiten, die den anderen beiden Kriegern am nächsten waren.

Was dieses Paar ihnen dreien überließ. Kearn griff nach Wallach, um ihm Bescheid zu geben. Der alte Krieger rollte sich mit einer leicht schmerzverzerrten Grimasse auf die Knie und hielt den Handgelenkstumpf eng an den Körper. Dann stellten sich er und Reave an den beiden Seiten des Unterstandes auf.

Kearn schluckte und drückte das Auge wieder an das Loch. Sie waren jetzt nahe gekommen. Sehr nahe. Die Frau ging noch immer voraus, behielt Fenster und Türen im Auge. Suchte nach neuen Lebenszeichen und kümmerte sich nicht um die schwarze Rauchsäule, die aus der Mitte des zerstörten Dorfes emporstieg. Sie umging eine besonders schlammige Stelle und wählte einen Weg, der um den Unterstand herumführte. Reaves Seite.

Ganz langsam, damit ihn keine Schatten verraten konnten, die durch die schmalen Spalten zwischen den Brettern fielen, drehte sich Kearn wieder Reave zu. Er ließ den Schild auf dem Rücken. Mit dem Kurzschwert tippte er zweimal auf Reaves Schulter und ließ ihn wissen, dass er ihm folgen würde. Mit einem leisen Grunzen der Anstrengung schwang der Hüne seine Masse um die Ecke, das Langschwert blitzte durch die Luft und beschrieb mit aller da hineingelegten Kraft einen weiten Bogen. Stark genug, um die dünne Eisenschicht auf dem Harnisch der Frau und das gekochte Leder darunter zu durchschlagen. Bereit, sie zur Seite zu stoßen, um Kearn den direkten Weg zu dem zweiten Krieger zu öffnen, während Wallach um die andere Ecke kam, um ihn von der Seite anzugreifen. Ein einfacher Plan.

Es hätte leicht sein sollen.

Vielleicht waren Frauen nicht immer so stark wie die Männer, aber sie waren keineswegs weniger geschickt. Und eine Kriegerin, die sich einer auf Beutezug marschierenden Kriegsmeute anschloss, egal ob aus Cimmerien oder dem Norden, durfte man nicht unterschätzen. Reave hätte das wissen müssen, war er doch mit Desagrena und ihrer spitzen Zunge und einer genauso schnellen und tödlichen Klinge vertraut.

Möglicherweise legte er auch bloß nicht das zusätzliche Gewicht in den Schlag, das er bei einem Mann benutzt hätte.

Möglicherweise war er auch zu früh gesprungen, deutete ihr unbekümmertes Näherkommen als Öffnung in ihrer Deckung.

Vielleicht war sie auch einfach nur so gut.

Der Kriegerin blieb kaum mehr als ein Herzschlag zur Reaktion, aber sie brachte den Arm hoch, mitten in Reaves kräftigen Schlag hinein. Die auf ihre Brust zielende Spitze des Langschwertes prallte auf die blaue Eisenplatte ihres Faustschildes und stieß gegen die Buckelspitze, rutschte in einem nach unten gerichteten Winkel ab und krachte gegen ihre Seite: gegen den Harnisch, während sie vor Wut und Schmerz aufbrüllte.

Und was noch schlimmer war, sie rückte nicht von der Stelle.

Da Reave die schmale Lücke zwischen dem Unterstand und der nächsten Hütte ausfüllte, versuchte Kearn, sich an ihm vorbeizudrängen. Sein Mund wurde trocken, der Geschmack des Kampfes lag bereits bitter auf seiner Zunge. Dabei stieß er gegen seinen Freund, der die Kriegerin allein mit dem Druck, der durch den Schwertgriff ausgeübt wurde, zurück und zur Seite drängen wollte. Selbst für Reaves Bärenkräfte keine einfache Aufgabe. Erst recht nicht, als sie die Hand auf die Klinge legte und an ihrer Seite festklemmte.

Das Schwert hatte den Harnisch nur ein Stück weit durchdrungen und die dünne Bronze nur so weit gesprengt, dass lediglich ein kleines Stück der Klinge in ihre Rippen geschnitten hatte. Doch das Blut, das hervordrang, entsprach allem anderen als einer hellroten Fontäne. Und ihr wutverzerrtes Gesicht versprach, dass sie noch lange nicht aufgegeben hatte. Als Reave sie zur Seite drängte, stolperte sie zurück, um zwischen dem Cimmerier und ihrem Gefährten zu bleiben und ihm so die Zeit zu verschaffen, die Klinge zu ziehen, während sie mit der freien Hand nach ihrem Kurzschwert krallte.

Der zweite Vanir sollte sein Schwert nie aus der Scheide bekommen. Aber er setzte das Horn an die Lippen und blies drei lang gezogene, düstere Töne, die durch den Wald hallten.

Warnsignale.

Der dritte Ruf aus dem Horn brach jäh ab, als Wallach von der anderen Seite herbeistürmte und dem Krieger drei Fuß Stahl in den Bauch rammte. Die Klinge des Breitschwertes trat am Rücken des Mannes wieder heraus, helles, rotes Blut tropfte von der Schneide.

Der Vanir ließ das Horn fallen und brüllte seinen Schmerz heraus.

Wallach Graubart machte sich nicht die Mühe, die Klinge wieder herauszureißen, trat stattdessen an den Krieger heran und hieb ihm mit einer kurzen, hackenden Bewegung die Pikenspitze am Ende seines linken Armes brutal über den Hals. Die geschärfte Klinge schnitt tief und schnell.

Blut spritzte aus der Wunde und landete auf Wallachs Arm, Brust und Gesicht. Und der Krieger fiel – zum Schweigen gebracht – zurück. Tot.

In der Zwischenzeit hatte die Frau ihr Schwert herausgerissen, fluchte und stieß einen Kriegsruf hervor, während sie sich nach vorn warf, Reaves Klinge aus dem Riss in ihrem Harnisch zerrte und nach der Kehle des Hünen schlug. Reave duckte sich zur Seite, die Spitze des Kurzschwertes verfehlte gerade eben sein Ohr und öffnete einen flachen Schnitt, der von der linken Schulter bis zum Oberarm reichte. Er zischte vor Schmerz auf, duckte sich unter ihrem Rückhandschlag hinweg und riss das Langschwert zurück.

Kearn hatte nicht vor, abzuwarten und der flinken Kriegerin eine zweite Gelegenheit zu geben, seinen Freund zu verletzen. Geduckt eilte er an Reave vorbei, das Schwert gezogen. Den Arm gegen die Brust gedrückt. Sein ganzes Sichtfeld konzentrierte sich nur noch auf diese eine Frau, diese Kriegerin aus Vanaheim, die ihre Wut und ihre Schmerzen herausknurrte, während sie wieder nach vorn sprang und ihr Stahl gegen das cimmerische Langschwert krachte, das Reave zur Abwehr hochriss. Ein warmes Kribbeln durchfuhr ihn, als sein erster Stoß mit dem Schild, den sie am linken Arm trug, zur Seite geschlagen wurde. Aber sein zweiter Stoß fand dann sein Ziel, drang sauber und tödlich über ihrem Herzen ein.

Die Kriegerin aus dem Norden taumelte von einem Krampf erfasst, der ihren ganzen Körper erbeben ließ, gegen die Wand der Hütte. Mit schon glasigem Blick stand sie noch einen Augenblick lang aufrecht da, dann rutschte sie langsam auf die Knie und sackte auf die Seite, während ein neuer Windstoß vor Mitgefühl heulte.

Kearn stand über sie gebeugt, sein Atem kam in kurzen, wilden Stößen und brannte vor dem aufgestauten Zorn über das, was man Gaud angetan hatte. Er nahm kaum wahr, dass Wallach Graubart an seine Seite trat und eine kühle Hand auf die gerötete, erhitzte Haut seines Armes legte. Er zitterte.

»Es ist noch nicht vorbei, Kearn.«

Erst da bemerkte er, dass es gar nicht der Wind war, der da sein Klagelied sang, sondern der ferne Ruf eines Vanirhorns. Und da war noch etwas. Kriegshorden! Ein fernes Echo aus dem Osten. Das andere, das viel näher war, gab drei Töne aus dem Norden von sich.

Er spürte einen winzigen Funken im Hinterkopf aufflammen, als das nördliche Horn erneut ertönte. »Das da«, entschied er.

»Ja?«, fragte Reave. Er hielt die Hand an die Schulter, übte Druck auf die Wunde aus. Sein dichter Bart konnte die Verblüffung nicht verbergen, die sich auf seinem Gesicht abzeichnete.

»Das Horn im Norden liegt an den Lippen eines Ymirisch.« Einem der frosthaarigen Kriegsführer, die so oft eine

Meute der Vanir antrieben – wie ein Herr sein Rudel Jagdhunde. Er hatte keinen nachvollziehbaren Grund für diese Entscheidung. Er *wusste* es einfach.

Dann schüttelte er den Kopf und verwarf solche lächerlichen Gedanken. Er *vermutete* es bloß. Das war alles. Es bestand eine gewisse Wahrscheinlichkeit, dass er recht hatte.

Ehmisch rutschte in der Nähe vom Strohdach eines Hauses, landete auf allen vieren im Schlamm und stand dann auf, während Daol und Gard Feindhammer um eine Ecke gebogen kamen. Daol und Ehmisch griffen Bogen und hatten die Schwerter in den Scheiden stecken. Gard hielt seine Pike wie einen Stab quer vor den Körper, aber an ihrer Spitze klebte frisches Blut.

»Das war nicht so gut«, sagte Gard mit ruhiger Kraft.

Dann wirbelte er herum und entspannte sich erst wieder, als sich Desagrena aus einem Schatten in der Nähe löste. Die engen Wege zwischen den Gebäuden füllten sich.

Sie hielt das gezogene Schwert in der Hand. Ihr öliges Haar hing in feuchten Strähnen herunter. Mit einem Stirnrunzeln bedachte sie das Blut, das zwischen Reaves Fingern verkrustete, schlug seine Hand zur Seite und musterte die Wunde. Mit einem gemurmelten Fluch rammte sie das Breitschwert in den Boden und beugte sich über die tote Frau. Sie zog das Gürtelmesser und schnitt ein breites Stück Wolle aus der Schärpe der Kriegerin. Faltete es sorgfältig zusammen und bedeckte damit die Wunde.

Das Kriegshorn jammerte erneut seine Frage. Ehmisch legte den Kopf zur Seite. »Eine Meile«, entschied er.

»Bei diesem Nebel und dem Wald mit seinen Blättern?«, fragte Daol. »Die Hälfte.« Wieder erscholl der Ruf. »Und es kommt näher.«

Kearn betrachtete das Vanirhorn, das in der Nähe im Schlamm lag und dessen silbergraue Hülle mit Blutspritzern versehen war. Er hatte solche Hörner durch die Stille des Winters hallen hören und dann auf dem Schlachtfeld. Seine eigene Schätzung war der Ehmischs nahe gekommen, aber was solche Fragen betraf, vertraute er Daol vorbehaltlos. Die Feuchtigkeit. Das Sprießen des Frühlings, das für alle Laute eine weiche Wand errichtete. Es konnte so nahe wie eine halbe Meile sein. Bei einem ordentlichen Lauftempo war das so gut wie gar nichts. Ein Cimmerier vermochte eine derartige Entfernung in kürzester Zeit zurückzulegen, ohne auch nur in Schweiß auszubrechen.

Angepeitscht von einem Ymirisch erwartete er nicht, dass die Vanir bedeutend länger brauchen würden.

»Was tun wir, Kearn?« Ehmisch wirkte hin- und hergerissen zwischen Kampfeslust und Vorsicht. In ihm steckte noch immer viel von dem Jungen, der er im Winter gewesen war.

Kearn aber hatte nicht den geringsten Zweifel, dass – sollte er Ehmisch allein gegen die Vanir schicken – der Mann, zu dem er geworden war, gehorchen würde. Und er würde dabei mehr als nur einen Nordmann mit ins Grab nehmen. Bei Crom, das würde er.

»Wir machen uns bereit«, sagte Kearn und presste jedes Wort heraus. »Wir bleiben. Hier. In Gaud.« Sie waren nach Hause zurückgekehrt, um Tod und Verlust zu begegnen. Aber wenn der Boden durstig nach noch mehr Blut verlangte, dann würde er dafür sorgen, dass er auch zu trinken bekam.

»Ohne zu wissen, wie groß die Kriegsmeute ist, die gegen uns antritt?«, fragte Reave. »Was ist, wenn sie uns doppelt überlegen ist? Oder dreifach?«

»Was ist dann?«, fauchte Kearn zurück.

Obwohl er genau wusste, was Reave eigentlich mit der Frage meinte. Sein Freund wollte seinen neuesten Plan erfahren. Seine neueste Finte. Waren sie nicht genau deshalb so lange am Leben geblieben? Von einem Sieg zum nächsten geeilt, selbst wenn die Chancen gegen sie standen? Kearn hatte immer eine Möglichkeit gefunden, das für seine Leute in einen Vorteil zu verwandeln. Für sein Rudel.

Aber dieses Mal gab es keine Finte. Keinen Plan. Keine Möglichkeit, die Waagschalen zugunsten der Cimmerier zu kippen. Die Vanir kamen von zwei Seiten. Eine Gruppe hatte sie fast erreicht, und Kearn war es müde, vor ihnen davonzulaufen. Sie waren bereits westlich der Berge gewesen und hatten Landschaften gesehen, die alle Dorfbewohner höchstens aus den Erzählungen von Reisenden gekannt hatten. Hatten sogar die schreckliche Seite des Ben Morgh gesehen, von Croms Thron. Und jetzt waren sie nach Hause gekommen – zu Tod und Zerstörung.

»Wir sind nach Hause gekommen«, wiederholte er. »Ob nun im Guten oder im Schlechten.«

Die meisten der anderen traten unbehaglich von einem Fuß auf den anderen, aber Daol und Reave nahmen den ruhigen Blick ihres Freundes einfach hin. Dann sahen sie sich gegenseitig an, als sich das Signal der Nordmänner veränderte, als das Vanirhorn einen letzten langen Klagelaut ausstieß. Nicht länger die kurzen, fragenden Rufe, denen die Späher nicht antworteten. Das war ein langer, wütender Donnerschlag. Eine Warnung und eine Herausforderung.

Die beiden Männer sahen sich an und zuckten die Achseln.

»Im Schlechten«, sagten sie zugleich. Und grinsten wild.

Daol ballte mit einem scharfen Lachen die Faust und schlug Reave hart gegen die Brust, winkte Kearn mit dem Bogen zu und trabte um eine Ecke, um die Nachricht weiterzugeben. Reave ließ seine Frau einen Lederriemen um die Schulterwunde binden, zischte zwischen zusammengebissenen Zähnen, als sie den Wollverband mit einem festen Knoten fixierte.

Wallach zog mit Zähnen und der einen Hand die Lederriemen seiner Manschette enger. Gard und Ehmisch suchten die toten Krieger nach Beute ab. Keiner hatte Proviant oder eine Bettrolle dabei. Ihre Rüstung war zu beengend, als dass die Cimmerier Gefallen daran gefunden hätten. Ehmisch trug bereits ein mit silbernen Einlegarbeiten verziertes Breitschwert, das er bei einem anderen Kampf erbeutet hatte, und Gard zog seine lange Pike jedem Schwert vor.

Ehmisch nahm jedoch den Faustschild der Frau. Mit blauem Eisen verstärkt stammte er offensichtlich aus den nordwestlichen Ländern und stellte einen wertvollen Ausrüstungsgegenstand dar. Da er seine Stellung kannte, bot er ihn zuerst Kearn und dann den anderen an. Desa zögerte als Einzige, aber dann schüttelte auch sie den Kopf.

Kearn hieß das gut. Sie würden alle benutzen, was auch immer sie in die Finger bekamen, aber am Ende mussten sie eine Gruppe bleiben, die auf Gedeih und Verderb zusammenhielt. Das war ihre größte Stärke, und die würde er nicht einmal angesichts eines Großangriffs der Vanir aufgeben. Eine Stärke, die sogar Croms Geschenk an das cimmerische Volk nahe kam, mit dem sie geboren wurden …

… Cimmerier!

Ein schmales Lächeln trat auf Kearns Lippen. Er *hatte* noch eine letzte Idee. Ein Mittel, das er in Gaud bisher nicht benutzt hatte, bei dem Nahkampf auf den Dorfwegen. Aber wenn er sie dazu bringen konnte, nahe heranzukommen, gegen einen unvorbereiteten Feind …

Eine Idee blitzte in den dunklen Winkeln seines Verstandes auf. Sie hatten nicht mehr viel Zeit, aber vielleicht reichte sie doch.

Kearn sah sich nach Gard um, der mit zusammengekniffenen Augen in den nahen Wald spähte. Die blassen Narben auf seinem Gesicht waren die einzige Erinnerung an das, was der Erste Wächter von Cruaidh durchgemacht hatte. Seine Augen wirkten klar und hell, von einem ruhigen, kalten Blau.

»Gard«, sagte Kearn und erregte die Aufmerksamkeit des Mannes.

»Finde Strom und Valerus für mich.«

15

Mit dem Schwert in der Hand und dem mit Bronzebeschlägen verstärkten Schild dicht an die linke Seite gedrückt, spritzte Kearn dicht hinter Nahud'r durch einen schlammigen Bach. Die beiden Männer kämpften sich durch den Wald zurück nach Gaud. Sein Atem klang laut in seinen Ohren. In seinem Mund schmeckte es metallisch.

Kalte Wasserspritzer drangen durch den Fellbesatz seiner Stiefel und durch seinen Kilt, strömten eisig seine nackten Beine hinunter. Warmer Schweiß rann vermischt mit Blut aus einem Schnitt in der Nähe seines Haaransatzes nach unten und brannte in seinem rechten Augenwinkel, bedeckte seine Oberlippe mit einem blutigen Geschmack. Um sich herum hörte er Männer, die sich einen Weg durch das dichte Unterholz bahnten, Männer, die möglicherweise seine Freunde waren, vielleicht aber auch nicht.

Die Rufe und Flüche in der nasalen Sprache der Nordheimer, die sie verfolgten, ließen erahnen, dass es keine Freunde waren.

Sie hatten nicht in Gaud gewartet. Kearn hatte den Vorteil nicht aufgeben wollen, der sich ergab, wenn man der Angreifer war. Stattdessen war sein Rudel wie die Geister durch den Wald geschlichen, in dem die meisten von ihnen aufgewachsen waren und den sie so gut kannten, dass jeder Baum und jeder Dornbusch so vertraut wie die kalten und leblosen Häuser wirkte, die von ihrem Dorf übrig geblieben waren. Sie eilten nach Norden, um den Vanirtrupp zu erreichen, der ihnen am nächsten war, und legten an einem ausgetrockneten Bachbett einen Hinterhalt, wo die blühenden Glockenbeerenbüsche sie verbargen. Wie Rachegeister waren sie losgestürmt und hatten das erste halbe Dutzend Krieger niedergemacht, das ihrer Kriegshorde vorausgeeilt war.

Bei einer Überlegenheit von zwei zu eins war das Gemetzel kurz und blutig gewesen.

Dieser Vorteil hatte nicht lange Bestand gehabt, als weitere Krieger begleitet von den Hornsignalen ihres Anführers vorwärtsstürmten und »Ymir-egh!« riefen. Rufe und Flüche verwandelten sich in das verzweifelte Grunzen eines wilden Kampfes, allein unterbrochen von gelegentlichen Schmerzensschreien. Kearn, Nahud'r und Reave hielten die Mitte der cimmerischen Schlachtenreihe einen weiteren verzweifelten Moment aufrecht, während Ehmisch losgeschickt wurde, um den Befehl zu übermitteln, sich nach Gaud zurückzuziehen. Dann drehten auch sie sich um und ergriffen die Flucht, zogen sich zum Dorf und der zweiten Verteidigungslinie zurück.

Für seine Größe und Masse war Reave so flink wie eine Bergziege, sprang über umgestürzte Baumstämme und stürmte Hügel hinauf, als könnte sich ihm nichts in den Weg stellen. Kearn und Nahud'r hielten mit ihm mit, bis der Shemite an einer schlammigen Stelle ausrutschte und auf den Waldboden stürzte.

Kearn hob den fallen gelassenen Krummsäbel des Mannes auf.

Nahud'r kämpfte sich wieder auf die Beine.

Beide Männer rannten weiter.

Überall um sie herum hallte nun der Ruf der Vanirhörner, denen aus mindestens zwei verschiedenen Richtungen geantwortet wurde. Und da kam das wilde Heulen eines Wolfes. Kearns Wolfes. Endlich erblickte er Lehmwände, die zwischen den ineinandergreifenden Ästen zweier uralter Zedern zum Vorschein kamen.

Ein Pfeil pfiff über Kearns Schulter und bohrte sich in den dicken Baumstamm vor ihm.

Und Daol trat hinter einem der Bäume hervor, den Bogen mit einem eingelegten Jagdpfeil gespannt: Er zielte auf die Krieger, die Kearn und Nahud'r verfolgten. Mit einem beherrschten Atemzug ließ er die Sehne los und den Pfeil keine Handbreit über Kearns Scheitel hinwegfliegen. Ein gurgelnder Aufschrei ließ Kearn kurz nach hinten sehen. Ein hochgewachsener Vanir griff nach dem Pfeil, der in seinem Hals steckte, bevor er mit einem Todesröcheln zu Boden sackte.

Kearn grinste wölfisch und wünschte dem Krieger eine Reise in die ewige Dunkelheit und die kalten Flammen. Der Gedanke wärmte ihn, wenn auch nur einen kurzen Augenblick lang.

Daol trat wieder hinter die Zeder, als sich Kearn und Nahud'r unter einem niedrig hängenden Ast hinwegduckten und in den schützenden Schatten des Baumes eintauchten. Reave lehnte an der roten Rinde des zweiten Baumes und schnappte keuchend nach Luft, das Langschwert steckte dabei mit der Spitze im Boden, während er sich die frische Wunde an der Schulter hielt. Seine Oberlippe war geschwollen und gespalten, die Zähne blutverschmiert. Er stieß sich von der Zeder ab und lenkte die kleine Gruppe aus dem Schutz der überhängenden Äste auf das gerodete Land, das nach Gaud führte.

»Da hast du ihre Aufmerksamkeit wirklich erregt«, sagte der Hüne mit einem wilden Grinsen.

Ashul und Desagrena, die beiden Frauen der Gruppe, rannten einen Steinwurf weiter im Westen aus der Baumlinie. Sie alle sammelten sich zwischen zwei Hütten mit Lehmwänden und fanden Ehmisch und Garret Schwarzklappe bereits an dem Steinfundament eines der Gebäude kauernd vor. Ehmisch verlagerte das Gewicht von einem Fuß auf den anderen. Garret, mindestens dreimal so alt wie der Junge, lehnte sich an die Wand und sparte seine Kraft.

»Ja«, sagte Ashul und stimmte Reaves Bemerkung zu. »Sie kommen schnell.«

Sie *würden* schnell kommen. Schneller, als Kearn gedacht hätte. Als er geplant hatte. Die Hörner der nördlichen Kriegsmeute verschmolzen zu nahe mit den Antworten aus dem Westen, und jetzt war auch noch ein zögernder Ruf aus dem Osten dazugekommen. Die klagenden Echos verstummten kaum. Und wenn sie es doch taten, füllte das lang gezogene Heulen eines Wolfes die Stille. Frostpfote war in der Nähe, es klang, als wäre er im Dorf. Zwischen die leblosen Häuser getrieben versuchte er, den blökenden Hörnern zu entkommen.

Kearn blickte nach hinten ... Da! An der Ecke eines größeren Hauses blitzte es silbergrau auf. Der mächtige Schreckenswolf hetzte umher, auf einen ausgetretenen Pfad, dann tänzelte er wieder zurück, als wäre er sich unsicher, welchen Weg er nehmen sollte. Hörnerschall aus drei Richtungen. Vom anderen Ende von Gaud wirbelten Rauch und Asche von dem angezündeten Langhaus herüber. Sein Instinkt befahl dem Wolf, die Flucht zu ergreifen. Doch in welche Richtung?

Kearn konnte ihn genau verstehen. Sein Instinkt warnte ihn nun ebenfalls, sich von Gaud zu entfernen. Er fühlte sich ebenso in der Falle. Seine kleine Schar war aus dem Südwesten gekommen. Und kalte Flammenfunken stoben bei der Vorstellung in seinem Hinterkopf, dass sich Ymirisch im Norden *und* Westen aufhielten.

Und ihn verfolgten.

Krieger? Zauberer? Kearn vermochte es nicht zu sagen. Er vermochte nicht einmal zu sagen, warum er das wusste und in seinen Knochen spürte. Aber er fing an, die Vorstellung zu ertragen, dass ihn sein Zorn in eine Lage getrieben hatte, die er nicht länger kontrollierte und aus der er sich nicht so ohne Weiteres herauskämpfen konnte.

Und wenn er ihre Ankunft *spürte* …

»Ymir-egh.« Er sah nach Norden. Kein Krieger war dumm genug gewesen, sich allein hervorzuwagen. Sie sammelten sich und bereiteten sich auf den Angriff vor. Jeden Augenblick musste es so weit sein. »War es nicht das, was sie gerufen haben?«

Garret kratzte sich sorgfältig unter dem Rand seiner Augenklappe und nickte. »Von Ymir verabscheut«, sagte er, der die Sprache des Nordens besser als alle anderen verstand. Sein Lächeln war kalt und schief, verschwand unter den Krallennarben auf der rechten Gesichtshälfte. »Vom Gott verflucht.«

Reave schaute herüber. Im Westen erschollen schon wieder die Hörner. Lange, düstere Signale. Eine Stunde entfernt. Vielleicht auch weniger. »Wusste gar nicht, dass du so beliebt bist.«

Kearn zuckte die Achseln, aber Nahud'r hieb ihm auf den

Arm. Der dunkelhäutige Krieger schwenkte seinen breiten Krummsäbel. »Wir wollen sie willkommen heißen.«

Das gewiss.

»Wir versuchen, sie hier hindurchzuführen«, sagte Kearn und wies mit dem Kurzschwert auf die Lücke zwischen den beiden Lehmhütten. »Daol und Ehmisch, nach oben. Garret und ich flankieren Reave davor.«

Das ergab Sinn. Kearn und Garret hatten beide neuere Schilde, mit Bronzebeschlägen, und Reave hatte die Tür einer der Hütten von ihren Lederangeln geschnitten. Sie würde einen Körperschild abgeben, der ihn beim Herankommen der Krieger vor ihren Pfeilen beschützen würde. Und vom Dach einer der Hütten konnte Daol mit dem erbeuteten Vanirkriegsbogen unermesslichen Schaden anrichten. Ehmisch besaß einen leichten Jagdbogen. Er war nicht so mächtig, aber trotzdem tödlich.

Reave half Daol nach oben; der schlanke Krieger verteilte sein Gewicht auf dem Strohdach, um nicht durchzubrechen. Ehmisch trat in Nahud'rs verschränkte Hände und kroch den Rand hinauf, den Bogen bereit, einen Pfeil eingelegt.

Keinen Augenblick zu früh. Der dunkle Schemen eines Falken schoss aus dem Wald, dann bewegten sich Schatten hinter der dichten Deckung, Krieger eilten nach vorn und gaben kaum mehr Warnung als ein paar brechende Zweige unter ihren Füßen oder das Rascheln langer Äste. Dann waren die ersten Vanir im Freien und rannten über das offene Gelände, die Schilde zum Schutz erhoben, einen Schlachtruf auf den Lippen, der alle kurzzeitig erstarren ließ.

»Grimnir!«

Er ließ jeden Cimmerier nach hinten sehen, um nach dem Teufel, der von Riesen gezeugt war, Ausschau zu halten.

Tief in seinem Inneren spürte Kearn einen kalten Schmerz aufflammen, und einer der Funken in seinem Verstand glühte einen Herzschlag lang heller auf. Aber dann drängte sich sein eigener Zorn und der Schmerz über den Verlust von so vielen Sippenangehörigen in den Vordergrund und erstickte jede Unschlüssigkeit, die es vielleicht gegeben hatte. Grimnir war nicht hier. Kearn *wusste* es.

Aber ein Kriegsführer der Ymirisch war da. Er trat umgeben von zwei Dutzend flammenhaarigen Vanirkriegern aus dem Wald. Einen halben Kopf größer als die meisten seiner Männer, mit Haar und Bart in der Farbe von Raureif. Und mit diesen goldenen Wolfsaugen, die verkündeten, dass in seinen Adern das Blut von Grimnir und auch Kearn floss. Ein schweres Breitschwert steckte noch immer in der Scheide an seinem Gürtel; er hielt einen großen Schild schützend vor sich, hob erneut ein Horn an die Lippen und brachte einen lang gezogenen, fragenden Ruf hervor.

Der sofort von drei durchdringenden Signalen aus dem Wald am Ostrand von Gaud beantwortet wurde.

Kearns Grinsen war kalt und bitter. »Wir halten stand«, forderte er sein Rudel heraus. »Für Crom, für Cimmerien und für Gaud!«

Falls es einen Ruf gab, um seine Krieger aus ihrer augenblicklichen Betäubung zu reißen, hatte Kearn ihn gefunden. Daol schoss einen Pfeil mit Keilspitze ab, kurz bevor auch Ehmischs Bogensehne summte. Beide Pfeile bohrten sich in Fleisch, als Daol einen anstürmenden Vanir im Magen und der junge Mann einen zweiten Krieger oben in der Schulter traf – was nicht ausreichte, um ihn zu Boden zu schicken, ihn aber immerhin taumeln ließ.

Doch das Singen von Bogensehnen am Waldrand warnte Kearn, dass dieser Kampf nicht so einseitig wie die vorherigen Scharmützel angesehen würde. Ihm blieb kaum genug Zeit, um »Schilde hoch!« zu brüllen, bevor das erste Dutzend langschäftiger Pfeile auf sie herabregnete. Er riss den Schild leicht schräg gehalten hoch und fühlte einen Pfeil wie einen Hammerschlag gegen den Bronzebeschlag prallen. Zwei weitere bohrten sich in die Tür, die Reave vor sich hielt. Die meisten schlugen in den Häuserwänden zu beiden Seiten ein.

Oben auf dem Dach fluchte Daol und änderte die Stellung.

Dieses Mal war die Vanirhorde nicht blindlings losgestürmt. Ein Dutzend Krieger, die meisten mit Schilden, die alle jene unter den Nordmännern üblichen Harnische und langen Lederröcke trugen, stürmten als Gruppe vor. Hinter ihnen marschierten zwölf weitere Männer im Gleichschritt, mit erhobenen Bogen, schossen eine Pfeilsalve nach der anderen ab und sorgten für den Schutz ihrer Brüder.

Und von einer zweiten Stelle im Wald rannte eine weitere kleine Gruppe aus sechs Männern hervor, die nach Westen gegangen waren; sie versuchten, Kearns Standort zu flankieren, näherten sich einem Unterstand und ein paar kleinen Hütten.

»Ärger!« Das war wieder Daol. Dann ertönte der schrille Ruf eines Falken. »Cromverfluchter Vogel! Verschwinde!«

Aber er hatte es bereits gesehen. Und noch viel mehr. Der Ymirisch bekämpfte die Cimmerier als Gruppe, ließ nicht zu, dass sie außer Kontrolle geriet. Normalerweise griffen die Vanir als wütende Horde an, steigerten sich in ihre Wut, und kein Nordmann dachte an den Mann neben ihm. Und ein Ymirisch befand sich unmittelbar an der Front, labte sich an der Wut und dem Blutrausch der Schlacht.

Hier aber nicht. Dieser Mann wusste, was er zu tun hatte. Kearn hatte die bessere Position, aber nicht die Mannstärke, die nötig war, um die Vanir abzuwehren. Nicht ohne Verluste.

Nicht ohne Hilfe.

Die erste Unterstützung erhielt er, nachdem er die nächste Salve abgewehrt hatte. Zwei weitere Hammerschläge krachten gegen seinen Schild. Ein dritter Pfeil streifte den Rand, schnitt im Vorbeiflug in seinen Nacken und zersplitterte an Desas erhobenem Rundschild. Weitere Rufe ertönten. Weitere Warnungen von seinen Kriegern. Er konnte fühlen, wie sie gegen seine Kontrolle ankämpften, wie sie sich dem Feind entgegenstürzen wollten. Bei Crom, Kearn verspürte den gleichen Drang. In Sichtweite eines Bogenschützen zu stehen, ohne sich wehren zu können, war schwer, sehr schwer.

Die Deckung der Gebäude zu verlassen würde jedoch ihr Ende bedeuten. Das wusste er. Irgendwo tief unter all dem Zorn und dem Blutdurst wusste er es.

Zwei Dutzend Schritte von den näher rückenden Kriegern entfernt riskierte Kearn einen Blick am Schildrand vorbei. Auf die kleine Gruppe, die zu seiner Linken rannte, auf die Deckung einer kleinen Hütte mit einem angrenzenden Unterstand zu. Sie hatte keine Tür mehr. Und die Heuhaufen davor waren feucht und schlammig.

Als der erste Krieger auf den Unterstand zurannte, platzte das Heu in einem Hagel aus Stroh und Dreck und Stahl auseinander. Ossian und der alte Finn hatten sich in dem Viehfutter vergraben und gewartet. Sie kamen mit blitzenden

Schwertern in die Höhe, Ossian hieb auf einen lederüberzogenen Rundschild ein, während Finn dem Mann einen Stich in die Hüfte beibrachte.

Der nächste Vanir hielt auf die Vorderseite der Hütte zu und glaubte vielleicht, auf der anderen Seite um sie herumlaufen zu können. Aber plötzlich füllte Gards große Gestalt den leeren Türrahmen, und seine Pike stieß fast in ihrer ganzen Länge vor, um unter dem Harnisch des Mannes in seinen ungeschützten Leib einzudringen. Gard drehte die Pike wie eine zuschlagende Schlange und riss sie zurück, durchschnitt weiches Leder und öffnete den Leib des Kriegers so weit, dass seine Eingeweide herausrutschten.

»Der Westen, Westen, Westen!«

Das war alles, wozu Kearn Zeit hatte: Danon und Wallach Graubart von hinten herbeizurufen. Er hatte sie in seinem Rücken aufgestellt, um jede Richtung verstärken zu können. Jetzt schickte er sie zu dem Kampf an der Seitenlinie, wo sich gerade Ossian und Finn zu Gard gesellten. Mogh kam als Nächster aus der Hütte und glich das Kräfteverhältnis aus.

Gleichstand war eine gute Methode, um Leben zu verlieren.

Eine ungleiche Kräfteverteilung war aber noch schlimmer. Die angreifenden Vanir warfen sich in die schmale Lücke, zwangen Reave zurück und drohten, Garret und Kearn unter einer schnellen Lawine aus Körpern und Stahl zu begraben. Kearn wich einen Schritt zurück, dann noch einen. Dann beugte er sich vor und stieß mit dem Schild zu, rammte den Buckeldorn in das Gesicht eines vollbärtigen Kriegers und schlitzte dem Mann so die Wange auf, dass die Zähne zum Vorschein kamen.

Zwei weitere schnelle Stöße durchstießen den Lederharnisch und schickten den Mann zu Boden. Kearn trat auf den Schwertarm des Vanir und hielt ihn dort fest, während er verblutete und roter Schaum aus seinem Mund trat.

Garret war zwei Schritte zurückgewichen und wurde von zwei Feinden bedrängt. Reave hatte den ersten angreifenden Krieger mit der Tür in seinen Händen niedergeschlagen und sie dann auf den zweiten Mann geschleudert, der sich Kearn entgegenwarf. Dann riss er das Langschwert aus dem Boden, in den er es gerammt hatte, schwang es in einem brutalen Bogen über den Kopf und spaltete den nächsten Vanir von der Schulter bis zur Hüfte.

Blut spritzte durch die Luft, besprühte Reaves gewaltige Unterarme und sein Gesicht.

Die schmale Gasse erschwerte es den Vanir, ihre volle Kraft gegen Kearns belagerte Gruppe einzusetzen, aber sie behinderte Kearn auch bei seinem Gegenschlag. Ein Gerangel setzte ein. Dann ging Garret zu Boden, überwältigt von den Kriegern, die gegen ihn anstürmten; er rollte zurück, um den zustechenden Klingen zu entgehen. Nahud'r tänzelte vorwärts, sein Krummsäbel stach zu wie ein Steinskorpion, trieb die Vanir von dem gefallenen Mann weg. Desa schlüpfte an seine Seite, drängte sich zwischen Reave und den Shemiten, stopfte die Lücke und machte sie so gut wie unpassierbar.

Reave hatte einen neuen Schnitt auf dem Unterarm. Kearns Kopfwunde erlitt eine weitere Erschütterung, als ein Vanir mit dem Schwertgriff auf ihn einhieb. Blut verklebte sein Haar und floss ihm ins Gesicht.

»Kearn!« Das war Ehmisch, der auf einer der Hütten herumkroch. »Kearn, sie kommen!«

Die Bogenschützen. Die mit den Salven aufgehört hatten und nun genauere Ziele suchten. Sie marschierten mit dem Ymirisch vorwärts. Aus einem unerfindlichen Grund konzentrierten sich die meisten von ihnen auf Ehmisch und hielten ihn auf dem Strohdach fest. Nur ein paar riskierten Schüsse auf Daol, obwohl das die wilden Flüche und das oben stattfindende Gerangel nicht erklärte. Bis ein wildes, durchdringendes Kreischen Kearn wieder an das Auftauchen des großen Falkens mit dem roten Schwanz erinnerte.

Offenbar hatte Daol alle Hände voll zu tun.

Einen Augenblick später hatte sein Freund noch andere Probleme. Er stolperte mit einem Pfeil im Oberarm rückwärts vom Dach. Landete hart neben Garret, der sich langsam aufrappelte. Zu langsam.

Ashul rannte auf sie zu, bog dann aber ab, als zwei Vanir um eine Hütte herum kamen, die Waffen bereit und den Tod in den Augen. Sie überließ es Daol und Garret, sich um sich selbst zu kümmern.

Ein paar Herzschläge später gab Ehmisch seinen erhöhten Standort auf. Mit einem wilden Schrei schleuderte der junge Krieger seinen Bogen weit hinter Kearn und den Kampf, dann sprang er mit gezogenem Breitschwert über den schmalen Weg und landete …

… genau in der Mitte der Vanir.

Von dem ersten Zusammenstoß abgesehen hatte Kearns Rudel Schrammen und Schnitte mit dem Feind ausgetauscht. Ehmisch hatte sich jedoch mitten in den scheinbar sicheren Tod geworfen. Er landete direkt hinter der ersten Reihe; zwei ausgeruhte Vanir waren bereit, sich auf ihn zu stürzen und ihn mit funkelndem, kaltem Stahl zu durchbohren, während ein Trupp Bogenschützen schnell näher kam.

Kearn rief nach dem jungen Mann und warf sich nach vorn, stieß einen Krieger zurück, ließ einen anderen zur Seite taumeln: mit einem bis auf den Knochen aufgeschlitzten Arm. Das dumme, voreilige Kind! Man brauchte Croms Mut, um zu glauben, dass man eine solche Tat überleben würde.

Oder einen Blick auf den Gegenangriff, der die Vanir gleich von hinten treffen würde.

Sie kommen. Ehmisch hatte nur nicht genau gesagt, wer da kam.

Zertrampelte Büsche und das schwere Stampfen von Hufen auf dem Boden waren die einzige Warnung, die die Vanir erhielten. Das und den letzten schrillen Ruf aus dem Horn, das Kearn zuvor vom Boden aufgelesen und Brig Baum anvertraut hatte. Drei Pferde donnerten ein Stück östlich von der Vanirvorhut aus dem Wald. Die aquilonischen Kavalleristen hingen tief über den Hälsen ihrer Tiere, die Schilde eng an die linke Seite gehalten, die Lanzen rechts nach vorn ausgerichtet, während sie die Pferde allein mit dem Schenkeldruck lenkten. Und die cimmerischen Krieger, die hinter ihnen saßen, klammerten sich mit einem Arm verzweifelt fest. Aodh und Daols Vater Hydallan hielten die Bögen an der Seite, ein paar Pfeile in derselben Faust. Brig hatte den Bogen über die Schulter geschlungen, hielt mit der freien Hand das Vanirhorn an die Lippen und blies den letzten Alarm.

Dieses Mal hatten die Nordmänner ihren eigenen Geräten und den Jagdsignalen, die sie benutzten, um sich auf der Jagd miteinander zu verständigen, zu sehr vertraut. Sie hatten sich nicht die Mühe gemacht, Männer auf ihre linke Seite zu schicken, weil sie glaubten, dass eine andere Kriegshorde aus dem Osten auf Gaud zurückte. Kearn war bereit, jede Wette einzugehen, dass ihr Glaube, einen zweiten Trupp in der Nähe zu haben, sie zum Angriff gedrängt hatte, statt auf die zweite Kriegsmeute zu warten, die von Westen heranrückte.

Trotzdem, es war das Resultat, das zählte. Die Vanir waren am Ende, ihre Bogenschützen hatten im offenen Gelände keine Deckung, ihnen blieben kaum eine Handvoll Herzschläge, um die Gefahr zu erkennen und zu reagieren. Rufe voller Alarm und Überraschung ließen ein paar der anrückenden Krieger sich umdrehen und erkauften Ehmisch einen weiteren kostbaren Augenblick. Mehrere Bogenschützen warfen einfach den Bogen weg und griffen nach den Schwertern. Einer oder zwei schossen einen hastigen Pfeil auf die Aquilonier ab.

Eine Handvoll sprang zur Seite, öffnete die Formation, statt wie eine erstarrte Viehherde niedergeritten zu werden.

Ein mutiger Vanir lief vor den Ymirisch, wartete einen zusätzlichen Herzschlag lang mit seinem Schuss, bevor er den Pfeil direkt auf Strom zufliegen ließ. Der Pfeil prallte von der Armschiene des Reiters ab. Dann bohrte sich Stroms Lanze in seine Brust und schleuderte ihn mit einem brutalen Ruck zur Seite. Ein schneller Tod, auch wenn er dem frostbärtigen Anführer vermutlich das Leben rettete.

Dann waren die drei Reiter vorbei und ließen eine zergesprengte Formation hinter sich zurück. Ein Vanir mit mehr Vorausblick als seine Kameraden war zur Seite getreten und hatte seinen Bogen bereitgehalten; jetzt drehte er sich um und schoss, zielte auf die ungeschützte Rückseite des nächsten Reiters.

Kearn konnte nicht sehen, ob der Pfeil traf. Zusammen mit Reave, Nahud'r und Desa hatten sie die Linie der Vanir ein paar wichtige Schritte zurückgedrängt. Er bückte sich und zog Ehmisch an der Schulter hoch. Seine eine Gesichtshälfte schwoll bereits dunkel an, Blut tröpfelte aus einem Riss über dem Ohr, sonst aber erschien er gesund und munter.

Jedenfalls größtenteils. Der Junge schwankte, blieb jedoch stehen und war sogar fähig, sein schweres Breitschwert so zu heben, dass es zumindest den Anschein einer Drohung erweckte.

Kearn wehrte den Hieb eines Vanir ab und parierte einen anderen mit dem Schild. Er trat vor und schob Ehmisch mit dem Ellbogen hinter sich.

»Mach das noch einmal«, stieß er zwischen den zusammengebissenen Zähnen hervor, »und ich bringe dich selbst um.«

Ehmisch riss sich zusammen, machte einen taumelnden Schritt nach vorn und schlitzte einem Krieger mit einem schnellen, unbeholfenen Schlag den Handrücken auf. Der Mann verlor sein Schwert und stolperte zurück.

»Du kannst es ja versuchen.«

Kearn erreichte den Anfang der Gasse und trat zur Seite, um Reave mehr Raum für sein riesiges cimmerisches Langschwert zu geben. Er entdeckte auch Ossian und Gard weit entfernt zu seiner Linken, die Seite an Seite kämpften, während sie über Moghs am Boden liegendem Körper standen. Vom alten Finn war nichts zu sehen, obwohl ein kurzer Blick auf Wallach Graubart an der Seite des verfallenen Unterstandes und die Rufe von dieser Seite der Schlacht ihm Hoffnung machten, dass sie standhielten.

Und weiter vorn hatte Strom sein Pferd gewendet und führte die anderen beiden Reiter in eine schnelle Drehung, die in einen kurzen Halt überging. Hydallan ließ es einfach aussehen, rutschte vom Rücken des großen Tiers, als Niuss seine Drehung vollzog und landete dann geduckt und bereit. Spannte einen Pfeil ein und schoss in der Zeit eines Atemzugs.

Ein Vanir schrie, der Pfeil steckte bis zur Hälfte in seinem Bauch.

Brig und Aodh landeten weniger anmutig. Aodh sah aus, als wolle er das linke Bein schonen. Aber beide Männer ließen eine Handvoll Pfeile fallen und begannen auf willkürliche Ziele zu schießen, um die Vanir so zu verunsichern, dass sie nicht wussten, in welche Richtung sie sich wenden konnten.

Als die Pferde ihre Drehung beendet hatten und sich für einen zweiten Sturmangriff bereitmachten, spannte Brig zwei Pfeile gleichzeitig ein, hielt den Bogen horizontal und schoss beide ab.

Einer prallte vom gehörnten Helm eines Vanir ab.

Der andere bohrte sich zu Füßen des Ymirisch in den Boden.

Der goldäugige Anführer sah seine Pläne zunichte gemacht. Seine Krieger waren in drei separate Kämpfe verstrickt, von denen er jeden gewinnen oder verlieren konnte. Möglicherweise vermochte er unter den gaudischen Überlebenden schwere Verluste anzurichten, aber welchen Preis würde seine Kriegsmeute dafür bezahlen müssen? Und in welche Gefahr begab er sich selbst? Sogar auf diese Entfernung sah Kearn, während er sich gegen die hammerähnlichen Hiebe eines Kriegers wehrte, dessen goldenen Zöpfe wie lebende Schlangen umherpeitschten, wie sich diese Überlegungen auf seinem Gesicht abzeichneten.

Der Ymirisch bückte sich, hob den Pfeil auf und betrachtete den Kampf. Seine Wangen verloren die Farbe, die Haut nahm einen wächsernen Schimmer an, wurde kalt und ausdruckslos. Er zerbrach den Pfeil in zwei Teile, dann hob er einen Arm, als würde er seine Faust in einer Art Zeichen für seine Männer schwenken.

Nicht ganz. Aber es war ein Signal. Der große Falke mit dem roten Schwanz glitt zurück zu seinem Herrn, seine Krallen bohrten sich in das ungeschützte Fleisch, als würde er sich in ein Nest krallen.

Der Ymirisch wandte der Schlacht und Gaud den Rücken zu und marschierte zurück in den Wald, als wäre ihm völlig gleichgültig, was sonst noch geschah.

Da sich ihr Anführer zurückgezogen hatte, hörten die Vanir, die ihn beschützt hatten, als Erste mit dem Kampf auf, drehten sich um und eilten hinter dem frostbärtigen Ymirisch her. Stroms Reiter jagten sie zurück bis zum Waldrand, aber die Aquilonier waren klug genug, keine Fußsoldaten in den beengenden Wald zu verfolgen. Sie zogen sich zurück, ließen sich von ihrem Schwung in einem lang gezogenen Bogen zurück bis zum Dorf bringen.

Die Vanir, die Kearns belagerter Gruppe gegenüberstanden, sprangen zu zweit und zu dritt außer Reichweite, dann schwärmten sie nach Westen und näherten sich der Stelle, an der Gard und Ossian und Wallach Graubart ein Verteidigungsdreieck bildeten.

Kearn und Nahud'r verfolgten sie ein paar Schritte weit, aber nur so lange, bis sie sahen, dass die Vanir kein Interesse daran hatten, die Verteidigung von ein paar sich wehrenden Cimmeriern zu durchbrechen. Sie alle fielen zum Waldrand zurück. Brüllten noch immer Flüche, zerrten ein paar der Verwundeten, die noch gehen konnten, mit sich, behielten die Ordnung aber bei. Brig, Aodh und Hydallan verfolgten sie mit den Bogen und benutzten ihre letzten Pfeile, um die Krieger anzutreiben. Doch abgesehen von einem Treffer in einem Bein und einem in einer Schulter erreichten sie die Sicherheit des Waldes ohne weitere Verwundete.

Kearn ließ sich auf ein Knie sacken und stützte sich auf das Kurzschwert, atmete keuchend. Der Geruch von Blut und Asche verstopfte seine Nase und hinterließ einen beißenden Geschmack auf seiner Zunge. Er wischte sich mit dem Unterarm über die Stirn und rieb das Blut aus den Augen. Jeder Muskel schmerzte, vor allem Brust und Rücken, die beim Kampf am stärksten belastet worden waren. Aber es war kein unangenehmes Gefühl. Tatsächlich wärmte es ihn. Eine Art prickelnder Wärme, wie er sie nur selten erfuhr.

Dann war sie verschwunden. Seine Wut sparte er für spätere Gelegenheiten auf.

Nahud'r stand über ihm, die Schneide seines Krummsäbels war mit hellem, arteriellen Blut verschmiert, seine dunkle Haut bot einen seltsamen Gegensatz zu jedem anderen Mann oder jeder Frau auf dem Schlachtfeld. Er bückte sich, ergriff eine Handvoll feuchtes Gras und fing an, die Klinge zu reinigen. Ganz selbstverständlich. Das war jetzt sein Leben.

Genau wie Kearns: durch Blut und Unrat zu waten, die Leben derjenigen zu riskieren, die ihm etwas bedeuteten, die sich weigerten, ihre Loyalität ihm gegenüber abzustreifen, selbst wenn sich ihnen eine Chance für ein neues Leben bot. Sie hätten sich in Taur, Cruaidh, sogar in Callaugh ansiedeln können. Aber jeder von ihnen hatte stattdessen dieses Leben gewählt.

Hatte es an diesem Tag auch jemand beendet?

Reave und Desa kümmerten sich zwischen den Hütten um Daol. Garret stützte Ehmisch und half dem erschöpften und geschundenen Jungen auf eine offene Tür zu. Seine drei Bogenschützen verteilten sich und suchten nach intakten Pfeilen, die sie erneut benutzen konnten. Und vor ihnen beugte sich Ossian über Mogh, der sich abmühte, sich aufzusetzen, und der alte Finn kam hinter dem Unterstand hervorgehumpelt.

Strom hatte seine Lanzenreiter in einem großen Kreis geführt, immer bereit, bis die Gefahr vorbei war. Jetzt trabte er heran, hielt die zerbrochene Lanze in einem lässigen Salut über den Kopf. Valerus und Niuss ritten zu seinen beiden Seiten. Ihre Gesichter waren gerötet und zeigten Aufregung. Niuss' Pferd schonte das rechte Bein. Ein Pfeilschaft ragte aus einer blutenden Wunde in der Hinterhand. Bis auf ein paar Kratzer in Stroms Gesicht, die zweifellos durch einen Ritt durch ein Gebüsch stammten, erschienen die Aquilonier munter.

»Bei Mitras himmlischer Gnade, Kearn Wolfsauge.« Der Kavallerieführer warf die zerbrochene Lanze zur Seite und schlug seinem Pferd auf den schwitzenden Hals. »Das bringt das Blut in Wallung!«

Kearn nickte. Das tat es. »Aber beim nächsten Mal wird es nicht so einfach werden«, sagte er. »Er kennt jetzt unsere Anzahl.« Er nickte in Richtung des Ymirisch, der sich zurückzog. »Weiß über die Pferde Bescheid. Weiß zu viel, bei Crom, und wird zurückkommen.«

Der weit entfernte Ruf eines Vanirhorns, noch immer ein ordentliches Stück im Westen entfernt, hallte durch das tote Dorf.

»Und er wird mehr Männer haben, mit zwei Kriegshorden.«

Mindestens zwei. Die Vanir schienen das ganze Conall-Tal zu kontrollieren, marschierten zum Ruf ihrer Hörner und fürchteten keine Verteidigung eines Dorfes mehr. Grimnir wütete nach Belieben unter den Clans, die Kearn gehofft hatte, zur Verteidigung Cimmeriens zusammenrufen zu können.

»Und?«, fragte Strom. »Was willst du dagegen tun?«

Was auch immer Kearn gedacht haben mochte, die Erwiderung erstarb ihm auf den Lippen, gestohlen von einem kalten, leeren Gefühl des Schreckens.

»Kearn!«, schrie Desa. Aus der Nähe der Hütten. »Kearn, komm schnell!«

16

Kearn zögerte eine Handvoll schmerzlicher Herzschläge lang. Es war, als wäre Desagrenas Ruf durch Gaud und die umgebenden Wälder gehallt und hätte der Welt alle anderen Laute gestohlen. Keine Brise strich durch die Bäume. Selbst die knisternden Flammen des brennenden Langhauses nahmen Kearns Ohren nicht mehr wahr. Er sah einen Strom dampfenden Atems aus den aufgeblähten Nüstern eines Pferdes entweichen. Aber das war alles.

Keiner bewegte sich. Niemand sprach.

Selbst Strom, Valerus und Niuss, die noch einen Moment zuvor von ihrem Sieg so aufgeregt und triumphierend gewesen waren, wurden schlagartig wieder ernst. Erkannten, dass das ängstliche Beben in Desagrenas Stimme alles andere als normal war. Die Frau mit der spitzen Zunge fürchtete nur wenig, auch keine Gefahr, wie sie immer wieder bewiesen hatte.

»Kearn! Aodh!« Wieder brüllte sie, einen Namen nach dem anderen. »Ossian!« Und erhielt zur Antwort einen kurzen, wilden Aufschrei, der irgendwo aus dem zerstörten Dorf kam.

Dann war Kearn auf den Beinen, ließ das Schwert im Boden stecken, rannte mit pumpenden Armen zu den Hütten. Eine solche Sorge hatte er nur einmal von Desa gehört, als Ehmisch verwundet worden war und alle gefürchtet hatten, dass der Junge sterbend im Schnee und Schlamm lag.

Wer war es? Das war der einzige Gedanke, der ihn heimsuchte.

Daol saß an das Steinfundament einer Hütte gelehnt und versuchte, sich auf die Beine zu kämpfen. Er hatte drei Kratzer im Gesicht und blutige Schrammen über dem linken Auge. Kearn erinnerte sich an den Pfeil, der die Muskeln von Daols Oberarm durchbohrt hatte, und an den Sturz von der Hütte, verwarf jedoch sofort beides. Reave hatte die Pfeilspitze bereits abgebrochen und den Schaft herausgezogen. Daol blutete, aber nicht schlimm. Trotz ihrer jahrelangen Freundschaft war er nicht derjenige, um den sich Kearn jetzt sorgte.

Er wusste, wer es war.

Es war nicht nötig, wieder alle durchzuzählen. Der Name stieg in ihm auf, zusammen mit der letzten Erinnerung, als zwei Vanir um eine der Hütten kamen, während sich seine kleine Reihe dazwischen verschanzte. Zwei stämmige Männer, einer mit rotblonden, strähnigen dicken Locken, der ein Breitschwert schwang. Ein anderer mit Zöpfen, deren Enden mit Holzperlen beschwert waren. Er hatte einen Kriegshammer gehalten. Einen Totschläger, mit einem dicken Schaft versehen, der nur dazu diente, Schädel einzuschlagen.

Er erinnerte sich an sie.

Und er erinnerte sich, dass Ashul losgestürmt war, allein, um sie abzufangen.

Sie lag hinter einer Hütte im Dreck. Auf dem Rücken. Das dunkle Haar hinter ihrem Kopf zu einem schlammverschmierten Fächer ausgebreitet. Sie schnappte gequält nach Luft. Dickes, rotes Blut rann aus einem Mundwinkel. Blaue Augen starrten blicklos in den grauen, bewölkten Himmel.

Desagrena kniete neben Ashuls linker Schulter, die Hände zu nutzlosen Fäusten geballt, während sie sich auf die Oberschenkel hämmerte. Kearn ließ sich neben ihr auf die Knie fallen, beugte sich nahe heran und sah den dunklen Flecken, der sich an Ashuls Seite ausbreitete und den Lederrock durchtränkte, den sie vorzog. Ihre rechte Hand griff unablässig zu und krallte Fäuste voller Erde los. Als würde sie graben, etwas suchen. Die andere Hand lag gebrochen und nutzlos an ihrer Seite, Knochensplitter bohrten sich durch die Haut und den langen Ärmel ihres Baumwollhemdes.

»W-oll …« Ihr Atem ging abgehakt und flach. »W… w…«

»Glühendes Eisen!«, brüllte Kearn zu Reave hinüber.

Der Hüne lehnte an der Lehmwand einer Hütte. Das Gesicht vor Schmerzen verzerrt starrte er in den grauen Himmel. Garret hockte neben ihm. Es hätte nur einen Augenblick lang gedauert, zum brennenden Langhaus zu rennen und eine Messerklinge zwischen die brennenden Scheite zu schieben und einen Lederlappen um den Griff zu schlingen, um sie herauszuziehen. Sie konnten sie in die Wunde drücken. Schmerzvoll, aber schnell.

Keiner der Männer rührte sich. Und eine eiskalte Hand verkrampfte sich in Kearns Eingeweiden.

Dann war Aodh da, Trauer in seinem Blick. Den Mund unter dem grau gesprenkelten Schnurrbart zu einem schmalen Strich zusammengepresst. Kearn erinnerte sich, gesehen zu haben, wie sein Clansbruder Zeit mit der taurischen Frau verbracht hatte. Freundliche Augenblicke. Offensichtlich wusste Desa, dass es mehr gewesen war. Sie glitt zur Seite, machte ihm Platz, als er hinter Ashuls Kopf niederkniete und ihn in zwei große Hände bettete.

»Wir stoppen die Blutung«, versprach er ihr, flüsterte leise. Obwohl noch keiner losgelaufen war, um eine glühende Klinge zu holen. Er wischte über einen Blutfleck auf ihrer Wange und verschmierte ihn bloß durch den Schlamm an seinen Fingern. »Du wirst wieder gesund. Du wirst wieder gesund.«

Und was sollten sie mit ihrem Arm tun? Er war zu einer breiigen Masse aus Fleisch und Knochensplittern zerschmettert. Vielleicht hätte der Schamane von Callaugh eine Antwort gehabt, aber Kearn oder die anderen konnten nichts tun, wo die Kriegsmeute der Vanir sie jagte.

Das war Wunschdenken. Reave und Desa hatten bereits gewusst, dass die Wunde in ihrer Seite nicht mehr mit Feuer und Stahl zu heilen war. Da half auch kein geschicktes Nähen. Kearn roch es jetzt auch. Latrinengestank. Stechend und beißend. Die Vanirklinge hatte zu tief gestochen. In ihre Eingeweide. Die Wunde war bereits verschmutzt, und gewiss füllte sich ihr Inneres schon mit Blut. Bei jedem Herzschlag. Jedem Atemzug.

Kearn ließ sein Gesicht zu einer Make erstarren, schüttelte den Kopf, als Ossian herangelaufen kam, gefolgt von Valerus und Nahud'r. Brig Baum kam hinter ihnen. Hydallan, der Daol half. Danon und Mogh.

»Woo … ll …«

Was auch immer sie sagen wollte, ihr fehlte die Kraft dazu. Sie bäumte sich auf, den Körper vom Schmerz geschüttelt. Ihr gesunder Arm verkrampfte sich. Ossian ging in die Hocke und versuchte ihre Hand zu ergreifen, aber sie riss sie weg, schlug wieder auf den Boden. Streckte die Hand aus, grub im Schlamm, wollte etwas packen …

»Schwert«, sagte Kearn leise. »Bringt ihr das Schwert.«

Er blickte sich um und entdeckte es eine Armlänge neben sich, nicht neben Ossian. Dann kroch er hin, um es vom Boden zu klauben.

Sah die abgetrennte Hand, die noch immer ein nordisches Schwert hielt, gleich dahinter in einer Blutpfütze.

Er kroch zurück, als Wallach Ehmisch in den größer werdenden Kreis half. Und der alte Finn humpelte heran.

»Hat seine Hand genommen«, sagte er, beugte sich wieder über Ashul und legte die Klinge mit dem Griff zum Kopf gerichtet auf ihren Körper.

Ossian half ihr, die Hand zu heben und sie dorthin zu führen. Sie umklammerte den Stahl, drückte ihn fest gegen ihre Brust.

Kearn nickte. »Hast seine Hand genommen, selbst nachdem er dich getötet hat.«

Und dann hatte der Krieger mit dem Kriegshammer ihre Seite zermalmt und sie für tot liegen gelassen.

Aber sie hörte seine Stimme. Ashul blinzelte den leeren Blick einen Augenblick lang fort, vielleicht weil sie ihn über diesen letzten, schrecklichen Augenblick sprechen hörte. Sie schenkte Aodh eine schmerzerfüllte Grimasse. Dann suchte ihr Blick Kearn.

»Wolf …«, spie sie aus und Blut benetzte ihre Lippen.

Wolfsauge. Ja, er war da. Er sah. Seine goldenen Augen hielten ihren Blick einen Moment lang fest und sahen zu, wie Ashul mit der letzten Kraft kämpfte, die sie noch besaß. Sie stemmte den Kopf hoch, heraus aus dem Schlamm und dem Dreck. Ihr Gesicht war eine starre Maske aus Schmerz und Entschlossenheit.

»Ein … einer …«

Ihr Atem stockte, und sie hustete, spuckte kleine Blutstropfen aus. Aodh wischte auch darüber weg und verschmierte sie mit Schlamm. Aber sie kämpfte gegen seinen Versuch an, sie wieder hinzulegen.

»Einer von …«, brachte sie hervor, biss dann die Zähne zusammen. »Einer …«

Einer von *ihnen*.

Kearns Muskeln spannten sich an. Sein ganzes Leben lang war er der Außenseiter gewesen. Der Andersartige. Er erinnerte sich daran, wie Maev, Buroks Tochter, ihn nur einen Tag vor dem Tod des alten Häuptlings beschuldigt hatte. Bevor der Albtraum der letzten Monate angefangen hatte. *Es hätte dich erwischen sollen. Du solltest auf dem Krankenbett liegen. Im Sterben*. Das waren ihre Worte gewesen.

So wie jetzt er es hätte sein sollen, der da im Dreck lag. War es das, was Ashul Kearn Wolfsauge sagen wollte? Einer der Ymirisch? Einer von ihnen?

Aber sie sagte nichts mehr. Ihre Reserven waren verbraucht, sie ließ sich zurücksinken, die Augen gegen den Schmerz zugekniffen. Ihr Atem ging schneller, flacher und roch nach frischem Blut. Aodh hielt ihr Gesicht mit beiden Händen, seine Arme zitterten. Mit einer Bauchwunde konnte sie noch wenige Augenblicke durchhalten – oder auch Stunden. Stunden hatten sie nicht, und sie würde nur furchtbare Qualen erdulden müssen. Jeder wartete. Und schließlich nickte der Veteran.

Kearn griff nach Ashuls Messer, das noch immer an ihrer Seite hing und mit einem Lederriemen gesichert war. Aber Ossians Hand schoss vor und ergriff sein Handgelenk, um ihn aufzuhalten.

»Sie gehört zu meiner Sippe«, sagte der Taurer.

Es war keine Rüge. Oder eine Herausforderung. Kearn vermochte nicht einmal zu sagen, wie er jetzt auf beides reagiert hätte. Es fiel schon schwer genug, es als Bitte anzusehen – das Angebot eines guten Mannes mit einem tapferen Herzen –, da in seinem Inneren der heiße Zorn mit einer leblosen, erschreckenden Ruhe stritt. Einen Augenblick lang glaubte er, der Zorn könnte den Sieg davontragen. In seinem Sichtfeld stoben Funken, am Himmel krachte Donner. Blitze zuckten über das Firmament, und einen Augenblick lang glaubte Kearn, in dem entfesselten violetten Licht ertrinken zu können.

Aber die Blicke aus sechzehn Augenpaaren brannten kalt auf seiner Haut. Menschen, die sich auf ihn verließen. Leben, für die er die Verantwortung übernommen hatte.

Und ob Ashul ihn noch für einen der ihren hielt oder nicht, für ihn war sie noch immer eine Angehörige seines Rudels. Er unterdrückte die Wut, ganz gleich, wie sehr er sich auch nach der wärmenden Hitze sehnen mochte, die sie bringen konnte, und hob den Blick, um Ossian anzusehen.

»Zu meiner auch«, versprach er. Und der andere Mann zog sich zurück und ließ zu, dass Kearn Ashuls Messer zog.

Alle hielten den Atem an und sahen zu, wie die Verwundete gegen ihre Schmerzen kämpfte. Nicht einer von ihnen beschämte sie, indem er wegschaute. Kearn hielt die Schneide der kurzen Klinge an ihren Hals, wo ihr Leben heftig, aber unregelmäßig pulsierte. Eine schnelle Bewegung, und er würde ihre Qualen in den letzten Herzschlägen lindern.

Dann schaute er auf. Der Blick wurde von einer Bewegung angezogen oder von dem silbergrauen Schemen, der sich vor dem dunklen Wald abzeichnete. Er sah an Desa und Aodh vorbei und entdeckte Frostpfote. Der Schreckenswolf stand steif und ruhig am Dorfrand. Goldenes Feuer flackerte in seinen Augen. Er erwies ihnen seinen Respekt. Wartete auch.

Das Rudel kümmerte sich um die seinen. Immer.

Dann zog es weiter.

Kearn senkte den Blick erneut auf Ashuls blasses, blutleeres Gesicht. Jede noch so kleine Einzelheit brannte sich in sein Gedächtnis ein, von der scharf geschwungenen Nase bis zu ihrem Haaransatz. Dann verabschiedete auch er sich stumm.

»Wir ziehen weiter«, versprach er.

Und erlöste sie.

Lodur roch das frische Blut. Metallisch und etwas scharf, wie der Geruch einer Schwertklinge, die man gerade mit dem Schleifstein bearbeitet hatte. Es hinterließ einen trockenen Geschmack auf seiner Zunge. Nicht einmal der nasse Schlamm oder die schwere Mischung aus Holzrauch und verbranntem Fleisch, die über Gaud lag, konnte den vertrauten Geruch vor ihm verbergen.

Nicht mehr.

Hinter dem Zauberer, der in seinen großen Mantel aus weißem Bärenfell gehüllt dort hockte, stand ein halbes Hundert Vanir am Waldrand und umzingelte einen ordentlichen Teil des Dorfes. Sie beobachteten. Sie warteten. Während sich einen Bogenschuss weit entfernt kleine Gebäude in die Schatten einer frühen Abenddämmerung duckten. Keine

Lebenszeichen. Oder eine Bedrohung. Nur die Glut des brennenden Langhauses und die Echos einer verlorenen Schlacht, die in Lodurs Ohren hallten.

Rufe und Flüche. Das Klirren von Stahl auf Stahl. Das feuchte Schmatzen von Klingen, die in Fleisch eindrangen. Zuerst hatte er das für die Laute einer in der Nähe stattfindenden Schlacht gehalten, die ihm der kalte Frühlingswind des Tales zutrug. Aber dann hatte er eine Stimme unter all den anderen ausmachen können. Magni. Einer seiner Brüder. Der weggelaufen war wie ein Hund, um seine Wunden zu lecken, damit man am Lagerfeuer zweifellos über ihn lachte.

Er würde lachen.

Kearn.

Er trat vor und ließ die kalten Echos von Magnis Anwesenheit hinter sich. Einer von Grimnirs Getreuen, ja, der aber noch nicht aufgestiegen war. Noch nicht *Ymirs Ruf* beantwortet hatte. Magni, der mit seinem Falken und seiner Schande noch immer in diesem Wald wartete. Auf sein Urteil wartete. Lodurs Urteil.

»Sie sind durch diese Lücke zwischen den Bäumen gekommen«, sagte Lodur. Seine Stimme war kaum lauter als eine kalte Bergbrise. Er konnte die Energie des Vaniranfriffs fühlen, sie schmeckte wie blutiges Fleisch, das auf einem Feuer briet. Die Nordmänner bluteten ihre Gefühle heraus wie brutzelnde Säfte. Er hätte noch Tage später spüren können, was sich hier abgespielt hatte.

»Sie kamen dort durch, stießen direkt ins Herz des Dorfes, zwischen diese beiden Hütten.«

Kaum mehr als Löcher, in ein Ufer gegraben, seiner Meinung nach. Er stand zwischen ihnen. Trank den Duft von

Blut und Wut. Ließ ihn mit einer Wärme in den Adern kreisen, wie er sie vor dem Empfang des *Rufes* nie gekannt hatte, und er schwelgte noch immer in diesem Gefühl.

»Kamen hier durch und kämpften und starben und wichen zurück.«

Aber es war doch nicht alles umsonst gewesen. Als Lodur hinter die Hütten trat, erkannte er, dass nicht alles vergossene Blut von Magnis Vanir stammte. Da. Eine dunkle Stelle im Schlamm, die in Bewegung war, wo ein Körper gelegen hatte und gestorben war. Glitschig vom Blut ihres Feindes, schmeckte es warm und lederig. Das Blut der Cimmerierherden, die sie ausdünnen wollten, die sie schlachten und als Beute nehmen würden.

Weil Ymir, der große Frostriesengott, dieses Land einst für sich beansprucht hatte: von dem verfluchten Herrn des Berges war er vertrieben und in die Eiswüsten des Nordens verbannt worden. Aber er hatte es nie vergessen. Und er hatte sein kaltes Feuer über viele Erstgeborene weitergegeben, jene Riesen, die jahrhundertelang in den Legenden und der Religion der Vanir gewütet hatten, und dann weiter an die Erhabenen wie Grimnir selbst. Dieser Hunger war so viele Generationen in das Land gesickert, bis die Ymirisch bereit waren, Cimmerien wieder für sich zu beanspruchen. So hatte es angefangen.

So würde es geschehen.

»Einer von ihnen ist tot«, flüsterte Lodur. Seine Stimme war flach und kalt, wie die Schlammebenen, die er in den Tagen nach Venarium durchquert hatte. Sie trug nicht weiter als bis an seine Ohren und an diejenigen Grimnirs, sollte sich der Mächtige dazu herablassen, ihm zuzuhören.

»Ist hier gefallen. Blutig und zerschmettert … sie! Sie ist voller Schmerzen gestorben.« Ein ausgezeichneter Geschmack, so wie der erste Baumsirup des Herbstes. Er lächelte schmal. »Große Schmerzen.«

Also war es nicht Kearn gewesen. Der mit dem verdorbenen Blut. Aber er war auch hier gewesen. Lodur wusste es. Die Echos der Anwesenheit des Täuschers hämmerten wie ein spitzer kalter Dolch in seinen Hinterkopf. Kearn hatte dort gestanden und sich über seine gefallene Kriegerin gebeugt.

War es seine Frau gewesen? Das hätte Grimnir gefreut. Und ihn auch.

Er erinnerte sich an die zurückgelassenen Eindrücke, an den wirren Knoten aus Gefühlen und die Echos gesprochener Worte, die schon lange nicht mehr für die Ohren niederer Männer zu hören waren. Wut und Angst, Hass, das alles erkannte Lodur mühelos. Die Bitterkeit der Trauer und des Bedauerns waren ihm weniger vertraut und beinahe unbestimmbar – bis auf eines. Eine Stimme konnte er aus dem Knoten herausziehen, wie ein Silberdraht aus einem groben Wollknäuel.

… wir ziehen weiter …

Überzeugung. Und ein eiskaltes, ruhiges Zentrum, das nur von einem von Ymirs Brut stammen konnte. Ymirs Blut. Einer, der den *Ruf* noch nicht vernommen hatte und noch immer in Nordeis gehüllt war.

Lodur folgte diesem dünnen, silbernen Faden und folgte dem Nachhall von Kearns Weg zwischen den Hütten und Häusern des Dorfes. Mit einem scharfen Blick rief er die Vanir herbei, die das Dorf betraten, aber auf Abstand blieben. Ein Ziehen mit der Macht, ein nachträglicher Einfall, das brachte Magni an Lodurs Seite. Er fühlte, wie sein Bruder den Falken in die Luft warf, ihn hoch oben in der Luft seine Kreise ziehen ließ. So nahe, dass es den Anschein hatte, Lodur könne beinahe seine Gedanken hören.

Wir ziehen weiter.

Kearns Gedanken. Kearns Rede. Der Zauberer knurrte, versuchte sie für den Augenblick zu verdrängen. Aber es war ein Geruch, ein Geschmack, den er nicht wieder loswurde. Und er wurde nur noch stärker, je näher er dem weiterhin brennenden Langhaus kam. Als wären der Gestank von brennendem Fleisch und seine Wahrnehmung Kearns miteinander verbunden.

Es musste ein prächtiges Feuer gewesen sein, entschied er, als er die glühenden Scheite und verkohlten Balken betrachtete, die noch nicht ganz verbrannt waren. Ein ganzes Langhaus war mit Holz und Leichen und entflammbaren Büschen gefüllt worden. Ein prächtiger Begräbnisscheiterhaufen, der den ganzen Tag lang brannte, während Flammen gegen den frühen Nieselregen ankämpften, der ein Flämmchen nach dem anderen verschlang. Jetzt, am Ende seiner Existenz, war das Feuer nur noch dort am heißesten, wo bis vor Kurzem ein Teil der Wand gestanden hatte, der man einen harten Stoß versetzte, damit sie über dem zuletzt hinzugefügten Leichnam zusammenbrach. Über *ihrem* Leichnam.

Die Hitze des glühenden Holzes wogte gegen ihn und ließ einen falschen Schweiß auf seine Stirn treten. Die Flammen würden seiner Einschätzung nach noch ein paar Stunden lang brennen. Die glühenden Scheite am anderen Ende des Raumes einen halben Tag länger. Aber schließlich würde nur wenig übrig geblieben sein außer Asche und ein paar angekohlten Knochen.

Lodur erinnerte sich, wie er die dichte, hohe Rauchsäule am frühen Morgen gesehen hatte, die wie eine schwarze Flagge am Talhimmel gewunken hatte, um ihn zu bannen. Da hatte er gespürt, dass einer seiner Brüder herannahte. Magni, der aus dem Norden kam. Er hatte in sein Horn geblasen, in der Hoffnung, den anderen von dort wegzulocken und ihre Streitkräfte zusammenzulegen. Denn er wusste, dass man Kearn nicht unterschätzen durfte, hatte das auf die harte Weise gelernt.

»Magni wurde hereingelegt. In eine falsche Sicherheit gelockt.« Er spuckte ins Feuer, sah zu, wie sein Speichel auf ein paar Scheiten verglühte und wie sich das glimmende Holz an einigen Stellen dunkel verfärbte. Die starke Hitze stemmte sich mit fast körperlicher Gewalt gegen Lodur und hüllte ihn ein.

»Wir sind schwer zu töten. Wir alle. Dieser Kearn, er wäre keine Ausnahme. Aber seine Kameraden! Sie ziehen Kraft aus ihm, auf eine Weise, wie es die Vanir nicht tun.«

Flammen knisterten über dem geschwärzten Holz. Asche löste sich, brannte rot, dann gelb, und verkrustete schließlich in toten Schichten aus Grau und Weiß. Die schwarzen Stellen inmitten dieser glühenden Scheite nahmen plötzlich an Umfang zu. Breiteten sich vor Lodurs Füßen aus. Wie ein Schatten, der auf das brennende Holz geworfen wurde und sich gegen die Hitze und das Licht stemmte.

»Jeder hat Opfer gebracht. Und ist durch diese Prüfung mächtig geworden.« *Wir ziehen weiter.* »Jeder kämpft mit unserer Kraft. Unserem Willen.« Der dunkle Umriss wuchs, wurde so groß wie ein Schatten, den Lodur geworfen hätte, hätte die Sonne hinter ihm gelodert.

»Wo sie gehen, erneuern andere ihre Kraft, um sich gegen uns zu stellen.«

Wuchs über seine Gestalt hinaus. Wurde groß und mächtig. Geformt wie ein Mensch: der Riesensohn.

Zwei Scheite erwachten zu neuem Leben, glühten mit rotgoldener Helligkeit und erwiderten Lodurs Blick, der im Schatten stand.

»Sie müssen aufgehalten werden, Mächtiger. Wir können es. Wir *werden* es.«

Dann verbrannte die tote Asche in dem dunklen Umriss plötzlich so schnell, wie ein Feuer Zunder verschlang, und geschwärztes Holz loderte hell auf. Die Hitzewelle trieb Lodur von dem Feuer fort und stieß ihn mehrere Schritte zurück, bis zu der Stelle, an der Magni wartete.

Ein Donnern hallte durch das Conall-Tal.

Am Himmel erklang der durchdringende Ruf eines Falken.

»Sie reisen nach Osten«, sagte Magni. Lodur blickte auf. »Ich kann das Eis spüren«, erinnerte er den Bruder. »Blut von unserem Blut. Der Geruch eines Nordwindes.«

Lodur nickte. Der kalte blaue Funke in seinem Hinterkopf war weit entfernt und wurde schwächer. Aber er war noch da.

»Was tun wir, Lodur?« Magni war breiter, schien größer als der Zauberer zu sein, und doch ordnete er sich ihm unter, wie es sich gehörte. »Und was verlangt der Mächtige von uns?«

»Wir folgen«, sagte Lodur und wies mit dem Kopf auf den dunkler werdenden Osthimmel. Das war es, was Grimnir wünschte und womit er diese beiden beauftragt hatte.

Sie würden Kearn und seine Rebellenbande jagen, in die Ecke treiben und sie töten. Und sie würden andere Kriegshorden vereinigen und ein Heer schaffen, das jeden vernichtete, der sich ihnen in den Weg stellte.

»Wir …«

… ziehen weiter.

17

Drei volle Tagesmärsche von Gaud entfernt erwachte Kearn an einem Morgen, der so frisch war, wie es keiner mehr gewesen war, seit der lange Würgegriff des Winters um Cimmerien gebrochen wurde. Sein Atem erstarrte zu einer kleinen Wolke. Sein rechter Arm war unter der rauen Wolldecke und dem darüber ausgebreiteten schweren Fellumhang hervorgerutscht und wies eine Gänsehaut auf. Er wollte sich nicht bewegen.

Kearn streckte ihn aus, obwohl er nicht gehorchen wollte, und brachte durch die Bewegung neues Leben in seine Hand. Dann griff er nach oben, um sich die taube Nasenspitze zu reiben. Der vertraute Griff des Winters.

Nicht, dass sich Kearn große Sorgen machte, diese harte, endlose Jahreszeit könnte zurückkehren. Seine Gedanken klärten sich, und er akzeptierte, dass dies nur ein Teil ihrer Reise über die Schwarzen Berge war. Seine Schar befand sich bereits im Schlingenpass und konnte keinen halben Tagesmarsch mehr von unterhalb des Schneeflusslandes entfernt sein, wo die Schneegrenze niemals verschwand, nicht einmal im Hochsommer. Dieser Schnee fegte von den hohen Gipfeln herunter, bedeckte mehrere Hochebenen und tauchte tief in einige der schmalen Schluchten ein. Er war allein durch den Schlingenpass passierbar, der vom Conall-Tal aus eine Verbindung ins östliche Cimmerien schaffte. Die einzigen anderen Wege lagen tief im Süden, führten mit dem Ymirpass unterhalb der Schwarzen Berge vorbei, oder durch den Norden, wo sich das Hoathplateau zwischen den Eiglophianbergen und den Schwarzen Bergen erstreckte.

Zwei Tage rauf und runter, und sie würden in das östliche Land kommen. In den Murroghwald. Zu den Seenlandclans der Lacheischebenen.

Bis dorthin wartete hartes, felsiges Terrain auf sie. Kalt und erbarmungslos. Trotz der Filzmatte, die er zusammengeklappt unter sich gelegt hatte, hatte er gefühlt, wie der Boden seine Körperwärme aufsog und jeden Muskel und jedes Gelenk mit einer schmerzhaften Steifheit erfüllte. Kearn rollte mit den Schultern, fühlte tief in seinen Rückenmuskeln Knoten, die es im Sommer zuvor noch nicht gegeben hatte. Er dehnte sich, drückte den Rücken durch, streckte seine Füße in Stiefeln so weit von sich, wie er nur konnte. Dann trat er die Decke mit einem brutalen Ruck fort und setzte sich auf, stellte sich dem Morgen mit einer harten Grimasse, als die Bergluft die Haut seiner nackten Brust sich anspannen ließ.

Hydallan hockte nicht weit entfernt und wärmte die Hände über dem Feuer, während er ein paar trockene Zweige in die kleinen, flackernden Flammen schob. Der alte Mann hatte seinen Bärenfellumhang eng um sich gezogen und hielt ihn am Hals geschlossen, sonst aber schien ihm der kalte Griff der Berge nichts auszumachen. Er nickte lediglich bei Kearns wildem Aufspringen.

»Weckt einen am Morgen, nicht wahr, du Welpe?«

Kearn rieb sich das Gesicht. Die Bartstoppeln von zwei Tagen knisterten unter seinen schwieligen Händen. »Nicht alle von uns haben Winterharz als Blut«, gab er zurück. Und Hydallan machte ein finsteres Gesicht.

Nur die größten Bäume sonderten im Winter Harz ab. Die *ältesten.*

»Besser Harz im Blut als Steine im Kopf«, erklärte der ältere Mann. Er schnappte sich einen Stein in der Nähe und warf ihn in Kearns Richtung. Hart.

Kearn schlug das Geschoss zur Seite. Er erhob sich und kniete auf der Filzmatte, während er in einem kleinen Ausrüstungshaufen neben seiner Bettrolle herumsuchte. Natürlich hatte er beim Schlafen seine mit Pelz gesäumten Stiefel getragen. Aber mehr auch nicht. Er wählte den dickeren seiner beiden Kilts, einen braunen aus schwerer Wolle mit Zobelbesatz, wickelte sich darin ein und schnallte ihn mit einem breiten Lederriemen fest. Ein schmalerer Riemen hielt sein Gürtelmesser, und er befestigte ihn lockerer unter dem breiten Gürtel.

Dann schnallte er mit feiner Bergziegenwolle gepolsterte Beinschienen über die Stiefel und legte ihre Ausbuchtungen gegen seine Knie. Es folgte das Kettenhemd, darüber kam das Lederwams, dann streifte er Silberreifen über die Arme – weitere Schlachtbeute. Er schüttelte den Staub aus seinem dicken Umhang, befestigte ihn um den Hals und ließ ihn sich über die Schulter fallen.

Sein Kurzschwert, das in der Scheide steckte, lag in der Nähe, bereit, um es falls nötig mitten in der Nacht ergreifen zu können. Er würde auch das anlegen.

Den Rest seiner Besitztümer – es war wahrlich nicht viel – packte er in die Wolldecke. Der zweite Kilt. Ein abgenutztes Lederhemd. Ein zweites Messer und einen guten Schleifstein, Feuerstein und einen Eisenbarren, mit dem man gut Funken schlagen konnte. Und natürlich den zerbrochenen, blutigen Speer, den er mit sich trug.

Er hatte ihn am Vorabend am Kopf seiner Bettrolle in den Boden gerammt. Jetzt riss er ihn heraus und betrachtete ihn. Es war unmöglich zu sagen, ob das Blut, das daran klebte, von einem Cimmerier oder Vanir stammte. Nicht, dass es eine große Rolle gespielt hätte. Seit Beginn dieser langen Reise hatte jeder von ihnen genug geblutet. Es war Roats Blut und er in der Schlacht von Taur gestorben. Ehmischs Blut, wo der Vanir so tief in seine Rippen geschnitten hatte. Desas und Reaves und Daols Blut.

Es war Ashuls Blut. Das ihren Rock und den Boden unter ihr tränkte. Seine Hände befleckte, als er dabei half, die taurische Frau zum Langhaus zu tragen, sie in ihren Umhang zu nähen und sie dann mit langen Stangen in eine brennende Ecke des gewaltigen Scheiterhaufens zu befördern.

Welch eine Verschwendung.

Kearn legte den Speer auf die Decke und die anderen Dinge und rollte alles zusammen in die Filzmatte ein. Ein Stück Seil, um jedes Ende der Rolle gebunden, diente als Trageschlaufe. Dies und sein Proviantsack und eine mit Wasser gefüllte Lederflasche – und er war bereit für die Reise.

Das ganze Lager beschäftigte sich mit den morgendlichen Tätigkeiten. Ein paar Frühaufsteher stahlen sich einige Augenblicke für ihre persönlichen Bedürfnisse. Wallach Graubart warf den blutigen Verband weg und umwickelte den blutenden Armstumpf mit einem frischen Lappen, bevor er die Ledermanschette wieder darüberstülpte. Daol schmierte sich Tierfett auf die Wangen und schabte mit der Messerschneide die Bartstoppeln ab. Nahud'r begab sich zum Lagerrand und betete zum heller werdenden Osthimmel.

Die anderen taten nur das Nötigste. Brachen das Lager ab. Frühstückten Streifen aus Trockenfleisch oder würgten trockene Brotfladen herunter. An diesem Morgen gab es keine Kochfeuer. Sie würden alles einpacken und so schnell wie möglich an der Schneegrenze entlanglaufen, um die andere Seite zu erreichen.

Zwei Männer bewegten sich langsamer als die übrigen. Aodh, der wieder freiwillig die mittlere Wache übernommen und nicht geschlafen hatte. Und Valerus, der sich noch immer nicht an das anstrengende Tempo gewöhnt hatte, das die Cimmerier vorgaben. Obwohl ihn sein Pferd den größten Teil des Tages über trug. Er stolperte vorbei, sein Kettenhemd klirrte, er rieb sich dann den Schlaf aus den Augen, als er ein halbes Dutzend Schritte an dem nächsten Mann vorbeiging, um sich hinter einem großen Felsen zu erleichtern. Danach hockte er sich einen Augenblick lang neben Kearn und betrachtete ebenfalls, was um sie herum geschah.

»Hast du deine Entscheidung schon bereut?«, fragte Kearn neugierig und griff auf seine langsam wachsenden Kenntnisse der aquilonischen Sprache zurück.

»Jede wache Stunde.« Valerus gähnte.«Was verdammt noch zu viele für jeden zivilisierten …«

Kearn richtete den goldenen Blick auf den Mann. »Du kannst es ruhig sagen: ›zivilisierten Mann‹.« Sein Lachen wirkte nicht gezwungen, verriet aber auch keine Belustigung. »Ich werde nie verstehen, warum ihr Südländer stolz auf eure Schwäche seid.«

Der Kavallerist fuhr sich mit den Fingern durch die hellbraunen Locken. In seinen grünen Augen stand ein zögerndes Einverständnis.

»Es ist etwas, das auch ich nur schwer verstehen kann. Das ist einer der Gründe, warum ich bleibe. In den Zeiten, wenn das Bedauern am stärksten ist, so wie jetzt, erkenne ich auch, wie viel ich lerne.«

Das war auch sein Argument am Vortag gewesen, als Strom Kearn am Fuß der Schwarzen Berge darüber in Kenntnis gesetzt hatte, dass er und Niuss sie verlassen würden. Sie wollten nach Süden, dem Rand des Schneeflusslandes nach Aquilonien folgen. Zwei Tage, nachdem sie Gaud hinter sich gelassen hatten – beim Überqueren eines reißenden Stroms hatte es einen kleinen Zusammenstoß mit feindlichen Kriegern gegeben, sonst aber war es ein ereignisloser Lauf zu den östlichen Granitzähnen des Tales gewesen.

Kearn erinnerte sich an seine Überraschung. Andererseits hatte er ohnehin nie begriffen, warum die Reiter überhaupt so lange geblieben waren.

Strom hatte ein paar Dinge klargestellt.

»Nach Venarium wären wir beinahe nach Süden aufgebrochen. Es wäre schneller gewesen, ja. Aber du hast uns als Begleiter akzeptiert, als du keinen Grund hattest, es zu tun. Einige deiner Männer haben im Lavagelände anstelle von uns geblutet. Ich hatte gehofft, euch als Ausgleich sicher ins Tal bringen zu können.«

»Und jetzt?«, hatte Kearn gefragt.

»Jetzt kann ich nicht mehr behaupten, dass es in Cimmerien noch irgendwo einen sicheren Ort gibt. Und es ist Zeit, dass ich diese Neuigkeit überbringe.«

»Zu König Conan?«

Kearn war sich nicht sicher, wie seine Krieger das aufnehmen würden. An vielen Orten wurde Conans Name noch immer verflucht, bei vielen Clans. Da er freiwillig zum Ausgestoßenen geworden war, boten seine Heldentaten noch immer vielen Legenden Stoff. Ein Mann, dessen Taten man zwar bewundern, dem man aber noch immer nicht richtig vertrauen konnte. Er konnte Truppen gegen die Vanir aussenden und noch mehr dieser *Diplo-maten* schicken, und einige würden es bloß als eine andere Art der Besetzung bezeichnen. Sein Urteilsvermögen und seine Handlungen würden immer suspekt erscheinen.

Kearn wusste das genauso gut wie jeder andere auch.

Strom zuckte lediglich die Achseln. »Wir treten nicht so mühelos vor unsere Anführer, wie du einen rivalisierenden Häuptling besuchst, Kearn Wolfsauge. Ich habe König Conan noch nie mit eigenen Augen gesehen, und ich bezweifle auch, dass ich das vor meinem Tod noch erleben werde. Aber vielleicht wird er alles erfahren.« Ein weiteres Schulterzucken. »Ich kann nicht sagen, was er unternehmen wird. Aquilonien hat seine eigenen Probleme.«

»Du wirst den Weg zurück zu den Schlammebenen nehmen.«

»Nein. Niuss und ich werden es wagen, die Guralianischen Hügel zu bezwingen. Nach den Reisen durch Cimmerien werden einem die Banditen von Atzel kaum mehr als ein Ärgernis erscheinen.«

»Niuss und du?«

Erst jetzt sprach Strom das Thema Valerus an. Dass er gebeten hatte, die Gruppe auf dem Weg über die Schneeflusspässe ins östliche Cimmerien begleiten zu dürfen. »Er kann noch viel mehr von dem erfahren, was uns nutzen könnte. Wenn du ihn aufnimmst.«

Und das hatte er. Obwohl es ihn noch immer erstaunte, dass Männer wie Valerus oder Nahud'r so mühelos außerhalb ihrer Heimat leben konnten. Kearn hatte kein Zuhause mehr. Nicht mehr seit dem Tag, an dem ihn Cul aus Gaud verstoßen hatte. Aber aus eigenem Entschluss ins Exil zu gehen?

»Nur einer der Gründe, aus denen du geblieben bist«, wiederholte Kearn jetzt, als Valerus wieder aufstand und sich zu der Stelle begeben wollte, an der sein Pferd angebunden war.

Der Aquilonier blickte zurück. Seine Augen waren von schmutzig grüner Farbe, wie das brackige Wasser eines Tümpels. Trotzdem waren sie aber scharf und lebendig. »Nur einer der Gründe …?«, fragte er.

»Das Lernen.« Kearn wählte seine Worte sorgfältig, kämpfte mit der flüssigen aquilonischen Sprache. »Du hast gesagt, das sei einer der Gründe, aus denen du geblieben bist.« Er wartete, bis Valerus nickte. »Und die anderen?«

Einen Augenblick lang glaubte er, Valerus würde nicht antworten. Das war das Vorrecht eines jeden Mannes, die Gründe für seine Entscheidungen für sich zu behalten. Der Soldat zog seine Handschuhe hinter dem Gürtel hervor und rieb sie aneinander, schüttelte dann das dichte Gewebe aus Eisenringen von möglichem Staub oder Unrat frei. Danach zog er sie mit schnellen, ziehenden Bewegungen an – und zuckte die Achseln.

»Ashul«, sagte er dann und ging, um sein Pferd zu holen.

Es war eine Antwort, die Kearn respektierte.

Tatsächlich gab er sich Mühe, Valerus an diesem Morgen in das gezwungen wirkende Geplauder mit einzubeziehen, wann immer sich die Cimmerier ausruhten, indem sie das Tempo zu einem leichten Laufschritt verringerten oder gar – die langsamste Geschwindigkeit – zu einem schnellen Gehen. Nahud'r erwärmte sich am leichtesten für den jungen Kavalleristen. Schließlich teilten sie ein paar Erfahrungen, da der Shemite Jahre in den Diensten von Nemediern und Aquiloniern gestanden hatte. Und Ehmisch war jung genug, um sich von den Erzählungen des Mannes in seinen Bann schlagen zu lassen. Sie klangen so oft wie die prahlerischen Erzählungen, die am Lagerfeuer gesponnen wurden. Die Kreaturen aus verzauberter Erde, die vom Golamiraberg heruntermarschiert waren, um die Mauern von Galparan zu zerschmettern. Und selbst wenn man den Beschreibungen hoher Gebäude glaubte, die sich in den gewaltigen Städten der Südländer zusammendrängten, erschien es doch weit hergeholt, dass eine solche Stadt »verloren« gehen konnte, selbst in den dichten Dschungeln der Schwarzen Königreiche.

Die Gespräche halfen, Valerus ins Rudel aufzunehmen.

Sie halfen auch, den Tag herumzubringen.

Aber gegen Mittag war die Unterhaltung stoßweise keuchendem Atem und dem verzweifelten Schlucken nach Leder schmeckenden Wassers gewichen. Die kalte Bergluft schmeckte mit jeder zurückgelegten Meile dünner und rieb Hals und Rachen wund. Schweiß bedeckte die Gesichter und klebte auf der Brust.

Kearns Krieger ließen die Blicke über den Weg, der vor ihnen lag, gleiten, die Abhänge, die Bäume, als würden sie nach verborgenen Augen Ausschau halten, die sie beobachteten. Sie passierten einen Weg, der eine Klippe entlangführte, überwanden einen Kamm und begaben sich dann in eine lang gezogene, schmale Schlucht mit einer senkrecht aufsteigenden Felswand auf der einen und einem steilen, bewaldeten Hang auf der anderen Seite. Jeder hielt nach

Gefahren Ausschau und griff tief in seine Kraftreserven, um weiterhin einen Fuß vor den anderen setzen zu können und die Schwarzen Berge einen langen Schritt nach dem anderen hinter sich zu lassen.

Kleine Felder aus eisverkrustetem Schnee füllten Felsspalten und die schattigen Seiten von Felsblöcken, Kämmen und Bäumen. In den tieferen Spalten funkelten die riesigen gefrorenen Netze von Bergspinnen; einige davon waren so groß, dass man sie über Gauds Langhaus hätte ausbreiten können. Zumindest diese waren lange verlassen. Gelegentlich erstreckte sich ein alter Webfaden von der Dicke von Kearns Zeigefinger quer über den Pfad, in Eis gehüllt, verband Felsen oder knorrige, verkrüppelte Tannen und Pinien.

Sie waren leicht zu sehen, also duckten sich die Krieger einfach darunter hinweg. Aber Valerus' Pferd zerbrach jeden mit dem Hals oder der breiten, tonnenförmigen Brust. Das Eis zersplitterte und regnete in kleinen Splittern auf den Weg.

Schließlich schaute der Kavallerist Kearn von der Seite an, der mit dem Kopf auf eine prächtige abgestorbene Erle deutete, die schräg an einem scharf gezackten Felsvorsprung lehnte. Von einem der oberen Äste hing ein Kadaver. Ein Falke, vielleicht auch ein kleiner Adler. In einem Kokon aus gelblicher Seide eingesponnen hing er von der Seite des Baumes herunter. Eisverkrustet hatte es noch immer Ähnlichkeit mit dem, was dem Pass seinen Namen verliehen hatte.

Eine Schlinge. Eine Henkersschlinge.

Valerus lächelte unbehaglich und behielt die Baumlinie danach aufmerksamer im Auge.

Aber die Gefahr stürzte sich von einer Felswand herunter, als sie dann kam. In der Nähe einer Biegung, wo der Pfad zwischen einer grauen Felswand und einer Reihe alter, zersplitteter Bäume ganz schmal wurde. Kearn lief in der Nähe der Spitze, Ehmisch und Daol waren weiter voraus, in einem Wettbewerb um die Ehre, um zu sehen, wessen Kraft zuerst nachließ; die anderen fielen in einer mehrere hundert Schritte langen Reihe zurück.

Er sah das Netz, das wie eine dünne Schnur über der Baumgruppe lag. Scharfe Fäden. Von einem hellen, milchigen Weiß. Gefährlich. Aber so weit vom Pfad entfernt, dass er sich deswegen keine Sorgen machte. Seine Sinne waren von dem stundenlangen Lauf und den wandernden Gedanken abgestumpft.

Dann traf Daol den ersten Netzfaden, der straff über den Weg gespannt war.

Niedrig, in Kniehöhe. Und beinahe durchsichtig. Aber frisch. Etwas legte sich um seine Beine, als er stolperte, zog die anderen Fäden in die Höhe, die in einem starken Netz auf dem Boden gewoben waren, bis seine Unterschenkel eingewickelt in der Falle steckten.

Daol brüllte eine Warnung, riss das Schwert heraus und hackte auf das Netz ein. Ehmisch wurde langsamer. Ebenfalls überrascht, spähte er voraus nach der Gefahr, an beiden Seiten, nach hinten.

Dachte nicht daran, nach oben zu sehen.

Kearn, der ein Stück hinter ihnen war, sah es sich bewegen. Eine Wölbung, die er für grauen Schiefer oder hellen Granit gehalten hatte. In der Felswand gab es genügend Haltepunkte und schmale Risse. Sogar ein paar schmale Simse. Jeder Cimmerier, der auch nur etwas taugte, hätte einen so einfachen Felsen im Alter von sechs Jahren erklimmen können. Für eine Riesenspinne stellte er sicherlich kein Problem dar.

Die Kreatur hatte einen dunkel gesprenkelten grauen Chitinpanzer und lange, wie Haken geformte Beine. Sie erhob sich von ihrem Sitz und streckte die Vorderbeine in einer Art schrecklichem Tanz aus. Mit einem rostig klingenden Kreischen drehte sie sich herum und ließ sich die Hälfte der Felswand herunterfallen, griff ein letztes Mal nach Halt und sprang dann auf Daol. Mindestens fünfzig Kilogramm schwer stieß sie den glücklosen Krieger um, bevor er überhaupt daran denken konnte, seine Klinge der Bedrohung entgegenzustrecken. Kletterte auf ihn. Mandibeln schlugen mit ihrem giftigen Biss zu.

Hart.

Und noch einmal.

Das war der Augenblick, in dem Ehmisch mit einem Sprung über das trügerische Netz auf dem Boden hinwegsetzte und mit einem ohrenbetäubenden Schrei und beiden Füßen gegen die breite Seite der Spinne sprang. Sie von seinem Freund wegtrat, bevor er selbst in das Netz fiel.

Kaum mehr als zwei Dutzend Schritte hinter ihnen hatte Kearn noch nie geahnt, dass es so lange dauern konnte, bis man sich wieder einen Schritt weiterbewegt hatte. Er ließ den Proviantsack fallen, stürmte den Pfad entlang und rief nach Hilfe. Sein Mund war knochentrocken, als er aus dem Augenwinkel eine huschende Bewegung gewahrte und dann eine zweite Spinne entdeckte, die die Baumgruppe mit wedelnden Vorderbeinen erklomm, als würde sie sich ihren Weg ertasten. Dann stürmten eine dritte und eine vierte den Hang zu seiner Rechten herunter; sie stießen einen zirpenden, schrillen Laut aus, ebenholzschwarze Mandibeln bissen in die Luft und konnten es kaum noch erwarten, sich in die frische Beute zu schlagen.

Nahud'r und Aodh waren nicht weit hinter Kearn gewesen, und die beiden riefen ihm zu, sich um Daol zu kümmern, während sie zur Seite abbogen, um die Spinne abzuwehren, die die Bäume herunterkletterte. Das Grau war heller, hatte eher die Farbe von altem Holz, und die Haare, die um ihre Gelenke und auf ihrem Rücken sprossen, wirkten feiner. Aber sie war größer und bewegte sich mit tödlicher Absicht.

»Daol!«

Ehmisch kämpfte sich in eine sitzende Position hoch und zog dabei ein paar Netzfäden vom Boden. Kearn hielt bereits das Kurzschwert in der Hand und war genauso besorgt um seinen lebenslangen Freund wie um den Jungen. Er hatte gehört, wie die Mandibeln zubissen. Wie sie Fleisch durchdrangen und …

Leder.

Die Bestie krallte sich auf Daols Rücken fest, biss in den Köcher. Ehmischs Tritt hatte das Ungeheuer offenbar fortgefegt, bevor es sich in Fleisch graben konnte, obwohl es offensichtlich die Lederhülle zerfetzt und die meisten Pfeile zu Kleinholz verarbeitet hatte. Ein kleines Wunder.

Die Spinne nahm die fehlende Körperwärme wahr, vielleicht auch einfach die fehlende Gegenwehr des Lederköchers, und kam erneut heran, jetzt auf Ehmisch zu, der sich noch immer langsam von dem am Boden verankerten Netz befreite. Daol hieb nach einem Bein, als es an ihm vorbeihuschte, schälte aber nur ein Stück des Chitinpanzers ab.

Kearn brüllte, versuchte sie anzulocken, tänzelte von der anderen Seite heran, hackte und schlitzte sich einen Weg an stockähnlichen Beinen vorbei,die sich schemenhaft bewegten, und stieß dann nach dem aufgedunsenen Unterleib, hatte aber genauso wenig Glück wie Daol, die Bestie aufzuhalten.

Das blieb Ehmisch überlassen, der aufgegeben hatte, sich befreien zu wollen. Stattdessen stieß er auf allen vieren mit seinem Breitschwert zu, rammte es in den Spinnenkopf, zersplitterte den dünnen Panzer auf ihrem Antlitz und verkeilte die Klinge zwischen den giftigen Mandibeln.

Das Kreischen der Kreatur zerrte an den Nerven, und sie tanzte umher und zuckte wie von Krämpfen befallen.

Dabei streifte sie Daol, stieß ihn zurück und auf den Rücken. In der Angst, die Spinne könnte sich ihm erneut zuwenden, nahm Kearn eine Verteidigungsposition über seinem Freund ein. Er fühlte mehr als er sah, dass Daol auf allen vieren rückwärts krabbelte, fort von dem Ungeheuer. Der faule Gestank, der von ihm ausging, ließ ihn würgen.

Er ließ auch Kearn würgen und trieb seinen Mageninhalt nach oben, der in seinem Rachen brannte. Aber er wich nicht zurück, brachte seine Furcht unter Kontrolle und verfluchte sich, weil ihm nichts einfiel. Er folgte Ehmischs Beispiel und stieß dieses Mal zu, so wie Wallach Graubart ihm beigebracht hatte, das Kurzschwert zu benutzen. Spießte die Seite der Spinne auf, durchschnitt den Panzer und riss die weiche Masse des aufgeblähten Unterleibes auf.

Die Spinne stieß einen dämonischen Schrei aus, zuckte jetzt wie wild, als sie die Flucht zu ergreifen versuchte. Kearn drehte das Schwert. Ehmisch stieß wieder nach ihrem Kopf, verfehlte ihn, stieß dann erneut danach. Und wieder.

Nur noch einen Stich, dachte Kearn. Das war es dann, viel mehr war nicht nötig.

Aber bevor er das Schwert aus dem Rückenpanzer ziehen konnte, legte sich von hinten eine weiße Schlinge über seinen Kopf, gefolgt von einem harten Schlag auf den Hinterkopf, als sich die Schlinge zuzog und etwas anderes gegen seinen Schädel knallte. Funken tanzten vor seinen Augen.

Er bekam keine Luft mehr. Das war seine erste Angst, als ihn die Schlinge würgte.

Seine zweite galt Ehmisch, als ihn die Schnur von den Füßen und von der großen Spinne fortriss.

Ihn um die Wegbiegung zerrte.

18

Mit den stinkenden Netzfäden bedeckt, die auf dem Boden lagen und seine Beine aneinanderfesselten, und an der Hüfte von einem dicken, klebrigen Strang gehalten, stützte sich Ehmisch auf einen Arm – wobei er sorgfältig darauf achtete, dass seine Hand nicht mit dem weiteren Netz in Berührung kam– und stieß das Breitschwert wieder gegen den Spinnenkopf. Und noch einmal.

Diesmal biss die Ekel erregende Kreatur auf die Klinge. Reflexartig, vielleicht auch in dem verrückten Versuch, die störende Waffe zu töten. Es kostete ihn seine ganze Kraft, den Schatz festzuhalten, diese mit silbernen Einlegearbeiten versehene Waffe, die er nach der Winterschlacht im Blutpass einem Ymirisch abgenommen hatte. Das hieß: mit der giftigen Bestie zu ringen, seine Ohren vor dem schrecklichen Kreischen zu verschließen und sich selbst dafür zu verfluchen, dass er alle in eine solche Gefahr gebracht hatte.

Seine Schuld.

Ehmisch hätte jemanden warnen können. Er hatte die Falle gerochen, als er auf die abgestorbene Baumgruppe zugelaufen war. Einen bitteren Geruch, der die Erinnerung an faule Eier heraufbeschwor. Oder an den schwefeligen Gestank von den Lavaströmen auf der Ebene östlich vom Ben Morgh … aber es stimmte nicht ganz. Ein Schwall aus Fäulnis und dem Bösen, der seine Nase brennen ließ, als er an Daols Seite ging – sich dort hinstemmte –, nach Luft schnappte und sich den Schweiß von der Stirn wischte.

Aber Daol war ihm bei ihrem Lauf voraus gewesen, mit seinem längeren Schritt und den scheinbar unermesslichen Kraftreserven. Und er hatte nur daran gedacht, ihn einzuholen. Ihn einzuholen, durchzuhalten und dem erfahrenen Jäger zu zeigen, dass er einiges zu bieten hatte.

Und er versuchte, noch mehr Ehre zu erringen.

Er wusste, dass ihn alle noch immer als den *Jungen* betrachteten. Den Jungen, der sein Schicksal sturerweise, vielleicht sogar aus Dummheit, mit dem von Kearn Wolfsauge verbunden und Clan und Sippe für das heißblütige Verlangen nach Rache aufgegeben hatte. Rache an den Vanir, die seinen Freund getötet und Maev dem Clan gestohlen hatte.

Zu diesem Zeitpunkt war er davon überzeugt gewesen, dass es das war, was einen Mann ausmachte. In der Rückschau wusste er, dass er die richtige Wahl getroffen hatte, aber aus den falschen Gründen. Wenn ein Mann einem Anführer die Treue schwor, sollte es einer sein, der sich diesem Vertrauen und der damit verbundenen Ehre als würdig erwies. Häuptling Cul hatte einige harte Entscheidungen getroffen, und ob sie *zu diesem Zeitpunkt* für den Clan richtig gewesen waren oder nicht, Ehmisch wusste jedenfalls, dass er nicht an sie geglaubt hatte. Und da war Kearn gewesen, der sich behauptete und nicht einmal für das entschuldigte, was er war.

Wolfsblut, sagten sie. Winterbrut.

Der Mann, zu dem Ehmisch mittlerweile aufschaute wie sonst nur zu seinem Vater. Nicht, dass er das Kearn jemals gesagt und noch mehr wie ein Junge geklungen hätte. Es reichte, dass er es wusste. Er wusste es.

Als die Riesenspinne jedoch die Felswand heruntergestürzt war und sich mit diesem schrecklichen Kreischen auf Daol gestürzt hatte, hatte er alles vergessen. Dass Kearn nicht so weit hinter ihm lief. Dass er wirklich so jung und so sehr von den anderen abhängig war. Er vergaß alles bis auf die Tatsache, dass er die Falle gerochen und niemanden gewarnt hatte. Und darum würde Daol sterben.

Cimmerier fürchten den Tod nicht. Sie ringen jeden Tag damit. Und sie siegen, bei Crom. Sie siegen bis zu dem Tag, an dem sie sterben.

Die Worte seines Vaters: wahr bis zum Ende.

Er fürchtete den Tod nicht.

Ehmisch machte sich nicht einmal die Mühe, die Gefahr überhaupt in Betracht zu ziehen, als er nach vorn sprang, über die Netzfäden hinübersetzte, sich an Daol festklammerte und so hart er konnte in den dicken Spinnenleib trat. Sie von seinem Freund heruntertrat. Aber er landete hart, auf der Seite. Sein Atem zischte zwischen seinen zusammengebissenen Zähnen hervor, und er fühlte einen scharfen Ruck an seinem Hinterkopf. Seine langen Haare waren jetzt im Spinnennetz gefangen.

Ehmisch brüllte den Schmerz heraus, riss sich vom Boden los, ließ lange Haarsträhnen und ein Stück Kopfhaut zurück, verrenkte sich dann, um an sein Breitschwert zu gelangen, ignorierte die klebrigen Stränge, die sich um seine Beine wickelten und schaffte es, sich rechtzeitig auf die Seite und einen Arm zu stützen, um die Klinge in das Antlitz des Ungeheuers zu stoßen. Mit einiger Befriedigung fühlte er, wie Knorpel brach. Der schmerzerfüllte Schrei stach in seine Ohren.

Und der Gestank. Beinahe holte er ihn wieder von den Beinen. Das war schlimmer als verfaulte Eier. Da war ein beißender, eitriger Hauch darin, der ihn an eine schrecklich verweste Leiche erinnerte, an die Art Aas, die nicht einmal der verzweifeltste Aasfresser anrühren würde.

Er schluckte den öligen, scheußlichen Geschmack herunter, der ihm in den Rachen stieg, behielt aber die Nerven und brachte die Klinge zwischen sich und die albtraumhafte Kreatur. Schließlich resultierte dies dann in einem Tauziehwettbewerb, als Daol zur Seite krabbelte und Kearn offenbar zur Seite gestoßen wurde und rückwärts auf die Wegbiegung zustolperte.

Erst einige flache Atemzüge später wurde er sich bewusst, dass er allein war.

Die Spinne warf sich herum, ließ das Schwert los und verfiel in eine Reihe wilder Zuckungen. Kreischte auf und gab diesen von Crom verfluchten Gestank von sich, der ihn sich beinahe übergeben ließ. Sein Sichtfeld war durch die Kampfeswut eingeschränkt, er konzentrierte sich auf die Bedrohung seines Lebens. Ehmisch besaß aber genug Selbstbeherrschung, um die Rufe nach Unterstützung zu hören, die sich hinter ihm auf dem Pfad näherten.

Ein Blick in ihre Richtung. Er sah, wie Reave und Desa einen weiteren der grau gesprenkelten Albträume zurück in die Bäume jagten. Nahud'r tänzelte um noch einen solchen herum und teilte immer wieder Hiebe aus, sein Krummsäbel schnitt schmale Furchen in die umherpeitschenden Beine und trieb ihn zurück in die Baumgruppe hinein.

Und Gard führte den Angriff an, Ossian und Brig Baum unmittelbar hinter sich; sie rannten mit gezogenen Waffen und verzerrten Gesichtern mit wilden Grimassen herbei, um ihn zu retten: den Jungen.

Zu spät. Die riesige Bergspinne, verwundet und jenseits jeden Fluchtinstinkts, erhob sich auf die vier hinteren Beine und fuchtelte mit den anderen vier hakenförmigen Beinen in der Luft herum, als würde sie sie herausfordern. Dann ließ sie sich nach vorn fallen und stürzte sich auf Ehmisch, ihre langen Gliedmaßen trieben den aufgeblähten, gesprenkelten Körper an.

Er hatte nicht mehr viel Kraft, um sie abzuwehren. Und von ihren Mandibeln tropfte frisches gelbes Gift.

Ehmisch zuckte nicht einmal zusammen. In einem lang gezogenen Hieb riss er das Breitschwert zurück, nach oben und herum. Beinahe am Scheitelpunkt des Bogens, den die Klinge beschrieb, bäumte er sich so weit auf, wie er nur konnte, und hob die andere Hand vom Boden. Packte den Griff mit beiden Händen, während er auch noch den letzten Funken Kraft in den Hieb des Breitschwertes legte. Und es nach unten brachte.

Und den Spinnenkopf zertrümmerte.

Und sie mit einem letzten Schlag auf den felsigen Weg krachen ließ.

Ehmisch keuchte. Seine Augen waren geöffnet, aber einen Augenblick lang nahm er nichts wahr. Die Welt gewann langsam wieder Konturen, kreiste zuerst um einen brennenden Schmerz. Giftiger Speichel war auf die Klinge gesprüht und ein paar Tropfen auf seinem Handrücken gelandet.

Aber der Schmerz war gut. Sogar willkommen. Er bedeutete, dass er noch immer am Leben war.

Die Rufe und das Poltern von Stiefeln auf felsigem Boden halfen ihm, wieder zu Sinnen zu kommen. Der scharfe, bittere Gestank, der von der toten Spinne aufstieg, raubte sie ihm jedoch beinahe wieder.

Ehmisch lag ausgestreckt auf dem Boden und starrte an seinen ausgestreckten Armen und der Klinge vorbei. Er ignorierte das Zucken der acht großen Beine und widmete sich dem schrecklichen Anblick, den das zerstörte Antlitz der Spinne bot. Schwarze Flüssigkeit vermengte sich mit Gift. Roter Eiter tropfte aus der Oberseite des großen, furchtbaren Lochs, das er in die Kreatur geschlagen hatte. Der bittere Geschmack in seinem Mund war stark und überwältigend. Und er tat das Einzige, was ein Mann unter diesen Umständen tun konnte.

Er übergab sich.

Dann verlor er das Bewusstsein.

Gard Feindhammers Welt lag noch immer unter einem feinen Schleier versteckt. Gerade genug, um die Ränder unscharf und die Schatten tiefer zu machen. Er lebte in einem ständigen Zwielicht, und manchmal hatte er sich beinahe schon daran gewöhnt.

Beinahe.

Er rutschte den Hang hinunter, den er und Desa und Ossian auf der Jagd nach den Spinnen hinaufgestiegen waren, stampfte durch einen abgestorbenen Himmelsbeerenbusch und sprang das letzte Stück. Die Pike für das Gleichgewicht quer vor den Körper gehalten, landete er neben einem dünnen Fleck aus gefrorenem Schnee in der Hocke. Gleich hinter der Baumgruppe, in der die Spinnen ihre Falle ausgelegt hatten, konnte er um die Wegbiegung sehen, aber nicht auf den Weg, auf dem sie sich ursprünglich befunden hatten.

Desa und Ossian waren bei ihrem Abstieg vorsichtiger. Sie suchten sich einen sichereren Untergrund.

»Was gefunden?«, rief Finn zu ihnen herüber. Der alte Mann wartete mit Danon und Garret auf der anderen Seite der Biegung und passte auf Ehmisch auf. Trotz der ständigen Schmerzen in seinen Knien stampfte der alte Finn in einem kleinen Kreis umher, das Schwert in der Hand und offenbar bereit, in den dunklen Abgrund selbst zu stürmen.

Gard streckte den Arm aus und führte ihn ruckartig nach unten. Einmal.

Nichts.

Der alte Schnee knirschte unter seinen Füßen. Es war, als würde man in einer kalten Feuergrube auf verbrannte Scheite treten. Mit seinem Hörvermögen war alles in Ordnung. Er trat zurück, ging in die Hocke und starrte die Kruste an, in die er getreten war. Auch knapp über seinem Fußabdruck konnte er sie kaum noch erkennen. Die Oberfläche bestand aus einem dumpfen und schmutzigen Weiß. Er lehnte sich zur Seite und sah genug Schatten, um gerade eben die Umrisse der zerstapften Oberfläche ausmachen zu können.

Welchen Nutzen hatte er schon bei der Suche nach Kearn und Daol?

Es war eine bittere Frage, und eine ungerechte. Er kannte seine Einschränkungen und wusste genau, dass ihn die teilweise Blindheit nicht bei seiner Suche auf dem Berghügel behindert hatte. Es war einfach nichts zu finden gewesen. Keine Fährten. Kein Blut.

Keine Leichen.

Jedenfalls keine menschlichen Leichen. Die Zahl der Tiere, die hundert schwingenden Schlingen gleich in Kokons gewickelt von den Ästen hoher Tannen und Pinien gebaumelt hatten, hatte ihm gar nicht gefallen. Genauso wenig wie die Stille. Wälder sollten keine stillen Orte sein. Nicht einmal die auf Bergen, wo der Winter nur selten seinen Griff lockerte. Wälder waren lebendige Dinge, voller Leben und Geräusche.

Der hier war wie ein Grabfeld.

Ossian rutschte das letzte Stück herunter. Desa folgte ihm. Er stampfte auf der Stelle herum, trat etwas von dem harten, klebrigen Schlamm von den Stiefeln. Und dann gingen sie zu der Gruppe hinüber. Alle anderen waren auf dem Pfad ausgeschwärmt und versuchten irgendeinen Hinweis zu entdecken, wie oder wo Kearn und Daol verschwunden waren. Alle bis auf den aquilonischen Soldaten Valerus. Nachdem er sein durchgegangenes Pferd wieder eingefangen hatte, war er den Weg zurückgeritten, den sie gekommen waren. Nur für alle Fälle.

Der Todesgestank der Riesenspinne hatte sich so gut wie verflüchtigt, und sobald man die Biegung hinter sich gelassen hatte, war er fast verschwunden. Trotzdem rieb sich Gard die Nase und atmete flach durch den Mund. Ehmisch, der auf dem harten Boden saß und an der Felswand lehnte, schaute fragend auf und wollte mehr als ein Winken.

»Keine Spur«, sagte Ossian. Die anderen wussten nicht, ob sie entmutigt oder glücklich aussehen sollten. Der Taurer hatte sich aber offenbar schon entschieden. »Wenn sie nicht von den Spinnen geholt wurden, dann könnten sie noch am Leben sein«, erinnerte er alle und fuhr sich mit der Hand über den kahl rasierten Kopf. »Ich will weder Kearn noch Daol aus einem Kokon schneiden müssen.«

»Ich habe eine bis zu einem Baumnest verfolgt«, sagte Desa. »An den Ästen war nichts, das so groß wie ein Mann gewesen wäre. Die andere hatte ein Loch im Boden nicht weit den Hang hinauf. Wir haben zwar nicht angeklopft, aber es war offensichtlich, dass da nichts Frisches reingezerrt wurde.«

Garret kratzte sich die Narben unter der Augenklappe. »Brig und Wallach haben die andere aufgeschlitzt«, sagte er, »also wäre es das gewesen.«

»Soweit wir wissen«, murmelte Finn und stapfte den Weg entlang, um sich zu einer kleinen Gruppe der anderen zu gesellen, die von ihrem Spähtrupp zurückkehrten. Es schien nicht mehr darüber gesagt werden zu müssen. Die anderen gingen ihm einzeln oder paarweise nach, sicherlich in der Hoffnung, dass man etwas gefunden hatte.

Was Gard bei Ehmisch bleiben ließ, der sich auf die Beine kämpfte. Er beugte sich herunter, packte Ehmisch am Arm und zog ihn hoch. Um ein Haar hätte ihn der Junge abgewehrt – Gard spürte seine Anspannung –, aber hinzufallen wäre eine armselige Zurschaustellung von Stärke gewesen. Und Ehmisch kämpfte so offensichtlich.

»Wie fühlst du dich?«, fragte Gard, führte ihn auf den Pfad und schnappte sich seine und auch Ehmischs Bettrolle.

»Wie ein Narr«, war die finstere, sogar bittere Erwiderung.

Der Krieger aus Cruaidh rümpfte die Nase. »Das Gift im Geruch dieser Kreatur war stark. Desagrena hat gekotzt. Ich habe es gesehen.«

»Sie ist eine Frau«, sagte Ehmisch, als würde das alles erklären.

»Lass dich bloß nicht von ihr dabei erwischen, wie du das sagst.«

Der Junge dachte einen Augenblick lang darüber nach und konnte das Schnauben nicht unterdrücken, das ihm entschlüpfte. »Nein, werde ich nicht.« Dann wurde er wieder ernst. »Ich weiß nicht, was mit ihnen passiert ist, Gard. Und ich sollte es wissen. Im einen Augenblick waren sie noch da, im nächsten …« Er schüttelte den Kopf. »Keine Hilferufe. Kein Laut. Kein Blut.«

»Vielleicht hat Kearn etwas gesehen. Vielleicht ist Daol etwas zugestoßen, und er ist losgelaufen, ohne daran zu denken, den anderen Bescheid zu sagen.«

»Kearn hat sein Schwert in der Spinne stecken lassen. Wann hast du deine Klinge das letzte Mal vergessen mitzunehmen, Gard Feindhammer?«

Noch nie. Ein Cimmerier verlor seine Waffe nicht. Nicht, wenn er unter den Lebenden bleiben wollte.

Aber man durfte nicht zu lange in Selbstmitleid oder Selbstzweifeln schwelgen. In dieser Richtung lag nur der Pfad zu einem kurzen Leben. Und Gard wollte nicht zusehen müssen, dass Ehmisch so endete wie Alaric Häuptlingssohn. Tot. Darauf konnte er gut und gern verzichten.

Er hielt ihn mit einem leichten Ruck auf und wandte sich ihm zu. »Was bringt dein Blut mehr in Wallung, Ehmisch? Dass dich der Spinnengeruch zum Spucken gebracht hat? Oder dass du dich nicht retten *und* Kearn im Auge behalten konntest?«

»Keins davon! Es macht mich ganz krank, dass ich alles hätte verhindern können und es nicht getan habe.« Und er erklärte mit einem förmlichen Wortschwall, wie er die Falle gerochen hatte, bevor sie in sie hineingetappt waren. Wie alles hätte anders ausgehen können.

»Herzschläge, Ehmisch. Die Entscheidungen eines Augenblicks.« Er wischte das mit einer groben Bewegung zur Seite. »Wenn man so denkt wie du, hätte ich es nicht verdient weiterzuleben, weil ich so dumm war, mich vom Zorn des Zauberers über Conarch blenden zu lassen. Ich habe gesehen, wie es anderen zugestoßen ist. Ich hätte das verhindern müssen!« Es überraschte Gard, wie hitzig und schnell diese Worte aus ihm hervorströmten. War nicht genau dies der Grund gewesen, aus dem ihn Sláine Langzahn im Stich gelassen hatte?

»Das ist doch nicht das Gleiche«, sagte Ehmisch und trat von einem Fuß auf den anderen. Er bot das Abbild eines gescholtenen Jungen.

»Nein! Ist es nicht. Ich war Cruaidhs Erster Wächter. Ich habe zwölf Sommer lang unter dem Fuchsschwanz gekämpft. Du bist erst diesen Winter zum Mann geworden. Und wenn ich nach dem, was ich alles verloren habe, weitermachen kann, dann kannst du aufhören, wie ein junger Welpe zu winseln, dem man gerade die Ohren gestutzt hat.« Er sah, wie Ehmisch an diesen Worten Anstoß nahm, wie er bereit war, sich auf ihn zu stürzen. Gards Hände ballten sich zu Schmiedehämmerfäusten. »Kein Wort mehr, Junge, oder ich schicke dich wieder zu Boden.«

Einen Augenblick lang glaubte Gard, der junge Mann würde es versuchen. Er sah, wie sich Ehmischs Fäuste ballten und sich die Muskeln in seinen Armen und Schultern anspannten. Und dieser kalte, blauäugige Blick hätte Steine spalten können. Er hätte dem Jungen beinahe beeindruckt auf die Schulter geklopft. Aber er ließ Ehmisch zurückweichen und sich stattdessen weiter an seiner Wut festklammern. In dem Wissen, dass er damit im Augenblick besser bedient war.

»Ich werde dich nicht weiter mit meinem Wimmern stören, Gard Feindhammer.« Und er stolzierte vor Wut schäumend fort und warf ein paar finstere Blicke über die Schulter, die Gard um ein Haar hätten doch grinsen lassen.

Aber nur beinahe.

»Gut für dich.«

Hydallan stand in der Nähe, trat ein paar lose Steine zur Seite, die von der Felswand gefallen waren, und verdrehte seinen spitzen Hasenfellhut mit den knochigen Händen. Er sprach so leise, dass die Worte nur bis zu Gards Ohren dringen konnten. Aber der alte Mann tat nichts, um seine Zustimmung zu verbergen. »Der Junge braucht dich«, sagte er mit derselben leisen Stimme.

Gard trat näher heran. Nur Brig Baum und Nahud'r befanden sich in unmittelbarer Nähe und unterhielten sich leise und gestikulierten, vertieft in ihre Diskussion, aber Gard wollte gar nicht, dass ihnen ein anderer zuhörte.

»Der Junge braucht Kearn Wolfsauge«, sagte er. Das hätte für jeden offensichtlich sein müssen, der erlebt hatte, wie Ehmisch für gewöhnlich an jedem von Kearns Worten hing.

»Und du, Gard? Was brauchst du?«

Für einen Mann, der seinen Sohn gerade auf mysteriöse Weise verloren hatte, interessierte sich Hydallan zu sehr für andere. Andererseits war er weit über vierzig Sommer alt und hatte zweifellos gelernt, zugunsten des Clans mit Härten umzugehen.

»Hast du was Interessantes bei diesen Steinen gefunden?«, fragte Gard und wechselte das Thema. »Du trittst sie jetzt schon eine ganze Weile herum.«

»Die Kanten sind zu scharf«, antwortete Hydallan. »Jedenfalls behaupte ich das. Ich glaube, ich habe Brig und Nahud'r überzeugen können. Nur so ergibt das einen Sinn.«

»Nur so ergibt was einen Sinn?«

Der alte Fährtensucher trat hart gegen die Steine und verteilte sie auf dem Weg. Sein faltiges Gesicht schaute zu Gard hoch, seine grauen Augen wiesen das harte Leuchten eines Falken auf. Graue Haare standen in alle Richtungen ab und verliehen ihm ein leicht wildes Erscheinungsbild.

»Daol war kein Narr, selbst wenn mir da meine Zweifel kommen, so wie er in dieses Netz gelaufen ist. Aber keine dieser Spinnen schleicht sich von hinten an ihn heran und schleppt ihn kampflos oder ohne Schrei weg. Und Kearn? Wenn Crom jemanden mit einem besonderen Talent zum Überleben bedacht hat, dann ihn.«

Da konnte Gard dem alten Mann nicht widersprechen. Aber er begriff noch immer nicht. »Also, was sagen dir diese Steine? Über Kearn und Daol?«

Hydallan sah die fast senkrechte Felswand hinauf. Fünfmal so hoch wie ein gewöhnlicher Mann.

»Ich frage mich, wie es Clan Galla geschafft hat, sie dort raufzuziehen.«

19

Mit auf den Rücken gefesselten Händen durch unwegsames Gelände zu laufen verlangte einem Mann viel ab, wie Kearn entdecken musste. Sein Gleichgewichtssinn wurde ständig durcheinandergebracht. Seine Beine brannten vor Müdigkeit, als er das auszugleichen versuchte, seine Schritte verlängerte und sich bei jedem Sprung etwas weiter streckte.

Er hatte es aufgegeben zu zählen, wie oft er oder Daol stolperten und stürzten. Aufgeschlagene Beine hielten ihre Häscher nicht davon ab, die beiden gaudischen Clansmänner mit ihren Speeren wieder auf die Füße zu zwingen oder sie häufiger einfach an den Stricken um ihre Hälse wieder hochzuzerren. Zwei Schlingen, die schmerzhaft auf der aufgescheuerten Haut brannten und deren Enden von den muskulösen Männern gehalten wurden, die an jeder ihrer Seiten liefen. Vier, um Kearn und Daol unter Kontrolle zu halten. Einer, der vorauslief. Der Letzte, der den Abschluss bildete.

Keine Chance zur Flucht. Diese Männer hatten vom ersten Augenblick an genau gewusst, was sie da taten.

Hatten sie um die Wegbiegung gezerrt und dann den Felsen hochgezogen. Zwei Mann unten, vier weitere oben. Daol war nicht rückwärts getaumelt, war aber von einer ähnlichen Schlinge wie der weggezogen worden, die sich um Kearns Hals gelegt und seinen Atem wie auch seine Stimme abgeschnürt hatte. Er hatte nach seinem Hals gekrallt, dann nach hinten gegriffen, um das dünne, feste Seil zu packen. Seine umhertastenden Finger hatten etwas zu fassen bekommen, das an einen harten Stock erinnerte, aus dem das Schlingenende ragte. Was keinen Sinn ergeben hatte, bis sich Kearn weit genug hatte drehen können, um zu sehen, wie Daol von einem Mann gepackt wurde, dessen nackte Schultern mit blauen Schnörkeln tätowiert und dessen schwarzes Haar nach oben zu einem Knoten gebunden waren.

Galla!

Nomadische Clansmänner, die im Gebiet des Schneeflusses und auf den hohen Plateaus der Schwarzen Berge jagten. Mitten im Kampf um ihr Leben wurde Kearns Rudel überfallen!

Und die Waffen, die sie benutzten, waren Kearn unbekannt. Stäbe, so lang wie ein guter Speer – und hohl. Eine Schlinge aus einem dünnen weißen Seil wurde in das Endstück hineingesteckt; das eine Ende war unterhalb eines Ledergriffes festgebunden, das andere um die Mitte eines Querholzes geschlungen. Das am anderen Stabende hervortretende Seil bildete eine einfache Schlaufe, wie man sie zum Fallenstellen benutzte. Man musste nur die Schlinge überstreifen und hart an dem Querholz reißen, um sie zuzuziehen. Und der Stab krachte direkt gegen den Nacken am Schädelansatz und hielt den Krieger auf ausreichendem Abstand, um Händen und Tritten zu entgehen … selbst Schwertern, wenn der erste Instinkt eines Mannes nicht doch darin bestünde, jede Klinge fallen zu lassen und nach der Schlinge zu greifen, um Luft zu bekommen.

Noch während Kearn das verarbeitete und um jeden Atemzug rang, senkte sich eine zweite Schlinge den Hang herunter und legte sich über Daols Kopf: zog ihn in die Höhe.

Daol schmiegte sich an den Felsen, krallte sich mit Händen und Stiefelspitzen fest und *kletterte*.

Was für Kearn keinen Sinn ergab, bis er an der Reihe war. Gleich hinter Daol. Die zweite Schlinge bestand aus einem etwas dickeren Seil, aber sie erwürgte ihn trotzdem beinahe, als sie ihn von den Füßen holte. Bei so viel totem Gewicht hätte er gedacht, dass die Krieger in der Höhe Schwierigkeiten haben würden. Dann folgte er Daols Einfall und war mit einem Sprung an der Felswand. Seinen Häschern zu helfen, indem er kletterte, war besser, als erwürgt zu werden.

Oben packten andere Hände die *Würgestangen* und zogen die Schlingen wieder an, zwangen die beiden Gauder zu Boden, obwohl keiner von ihnen noch viel Widerstandsgeist in sich hatte. Niemand sprach. Es gab nur Gesten, leise Pfiffe und ein schnaubendes Keuchen, das wie das Husten eines kleinen Tieres klang. Kaum ein Laut wurde verursacht, den man unten trotz des lauten, verzweifelten Kreischens der Spinne oder des Waffenklirrens, das der Kampf auf dem Bergpfad hervorbrachte, hätte hören können.

Kearn wollte um Hilfe für seine Krieger, seine Freunde bitten. Bei der Gefangennahme würde es um Lösegeld gehen. Sie würden es zahlen. Aber die Clansmänner zeigten kein Interesse an seinen Versuchen, sich verständlich zu machen.

Dann kniete sich ein zweiter Clansmann auf Kearns Hals und drückte unterhalb seines Ohrs so hart zu, dass seine Sicht verschwamm und eine dunkle Wolke ihre Ränder verdunkelte. Er kämpfte wild und versuchte den Clansmann abzuschütteln. Doch es war sinnlos.

Die Dunkelheit stürzte über ihn herein. Und er nahm nichts mehr wahr.

So lange nicht, bis er wieder mit dröhnendem Schädel und dem Geschmack von altem Leder im Mund erwachte und eiskaltes Wasser tropfenweise in sein Gesicht spritzte.

Kearn schlug mühsam die Augen auf, und das tätowierte Gesicht eines Jägers von Clan Galla starrte auf ihn herab. Sein Haar war zu einem dicken Knoten oben auf dem Kopf zusammengefasst, und in sein Gesicht waren die Umrisse eines Donnervogels eingegraben, dessen ausgestreckte Schwingen seine Augen wie eine Maske bedeckten. Er goss Wasser aus einer Feldflasche in seine Hand, die er über Kearn hielt, während er winzige Tropfen auf dessen Stirn regnen ließ.

Als der Krieger sah, dass sich Kearn rührte, spritzte er ihm den Rest Wasser ins Gesicht und riss ihn auf die Füße.

Der Wind war aufgefrischt, und sein Hals fühlte sich wie von einem glühenden Messer verbrannt an. Eine Rolle Leder war in seinen Mund gestopft worden, hart, um jeden Schrei, jede Bemühung zu verhindern, seinen Freunden eine Warnung zuzurufen. Nicht, dass es den Anschein hatte, als befänden sie sich noch in der Höhe des Pfades. Die Hände waren ihm bereits auf den Rücken gefesselt, die Seile hielten seine Wächter.

So einfach war das. Bereit, zum Lager der Galla getrieben zu werden.

Kearn hatte seinen Proviantbeutel weggeworfen, nicht aber seine Bettrolle. Einer der Clansmänner hatte sie geholt. Daols auch. Dann brachen sie auf. Zuerst wurden die Gauder zwischen zwei stämmigen Männern mitgezerrt, bis sie begriffen hatten, dass jede Gegenwehr nur dazu führen würde, dass man ihnen die Luft abschnürte und sie vielleicht sogar tötete.

Ihre Wächter gaben ein schnelles Tempo vor, steuerten oft um leichter begehbaren Boden und alte Schneeflächen herum und nahmen stattdessen steinige Pfade und Felsen. Der Grund dafür war Kearn sofort klar. Es erschwerte eine Verfolgung, selbst wenn die anderen die Spuren oben auf der Klippe entdecken sollten. Er wollte einmal durch eine Schneewehe laufen und wurde für den Versuch von den Füßen gerissen. Danach ließ er sich führen und bewahrte so viel von seiner Kraft, wie er nur konnte. Schmiedete Pläne und verwarf sie fast genauso schnell wieder. Behielt Daol im Auge, der blass und kränklich aussah. Sorgte sich darum, einen Fuß vor den anderen zu setzen, ohne dabei zu stürzen.

Zwei Meilen? Nein, bestimmt mehr als drei, bevor die Jäger in einen langsamen Laufschritt verfielen und die Gipfel in der Nähe sowie die Baumlinie wachsam betrachteten. Sie lauschten dem weit entfernten Kreischen des Windes, der durch die Berge raste.

Dem Kreischen …?

Spinnen! Irgendwo in der Nähe.

Er und Daol wechselten einen misstrauischen Blick; sie hatten es nicht eilig, als Köder für die abscheulichen Bestien festgezurrt zu werden … oder was die Galla auch sonst immer vorhatten. Irgendwas führten sie offensichtlich im Schilde, da die kleine Gruppe von ihrem ursprünglichen Weg abwich, um den Lauten nachzujagen. Kearn fing wieder an, das Seil um seine Handgelenke zu bearbeiten. Zog es straff und dehnte es, um es so zu lockern. Das Kreischen wurde schnell lauter, bis es den Anschein hatte, als würde der schreckliche Laut eine heiße Klinge durch Kearns Ohren in seinen Kopf treiben. Furchtbare, verzweifelte Laute, die klangen, als läge die Spinne direkt auf der anderen Seite des niedrigen Kammes im Sterben.

Und der Gestank! Kearn ging zu kurzen, flachen Atemzügen über. Sich mit dem Lederknebel im Mund übergeben zu müssen, würde nicht angenehm sein. Er könnte an seinem eigenen Erbrochenen ersticken, falls die Galla das Leder nicht entfernten.

Aber dann standen sie oben auf dem Kamm, sahen nach unten, und Kearn vergaß den Geruch oder die Befürchtung, den Bergbestien auf primitive Art geopfert zu werden.

Daol sank auf die Knie, offenbar dankbar für die Ruhepause. Kearn konnte bloß dastehen und hinschauen.

Unten hatten ein halbes Dutzend Männer und Frauen mit Haarknoten eine der grau gesprenkelten Kreaturen auf den Rücken geworfen. Vier von ihnen trugen die Würgestangen, und erst jetzt erkannte Kearn ihren wahren Verwendungszweck. Jede Schlinge lag um ein Spinnenbein herum und zerrte daran, um so gut wie jede Bewegung zu unterbinden. Die anderen vier Beine der Kreatur waren bereits unter Kontrolle; das dünne weiße Seil fesselte sie und war an spitzen Pfählen festgebunden.

Die Galla waren im Pass nicht auf Raubzug gewesen. Jedenfalls nicht ursprünglich. Sie hatten Spinnen gejagt! Hatten sich vermutlich an die Kreatur angeschlichen, die an der Felswand gelauert hatte, als Daol und dann Ehmisch geradewegs in ihr Netz gelaufen waren.

Den Grund dafür konnte Kearn unten genau beobachten. Ein Mann mit einer prallen Lederflasche kauerte neben dem Kopf der Spinne. Eine Armlänge von den ebenholzschwarzen, klickenden Beißwerkzeugen entfernt. Es war nicht genau zu erkennen, aber er schien die Spinne in die Feldfalsche beißen und darauf herumkauen zu lassen, so wie die eine Spinne Daols Köcher zerbissen hatte. Er ließ sie ihr Gift in die harmlose Flasche pumpen.

Eine der Frauen hatte eine ebenso unerfreuliche Aufgabe; sie stand am anderen Ende und *kitzelte* die Unterseite der Kreatur mit einem kurzen Stock oder einer Keule. Sie stemmte einen Stiefel auf den aufgedunsenen Leib, beugte sich vor und schob das Holzende durch das borstige Haar und die gesprenkelte Haut.

Plötzlich richtete sie sich mit einem Schrei auf und zog einen zähflüssigen Netzfaden aus den Spinndrüsen des Ungeheuers. Dann zog sie eine kleine Flasche aus dem Gürtel, tröpfelte etwas auf den langen Faden, ließ es einen Moment lang einwirken, danach rollte sie den Netzfaden wie einen gesponnen Wollfaden um das Ende des Stocks.

Als der Stab wieder auf den Unterbauch drückte, zog sie einen neuen langen Netzfaden hervor, während der Spinnenleib pulsierte. Wieder tröpfelte sie etwas darauf. Und wieder wurde das Netz aufgewickelt.

Der Mann war vor ihr fertig und ging um die Kreatur herum, um ihr dabei zu helfen, noch mehr Netz aus den Drüsen zu locken. Dabei wurden die Fäden dicker und schienen weniger zähflüssig. Die Spinne wurde aber ruhiger, während sie von ihrer kostbaren Last befreit wurde.

Als sie fertig waren, wartete Kearn auf den tödlichen Hieb direkt durch die Unterseite des Kopfes. Doch die Galla lösten bloß die Seile von den Pfählen, verließen sich einen Moment lang auf ihre Würgestangen, und dann ließen sie in einer koordinierten Aktion alle das Seilende der Würgestange los, sodass die dünne, starke Leine durch den hohlen Griff rutschte und von den Spinnenbeinen glitt.

Sie wichen schnell und vorsichtig zurück, aber der riesige Albtraum war für diesen Tag beendet. Er rollte sich wieder herum, stellte sich auf die Hinterbeine und fuchtelte in einer leeren Drohung mit vier Gliedmaßen in der Luft. Dann kroch die Kreatur mit einem letzten, ohrenbetäubenden Schrei auf ein dunkles Loch zu.

Kearn konnte nur hart auf seine Lederrolle beißen und seine Atmung wieder normalisieren. Er sah einen seiner Wächter fragend an. Der, der ihn mit den paar Wassertropfen geweckt hatte. Der mit dem Donnervogel aus roter und blauer Farbe auf dem Kopf. Stammesschnörkel zogen sich in einer Linie zu beiden Seiten seines Halses herunter. Seine Unterarme waren sehr muskulös, aber auf seiner Haut zeigten sich ein paar wulstige Narben, die wie Brandnarben aussahen.

Er musterte abwechselnd Kearn und Daol, als stellte er den Unterschied zwischen den beiden Männern fest. Sein wildes Grinsen zeigte große, breite Zähne. »Nicht essbar.«

Es war das Erste, was einer von ihnen zu den Gefangenen gesagt hatte.

Und vielleicht war die Spinne wirklich ungenießbar. Aber die Krieger von Galla hatten trotzdem einen Nutzen für das riesige Ungeziefer gefunden. *Jetzt* begriff Kearn, wie sie so dünnes und starkes Seil herstellen konnten. Spinnenseide! Und das Gift diente vermutlich dazu, Pfeilspitzen oder Speerspitzen zu bedecken. Er konnte zwar keinen Nutzen in dem widerlichen Gestank erkennen, den die Spinnen absonderten, wenn sie bedroht wurden, aber er ging jede Wette ein, dass die Galla auch dafür einen Zweck gefunden hatten.

Es war eine Sache des Überlebens, wenn der Clan hoch oben in den Bergen lebte, immer an der Schwelle des Winters; sie raubten und plünderten und fanden eine Möglichkeit, alles, aber auch alles zu verwenden, was Crom ihnen zurückgelassen hatte.

Trotz seiner Schmerzen und der groben Behandlung konnte Kearn seine Bewunderung nicht unterdrücken. Doch sollte er herausfinden, dass ein Mitglied seines Rudels bei der Baumgruppe verletzt worden war, jemand, den er hätte retten können, dann würde er dafür sorgen, dass jeder dieser Krieger hier starb, dass jeder ihrer Köpfe auf einer Lanzenspitze endete. Das schwor er sich.

Bis dahin musste er dafür sorgen, dass diese Clansmänner mit ihm sprachen. Also wies er mit dem Kopf auf die Senke, wo die Spinne in ihr Loch gekrochen war.

Der Krieger schüttelte den Kopf, da er die Frage erahnte. »Geh nie einer ins Loch nach.« Seiner abgehackten Sprache war schwer zu folgen. Sie klang rau und sperrig. »Reißen dich in Stücke.«

Daran hatte er nicht den geringsten Zweifel. Nicht, nachdem er gesehen hatte, wie diese scharfen Mandibeln durch Daols Köcher gebissen und die Pfeile wie trockene Zweige zerfetzt hatten.

Und Daol stöhnte, als würde er sich an den Zwischenfall erinnern. Es lag genug Schmerz darin, dass sich Kearn mit neuer Sorge nach ihm umdrehte.

Selbst nach dem anstrengenden Lauf, zu dem man sie gezwungen hatte, hätte sein Freund nicht so erschöpft aussehen dürfen. So blass. Natürlich spürte auch Kearn das Brennen in den Beinen, und jeder tiefe Atemzug half, die glühenden Scheite tief in seinen Lungen zu beschwichtigen. Doch es gab keinen Grund, warum Daol nicht zu einem weiteren halben Tageslauf bereit sein sollte.

Dann verdrehte Daol die Augen, kippte vornüber und fiel der Länge nach auf den gefrorenen Boden.

Die Krieger von Galla vermuteten sofort eine List und zogen auf beiden Seiten die Stricke fest, zerrten Daol in eine halb sitzende Stellung und würgten Kearn fast zur Bewusstlosigkeit. Aber Daol reagierte nicht, und ihre Gefangenenwärter lockerten besorgt ihren Griff. Kearn stolperte nach vorn, zerrte den einen der stämmigen Nomaden beinahe mit sich, und fiel neben seinem Freund auf die Knie.

Daols Atem ging keuchend. Zu flach. Seine Haut wies eine wächserne Blässe auf, die Kearn fast sein ganzes Leben lang vertraut gewesen war, aber bei Cimmeriern war das keine gesunde Hautfarbe.

Kearn versuchte, durch den Lederknebel zu sprechen, und seine Sorge kam als gedämpfter, wütender Aufschrei heraus. Er fühlte, wie sich sein Nacken rötete, als sich seine Wut an die Oberfläche drängte.

Zwei der Galla gingen neben ihm auf die Knie und untersuchten Daol, ihre groben Hände bewegten sich bemerkenswert schnell, als sie seinen Hals, seine Arme und Beine überprüften. Offenbar suchten sie nach Schnitten. Natürlich war da die Pfeilwunde aus Gaud, die noch immer verbunden war.

Sie hoben seinen Kilt für einen schnellen Blick, rollten ihn herum.

Die Wunde zog sich über seinen Rücken, und die Schwellung war mit einem dunklen, purpurfarbenen Schimmer versehen. Sie sah nicht schlimmer als ein breiter Kratzer oder eine Quetschung aus, wenn auch eine entzündete.

Daols Hirschhautumhang lag hochgeschoben über seinen Schultern. Einer der Galla strich das weiche Leder glatt und zeigte auf den unregelmäßigen Riss. In diesem Augenblick erinnerte sich Kearn an die Spinne, die Daol zu Boden geworfen hatte und auf ihm hockte, während ihre Mandibeln seinen Köcher vom Rücken rissen und, wie er jetzt sah, mit den Spitzen Umhang und Haut durchbohrten.

Kearn fing an, durch seinen Knebel zu schreien, beugte sich in die Gesichter der anderen Männer und kämpfte knurrend um ihre Aufmerksamkeit. Er schüttelte wild den Kopf, als einer von ihnen das Messer aus dem Gürtel zog.

Dann stieß er den Mann mit der Schulter zurück und hätte mit den Händen oder den Füßen zugeschlagen, hätte er nicht gekniet oder wäre gefesselt gewesen.

Dann hieb ihm ein anderer Mann den Ellbogen heftig gegen die Brust, stieß ihn zurück und von dem gestürzten Jäger fort. Kearn prallte mit dem Kopf auf dem harten Boden auf. Funken blitzten in seinem Kopf auf. Er drehte sich auf eine Schulter, und sein wütender Blick ließ den Galla tatsächlich einen Schritt zurückweichen.

Es brauchte einen dritten Mann, der ihm einen Fuß auf die Brust setzte, bevor ihm die anderen wieder den Rücken zuwandten. Kearn kämpfte, aber in dieser Stellung konnte er nichts ausrichten. Eine frische Windböe peitschte heran und ein verzweifelter Donnerschlag rollte über die Berge.

Kein Regen. Aber ein violetter Blitz zuckte über den Himmel.

Ein paar der Krieger suchten den Horizont nach Anzeichen eines Sturms ab, während sich Kearn gegen den Stiefel wehrte. Sie fanden keine. Dann beugte sich der Messerträger trotz Kearns gedämpften Protesten wieder vor und machte ein paar flache Schnitte kreuzweise über die vergiftete Wunde.

Jemand reichte ihm eine kleine Lederflasche, die er entkorkte, um dann einen Schluck zu nehmen. Er spülte mit der Flüssigkeit den Mund, bevor er sie auf Daols Rücken spuckte. Sie roch nach sauer gewordenem Alkohol, wie verdorbener Wein. Der Mann beugte sich wieder über Daols Rücken, biss in die flachen Schnitte und saugte hart. Sog Blut und Flüssigkeit und spuckte sie zur Seite. Er wiederholte es. Und dann immer wieder. Falls nötig goss er noch einen Schuss direkt in die Wunde und machte weiter.

Holte das Gift heraus. Kearn hätte nie gedacht, dass so etwas möglich war. Nicht bei dem Biss einer so großen Kreatur. Aber jetzt sah er es, an der systematischen Art, wie der Galla die Wunde bearbeitete und so viel Gift wie möglich zu entfernen versuchte, bevor es Daol tötete. Kearn wartete, so konzentriert auf das Geschehen, dass er zuerst gar nicht bemerkte, dass sämtliche Aufmerksamkeit auf seinen Freund gerichtet war. Selbst der Mann, der sich auf ihn gestellt hatte, um ihn aus dem Weg zu halten, hatte ihn freigelassen und sah stumm zu, wie sein Clansbruder den Gefangenen bearbeitete, als zwei andere Männer anfingen, eine Trage zu bauen, und zwar aus den Seilen, mit denen sie Daol gefesselt hatten, und zwei langen, stabilen Stangen.

Niemand schenkte Kearn auch nur einen Blick.

Er hatte seine Fesseln bereits gelockert. Jetzt, da er sich einen Augenblick lang konzentrieren konnte, ohne dass ihn der hektische Marsch ablenkte, konnte er das spüren. Es reichte nicht. Er stemmte sich dagegen und verrenkte sich, aber er konnte die starke Spinnenseide nicht zerreißen und hatte auch nicht genügend Raum, die Schlinge über seine großen Hände zu streifen. Mit einem Messer oder einem brennenden Scheit hätte er vielleicht eine Chance. Er stemmte sich erneut dagegen, fühlte, wie sich die Schnur in sein Fleisch grub, und ließ seine Wut in die Muskeln fließen, als könnte der ganze Zorn der Welt ihm genug Kraft verleihen …

Das Seil gab nach.

Der Knoten hatte sich geöffnet, vielleicht war das dünne Material doch nicht so stark, wie Kearn befürchtet hatte. Wie dem auch sei, er fühlte, wie sich die Fesseln lösten. Er befreite seine Hände, behielt sie aber weiter hinter dem Rücken. Als er davon überzeugt war, dass ihn niemand beobachtete, griff er nach oben und streifte die erste Halsschlinge ab. Dann die zweite.

Es hätte nur einen Augenblick Zeit in Anspruch genommen, auf die Beine zu kommen, sich umzudrehen und zu fliehen. Er konnte es schaffen. Er *würde* es schaffen. Würde den paar geworfenen Speeren entgehen und es bis zu dem kümmerlichen Pinienwald schaffen, den er weiter hinten sehen konnte, an dem Weg, den sie gekommen waren. Dort den Hang hinauf. Weiterlaufen und seine Verfolger in der Höhe abschütteln, in der Kälte von Eis und Schnee, wo er wusste, dass er länger durchhalten konnte als sie. Mit dem Winter in seinen Knochen und der Wut, die ihn wärmen würde.

In den Höhen konnte er dann zum Jäger werden, und dann konnte er entkommen und loseilen, um die anderen zu finden. Sie zu Daol führen. Lösegeld oder nicht, er würde seine Freiheit haben, und er würde seinen Freund zurückbekommen.

Es war eine Chance, vielleicht ihre beste.

Niemand hatte gesehen, wie Kearn seine Fesseln abstreifte. Oder es kümmerte niemanden. Er dachte darüber nach, dafür zu sorgen, dass es sie kümmerte. Vorsichtig und leise, eine Waffe stehlen und dann ein paar niedermachen, bevor er den Hang hinunterstürmte.

Hätte er Daol zurücklassen können.

Als zwei Männer seinen Freund aufhoben und ihn vorsichtig auf die notdürftige Trage legten, rollte sich Kearn mühelos auf alle viere, stützte sich auf die Fingerspitzen und Zehen. Kraft schoss zurück in seine Arme, jetzt, da er sie wieder bewegen konnte. Was gut war. Er würde sicherlich jeden letzten Funken davon brauchen, sobald er aufstand und einer der Galla bemerkte, dass sich ihr zweiter Gefangener befreit hatte.

Aber Kearn trat einfach an dem einen Ende der Trage zwischen die beiden Stangen und ergriff sie mit seinen starken Händen. Er blickte sich nicht um, machte sich keine Sorgen, wie die Galla reagieren würden. Sie würden ihn fesseln oder auch nicht. Jemand würde ihm helfen, seinen Freund zu tragen – oder auch nicht. Er stand bereit, seinen Teil der Last zu tragen oder sich umzudrehen und mit ihnen bis zum Tod zu kämpfen. Es war ihre Wahl.

Niemand bewegte sich und Kearn wartete einfach. Er wollte sie nicht reizen, hütete den Zorn, von dem er sicher war, dass er seine goldenen Augen funkeln ließ, und starrte zur Seite. Behielt den armseligen Wald aus gebirgigem Immergrün im Auge, den Schnee, der unter den Ästen ruhte, und den plötzlichen Anblick von silbergrauem Pelz, der zwischen zwei Bäumen aufblitzte.

Ein Mann trat an die Seite der Trage und half ihm, Daol hochzuheben.

Kearn hielt ihn mühelos. Vermutlich würden sie noch vor Einbruch der Dunkelheit zwei Meilen schaffen. Der Rest gruppierte sich in einem lockeren Kreis um sie herum, aber Kearn beachtete ihre Vorsicht nicht. Er unternahm keinen Fluchtversuch. Noch nicht.

Er sah auch nur einmal zurück, als sie einen weiteren Hang erklommen und sich in eine Gruppe Weißerlen begaben. Er tat es, als er das Ende von Daols Trage über einen großen Felsblock hob und seinen Körper so hielt, dass der Blick nicht zu auffällig erscheinen würde. Und er bemühte sich, ein zufriedenes Nicken zu unterdrücken.

Er hatte Daol nicht zurückgelassen. Würde keinen seiner Krieger zurücklassen. Seiner *Wölfe*.

Und er wusste jetzt, dass zumindest einer seiner Wölfe ihn nicht aufgegeben hatte. Noch nicht.

Frostpfote stand oben auf dem Kamm, den er heruntergestiegen war. Die goldenen Blicke des Schreckenswolfes folgten ihm. So wie er hoffte, dass der Rest seines Rudels hoffentlich der Fährte des Tieres folgte.

Als ihn der Wald verschlang, stieß der Wolf ein Heulen aus. Der sorgenvolle Laut verlor sich in einem lang gezogenen Donnern, und selbst wenn das nicht geschehen wäre, hätte Kearn seine Furcht nicht bemerkt, seinen Schmerz wegen eines beunruhigenden Geruches.

Und auch keiner von Kearns Wächtern hatte bemerkt, dass das Seil, mit dem man seine Hände so eng gefesselt hatte, auf der anderen Kammseite liegen geblieben war.

In zwei Stücke gebrannt, die noch immer qualmten.

20

Das Lager der Galla befand sich keine Meile weiter in einem Hain aus hohen Pinien, unmittelbar an der Schneegrenze des Berges. Die Zelte bestanden aus einer Plane, die man einfach über ein zwischen zwei Bäume gespanntes starkes Seil geworfen hatte. Es gab auch ein paar hastig errichtete Unterstände, die auf die gleiche Weise erbaut worden waren und deren schräge Dächer dick mit Immergrünzweigen bedeckt waren. Tiefe Feuergruben waren im sorgfältigen Abstand zu Bäumen gegraben worden und wurden von Steinen umgeben. Ein paar Kochfeuer bliesen grauen Rauch in die Bergluft.

Kearn roch den Holzrauch aus einer Entfernung von mehreren hundert Schritten.

Als er das Lager betrat, übergab er Daol einigen Leuten mit misstrauischen Mienen, die aber bereitwillig zupackten. Dieses Mal fiel es ihm schwer, die Wut zu verdrängen. Er konnte bloß an die brutale Behandlung denken, wie man sie die Felswand hochgezogen hatte, an die Prellungen und Abschürfungen an seinem Hals und die Verzögerung, das Ende des Passes zu erreichen.

Jeder schien ihm aus dem Weg zu gehen, warf ihm bestenfalls einen misstrauischen Blick zu. Also verbrachte er einige Zeit damit, einfach zwischen ihnen zu stehen, das Gesicht zu einer finsteren Miene erstarrt. Er zählte ein Dutzend Frauen und zwei oder drei Clanältere, die auf die

Rückkehr der Jagdgruppe gewartet hatten, dagegen nur wenige Kinder und Jugendliche, er sah nur drei oder vier. Also war dies nur ein kleiner Eindruck von der Stärke ihres Clans.

Galla war in viele durch die Berge streifende Stämme aufgeteilt; man hatte sie nie gezählt, und vermutlich kannten sie auch selbst ihre Stärke nicht. Sie hielten sich abseits, befehdeten einander und blieben nie lange an einem Ort. Der nomadische Clan hatte keine Geduld zum Ackerbau und zog es vor, hinter den großen Herden von Bergtieren herzuziehen, zotteligen Elchen und Widdern. Dieser Stamm hatte drei große Graugänse gefangen und angebunden, die Kearns Ankunft mit lautem Geschnatter begrüßten, und er hielt auch ein paar Ziegen. Vermutlich für Milch und Eier. Die Ziegen hatten sich zwischen den Bäumen verfangen, sie zogen an langen Seilen aus Spinnenseide, an denen sie wunderbarerweise nicht herumkauten.

Nachdem er dann kurze Zeit im Lager umherspaziert war, kannte er auch den Grund dafür.

»Es ist der Geruch«, sagte ein junges Mädchen zu ihm, als sie sah, wie er das Seil untersuchte. Sie war ihm nun schon eine ganze Weile gefolgt, immer drei misstrauische Schritte auf Abstand. Nahe genug, um den seltsamen Mann zu mustern, aber doch nicht so nahe, dass sie nicht, falls nötig, die Flucht ergreifen konnte. »Bist du ein Asir?«

Es dauerte einen Augenblick, bis er begriff, dass sie Aesir gemeint hatte. Einer der blonden Eismänner aus dem nordöstlichen Land von Asgard. Oberhalb des Eiglophiangebirges teilten sie sich eine Grenze mit Vanaheim, waren den Cimmeriern aber schon seit mehreren Jahrzehnten freundlich gesinnt.

Stirnrunzelnd schüttelte er den Kopf. Sein Haar war heller, als die meisten Cimmerier je in ihrem Leben zu sehen bekamen, mal abgesehen von denen, die nördlich des Seenlandes lebten und ihr Blut mit dem der Krieger von Asgard vermischten. Es war ein Zeichen ihres abgeschiedenen Lebens, dass sie nicht mit den Ymirisch in Verbindung gekommen waren. Kearn hoffte, dass es auch so bliebe.

Doch er bezweifelte es.

Sie hatten ihm erlaubt, sich frei in ihrem Lager zu bewegen, während sich der Heiler des Stammes um Daol kümmerte. Das Zelt ihres Anführers durfte Kearn nicht betreten, auch wenn er sich nicht zu weit davon entfernte. Die große Unterkunft war aus Zeltplanen gebaut, die man zwischen vier Bäume gespannt hatte. Das Dach eines Unterstandes hielt Regen und Schnee fern. Ihre Standarte, die bei jedem Stamm des weit vertreuten Clan Gallas anders war, hing an einem Pfosten vor einem langen Schlitz in einer der Zeltwände. Es war vermutlich nicht besonders überraschend, dass sie aus einem halben Dutzend Mandibeln bestand, die aus den riesigen Bergspinnen stammten.

Jetzt, wo Kearn hier war, konnte er kaum erwarten zu erfahren, welches Lösegeld seine Fänger verlangen würden, damit er Daol zurück zu den anderen und aus diesen von Crom verfluchten Bergen schaffen konnte. Aber sie ließen ihn bloß warten. Also stampfte er zwischen den Bäumen umher, starrte die Kinder finster an und rang mit der Idee, sich einfach aus dem Staub zu machen, um mit gezückten Schwertern und einem Blutdurst, der gestillt werden wollte, zurückzukehren.

Aber das würde er nicht tun. Er konnte Daol nicht allein lassen. Hatte nicht die nötige Skrupellosigkeit für jene Art von sinnlosem Gemetzel, mit der Grimnirs Brut und die mit ihnen verbündeten Vanir Cimmerien heimsuchten.

Aber Crom sollte ihn verfluchen, wenn er hier so brav wie eine ihrer festgebundenen Ziegen herumstünde! Er hatte so lange gewartet, wie er bereit war.

Kearn wollte gerade bei ihrem Anführer eindringen und die Aussprache erzwingen, als ein kräftiger Krieger die eine Seite der Plane zur Seite schlug und sie für ihn aufhielt. Es fiel schwerer, einen großen Auftritt zu machen, wenn man eingeladen wurde, aber Kearn glaubte doch, dass es ihm gelang. Er schob sich ohne ein Wort oder einen Blick an dem Mann vorbei und machte sich nicht die Mühe, seinen Rücken zu schützen. Damit beleidigte er den Wächter, weil er so verkündete, dass Kearn ihn nicht als Bedrohung betrachtete.

Das Innere des großen Zeltes war zugig und schlecht beleuchtet, aber Kearn hatte keine Probleme zu sehen, als seine Augen das wenige Licht aufnahmen. Die Zeltwände waren mit Bildern jagender Clansmänner bedeckt sowie mit Szenen von Festmahlen um große Lagerfeuer herum. Die Bilder erwachten zum Leben, als die Wände unter einem Windstoß erzitterten. Daol lag in der Ecke unter mehreren Decken, noch immer ganz blass und schwitzend. Kearn zählte keine Köpfe, sondern fühlte einfach, dass sich nicht mehr als ein halbes Dutzend Leute hier aufhielten. Stattdessen richtete sich sein Blick auf den Mann, der in der Mitte des Raumes saß.

Zu Füßen des Häuptlings flackerte ein Feuer, kaum mehr als ein Haufen gelbroter Scheite. Er verwendete einen kleinen Felsen mit flacher Oberfläche als Sitz. Lockiges, kohlrabenschwarzes Haar war zu dem üblichen Knoten gebunden, und ein Schnurrbart endete eine gute Daumenlänge unterhalb seines Kinns. Er war groß, mühelos eine Handbreit größer als Kearn, und erschien zwar dünn, aber von drahtiger Kraft. Er war kein strammer Krieger mehr, der Mann hatte mindestens vierzig Sommer hinter sich. Er wirkte nur so stämmig, weil er sich in zwei schwere Fellumhänge gewickelt hatte, die er mit den Armen geschlossen hielt. Es ließ den Mann hinfällig erscheinen, gar nicht wie einen Anführer, bis Kearn sich bewusst wurde, dass bei den Galla, die entlang der Schneegrenze wandelten und ohne Wände oder sogar trockene Böden leben mussten, Wärme so viel wie Reichtum bedeutete.

Dann schob sich ein Armstumpf zwischen zwei Falten Bärenfell hervor und zeigte auf eine kleine Filzmatte. »Setz dich dahin.«

Kearn kauerte sich auf die Matte, weigerte sich aber, sich in der Anwesenheit dieses Mannes zu entspannen. Obwohl er seine Meinung über den Häuptling neu überdenken musste. Ganz gleich, wie er jetzt aussah, er musste ein starker Mann gewesen sein, um solch einen Verlust zu überleben. Und danach seine Stellung zu halten. Das war kein einfacher Mann, der Kearn da gegenübersaß.

Er ertappte sich dabei, dass er sich fragte, wie er den Arm verloren hatte. Der Häuptling hatte eine wulstige Narbe auf der einen Gesichtshälfte, die den Narben ähnelte, wie sie Kearn schon auf den Händen und Armen von anderen Galla gesehen hatte. Diese hier war jedoch mit roter Farbe geschmückt, die die Verbrennung in den Körper einer Bergspinne verwandelte. Gift rann in Tropfen aus dem Spinnenmaul, in einer Reihe kleiner tätowierter Tropfen, die sich über den Hals des Mannes zogen und unter dem Umhang verschwanden.

Es waren noch andere anwesend. Eine Frau, auf deren Handrücken Blitze tätowiert waren; Kearn hielt sie für die Heilerin. Sie saß zwischen ihrem Häuptling und Daol. Da war auch ein Krieger, der mit untergeschlagenen Beinen auf dem Boden saß, eine blanke Klinge auf dem Schoß. Seine Galla-Tätowierungen stellten Stammesmuster dar, die sich um seine Arme schlängelten. Vor ihm lagen die Bettrollen ausgebreitet, die man Daol und Kearn abgenommen hatte, die Riemen waren entknotet und der Inhalt lag auf dem Erdboden ausgebreitet.

Kleidung und Lederriemen. Drei Messer, einschließlich der Klinge aus blauem Stahl, die Daol als Geschenk von Callaugh erhalten hatte, sowie sein Breitschwert. Eine Kappe aus gekochtem Leder. Decken. Ein zweites Kurzschwert für Kearn.

Und die blutverschmierte Speerspitze.

Ohne nachzudenken beugte sich Kearn vor und nahm den abgebrochenen Speer in Besitz. Der Krieger packte Kearns Handgelenk, hinter sich hörte er die Bewegungen von mindestens zwei Kriegern. Vielleicht waren es auch mehr. Er würde keine Schwäche zeigen, wenn er sich umdrehte. Er hatte nicht die Absicht, etwas anderes zu tun, als das eine Symbol wieder an sich zu nehmen, für das seine Krieger bis jetzt so viel bezahlt hatten.

Der Galla ließ nicht los.

Bei Crom und Cimmerien! Kearns Kopf zerplatzte noch immer vor Schmerzen, und im Augenblick gab es kaum eine Stelle an seinem Körper, die nicht wund war. Möglicherweise lagen noch andere Männer da draußen: verwundet oder tot. Daol könnte vielleicht hier sterben. Sein Clan war tot. Und jetzt wollte irgendein Primitiver aus dem

Schneeflussland mit ihm hier Langhausspielchen spielen? Kearn wollte ihm den Schaft wegreißen und ins Herz jagen.

Ein gequälter Ausdruck huschte über das Gesicht seines Gegners. Sein Griff aber blieb entschlossen.

Funken blitzten hinter Kearns Lidern auf, als er die Füße fest auf den Boden setzte und nur die Kraft seines Oberkörpers benutzte, um den Speer an sich zu ziehen. Er fühlte den festen Griff des Kriegers, wusste, dass sie über die gleiche Kraft verfügten. Trotzdem zog er den anderen Mann langsam zu sich herüber. Es fühlte sich an, als würden die Knochen in seinem Handgelenk jeden Augenblick brechen, doch er zog weiter. Und es war der Galla, der gequält aussah, verzweifelt.

»Genug«, sagte der Häuptling schließlich.

Der Krieger ließ los, und Kearn nahm den Speer wieder in Besitz. Mit einer anmutigen Bewegung trieb er ihn mit der Spitze vor sich in den Boden. Wenn diese Galla den Speer zu einem Streitpunkt machen wollten, dann würde er ihn direkt vor aller Augen zur Schau stellen.

Der Häuptling hatte sich angespannt nach vorn gelehnt. Jetzt entspannte er sich wieder. Seine gesunde Hand stahl sich unter dem Umhang hervor und strich über den Schnurrbart, während er den Speer betrachtete: Kearn betrachtete. Er wandte den Kopf und nickte, und ein Krieger schlüpfte durch den aufgeschlitzten Eingang in der Plane. Dann sah der Häuptling Kearn voller Misstrauen an.

»Du bist kein Cimmerier«, sagte er schließlich.

Kearn zuckte bloß die Achseln. So lautete das Argument immer, nicht wahr? Und nicht einmal er konnte genau sagen, was er war. Nicht mehr. Nicht so, dass es der Häuptling schnell verstand. Aber wenn die Galla nicht über die Ymirisch Bescheid wussten, würden sie wenigstens von der Vanir-Bedrohung erfahren.

»Ich wurde in Gaud geboren«, sagte er schließlich. »Jetzt kämpfe ich gegen die Eindringlinge.«

Der Mann grunzte, als wollte er sagen, dass ihn das nicht beeindruckte. Er hatte noch immer nicht seinen Namen gesagt. Das hatte keiner von ihnen. Clansmänner der Galla verrieten ihre Namen nur Gleichgestellten. Hauptsächlich anderen, die behaupten konnten, das Schneeflussland gezähmt zu haben.

»Kamen spät rüber«, sagte er. »Gaud starb vor über zehn Tagen.« Er kniff die Augen zusammen. »Haben sie von dir gesprochen? Die mit den Wolfsaugen?«

Worum sich das Gespräch auch immer hätte drehen können, diese Richtung hatte Kearn nun wirklich nicht erwartet. Einen Augenblick lang waren sein Zorn und seine Sorge wegen der verschwendeten Zeit vergessen, als Gesichter in seiner Erinnerung aufblitzten. »Überlebende? Du sagst, dass Überlebende aus Gaud über den Pass nach Murrogh und Lacheisch gegangen sind? Wer? Wie waren ihre Namen?«

»Talleute.« Der Häuptling wischte die Notwendigkeit, Namen zu erfahren, mit einem Kopfschütteln weg.

»Kannst du sie beschreiben?«

Er konnte sich so gut an Maevs Gesicht erinnern, und zwar aus der Zeit vor und nach ihrer Gefangenschaft. Er erinnerte sich an den heimgesuchten Ausdruck in ihren Augen, als sie zu seinem Nachtlager kam. Die Verzweiflung und die Entschlossenheit. Konnte sie noch unter den Lebenden sein? Konnte es Häuptling Cul?

»Die meisten hatten schwache Arme und rasierte Gesichter.« Der Stammesführer blickte Kearn ins Gesicht. »Haben vom Ende von Gaud gesprochen. Sagten, das Wolfsauge hätte es getan. Frau hat dagegengesprochen, sagte, es gäbe zwei Arten von Wolfsaugen.«

Maev? Vielleicht war das nur Wunschdenken. Es würde andere aus dem Dorf geben, die sich gut an ihn erinnern konnten. Er durfte nicht hoffen.

»Vielleicht ist das so«, sagte Kearn. Und er erklärte dem Häuptling kurz die Bedrohung durch die Ymirisch; Grimnirs Brut, die die Vanir anführte. Unterschlug seine Geschichte mit Cul und Maev und erzählte ihm stattdessen von Callaugh und Conarch, und von der Notwendigkeit, dass die Cimmerier dem Ruf des blutigen Speers folgten.

»Vanir«, sagte der Stammesführer und schmeckte dabei das Wort. »Die Galla kennen sie. Ein paar kommen durch die Schlinge. Mehr kommen über das Hoathplateau.« Seine Augen, die ein dunkles Indigoblau aufwiesen, wurden schmal. »Keiner bittet die Galla um Hilfe.«

»Ich schon.«

»Die Häuptlinge des Westens. Sie schicken den Speer?«

Etwas warnte Kearn vor einer Lüge, obwohl sich seine Wut zurückmeldete. Immer lief es darauf hinaus. Seine mangelnde Stellung bei den Clans von Cimmerien. Einmal verstoßen, für immer verstoßen.

Es ließ die Entscheidung zwischen den Traditionen schwer werden: beide hatten in Cimmerien das Gewicht eines Gesetzes.

»Ich trage ihn für sie«, sagte er schließlich mit angespannter Stimme. »Es ist das Richtige. Du musst dem Ruf folgen.« Nichts. Keine Reaktion von den Galla. »Im ganzen Conall-Tal ziehen Kriegshorden der Vanir herum.

Du sagst, sie sind bereits ins Seenland eingefallen. Irgendwann werden sie die Berge und das Schneeflussland angreifen.«

Ein Schulterzucken. »Wir ziehen höher. Wo es immer schneit und die Kälte der Nacht einen Mann in drei Tagen hartfriert. Wir stürzen uns auf sie, und sie zersplittern.« Er streckte die Faust aus und hieb auf den Boden. Die Geste schien von der Tatsache untergraben zu werden, dass die andere Hand fehlte, um darin einzuschlagen.

»Es werden mehr kommen. Ich habe es gesehen.«

»Es sind schon mehr da, Wolfsauge. Vanir. Einen halben Tag über dem Tal.« Er spuckte ins Feuer. Lauschte dem Zischen. Nickte. Seine Stimme erschien leiser, nachdenklicher. »Große Horde. Zwanzig … dreißig Lagerfeuer. Ziehen langsam daher. Morgen Abend oder am nächsten Abend erreichen sie die Schlinge.«

Kearn hatte fragen wollen, woher der Häuptling das wusste. Bis er die Lagerfeuer erwähnte. Die Clansmänner der Galla mussten so geübt darin sein, solche fernen Zeichen wie den Rauch von Lagerfeuern zu erkennen, wie die Talleute anhand niedergedrückter Grashalme und zerbrochener Äste Fährten lesen konnten.

»Wir müssen aufbrechen«, sagte Kearn sofort. »Egal, was auch sonst passiert, du willst nicht, dass dein Volk mit den Ymirisch zusammenstößt. Sie werden euch aufspüren. Sie tun es, weil es ihnen Spaß macht.«

»Wir können laufen«, sagte der Häuptling, nickte und beobachtete.

»Oder ihr könnt *kämpfen*. Geht mit mir die östlichen Hänge herunter. Clan Murrogh. Die Leute von Lacheisch. Sie werden eure Hilfe brauchen.«

»Sie werden sie nicht wollen. Sie sind beschäftigt. Sie werden uns nicht darum bitten.«

»Seit wann bittet Clan Galla um Erlaubnis?« Kearn hätte sein Gegenüber beinahe angeschrien, aber er hielt sich mühsam zurück. Trotz seiner Ohnmacht und dem wachsenden Zorn wusste er, wo die Grenze zur Beleidigung lag. Er zuckte die Achseln. Ruckartig und betont.

»Du wirst folgen oder auch nicht, Häuptling der Spinnenzähne.« Er riss den Speer aus dem Boden. »Mach, was du willst. Aber in einem könntest du recht haben. Wenn das die Art und Weise ist, auf die die Cimmerier ihre Traditionen jetzt ehren, dann bin ich kein *Cimmerier.*«

Und seine Kopfschmerzen drohten seinen Schädel zu sprengen, als über ihren Köpfen erneut der Donner krachte. Ein violetter Blitzschlag flackerte durch den Schlitz in der Wand herein, durch die breiten Spalten, wo die Plane an dem Dach hing. Der Häuptling, sein bester Krieger, die Heilerin – sie alle duckten sich, als hätte Kearn selbst den Blitz auf sie herunterbeschworen.

Sollten sie sich doch fürchten, entschied Kearn. Sollten sie die Köpfe in den Schnee stecken. Er ging zu der Stelle, an der seine Besitztümer auf der Filzmatte seiner Bettrolle verstreut lagen. Er hielt den Speer fest und fing an, seine Sachen mit nur einer Hand zusammenzusuchen, legte alles zusammen, um es wieder zusammenpacken zu können. Seine Wut gab ihm Kraft. Sie trieb ihn an, und er wusste in diesem Augenblick, dass er sich, falls nötig, seinen Weg aus diesem Zelt und aus diesem Lager bahnen konnte. Niemand würde ihn aufhalten können.

Niemand würde dazu fähig sein.

»Wolfsauge.«

Der Häuptling stand neben ihm und überragte ihn. Mit einem Nicken auf den Türschlitz führte er Kearn zum Eingang seines großartigen Zeltes. Er zog die Plane selbst zur Seite, hielt sie mit seiner gesunden Hand fest.

Draußen eilten Menschen umher, bauten Zelte ab und sammelten ihre Besitztümer zusammen: alles, was man auf dem Rücken tragen oder auf Tragen transportieren konnte. Auf der Lichtung war ein großes Feuer entfacht worden, das mit grünen Zweigen gefüttert wurde, um eine große Rauchwolke zu schaffen. Zwei Männer hielten eine nasse Decke über das Feuer, dann nahmen sie sie zur Seite, um eine gewaltige Qualmwolke zu entlassen. Die aschengraue Wolke stieg zwischen den Bäumen in den Himmel empor.

»Wir rufen die Stämme von Clan Galla, die in der Nähe sind. Sie werden kommen, und wir werden über das sprechen, was du gesagt hast. Wir entscheiden uns weiterzuziehen« – er grinste bitter – »oder wir entscheiden uns zum Angriff.«

»Das wäre ein Fehler.« Die Worte hatten Kearns Mund verlassen, bevor er Gelegenheit gehabt hatte, darüber nachzudenken. In seinem Kopf dröhnte noch immer der Herzschlag. Der Nachhall des Blitzes schwamm über seine Augen, erzeugte schmerzhafte Funken am Rand seines Blickfeldes.

»Schneefluss ist *unser* Land«, stieß der Häuptling plötzlich mit einem Knurren hervor. »Und keiner kommt durch die Schlinge, ohne Lösegeld zu zahlen, es sei denn *wir* entscheiden das.« Er winkte Kearn heran. »Du. Du gehst. Rede mit den Murrogh. Dir wird nicht gefallen, was du findest. Zwei Jäger helfen dir, deinen Freund mitzunehmen. Zurück zu deinen Kriegern. Sie werden nicht weit sein.«

Zwei hochgewachsene Männer warteten schon. Der mit

der Donnervogel-Tätowierung im Gesicht. Der andere hatte eine große Spinne, die seine ganze Brust bedeckte. Sie bestand aus dunkelblauer, purpurner und schwarzer Tinte. Nach einem Nicken ihres Häuptlings duckten sie sich mit der Trage, die sie schon zuvor benutzt hatten, ins Zelt, um Daol zu holen.

»Er wird leben. Und ich nehme kein Lösegeld von dir.«

Ein kleiner Gefallen. Wenigstens würde die Verzögerung, um die er sich Sorgen gemacht hatte, nur gering sein. »Wann hast du das entschieden?«, wollte er wissen. Er wollte wenigstens ansatzweise verstehen, was den Galla antrieb. Fragte sich, ob es etwas gab, das er tun oder sagen konnte, damit der Mann seine Ansicht änderte.

Der Häuptling deutete mit dem Kopf auf Kearns Hand, die noch immer den abgebrochenen Speer hielt. »Das Erste, was du dir genommen hast, war der blutige Speer. Viel Glück, Wolfsauge. Das wünscht dir Häuptling Tahg.«

Dann verschwand er wieder nach drinnen. Einen Augenblick später brachten ihm die Krieger, die Kearns Besitztümer bewacht hatten, seine gebündelte Bettrolle.

Kearn nahm sie entgegen und trat von dem Eingang weg, während man Daol auf der Trage heraustrug. Sein Freund sah nicht gut aus, aber er war am Leben. Und das wäre er möglicherweise nicht mehr, hätten die Galla sie nicht gefangen genommen und gewusst, wie man das Gift herausbluten lassen musste.

Glück oder das Schicksal, es schien ihnen immer noch zu folgen.

»Viel Glück, Häuptling Tahg.« Kearns Stimme war kaum lauter als ein Flüstern.

»Ich glaube, du hast es dringender nötig.«

21

Ros-Crana führte ein Kontingent aus sechs Kriegern an und marschierte in den Schatten von Corags Palisade. Mit der linken Hand hob sie den Standartenspeer, an dessen Kreuzstange der Berglöwenschädel von Clan Callaugh befestigt war. Jeder Schritt wurde vom donnernden Schlag ihres Herzens in ihren Ohren begleitet. Ihre Schwerter steckten alle in den Scheiden, ihre Hände aber lagen auf den Griffen bereit. Keine Friedensbänder. Nicht einmal einen kurzen Lederriemen um die Parierstange, als Zeichen des Respekts für den Häuptling des Ortes.

Sie war gekommen, damit Wellem vor ihr und Clan Callaugh den Kopf neigte oder zusehen musste, wie man sein Dorf dem Erdboden gleichmachte.

Eine dritte Möglichkeit gab es nicht. Damit war es vorbei.

In ihrem Mund lag ein Geschmack, der trockenem, von der Sonne verbranntem Leder ähnelte, auf ihrem Nacken lag eine kalte Schweißschicht, obwohl die Sonne noch Stunden davon entfernt war, den Morgennebel fortzubrennen. Ein Pfeifen zerschnitt die verzweifelte Stille, und nur wenige Schritte vor ihr bohrte sich ein Pfeil mit schwarzem Schaft in den schlammigen Untergrund. Sie blieb stehen. Ihr halbes Dutzend Leibwächter tat das Gleiche. Niemand scherte aus der Formation aus oder sagte auch nur ein Wort, obwohl einige Hände die Waffen so fest griffen, dass die Knöchel weiß hervortraten. Nicht aus Furcht, das wusste sie, sondern im Kampf mit der Entschlossenheit, die Klingen in den Scheiden zu halten. Das war der dritte Pfeil, der ihnen drohte, seit sie ihre kleine Gruppe – ihre *diplo-matische* Abordnung, um das aquilonische Wort zu benutzen – weg von der beeindruckenden Kriegshorde geführt hatte, die sich auf dem Kamm des Tales versammelte. Und Drohungen, denen keine Taten folgten, waren Beleidigungen.

Sie trat über den Pfeil hinweg und ging weiter.

Die Mauer ragte über ihnen auf: mit Lederriemen zusammengebundene Holzpfähle, die man mit einer besonderen Teermischung bestrichen hatte, damit sie nicht so schnell in Brand geraten konnten. Mindestens viermal so hoch wie ihr größter Mann. Aber der Verteidigungswall von Corag hatte keine Bedeutung für sie. Nicht für die Frau, die ihr ganzes Leben lang Callaughs Verteidigung studiert und ihre eigene Vorstellung darüber hatte, wie man das Dorf vor ihr verteidigen musste.

Hier würde man kaum mehr als einen halben Tag brauchen. Mit Bogenschützen auf dem Kamm konnte sie Pfeile auf die Wehrgänge der Palisade regnen lassen. Es gab zwei niedrige Hügel, die einer Gruppe tapferer Männer und Frauen Deckung geben würden. Den schlampig errichteten Turm würde man mit Haken schnell aus der Mauer zerren können, und man musste bloß ein paar der Pfähle aus der schlammigen, vom Frühling aufgeweichten Erde brechen, um eine Lücke in die Palisade zu schlagen. Und selbst, wenn das nicht gelang: Man konnte oben auf dem Kamm einen stämmigen Baum fällen, und die Tore würden zerschmettern. Das würde zehn, vielleicht fünfzehn Männer kosten. Aber Corag würde ihr gehören, und Wellems Kopf würde vor Einbruch der Nacht auf einem Pfahl stecken.

Wenn es dazu kam.

Andere Anführer und die Krieger von vier verschiedenen Clans beobachteten sie, schätzten unentwegt ihre Stärke ab und verglichen sie mit der ihren. Daher wusste sie, dass es möglicherweise wirklich dazu kam.

Seit Ros-Crana vor einer Woche aus Häuptling T'hules Langhaus gestürmt war, hatte sie eigentlich nur noch solche abschätzenden Blicke erlebt. Ein paar Krieger hätten sie wohl am liebsten herausgefordert, als sie T'hule und damit Clan Conarch unter seinem eigenen Dach den Rücken zuwandte. Aber Conarch und Callaugh hatten zu lange mit ihrem unsicheren Frieden gelebt, als dass ihn jemand ohne direkten Befehl des Häuptlings brechen würde. Und Conarch war in den zwei Jahren des Kampfes und Blutvergießens geschwächt worden. Sicher, die Vanir hatten sich ihren Weg durch die Länder des Nordwestens geplündert, gebrandschatzt, gemordet und vergewaltigt, und nicht einmal Grimnir hatte genügend Kämpfer zusammenbekommen, um Conans Geburtsort in Schutt und Asche zu legen. Aber sie waren geschwächt, jawohl. Kearn hatte das erkannt. Und Ros-Crana erkannte es jetzt auch.

Und T'hule hatte jeden Überfall und jede verbrannte Ähre und jede geringfügige Beleidigung schlucken müssen, da die Dörfer des Südens immer weniger Krieger zu seiner Hilfe schickten.

Ros-Crana hatte an jenem Abend die Ränge weit aufgebrochen, weil sie sich weigerte, sich ihm unterzuordnen, während er die heroischen Bemühungen von Kearn Wolfsauge so gut wie nicht beachtete. Er mochte ein Ausgestoßener sein, aber wenn es eine Blutschuld gab, dann erkannte man sie zumindest an. Und das hatte sie nicht getan. Sie hatte Kearn zur Zurückhaltung geraten und ihn so gut wie gar nicht unterstützt, da sie tief in ihrem Inneren gewusst hatte, dass er im Recht war. Cimmerien gehörte nicht den Vanir, bei Crom. Brachten sie seinen Geschenken mittlerweile wirklich so viel Verachtung entgegen, dass sie bereit waren, sich einer solchen Beleidigung kampflos zu ergeben?

Keinen Augenblick länger. Das hatte sie sich geschworen. Und ein Häuptling ehrte alle Schwüre. Vor allem solche.

Das hatte ihr Bruder ihr beigebracht.

Ja, das hatte er wahrlich getan. Aber wie Ros-Crana Clan Corags Ablehnung ihres Rufes begegnete, das war typisch Kearn gewesen. Eine Lektion, die Wolfsauge ihr während jener düsteren Wintertage beigebracht hatte. Zu führen, indem man ein Beispiel gab, und nie zu zögern, wenn man herausgefordert wurde.

Und so kam es, dass sieben Krieger aus Callaugh ein Dorf mit verschlossenem Tor angriffen. Ohne gezogene Waffen.

Ein vierter Pfeil pfiff vorbei und grub sich keinen Fingerbreit von Ros-Cranas Fuß entfernt in den Boden. Sie gab ein Knurren von sich und schoss einen wütenden Blick zum Palisadenrand, doch der Schütze zeigte sich nicht. Man zeigte einem Feind nie, wo der Tod herkommen konnte.

Aber dieser Pfeil, er war zu nahe eingeschlagen. Nur ein Tropfen aus hellem Blut, und sie würde ihre Krieger nicht länger kontrollieren können. Sie würden mit Sicherheit die Schwerter ziehen und die letzten zwei Dutzend Schritte vorwärtsstürmen und gegen das Tor hämmern. Ihre sechs gegen die achtzig Krieger von Clan Corag, was die Krieger auf dem Hügel zu ihrer Unterstützung aufrufen würde. Vielleicht die Hälfte von ihnen mochte an ihre Seite eilen, und es würde ein einseitiges Gemetzel werden, bis sie sie wieder unter Kontrolle hatte und den Angriff in vernünftige Bahnen lenken konnte.

Viel zu nahe.

Mit einem heftigen Stoß rammte sie den Speer in den weichen Boden und ließ die Standarte ihres Clans von selbst stehen. Sie bückte sich, riss den Pfeil hoch und hielt ihn über den Kopf. Mit einer schnellen Bewegung zerbrach sie den Pfeil in zwei Teile und warf ihn zur Seite. Von den hundertvierzig Kriegern, die das abgeschiedene Tal zur Hälfte umringten und auf ihr Signal oder ihren Erfolg warteten, ertönte mehr als nur ein Jubelruf.

Sie hatte keinen Zweifel, was es sein würde. Wellem hatte nicht den Mut, eine Fehde mit Clan Callaugh anzufangen. Ein kluger Häuptling hätte das schon zuvor begriffen und gehorcht. Ein starker Häuptling hätte die Entscheidung vielleicht in einem Herausfordererkreis gesucht. Er war keines von beidem.

Und jetzt zog Ros-Crana ihr Gürtelmesser und rannte das letzte halbe Dutzend Schritte. Mit einem lauten Schrei, in den sie die ganze Verachtung und Wut über seine Beleidigungen hineinlegte, rammte sie das Messer in das Holztor der Palisade.

Und trat zurück. Ließ es dort als Herausforderung stecken, auf die Wellem würde antworten müssen.

Sieben Krieger, die Corags Tor markierten? Im Blickfeld einer Kriegsmeute, die sich aus einem halben Dutzend örtlicher Dörfer zusammensetzte?

»Ich bin Ros-Crana von Callaugh. Meine Horde hat das Tal von Corag umzingelt. Häuptling Wellem wird sich mir stellen, oder ich reiße das Dorf in Stücke und überlasse die

Reste der nächsten Vanirhorde. Wenn er zu zaghaft ist, soll er eine Frau schicken, die seine Arbeit macht.«

Eine öffentliche Verhöhnung. Und mehr, als ein Mann aus Cimmerien ertragen sollte.

Flüche und unfreundliche Rufe wichen dem Befehl, zur Seite zu treten. Dann ertönte das Scharren von Holzbalken, die aus ihren Eisenhaken gezogen wurden. Trotz seiner schlampigen Konstruktion schwang das Tor mühelos auf seinen Angeln aus blauem Eisen, die mit gekochtem Fett geschmiert waren.

Häuptling Wellem stand direkt im Tor, flankiert von zwei muskulösen Kriegern, hinter sich zwei weitere Dutzend Männer und Frauen, die mit gezogenen Klingen in der Hand warteten. Eine solche Streitmacht zu zeigen war eine Herausforderung zum Kampf. Und sie würde sich das nicht bieten lassen. Sie zog ihre Klinge, hielt das schwere Schwert, als würde es nicht mehr als ein Messer wiegen.

Ihre Begleiter zogen die Waffen.

»Beleidigungen und Drohungen, Ros-Crana? Ist es das, was Narachs Sippe von dir erwartet?«

Er klang müde. Vor allem für einen Mann, der bloß dreißig Sommer alt war. Ein gutes Alter für einen Häuptling, aber die letzten paar Jahre waren für sie alle schwer gewesen. Er besaß kräftige Muskeln und zeigte eine überhebliche Haltung, die sie einst bewundert hatte, aber in den Tiefen seines Blickes lag etwas Zerbrechliches. Das war ihr schon im vergangenen Herbst aufgefallen, nachdem Vanir seine Tochter entführt hatten. Ros-Crana hatte es nicht mit eigenen Augen gesehen, aber die Geschichte war bis nach Callaugh gedrungen. Ihre Schreie waren durch das Tal von

Corag gehallt und hatten den Mann zum Kampf herausgefordert, bis er sich die Fäuste am Tor blutig geschlagen hatte. Aber zwei Zauberer der Ymirisch und eine kleine Kriegsmeute Vanir, die oben auf dem Kamm lagerten, hatten den Häuptling davon überzeugt, dass seine Pflicht dem Clan gegenüber darin bestand, den Mund zu halten und in Sicherheit zu bleiben. Der Clan kam immer vor der Sippe! Gegen Morgengrauen waren die Vanir dann auf der Suche nach leichterer Beute abgezogen.

Ellai, Wellems Tochter, hatte noch einen halben Tag gelebt, nachdem sie sie gefunden hatten.

Seitdem hatte ihn niemand mehr herausgefordert, weil er so viel für Corag gegeben hatte. Und auch weil er in Häuptling T'hules Gunst stand. Der Handel mit Conarch war immer nützlich.

Aber er wagte es, einfach so dazustehen und sie über die Berdürfnisse von Clan Callaugh zu belehren?

»Deine Bogenschützen haben vier Pfeile auf mich abgeschossen«, sagte sie voller Verachtung. »Eine Warnung ist großzügig. Um der Verwandschaft willen.« Schließlich waren sie entfernte Cousins. »Wärst du auf meine Mauern zumarschiert, so wie ich es gerade getan habe, man hätte dich wie einen räudigen Hund niedergeschossen.«

Seine Miene erstarrte. Er verschränkte die dicken Arme vor der Brust und forderte sie mit einem Stirnrunzeln heraus. »Die Zeit mit dem wolfsäugigen Ymirisch hat deinen Blick getrübt, Ros-Crana. Und deine Zunge vergiftet.« Er versuchte ein Lächeln zustande zu bringen. »Jetzt verlangst du Leben, die man *ihm* hinterherwirft? Soll der Talmann doch hinter Grimnir herjagen und dabei den Tod finden. Dann sind wir ihn los.«

»Ich jage ihm nicht hinterher, Wellem. Ich trete mit ihm zusammen gegen unseren Feind an. Und wenn Callaugh Corag um Hilfe bittet, dann antwortet es!«

»Häuptling T'hule hat die Wahrheit gesprochen, als er Wolfsauge abwies«, erwiderte er verächtlich. »Er ist ein Ausgestoßener! Von seinem Clan verstoßen!« Seine Leute murmelten ihre Zustimmung, aber sie war nicht so stark, wie sie hätte sein können. »Hier gibt es keinen Platz für ihn.«

»Ja? Und wäre hinter deiner Mauer mehr Platz, wäre Wolfsauge zur letzten Ernte gekommen? Und wenn Ellai überlebt hätte?«

Wellem erbleichte. Auf seinen zerklüfteten Zügen zeichnete sich ein Schock ab, als hätte man ihn geohrfeigt. Er trat an die Schwelle des Tores, überschritt es nach einem Blick auf *ihre* Palisade, die Reihe kampfbereiter Krieger, die die Hälfte seines Dorftales umringten, überschritt aber nicht die unsichtbare Linie, die zwischen ihnen gezogen worden war. Das hätte zu Blutvergießen und Tod für seinen Clan und seine Sippe geführt.

Manchmal lebten Häuptlinge für mehr als nur für ihre Ehre. Aber nur bis zu einem gewissen Maße.

»Du gehst zu weit, Frau.«

Das war sie. Jetzt schon zweimal. Bittere Beleidigungen, die sie ihn um das Wohl seines Clans willen hatte schlucken lassen. Hielt ihn mit der Klinge von Clan Callaughs Macht im Schach. »Und ich sage, du bist noch nicht weit genug gegangen. Keiner von uns ist das, bevor *er* kam.«

»Wir folgen diesem Mischling nicht.« Einige nickten, aber es ertönten weniger zustimmende Rufe. Ein paar senkten die Blicke. »Ganz gleich, ob da der blutige Speer ist oder nicht.«

Als Ros-Crana sprach, klang ihre Stimme eiskalt. »Aber war es Kearn Wolfsauge oder Clan Callaugh, der den blutigen Speer auf deinen Tisch im Langhaus gelegt hat?«

Er öffnete den Mund, um etwas zu erwidern, dann hielt er jedoch inne. Es war diese kleine Pause, die ihn um den Sieg brachte, das war ihr klar. Nicht einer seiner Leute konnte den plötzlichen Schmerz sehen, der in seinem einst so zwingenden Blick aufblitzte. Sie standen alle hinter ihm. Aber Ros-Crana sah es. Und er wusste das. Und die anderen hörten die Schwäche, als er zurückwich.

»Du hast ihn gebracht, Ros-Crana von Callaugh.«

»Und welcher Clan hat verhindert, dass viele von Corag verhungerten, als die Vanir vor zwei Jahren eure Wintervorräte verbrannten?«

Er schluckte schwer. »Dein Clan.«

»Wer hat als Erster Krieger geschickt und dir Hilfe bei der Jagd auf Ellais Folterer angeboten, bis zu ihrem Tod oder zu seinem eigenen?«

»Dein Bruder.«

»Was hat dir Häuptling T'hule angeboten?«

»Nichts.«

Jetzt trat sie einen Schritt vor, das Schwert noch immer quer vor dem Körper, bis sie nur noch eine Armlänge von Häuptling Wellem trennte. Jeder von ihnen konnte jetzt zuschlagen und den brüchigen Frieden beenden. »Und wer hat jetzt eine größere Kriegshorde bis zu deinen Mauern aufmarschieren lassen, Wellem, als die Vanir jemals gegen dich ins Feld geführt haben?«

Etwas von dem alten Feuer kehrte in seinen Blick zurück, aber es handelte sich nicht um die Wut, die sie einst von ihm gekannt hatte. »Du würdest nicht …«

»Ich würde es!« Die dritte Beleidigung: ihn zu unterbrechen. »Mein Clan hat für dich sein Blut vergossen und gehungert, und wenn wir dich um Unterstützung bitten, kriechst du stattdessen für die Almosen im Dreck, die dir Häuptling T'hule zuwirft?« Sie fühlte, wie ihr Blut in Wallung geriet und ihre Wangen sich röteten. »Ich werde deine Loyalität erhalten oder auch noch den letzten Mann auf diesem Hügel hinter mir, der mir den Treueid geleistet hat, dazu benutzen, Corag dem Erdboden gleichzumachen. Sieh genau hin, Wellem. Standarten von fünf Dörfern ragen aus dieser Kriegsmeute. Dörfer aus allen Richtungen, die dich umzingeln.

Wo ist Häuptling T'hule jetzt?«

Ein paar von Wellems Sippenangehörigen senkten die Schwerter. Ein Mann wandte sich tatsächlich ab und schlurfte davon!

Der Häuptling starrte sie, von ihrer Vehemenz völlig überrascht, an. »Der Hass, den du mir und den meinen entgegenbringst, muss tief sitzen.«

Dieser dumme, eigensüchtige Esel! »Der Hass, den ich für dich empfinde, Wellem, ist ein milder Ärger verglichen mit dem Zorn, den ich Grimnir und den Qualen entgegenbringe, mit denen er uns schon viel zu lange heimsucht. Ich bin bloß bereit, dich zu vernichten. Aber ich würde dein Dorf für die Chance niederbrennen, ein letztes Mal gegen ihn loszuschlagen; dafür würde ich Croms Berg mit bloßen Händen Stein für Stein auseinanderreißen und ihn durch die vergiftete Wüste und das Ödland des Nordens jagen, bevor ich ihn wieder aufgäbe.«

Die Wut trieb sie an. Machte ihre Stimme kräftiger und ließ Kraft in ihre Arme fließen. Erst als sie es schaffte, mehrere beruhigende Atemzüge zu nehmen, bemerkte sie, dass sie die letzten paar Schritte nach Corag hinein gemacht und Wellem gegen den Wall aus seinen eigenen Leuten getrieben hatte. Er wirkte sprachlos und überwältigt.

Er nickte. Nur einmal. Ein Zeichen der Kapitulation. »Wie viele Krieger soll ich anführen?«, fragte er.

»Ich bitte dich, einen Kriegsführer zu bestimmen, der zwanzig kräftige Arme unter Corags Adlerkrallen anführt. Du machst dir solche Sorgen um deine Mauern, also bleib bei ihnen. Ich habe für Callaugh einen Ersten Wächter eingesetzt, und er wird kommen, sollten entweder die Vanir *oder* Clan Conarch aus dem Norden aufmarschieren.«

Einer der großen Männer an Wellems Seite trat vor und aus dem Schatten seines Häuptlings heraus. »Ich werde sie anführen«, sagte er. Und sah Ros-Crana an. »Wenn du mir an deiner Seite vertraust.«

Da lag eine Spur von Trotz in seiner Stimme, von zu viel Selbstbewusstsein, doch sie nickte, genau wie Wellem. Keinem von ihnen entging, dass sich der neue Kriegsführer von Clan Corag selbst ernannt hatte. Dass ihn, sollte er aus der Schlacht zurückkehren, nichts davon abhielte, Wellem als Häuptling zu ersetzen. Das wusste er. Und vielleicht – dieser Gedanke war seiner Miene deutlich zu entnehmen – war es eine gute Sache, dass er zu Hause bleiben konnte, um seine geschwächte Stellung zu stärken und Corag wieder besser in den Griff zu bekommen.

»Ist das alles?«

Aber ein schwacher Anführer schwächte alle Clans, und Ros-Crana war noch nicht fertig. Gnadenlos merzte sie jedes noch so geringe Gefühl des Mitleids aus, das sie für ihren Cousin möglicherweise noch empfand, und legte ihm eine letzte Bürde auf. »Auf mich wurden *vier* Pfeile abgeschossen«, erinnerte sie ihn. »Drei davon könnten noch zu gebrauchen sein. Vielleicht wird meine Kriegsmeute jeden einzelnen Pfeil benötigen.«

Jetzt hatte sie alles, was sie brauchte. Als Wellem die Schultern sinken ließ, las sie daraus seine endgültige Niederlage. Sie hegte nicht den geringsten Zweifel, dass er ihr in einem Herausfordererkreis gegenübertreten würde, falls sie die kommenden Monate überlebten. Aber im Augenblick würde er ihr Urteil anerkennen. Er nickte und trat an ihr vorbei auf das offene Tor zu, um die drei Pfeile einzusammeln, die noch immer im Schlamm steckten, und sie an seine Bogenschützen zurückzugeben.

Ihr war klar, dass es keinen anderen Weg gab. Der Kriegsführer der Corag begriff jetzt, dass sie nicht den geringsten Widerstand dulden würde. Jedenfalls nicht von seiner Seite. Seine Krieger würden darum jetzt nur noch härter kämpfen, für sie – und um den Flecken auf ihrer persönlichen Ehre zu tilgen.

Und wenn Clan Callaugh in ihrer Abwesenheit Hilfe brauchte, so würde Kohl, der von ihr eingesetzte Erste Wächter, nicht von Wellem behindert werden.

Alles in allem eine starke Position.

Und mit einer solchen Stärke würden sie vielleicht sogar eine Chance haben.

22

Von Regen und Schneeschmelze angeschwollene Flüsse donnerten von niemals endender Gischt gekrönt ins Tiefland und verfolgten Kearn und seine Krieger aus den Schwarzen Bergen. Sie hatten sich so an das Tosen gewöhnt, dass sie das dumpfe, wütende Dröhnen vor sich überhörten, bis Ehmisch, der wie so oft an der Spitze des Rudels ging, plötzlich stehen blieb, in die Hocke ging und beide Hände auf die flache Oberfläche eines bis zur Hälfte im Boden versunkenen Felsens legte.

Kearn sah zu, wie er das Messer zog und in den Lehmboden neben dem Felsen rammte, dann das Ohr an den Griff hielt und lauschte. Daraufhin nickte. Offenbar waren sie in Sicherheit, da der junge Mann die Klinge einfach am Kilt abwischte und zurück in die Scheide schob.

Niemand stellte eine Frage – und er sagte kein Wort.

Tatsächlich war er auffallend still gewesen, seit die Galla Kearn und Daol zurückgebracht hatten. Zuerst hatte es viel Gebrüll und das Klirren blankgezogener Klingen gegeben, aber die Erleichterung, beide Männer zurückzuhaben, und Kearns Versicherung, dass Daol den Galla vermutlich sein Leben schuldete, reichte aus, um die Wut seines Rudels zu dämpfen.

Ehmisch nahm das alles unbewegt auf, als hätte er Kearns Rückkehr keinen Augenblick lang bezweifelt. Und falls noch etwas anderes an ihm nagte, hielt Kearn es für die Sorge um ihren besten Jäger und Fährtensucher, der Ehmisch sein Handwerk geduldig beibrachte, und sprach es nicht an. Die Gedanken eines Mannes gingen nur ihn selbst etwas an. Davon abgesehen machte auch er sich Sorgen. Daol reiste noch immer auf der Trage, die die Galla für ihn gefertigt hatten, wurde meistens von Reave – und wer auch immer das andere Ende der Trage schleppen wollte – getragen. Schwitzte selbst in den kältesten Nächten. Zitterte im Sonnenschein. Aber er war wieder bei sich und konnte zwischen langen, tiefen Schlafpausen sprechen. Seine Haut war noch immer blass, doch die vergiftete Wunde auf seinem Rücken schien zu heilen. Sie hatte eine schwärzliche Kruste entwickelt, und Kearn wusste, dass sie nach ihrer Heilung als Narbe ein verbranntes, wulstiges Aussehen bekommen würde.

Er hatte Glück, noch am Leben zu sein. Wie sie alle.

Was Ehmisch durch das Lauschen am Boden in Erfahrung gebracht hatte, wurde ihnen allen bald ersichtlich, als sich der Wasserlärm in ein tiefes, pulsierendes Tosen verwandelte, das den Berghang wie Donner emporrollte. Es erinnerte Kearn zu sehr an den pulsierenden Schmerz, der noch immer seinen Schädel zu spalten drohte, aber er erkannte nun, um was es sich handelte: einen Wasserfall.

Bald arbeiteten sie sich einen tückischen, steilen Hang hinunter, der hauptsächlich mit dichten Farnen und einigen Bäumen bewachsen war und wo man sich an nichts festhalten konnte außer an Ästen, die vom Wasser rutschig waren, als sie dem Wasserfall auf seinem steil abfallenden Sturz nach unten folgten. Ein leichter, erfrischender Nebel hüllte sie ein, nicht so schwer wie ein Nieselregen. Kearn ertappte sich dabei, wie er sich gegen den Stamm einer großen Zeder lehnte und das Gesicht in ihn hineinsteckte, ihn den Schweiß und Schmutz des Tages von seinem Gesicht waschen ließ. Das Donnern grollte durch seinen Kopf und erstickte das Flüstern und den immer wiederkehrenden Zweifel, der ihn seit zwei Tagen plagte: seit man ihn beinahe erwürgt und diese Felswand hinaufgezerrt hatte.

Nein, seit seinem Aufenthalt im Zelt von Gallas Häuptling. Das Licht eines violetten Blitzes war von draußen eingedrungen … oder doch nicht? Es war da, wie ein Nachhall, der hinter seinen Augen eingebrannt war und in dem Teile einer kalten, blauen Flamme schwammen, die immer dann aufloderte, wenn er hart blinzelte. Und dann brachte sie die Erinnerung an diesen Machtrausch und diese Sicherheit mit, die ihn erfüllt hatten, als er darüber nachgedacht hatte, sich den Weg aus dem Gallalager freizukämpfen. Die Entscheidung war knapp ausgefallen.

Etwas Ähnliches war ihm passiert, als er in Gaud zwischen seinen ermordeten Sippenangehörigen gestanden hatte. Funken, die schmerzhaft in seinen Schädel stachen. Eine Mischung aus Wut und Wärme und Kraft. Er erinnerte sich daran, die Anwesenheit anderer Ymirisch gespürt zu haben, bevor er das überhaupt hatte wissen können. Und dieses ferne Aufflackern eines Schmerzes, als er sich wegen Grimnir Sorgen gemacht hatte.

Hatte er da so kurz davorgestanden zuzuschlagen? Blindlings? Außer sich vor Zorn?

Als die einzigen Freunde, die er auf dieser Welt je gehabt hatte, ihn umgeben hatten?

Fragen. Zweifel. Kearn wusste, dass er sie nie würde abschütteln können. Er hatte so lange Zeit mit ihnen gelebt. Um es mit Ashuls letzten Worten zu sagen: als einer von *ihnen*. Und dann hatte Häuptling Cul ihn verstoßen. Maeve hatte ihn angeschaut, während ihr Vater einen langsamen, qualvollen Tod starb, und hatte gesagt: »Es hätte dich erwischen sollen.«

Sein ganzes Leben war voller solcher Augenblicke gewesen. Und er lebte damit.

Er würde versuchen, sich von ihnen nicht mehr aus dem Gleichgewicht bringen zu lassen.

Es reichte, dass er sich um seine Krieger und Freunde sorgte, die sich den Hang hinunterkämpften und von Haltepunkt zu Haltepunkt rutschten. Ehmisch setzte in großen Sprüngen hinunter, so gelenkig wie eine Bergziege. Der alte Finn und Hydallan waren langsamer, vorsichtiger. Ein Sturz oder ein Zusammenprall zwischen einem Knie und einem der großen Bäume, die hier wuchsen, konnten sie für den Rest ihres Lebens zum Humpeln verurteilen. Und dann war da Valerus, der es am besten und zugleich am schlechtesten getroffen hatte. Er lag so auf seinem Pferd, dass sein Kopf auf dem Hinterteil ruhte und er dem Tier die Arbeit überließ, sich aber bestimmt bei jedem rutschigen Schritt sorgte, abgeworfen zu werden. Und vor ihnen lag ein langer, gefährlicher Hang.

Dann führte der Weg plötzlich unter einen Felsvorsprung aus schwarzem, nassen Granitstein, der auf einem Felssims hinter dem Wasserfall endete. Er führte weiter in eine nur schwach erhellte Höhle mit Teichen aus ruhendem Wasser, in der dichtes Moos aus Spalten im Boden und in den Wänden drängte und ständig Wasser von der Decke tropfte. Die falsche Wand im Osten bestand aus einem funkelnden silbergrauen Wasservorhang, der sich zu einem kristallklaren Blau aufhellte, sobald die Sonne zwischen den grauen Wolken hervorschaute. Es war keine vollkommene Wand. Es gab schmale, türähnliche Lücken, die einen weitreichenden Ausblick auf die schnell abfallende Bergseite und das sich dort ausbreitende, bewaldete Seenland boten. Es sah friedlich aus. Aber Aussehen konnte täuschen – und das tat es auch oft.

Reave und Ossian stellten Daol an der Seite ab, an einer der wenigen trockenen Stellen der Höhle. Valerus lockte sein Tier hinein, führte es jedoch den größten Teil des Weges am Zügel und machte es am Ausgang auf der anderen Seite fest. Fast jeder begab sich zu der steilen Kante und hielt die Hand in das herabstürzende Wasser, um so viel davon einzufangen, dass man es sich ins Gesicht oder über die Brust reiben konnte. Und spähte über das Land hinaus, von dem sie zwar gehört, das aber nur wenige jemals besucht hatten, es sei denn, um es um der Ehre willen zu überfallen oder um Frauen und Vieh zu rauben.

Brig Baum stieß einen wilden Schlachtenruf aus.

Kearn fuhr herum, das Kurzschwert gezogen, und überall in der Höhle griffen überraschte Hände nach den Waffen.

Er konnte Brig auf den ersten Blick nicht finden und fragte sich, welche Art von Kreatur den stämmigen Krieger so schnell weggezerrt haben mochte. Dann lachte Ossian und zeigte mit dem Finger. Mitten in den Wasserfall hinein, wo eine breite Felszunge in die Gischt ragte. Irgendwann in vielen Jahren würde der ständige Aufprall diesen Vorsprung fortgespült haben. Im Augenblick aber war er groß genug, um einem Mann Platz zu bieten, der sich nackt ausgezogen hatte und in das herabstürzende bergkalte Wasser gesprungen war.

Er trat wieder heraus, am ganzen Leib zitternd. Seine Haut wies eine gesunde Röte auf. Er schüttelte Wasser aus dem dichten Haarschopf und sah die anderen in der dunklen Höhle an, deutete ihre Blicke falsch und sah an sich herunter. »Ihr könnt so viel starren, wie ihr wollt. Ja, es ist kalt. Aber doch gut, um all den Dreck und den widerlichen Spinnengestank loszuwerden.«

Um seine Meinung zu unterstreichen, beugte er sich zu Hydallan hinüber, schnüffelte zweimal laut und verzog dann übertrieben das Gesicht. Danach ging er zu seiner Ausrüstung und trocknete sich mit seinem Kilt ab.

»Junger Welpe.« Haydallan schleuderte den spitzen Hasenfellhut zu Boden, achtete aber darauf, ihn nicht in eine der Pfützen zu werfen. Dann legte auch er Kilt und Umhang ab. Er warf Brig einen bösen Blick zu und trat mit nichts als den Stiefeln an den Füßen in den Wasserfall hinein.

In dem kalten, auf ihn herunterprasselnden Wasser blieb er doppelt so lange wie Brig. Wenn auch nur um des Stolzes willen.

Die Krieger fanden alle beinahe trockene Stellen, an denen sie Ausrüstung und Kleidung ablegen konnten, dabei wechselten ihre Mienen von grimmigem Zögern wie bei Mogh bis zu dem wilden Grinsen von Reave, der sich auf das raue Bad freute. Ossian machte den Fehler, Desagrena einen Schlag auf den nackten Hintern zu geben, als sie an ihm vorbeiging. Sie schnappte sich eine Handvoll von seinem Ziegenbart und führte ihn auf eine langsame, qualvolle Besichtungstour durch die Höhle.

Reave hatte keinerlei Anstalten gemacht, sich um den Mann zu kümmern; er vertraute darauf, dass seine Frau das schon allein schaffte. Er lachte, als Ossian in einem seichten Teich landete und sich das Kinn rieb.

»Das hast du dir selbst eingebrockt«, rief er zu ihm hinüber.

Ossian nickte bloß.

Bis auf Daol nutzte jeder den Aufenthalt, was möglicherweise zur längsten Ruhepause seit Gaud für sie wurde. Nahud'r zeigte keine Scham und zog sich vor den Cimmeriern aus. Sein Körper war schlank und sehr muskulös, und an einer Brustwarze baumelte ein Ring, was Kearn zuvor noch nie gesehen hatte. Irgendwie passte das zu dem Fremden. Er konnte nicht einmal begründen, warum dies so war. So wie Valerus' Zögern zu der Weise passte, wie Kearn »zivilisierte« Besucher betrachtete. Reserviert. Steif. Sein Körper wies dieselbe olivfarbene Tönung auf wie sein Gesicht und die Arme, auch wenn er nicht so von den Elementen gezeichnet war. Und er bewies seine »Schamhaftigkeit«, wie er es nannte, indem er seine seltsame Unterkleidung auch im Wasser anbehielt. Ein *Schambeutel*, das war im Grunde nichts anderes als ein einfacher Lederbeutel, der mit einem Riemen um seine Taille befestigt war und seine Männlichkeit hielt.

Abgesehen von dem einen oder anderen Schmuckstück wurde Kearn plötzlich auf die Wunden aufmerksam, mit denen seine Krieger nun offenbar jeden Tag leben mussten. Unter ihnen war keiner, der nicht mindestens ein paar hässliche Prellungen aufwies, deren Färbungen von dunklem Purpur bis zu kränklichem Gelb reichten und die sich über die verschiedensten Körperteile ausbreiteten. Und jede Menge Schnitte. Krusten und tiefere Wunden, die man hatte nähen oder sogar mit glühenden Eisen ausbrennen müssen. Wallachs Handgelenk, aus dessen Stumpf noch immer Blut und dunkler Eiter sickerten. Ehmischs Seite. Reaves Schulter.

Kearn trat aus dem Wasserfall, nachdem er an der Reihe gewesen war, das Tosen noch immer in den Ohren, und die Haut ganz angespannt. Aber unter dem üblichen wächsernen Schein zeigte sie den Hauch einer falschen Rötung. Das Wasser war zwar kalt gewesen, aber wahre Kälte hatte ihn noch nie besonders gestört. Er schob die frostblonde Haarmähne zurück, dann stapfte er umher, um einen Teil des Wassers aus den Stiefeln zu bekommen, und fing an, sich mit einem frischen Kilt abzutrocknen.

Ehmisch kreischte schrill, als er an der Reihe war. Reave platschte durch eine kleine Pfütze und fand eine ziemlich trockene Felserhebung in Kearns Nähe, auf die er sich setzen konnte. Eine alte Schwertnarbe zog sich wulstig über seine rechte Schulter, aber da gab es auch ein paar neue. Eine weitere auf der linken Schulter. Ein kurzer Schnitt quer über die Rippen. Reave sah, dass Kearn seine Narben zählte – und zuckte die Achseln. Aus seinem buschigen Bart und dem zotteligen Haar tropfte Wasser. Er griff nach oben und spielte an einem der vielen Ringe in seinem linken Ohr herum, während er zusah, wie sich Nahud'r in der Nähe anzog. An der durchstochenen Brustwarze baumelte eine Träne aus reinem Gold.

»Das hat bestimmt wehgetan.«

Das war gar keine Frage gewesen, aber Kearn zuckte bloß die Achseln. Dann winkte er Nahud'r zu sich, weil er genau wusste, dass Reave den verschlossenen Shemiten niemals fragen würde. Der schwarzhäutige Mann hatte seine alten Hosen im aquilonischen Stil wieder angezogen. Nach so vielen beschwerlichen Monaten unterwegs waren sie an den Knien abgeschnitten. Er zog sich ein Lederwams über den Kopf, als er herankam, und wand sich ein Wolltuch lose um den Hals, um es später zu der verhüllenden Kopfbedeckung zu schlingen, die er gern trug.

»Dein Brustschmuck. Ist der … üblich bei Shemiten?«

Nahud'rs Hand griff nach oben, um sich über die Brust zu streifen. Seine Zähne leuchteten beinahe in dem Halbdunkel, so breit und weiß war sein Lächeln. »Ungeschriebenes Gesetz der Wüste«, sagte er in einer Mischung aus Cimmerisch und Aquilonisch. Dieses Sprachenmischmasch konnten Leute, die nicht zu ihrer Gruppe gehörten, oft nur schwer verstehen. Aber diejenigen, die Monate in der Gesellschaft des Schwarzen verbracht hatten, waren daran ziemlich gewöhnt. »Alles, was man sehen kann – Waffen, Schmuck –, das nehmen Räuber oder Freunde einem nach dem Tod ab, das ist in Ordnung. Das hier« – er tippte sich wieder auf die Brust – »ist für Gott. Für den, der uns begräbt. Die Leiche soll nicht auf dem Wüstenboden zum Verfaulen liegen bleiben. Für Shemiten ist das wichtig.«

Reave beugte sich neugierig vor. »Die Frauen tun das auch?«

Er hatte sich in der Vergangenheit oft mit Nahud'r unterhalten, wenn auch nicht so häufig wie Kearn, der durch den Unterricht des Shemiten sogar gelernt hatte, ein paar Worte zu schreiben. Aber keiner von ihnen wusste so viel über die legendären Wüsten von Shem, dass sie von solchen Geschichten nicht fasziniert gewesen wären.

Davon abgesehen war Nahud'r der geborene Geschichtenerzähler. Er hatte als Erster eine Geschichte über Conan erschaffen, in der er den düsteren Helden Cimmeriens Abenteuer erleben ließ, die in groben Strichen den Taten von Kearns kleiner Gruppe in Taur und im Blutpass entsprachen.

»Frauen auch«, behauptete Nahud'r. In seinen Augen blitzte es durchtrieben auf und er beugte sich zu Reave herunter. Er flüsterte, aber laut genug, dass es Kearn und ein paar andere, die in der Nähe saßen, hören konnten. »Ein paar von ihnen, die haben noch mehr gestochenen Schmuck. Zwei oder drei Teile. Tut ihnen gut, sagen sie. Brust und Bauchnabel. Sogar …« Er hob die Brauen und nickte.

Reave riss die Augen weit auf, und da war er nicht der Einzige. Mogh und Brig sahen sich an, als wären sie sich nicht sicher, ob sie das glauben sollten oder auch nicht. Aber Reave glaubte offensichtlich jedes Wort. Er schaute zu Desa hinüber, die sich ein nasses Unterhemd übergestreift hatte und ihren Rock mit heftigen, ruckartigen Bewegungen ausschüttelte. Er zuckte zusammen, als würde er sich die Schmerzen vorstellen, die damit einhergingen, dann kam wieder dieser Ausdruck komischen Entsetzens zum Vorschein. Als könnte sich der Hüne das einfach nicht vorstellen, obwohl ihn diese Idee sowohl erregte wie auch abstieß.

Mogh schüttelte den Kopf. »Als Nächstes behauptet er noch, dass Conan einst einen Rubin von der Größe eines Frauendaumens stahl, die ihn genau dort trug. Und sie merkte nichts davon.«

Nahud'r lachte nicht. »Geschichten von Conan und der Piratenkönigin berichten von ihrer schwarzen Schönheit, und ich habe eine Geschichte gehört, in der sie diesem Brauch folgt.«

»Wie würde sich das wohl anfühlen?«, fragte Brig in die Runde.

»Männer, die es ausprobiert haben, sagen, dass sie nie etwas Vergleichbares erlebt hätten. Gut für sie. Gut für beide. Noch besser, wenn auch der Mann so etwas Durchgeschobenes trägt«, fügte der Shemite hinzu, als wäre das nichts.

Gegen diese Vorstellung war nicht einmal Kearn gewappnet. Er zuckte zusammen. Reave tat noch mehr, er war erschüttert und legte in stummem Mitleid für die dummen Männer, die so etwas ausprobiert hatten, die Hand schützend an das Körperteil. Nahud'rs ganzes Publikum stöhnte vor gequältem Lachen und tat alles sofort als eine der ausgefallensten und offensichtlichsten Lügen ab, die der Shemite bis jetzt zum Besten gegeben hatte. Alle bis auf Kearn, dem das rätselhafte und kaum wahrzunehmende Lächeln nicht entging, das ihn wieder zum Nachdenken anregte. Eine fesselnde Vorstellung, die ein paar Momente lang die Schmerzen und den Widerhall der Wut verdrängte, die Kearn seit so vielen Tagen heimsuchten.

Es sollte für einige Zeit das letzte Mal sein, dass Kearn sich daran erinnerte, wie es war, normal zu sein. Auch wenn es nur einen Augenblick lang dauerte.

23

Der Bergsturm hatte beinahe seinen Höhepunkt erreicht. Böige Winde trieben über das Schneeflussland, in die Tiefe gezogen von dem Sturm, der hoch oben über dem Pass entstand. Donner krachte ohrenbetäubend und übertönte die Schreie und das Klirren von Stahl, das die frühmorgendliche Dunkelheit zerriss, während sich Lodur nach vorn pirschte und Blut roch, es sogar beinahe auf der Zunge schmecken konnte.

Die wilden Gefühle der Schlacht lockten ihn an und hüllten ihn mit einer neuen und köstlichen Wärme ein, die er nie erlebt hatte, bevor er *Ymirs Ruf* gefolgt war. Nicht einmal die Hitze des Blutdurstes und des Zorns hatten jemals ein solches Wohlgefühl in ihm entstehen lassen.

Es würde nicht mehr lange dauern, was erfreulich war. Eine schattenhaftes Etwas lauerte in seinem Hinterkopf, allein von seiner Willenskraft in Schach gehalten. Der Ymirischzauberer spürte ihren Hunger, das ungezügelte und qualvolle Verlangen, das dem seinen so sehr entsprach.

»Bald«, versprach er ihr.

Versprach es ihnen beiden.

Er kam spät zu dem Kampf. Absichtlich. Damit das Leiden verlängert wurde, das man dem Bergclan zufügte, der bereits zwei Soldaten von Magnis Spähtrupps in einen so qualvollen Tod geführt hatte. Jetzt ließ er die Kriegsmeute ihrem eigenen Blutdurst frönen. Sollte Magni seinen Rachedurst doch stillen.

Das durchdringende Kreischen eines Falken, der über seiner Beute kreiste – nach entblößten Nacken krallte oder nach Augen hackte –, ertönte neben den brutalen Rufen nach mehr Blut, als Magni, sein Ymirisch-Bruder, mit dem schweren Breitschwert um sich hieb, das er so bevorzugte.

Gut für den Kriegsführer, sein Leben derartig zu genießen.

Die Axt, die Lodur einst im Kampf bevorzugt hatte, war in Vergessenheit geraten. Selbst das Schwert, das er trug, war in der Scheide an seiner Seite stecken geblieben. So gern er sich auch daran erinnerte, wie gut es sich angefühlt hatte, seine Feinde zu zerstückeln, es war doch nichts im Vergleich zu dem, was ihm jetzt möglich war: der Lockruf von Ymirs Magie, die Macht des Nordens.

Ein Dutzend Vanir liefen an seiner Seite, waren Teil seiner Eskorte, und zusammen mit ihnen bezwang der Zauberer einen rechteckigen Kamm, der auf den Rand eines Bergkiefernwaldes hinausschaute. Selbst im Dämmerlicht des frühen Abends nahmen seine goldenen Augen ausreichend Licht wahr, um die rennenden Schatten zu sehen, die zwischen den niedrigen Bäumen kämpften. Die Galla verteilten sich in alle Richtungen, wie Beutetiere, die der Sturm vor sich hertrieb. Die Flüche und Schmerzensschreie der Männer und Frauen in dieser scharfen, gutturalen cimmerischen Sprache klangen wie Musik in seinen Ohren. Er vernahm auch mehr als nur ein paar Schreie von kleineren Kindern. Ihr Schrecken nährte ihn wie zartes Fleisch, das warm und blutig in seinem Mund zerging.

Natürlich war es Lodur gewesen, der die beiden Spähtrupps ausgesandt und genau gewusst hatte, dass man sie angreifen und auf diese Weise die Bergmenschen finden, ihre Krieger in falscher Sicherheit wiegen würde. Eine Handvoll Vanirleben bedeuteten im großen Bild gar nichts. Vor allem, wenn er wusste, dass Kearn bei ihnen gewesen war, mit ihnen gesprochen und sie mit Sicherheit zu weiteren Angriffen ermuntert hatte: Fußangeln und vergiftete Pfähle in kleinen Gruben. Pfeile, die aus dunklen Wäldern abgeschossen wurden. Bergspinnen! Spinnen, die man aus ihren Löchern und aus Baumwipfeln herauslockte und auf ihren Pfad beförderte.

Ein langer Tag der Reise und des Todes.

Aber als sie dann solche simplen Tricks später bei Magnis größerer Horde ausprobieren wollten, dauerte es nur einen Augenblick lang, den Hinterhalt der Galla in eine Falle für sie zu verwandeln, ihnen mit einer zweiten und dritten kleinen Gruppe den Rückzug abzuschneiden und eine Jagd über Hochlandhänge und eisige Schluchten zu beginnen. Einmal hatte eine solche Spur eine kleine Gruppe in eine Spinnenhöhle geführt und sich die Männer in den Netzen verstricken lassen. Sie als Beute zurückgelassen.

Aber so schnell gaben die Nordmänner nicht auf, wenn sie einmal Witterung aufgenommen hatten. Nicht diese Schlacht. Die Vanir fuhren fort, die Galla zu flankieren und anzugreifen, trieben sie direkt zurück zu ihrem Lager, wo ihre Familien auf die Nachricht des großen Sieges gewartet hatten.

Was für eine Überraschung, als sie sich plötzlich umzingelt sahen.

Streitkräfte manövrieren. Geduldige Schlachtpläne entwickeln. Das überließ Lodur alles Magni. Sein Kriegerbruder wusste mehr darüber, wie man eine Schlacht planen musste, als er sich jemals die Mühe gemacht hatte zu lernen. Aber es würde Lodur sein, der ihr Schicksal besiegelte.

Er befahl seine ganze Eskorte nach unten in den Wald hinein und blieb auf dem Kamm stehen. Sammelte Macht aus der anschwellenden Kraft des Sturms, die in ihm und über ihn hinweg stieg und seine Wut mit sich trug. Die Entladungen neuer Blitze ließen die Härchen im Nacken und auf den Armen sich aufstellen.

Wilde Winde hämmerten durch den Schlingenpass, heulten gequält auf, als er sie seinem Willen unterwarf und dann ins Antlitz seiner Feinde schleuderte. Sein schwerer Umhang aus weißem Bärenfell flatterte wie sein persönliches Banner, emporgehoben durch den kleinen Orkan der Mächte, die ihn umgaben und durch sein Haar peitschten. Er fühlte, wie sich die Wolken ehrerbietig vor ihm senkten.

Dann entlud er Ymirs Schrecken auf die glücklosen Galla, Croms armselige Kinder.

An vier Stellen schlugen Blitze in dem Bergwald ein, krochen wilden Tieren gleich durch das schneebedeckte Immergrün, sprengten Baumstämme und schlugen Narben in den Boden, peitschten mit Feuerklauen nach ihren Opfern. In den Ästen entzündeten sich ein paar Feuer, die die Kiefernadeln knisternd verschlangen. Fackeln, in deren Licht die Vanir jagten.

Die entfesselten Sturmwinde trafen den Wald, fachten die Feuer an, bis sich Flammensäulen und Funkenwolken in hohen, sich windenden Wirbeln erhoben. Der Sturm holte Leute von den Füßen, riss Erde aus dem Boden und ließ die scharfen Kiefernnadeln in Augen fliegen. Er machte sie zur leichten Beute für die Vanirklingen.

Aber das reichte noch nicht. Lodurs Durst war noch lange nicht gestillt. Nicht einmal annäherend. Und die Galla hielten sich trotz Verwirrung und Furcht besser als erwartet. Sie drängten sich in dem Bergwald zu kleinen Gruppen zusammen, die Klingen bereit, um alle Vanir herauszufordern, die sich in geringer Zahl an sie heranwagten.

Sie schlichen wie Geister unter den Ästen umher, mieden die hohen Feuersäulen und suchten dunklere Pfade.

Mehr Pfade, als Lodur bewachen oder Magni rechtzeitig versperren konnte.

So konnten sie sich neu formieren, die Kinder und Jungen zur Seite drängen, während Männer und Frauen mit starken Armen zusammenfanden und an einer Stelle des Waldrandes aus der Deckung brachen. Eine Handvoll stürzte sich auf ein Trio aus drei Vanir, warf sie auf ein mit Felsblöcken übersätes Feld zurück, wo die flammenhaarigen Nordmänner inmitten eines Schlaghagels zu Boden gingen.

Die meisten Galla eilten den verschneiten Hang hinauf, auf dem Lodur wartete. Ohne Eskorte. Ohne jede Verteidigung gegen die vielen Dutzend Krieger, die sich auf ihn stürzten.

Am Himmel krächzte ein Falke, und man konnte Magni hören, der seinen Kriegern im Wald befahl, umzudrehen und den Kamm zu bewachen, von dem aus Lodur sie unterstützte. Er schien zu glauben, dass Lodur Schutz brauchte, als könnten Ymirs Zauberer nicht allein auf sich aufpassen.

»Tritt zur Seite und lerne, mein Bruder.« Lodurs Flüstern flog, getragen von einem kleinen Wirbelwind, von seinen Lippen an Magnis Ohr, ohne dass er hinsehen oder die Entfernung abschätzen musste. Dann wehrte er den Hunger ab.

Bergspinnen waren Furcht einflößende Kreaturen, ganz gewiss. Aber irgendwo war jedes Raubtier auch die Beute eines anderen.

Ledrige Schwingen peitschten die Luft auf, ritten mit Kunstfertigkeit und Entschlossenheit die unberechenbaren Winde. Schwarze Haut und Schuppen blitzten auf. Brennende rote Augen. Ein ohrenbetäubendes Kreischen erscholl, das bei jedem Mann im Pass, ob nun Vanir oder Cimmerier, eine Gänsehaut hervorrief.

Ein großes Gewicht krachte gegen die Krieger der Galla, stieß ausgewachsene Männer zur Seite, als wären sie bloß eine zerbrechliche Ansammlung von Zweigen.

Ein Schwanz peitschte. Er war nur ein verlorener Schemen in der Finsternis, als er den ersten Mann mit seinem tödlich vergifteten Stachel traf und gleich darauf eine Frau, die es fast geschafft hatte, sich aus dem Weg des angreifenden Albtraumes zu rollen.

Schwingen wühlten Staub und Geröll auf, durchschnitten in einem plötzlichen Mahlstrom der Verwirrung die Luft.

Dann schwang sich der Drache mit einem zweiten Kreischen und zwei weiteren Opfern, die sich wehrten – eines in jeder Krallenklaue – zurück in die Luft.

Viele Galla standen wie betäubt da, so plötzlich und wild war der Angriff gewesen. Viele verspürten nur noch das Bedürfnis zur Flucht. Weniger als die Hälfte blieb zusammen, versuchte noch immer, den verschneiten Kamm zu stürmen, auf dem Lodur wartete.

Und jetzt war *er* an der Reihe, seinen Hunger zu stillen.

Lodur griff tief in sein Inneres und fachte den toten Funken aus kaltem, blauem Feuer, den alle Ymirisch kannten, zu neuem Leben an. Einst hatte dieses eisige Feuer die überwältigende Kälte verursacht, die ihn sein ganzes Leben lang begleitet hatte, bis ihn vor Venarium *Ymirs Ruf* erreicht hatte. Nur blinde Wut hatte ausgereicht, sie zu überwältigen und sein Fleisch zu wärmen. Jetzt, da es endlich zu echter Wärme erwacht war, fand er in diesem winzigen Funken ein Machtreservoir, das ihm so lange Zeit verwehrt geblieben war.

Die Art eines Edelsteins, der dunkle Geister aus den kalten, finsteren Tiefen beschwor, in denen sie ruhten oder in die man sie verbannt hatte.

Ein Werkzeug, mit dem er seine größten und schrecklichsten Zauber wirkte.

Der Wind heulte noch immer um ihn herum, ließ den Umhang flattern, trieb eine Wand aus Schneematsch vor ihm her, da der kleine Orkan Schnee von der anderen Kammseite emporriss und die Eiskristalle wie blendende Dolche durch die Luft schleuderte. Durch die eisige Berührung des Sturms hatte er die Tiefe des Schnees gespürt, durch den die Galla jetzt rannten, und sie für ausreichend befunden. Er zog eine finstere Seele durch die winzige, kalt flackernde Flamme, so wie sich eine vergiftete Nadel durch Fleisch fädelte, und band den Geist in Eis und Schnee, formte ein neues Leben um die Abscheulichkeit herum.

Und fühlte, wie sie im Pochen seines eigenen unstillbaren Hungers pulsierte.

Der Körper der neu erschaffenen Schneeschlange brach aus der Eiskruste empor, als die ersten beiden Galla den Fuß von Lodurs Aussichtspunkt erreichten. Sie schlug schnell und hart zu, peitschte den dicken Körper um einen Mann und quetschte das Leben aus ihm heraus, während der albtraumartige Kopf in die Tiefe schoss und nach dem Bein des zweiten Mannes schnappte. Zwei Reißzähne, langen, dolchartigen Eiszapfen gleich, bohrten sich in seinen Oberschenkel. Sie hob ihn in die Höhe, schüttelte ihn hin und her, so wie eine echte Schlange versuchte, das Rückgrat kleiner Beutetiere zu brechen, während kalte, diamantenartig funkelnde Augen wie zwei Sterne leuchteten.

Die dicht zusammenlaufende Gruppe der Clansmänner konnte ihre Angriffsrichtung nicht mehr ändern und versuchte, ihre Stammesbrüder zu retten. Oder sich einen Weg um die dämonische Schlange herum zu erkämpfen, in der Hoffnung, den Zauberer zu erreichen. Es spielte aber keine Rolle. Wo sich ihre Schwerter hoben und senkten, gab der Schlangenkörper als Schneefontäne nach. Sie hackten große Brocken ab. Dann glitt die Schlange durch den Schnee und ihre Wunden waren geheilt.

Von gemartertem und blutigem Fleisch ließ sich das nicht sagen.

Die Schneeschlange warf Männer um. Wickelte sich um den Kopf eines Clansmanns und erbebte offenbar vor Behagen, als sie ihm das Genick brach.

Eine Frau mit einem Schwert stürmte heran und rammte ihre Klinge in eines der dämonischen Augen, was die Schlange veranlasste, den Mann loszulassen, den sie in ihrem mächtigen Rachen schüttelte. Er stürzte zu Boden, rollte ein Stück den Hang hinunter und versuchte fortzuhumpeln. Ein Clansbruder rannte herbei und half ihm, zu dem brennenden Wald zurückzuhinken. Bevor er ihn erreichte, brach Magni aus der Deckung einer Kiefer hervor und trennte ihnen mit mächtigen Schwerthieben die Köpfe ab. Sie starben schnell. Die Frau hatte weniger Glück. Ihres Opfers beraubt legte sich die Schlange um sie und zerrte sie von den zugreifenden Händen ihrer Stammesbrüder fort. Sie schlang ihren Körper zweimal um sie, dann noch einmal. Und der Schlangenkopf schob sich über ihre Schulter und begrub die langen Reißzähne in ihrer Brust.

Sie schrie – und Blut schoss aus ihrem Mund.

Lodur schmeckte den heißen, metallischen Geschmack.

Die Galla spritzten wie Ungeziefer auseinander, rannten in alle Richtungen, ohne auch nur noch einen Gedanken an einen Angriff zu verschwenden. Sie wollten fliehen, überleben. Die Schneeschlange sollte keinen von ihnen mehr erwischen, als sie den verschneiten Hang verließen, der die Grenze ihrer Existenz bildete. Aber das war ihr egal, genau wie Lodur, der seinen Sieg genoss.

Nur der Wind, der mit dem Kreischen eines Totengeistes, das ausreichte, Blut und Verstand erstarren zu lassen, gepeinigt um ihn herumwehte, verlangte nach einem neuen Opfer.

»Kearn!«, brüllte Lodur und ließ den Namen sich wie Gift von den Lippen lösen. Verknüpfte ihn mit einem schwarzen Wirbelwind und blies ihn mit einem fauligen Atemzug fort. Dann lachte er und genoss es, als die harten, auf ihn einhämmernden Windböen es ihm nachtaten und in den Pass hineinwehten, das kalte Gelächter des Nordgottes und Lodurs herauszuheulen.

Ymir schritt wieder über den Boden Cimmeriens.

Und Lodur war nur eine seiner vielen Stimmen.

Das Schlachtfeld, über das Kearns Krieger stolperten, war mehrere Tage alt. Das ließ der Gestank vermuten.

Ehmisch war es, der die ersten Spuren entdeckte, mit den scharfen Augen der Jugend. Er zeigte aus einer halben Meile Entfernung auf den Kreis aus Krähen und Falken, erspähte sie durch eine Lücke in den Baumwipfeln. »Ich glaube, da vorn könnte etwas sein.«

Nicht lange danach stimmten Hydallan und Brig mit dem jungen Mann überein, dass sich die Vögel dort auf seltsame Weise zusammenrotteten. Ossian meinte laut, dies sei hier wohl nicht so üblich. Nahud'r lachte schnaubend, und Daol war wach genug, um darauf hinzuweisen, dass selbst auf der anderen Seite der Schwarzen Berge eine Krähe immer noch eine Krähe blieb.

Das mochte zwar so sein, entschied Kearn, als sie den Wald verließen. Aber bei dem Blick in ein flaches, von der Sonne erhelltes Tal, das von einem kleinen Bachlauf durchschnitten wurde und in dem es mehr Felder voller Wildblumen gab, als er je gesehen hatte, ertappte er sich bei dem Gedanken, dass die Dinge hier möglicherweise doch noch etwas anders lagen. Auf jeden Fall war der Boden trockener, als er für den Frühling erwartet hätte, und die Sonne fühlte sich wärmer an, als jeder Cimmerier dachte.

Wie lautete noch einmal das Sprichwort der Talleute? Das schlechte Wetter, das Crom nicht den westlichen Clans geschenkt hatte, hatte er selbstlos dem Tal überlassen?

Murrogh fühlte sich an, als würde es einen frühen Sommer genießen.

Doch jede Eifersucht wegen des leichten Lebens der östlichen Clansmänner verschwand, als sie sich den flussabwärts gelegenen Feldern näherten und die Hunderte von

Vögeln zählten, die zwischen den dunklen, reglosen Umrissen aufstiegen und wieder landeten. Ein leeres Gefühl breitete sich in Kearns Eingeweiden aus, sobald Hydallan berichtete und Ehmisch verkündete, er könnte sehen, wie sich die Sonne auf dem polierten Stück einer Klinge oder eines Schildes spiegelte, und dann mindestens dreißig Leichen zählte. Niemand beschuldigte den Jungen der Prahlerei. Jeder hatte bereits Bescheid gewusst, und er hatte es bloß bestätigt.

Vanir. Kearn wusste es. Und erkannte, dass er seit dem Schlingenpass und dem Wasserfall und vor allem seit der Störung ihrer vorherigen Nachtruhe auf eine solche Nachricht gewartet hatte.

Es war nichts Schlimmes gewesen. Der Traum von einer Schlacht und violett angestrahltem Himmel, aus dem Blitze auf verängstigte Clansmänner herabregneten. Waren es seine? Er war sich nicht sicher. Kearn erinnerte sich nicht daran, sich selbst in seinem Traum gesehen zu haben oder irgendjemanden, den er erkannt hätte … abgesehen vielleicht von dem kleinen Mädchen, das auf ihn zukam und die Arme ausstreckte, die beide in blutigen, handlosen Stümpfen endeten.

»Spinnenduft«, sagte es, als müsste es ihn daran erinnern. Als könnte er diesen widerwärtigen, den Magen umdrehenden Gestank jemals vergessen.

Da gab es Schmerzensschreie und Wutgebrüll, und der Wind heulte, dass einem das Blut in den Adern gefror. Erinnerte ihn dies an den Blutpass? An den Winterwind, der Zeuge ihres Kampfes an der Eismauer der Vanir geworden war? Es würde die Traumerinnerung einer Dämonenschlange aus Schnee und Eis erklären. Aber nicht das Bild, wie sie eine Frau verschlang, den Kopf gebogen, um ihre Schulter zu verschlingen, die Reißzähne in ihre Brust gebohrt. Im Blutpass war er es gewesen, um den sich die Schlange gewunden hatte. Und er hatte überlebt. Er hatte gekämpft und überlebt, hatte Grimnir mit seinem bleichen Leichenfleisch und dem Raubtiergesicht mit seinen goldenen Augen und dem schrecklichen Rachen aufgespürt. Hatte erlebt, wie er den Furcht einflößenden Blick gen Himmel wandte, um den Namen seines Feindes herauszubrüllen.

»KEARN!«

Er schoss hoch, trat Wolldecke und Umhang zur Seite, krallte nach dem Kurzschwert, das neben seinem Bettzeug lag. Er vernahm Frostpfotes verstörtes Heulen, das sich zu dem lang gezogenen, düsteren Ton abschwächte, den der Schreckenswolf für eine unmöglich lange Zeit durchhalten konnte. Brüllte, die Bogenschützen nach vorn zu schicken, Reave und Ossian sollten die … Mitte halten, und Ashul … sie sollte …

Ashul war tot. Aodhs grimmiger Blick, der ihn über die ersterbenden Scheite des Wachfeuers hinweg traf, rief ihm dies ins Gedächtnis zurück.

Und den anderen auch, die sich in verschiedenen Phasen des Ankleidens und der Kampfbereitschaft befanden. Danon schien in eine Rangelei mit seiner Bettrolle verwickelt zu sein und bemühte sich, sich aus ihren Klauen zu befreien. Reave und Wallach Graubart standen an der Ostseite des Lagers, wo das Wolfsgeheul ertönt war, die Richtung, aus der man eine neue Bedrohung erwartet hätte. Nur Gard Feindhammer stand auf der Westseite und starrte zurück in Richtung Berge.

Die gleiche Richtung, in die Kearn zuerst auch hatte blicken wollen.

Kearn trat an die Seite des Hünen und starrte auf die Berge, deren obere Hänge von den ersten Ausläufern der von Osten hereinbrechenden Morgendämmerung berührt wurden. »Ist da was?«

Gard hielt das Schwert bereit; mit der anderen Hand rieb er sich die Narben, die sein Gesicht um seine Augen herum verunstalteten. »Dachte, ich hätte gehört, wie … nein. Nichts.«

Einem von ihnen hätte es leichtfallen müssen, einen Witz über schlimme Träume zu machen. Sie wegzulachen. Selbst wenn keiner zu einem Lachen in der Stimmung war, nachdem man sie so grob aus dem Schlaf gerissen hatte. Jemand hätte es tun sollen. Selbst Kearn. Aber … trotz aller Beweise glaubte er es nicht.

Und das hatte offensichtlich keiner von ihnen getan.

Und jetzt kämpfte das Krächzen der Krähen mit dem der Falken auf den Feldern. Kearn durchwatete den Strom, stürmte das andere Ufer hinauf und fand eine Stelle auf einem kleinen Hügel, von dem aus er in jede Richtung sehen konnte. Es gab keine Bewegungen außer denen des Schreckenswolfes, der ihnen folgte – keine Bogenschussweite entfernt. Sehr nahe für Frostpfote, so offen in hellem Tageslicht zu erscheinen. Aber der Geruch des Todes würde in seiner empfindlichen Nase stärker sein und ihn mit der möglichen Aussicht auf ein Fressen angelockt haben.

Noch ein schneller Blick in die Runde. Genauso ergebnislos wie der erste, abgesehen von zwei braunen Hirschen in der Ferne, hinter denen Brig sofort in der Hoffnung hereilte, die mageren Vorräte der Schar auffrischen zu können. Kearn wünschte sich beinahe, es würde eine Ablenkung geben, um ihn von dem aufsteigenden Todesgeruch und der Zankerei der Aasfresser wegzuführen.

Aber da war nichts, also stieg er hinunter, um seine Krieger auf das Schlachtfeld zu führen.

Der Kampf hatte genau dort stattgefunden, wo der Bach, dem sie aus den Hügeln gefolgt waren, in einen größeren Fluss mündete. Ein Dreieck, geformt von zwei Seiten Wasser und auf der dritten durch den Wald begrenzt, der zwei Bogenschussweiten entfernt stumm Wache hielt. Kearn zählte drei Feuergruben.

Eine Seite der Kämpfenden hatte für die Nacht ein Lager aufgeschlagen. In der Dunkelheit oder in der Morgendämmerung? Die andere hatte sich vermutlich am Waldrand auf die Lauer gelegt. Sie waren schnell hervorgestürmt, hatten die Wachen ausgeschaltet, falls welche außerhalb des Lagers aufgestellt worden waren, oder hatten zumindest versucht, in Bogenschussreichweite zu kommen, damit die Schützen viel Tod und Schaden anrichten konnten, bevor der Alarm ertönte. Aber schließlich würde man die Schwerter ziehen und es Mann gegen Mann auskämpfen!

Blut und Flüche.

Leichen überall auf dem Feld.

Das Klirren von Stahl auf Stahl und der Aufprall von Klingen auf Knochen.

Kearn hörte die Echos dieser Schlacht – so musste es gewesen sein. Wie ein außer Kontrolle geratener Pulsschlag, der in seinem Kopf pochte. Ein dumpfes Pochen, das ihn begleitete, als er die Leichen studierte und sich vergewisserte, dass keine bekannten Gesichter auf dem Schlachtfeld lagen. Keine Überlebenden aus Gaud, die hier ihr Ende gefunden hatten.

Er kannte keinen. Trotzdem wurde ihm endlich klar, dass er die Phantome nicht würde verjagen können. Er war im vergangenen Monat auf genügend Schlachtfeldern gewesen, um den Lärm und die Gefühle jemals vergessen zu können. Und er hatte so viel von Grimnirs Arbeit gesehen, dass es für zwei Leben reichte, bei Crom. Diese brutale Wildheit. Schmerzen und Qualen, die man zum Vergnügen angerichtet hatte oder um anderen eine Lektion zu erteilen.

Wenn es tatsächlich etwas Gutes über dieses Schlachtfeld zu sagen gab, dann war es die Tatsache, dass ihm die Atmosphäre des Schreckens fehlte, die den Vanirkriegern und ihren Herren, den Ymirisch, zu folgen schienen. Vielleicht war hier das Kräfteverhältnis zu ausgewogen gewesen, dass eine Seite den überwältigenden Vorteil hätte erringen können. So war es ein einfaches Dahinschlachten um des Hasses willen. Aber selbst, als er das dachte und nach Beweisen dafür Ausschau hielt, wuchs der Verdacht in ihm, dass etwas nicht stimmte. Dass er ein wichtiges Zeichen übersehen hatte und dass es auf dem Schlachtfeld lauerte …

… darauf wartete, aufzustehen und ihn bewusstlos zu schlagen.

Was stimmte hier nicht? Er blieb stehen und drehte sich langsam im Kreis. Mit gefurchter Stirn.

Aodh bemerkte es. Der starke, unbeugsame Aodh, der seit Gaud nicht mehr viel zu sagen gehabt hatte, vor allem nicht zu Kearn Wolfsauge. Aber trotz seiner Trauer und dem Ausbruch in der vergangenen Nacht bemerkte er offensichtlich Kearns Verwirrung, und es ließ ihn sofort misstrauisch werden. Er legte die Hand auf den Schwertgriff, betrachtete den Horizont, während Kearn die Leichen in der Nähe musterte.

»Kearn?«

Er wandte sich erneut um. »Etwas …«

Schließlich musste er es zur Seite schieben, es zu seiner mitternächtlichen Angst schlagen. Dem schmerzenden Kopf und dem Pochen des Blutes, das nicht mehr aufzuhören schien.

Er ließ es los, bevor der Jähzorn drohte, ihn erneut zu überwältigen.

Die anderen schwärmten aus, obwohl er nicht den Befehl dazu gab. Das brauchte er auch nicht. Um zu überleben hatten seine Krieger gelernt, sich an den Toten zu bereichern. Sie waren selbst zu Aasfressern geworden. Jetzt gingen sie zwischen den Toten umher. Suchten nach Waffen, die besser waren als die, die sie bereits trugen, nach einem Kleidungsstück oder einer wärmeren Decke. Und immer nach Essen.

Es gab keinen Grund, nach Überlebenden zu suchen. Die Fliegen, die Gerüche, die stark genug waren, um einen widerlichen Geschmack in seinem Mund zu verursachen … für jede Art der Rettung waren sie Tage zu spät. Für jede Hilfe.

Oder um Ausrüstung zu finden. Das Feld war gründlich durchsucht worden. Säcke hatte man ausgeleert. Kleidung aufgeschlitzt. Die eine oder andere Seite hatte auch Pferde benutzt – entweder als Lasttiere oder für den Kampf. Es gab mehrere Kadaver, die man schnell geschlachtet hatte, um das Fleisch zu verwerten. Nun, manche Clans der Lacheisch waren dafür bekannt, wilde Pferde zu zähmen, und nachdem Kearn die Aquilonier erlebt hatte, vermochte er wenigstens den Wert guter Reiter zu schätzen.

Aber einen Augenblick später verwirrte es ihn, als er etwas wie eine Reiterlanze sah, die aus dem Rücken eines schwarzhaarigen Cimmeriers ragte. Die Lippen des Mannes waren blutverkrustet, und Kearn konnte es beinahe schmecken, so wie er sich vorstellte, dass die Hand, die den Speer geführt hatte, auch ein Clansmann gewesen war. Es sich vorstellte.

Er *wusste* es.

Das war ein Fehler. In der Nacht oder kurz vor der Morgendämmerung konnte das passieren. Ein Angreifer, der seinen Kameraden niederstach. Vielleicht einen, der zu nah bei einem großen Vanir lief.

Aber in diesem Fall … Wo waren die Vanir?

Plötzlich wurde ihm klar, dass es genau das war, was die ganze Zeit an ihm genagt hatte. Auf diesem Schlachtfeld lagen keine Vanir!

Er hatte nicht einen von ihnen gesehen. Und die Vanir sammelten ihre Toten nicht ein. Sie plünderten sie genauso aus wie die Leichen ihrer Feinde und zogen weiter. Obwohl Kearns Gruppe, wenn sie im Vorteil gewesen war, einen blutigen Kampf bestanden hatte, oft ohne Verluste, sprach die Größe dieser Gruppe – fünfzehn, zwanzig Männer, die man den Krähen überlassen hatte – dagegen.

Und im Augenblick dieser Erkenntnis krampfte sich sein Magen zusammen und ließ ihn von einer Leiche zur nächsten eilen, auf der Suche nach irgendeinem Anzeichen für die Nordmänner oder ihre Herren. Und die ganze Zeit über musste er an die Warnung des Häuptlings der Galla denken: dass ihm nicht gefallen würde, was er da fände.

Aodh sah zu ihm hinüber; er hatte sich nicht weit von ihm entfernt. Und Nahud'r hielt dabei inne, einen Lederbeutel zu durchsuchen. Beide Männer sahen erst sich, dann Kearn an.

»Sagt es«, meinte Kearn mit schwerer Stimme.

Er stand in der Mitte des Schlachtfeldes, von Toten umgeben, und wollte einfach nicht glauben, dass so etwas geschah. Nicht zu diesem Zeitpunkt.

»Sagt mir, dass das keine Schlacht unter Cimmeriern war.«

24

Es gab keinen Beweis, der dafür oder dagegen sprach, aber Kearn wusste Bescheid. Er wusste es einfach. Die cimmerischen Clans, allem Anschein nach große Clans, waren in den Krieg gezogen. Eine Fehde, bei der aus Diebstahl und Raubzügen ein blutiger Kampf geworden war.

Das Chaos *dieser* Schlacht ließ ihn in der folgenden Nacht und den größten Teil des folgenden Tages über nicht los und hätte ihm sicher noch länger zu schaffen gemacht, hätte sich die wahre Bedrohung Cimmeriens nicht wieder in den Vordergrund gedrängt. Keine niedergebrannten Hütten. Keine verstümmelten Leichen. Die Gefahr aus Vanaheim hatte er beinahe schon verdrängt.

Doch als frühe Abenddämmerung über den Murroghwald hereinbrach, schwärmten Insekten in der plötzlich hereingebrochenen Kühle, angezogen von Körperwärme und frisch vergossenem Blut. Kearn schob sich mit gezogener Klinge an den Ästen einer alten Weide vorbei. Der Boden unter seinen Füßen war mit Feuchtigkeit vollgesogen und gab nach. Marschland. Es roch nach verfaultem Holz und stehendem Wasser. Und noch nach etwas anderem.

Etwas Metallischem.

Brig Baum und Reave standen über die Leiche eines Vanir gebeugt, die an dem dicken, silbrigen Weidenstamm lehnte. Ohne den starren Blick der offenen Augen hätte man annehmen können, dass der Krieger mit dem roten Haar einfach nur schlief. Die beiden Männer sahen zu, wie sich der Stoff um den Pfeil in seinem Bauch rot färbte. Noch mehr Blut sickerte aus dem tiefen Schnitt an seinem Hals, Blut, das über die Schulter in die Baumrinde eindrang.

Kearn drängte sich an den letzten, dichten Ästen vorbei und gesellte sich zu ihnen. Ein paar Spinnen waren aus dem Blattvorhang gefallen, schwarze Webknechte, die über Kearns Schultern und Arme krabbelten und sich an seinem Haar und Nacken festsetzten. Er strich sie geduldig ab. Harmlose Netzspinner: nach der Begegnung mit den riesigen Bergspinnen im Schlingenpass kaum einen Gedanken wert.

Der Krieger allerdings schon.

»Jetzt wissen wir es mit Sicherheit«, sagte Kearn. Er trat gegen eines der schlaffen Beine. »Sie sind hier.«

Brig nickte. »Das kommt kaum überraschend. Die Galla. Sie haben gesagt, dass die Vanir den Pass bezwungen haben.«

»Und von Norden gekommen sind«, fügte Reave hinzu.

Nachdem sie am Vortag das Schlachtfeld gefunden hatten, hatte sich Kearn schon seine Gedanken darüber gemacht. Welcher Clan zog denn gegen seinen Nachbarn in den Krieg, wenn die Vanir sie alle bedrohten? Nach mehreren Monaten des harten Kampfes gegen die Nordmänner und die Ymirisch hatte er nicht erwartet, auf eine Blutfehde zu stoßen. Das machte so viel Sinn, als würde man die eigene Kuh für ihr Fleisch schlachten, weil der Nachbar ohnehin ihre Milch stahl. Zuerst tötete man den Nachbarn, oder schlug ihn zumindest halbtot. Erst dann dachte man über die andere Möglichkeit nach. Oder?

Die Frage hatte Kearn keine Ruhe gelassen, seine Aufmerksamkeit abgelenkt und ihm zu schaffen gemacht, bis er es schließlich aufgegeben hatte, es verstehen zu wollen.

Aber Vanir, die auf der Jagd waren – *das* gab ihm eine Richtung, seine Energien und seine Wut zu konzentrieren, diese Macht in seinem Inneren, die so sehr danach drängte, aus ihm hervorzubrechen, dass er sich mittlerweile manchmal Sorgen um seine Leute machte – was würde geschehen, sollten sie in seiner Nähe sein, wenn der Druck für ihn zu groß wurde und er ihn nicht länger bezwingen konnte?

»Er hätte sich still verhalten sollen«, sagte Kearn.

Wut brodelte unter der Oberfläche und keine geringe Furcht, dass er an diesem Abend beinahe einen Mann verloren hätte. Er spuckte den Toten an. Den toten Nordmann. Der lange Bart in der Farbe frischen Kupfers war mit Silberfäden zu einem halben Dutzend Locken geknüpft; er hatte sein Haupthaar kurz getragen, es reichte an den Seiten kaum bis zu seinen Ohren und ließ die Stirn frei. Um besser hören und besser sehen zu können?

»Hätte uns passieren lassen sollen, uns dann umgehen sollen, um seine Leute zu warnen. Aber daran hat er nicht gedacht.«

Er hatte es schon zuvor beobachtet, dass sich die Vanir so oft weigerten, miteinander zu arbeiten. Sie alle kümmerten sich nur um sich selbst. Was auch der Grund dafür war, dass sich Kearns Krieger so gut gegen sie hatten behaupten können.

Und der Drang des Nordmannes zu töten? Der Drang, der den hier dazu veranlasst hatte, die Deckung zu verlassen und mindestens ein Leben zu nehmen, bevor er die Flucht ergriff?

So langsam konnte Kearn das verstehen. Verließ sich sogar immer häufiger darauf, da sich die Umstände immer mehr gegen ihn und sein Rudel stemmten. Das war ein wichtiger Teil des Grundes, aus dem er geschworen hatte, sie zu jagen und zu töten, wo immer ihm das möglich war. Das war alles, was ihm geblieben war in seinem Leben. Was er gewählt hatte.

Wozu er geboren worden war.

»Mit Hydallan alles in Ordnung?«, fragte Reave und erinnerte sich wieder an den Hinterhalt.

Daols Vater war fast ganz vorn gewesen, als sich Ehmisch plötzlich umgedreht und ihn grob zur Seite gestoßen hatte. Der Pfeil hatte den Kopf des Alten aufgeschlitzt, hatte Ohr und Kopfhaut durchschnitten und eine Menge Blut auf den Waldboden spritzen lassen. Gard und Kearn waren Hydallan zu Hilfe geeilt. Fast alle anderen waren hinter dem Angreifer hergestürmt.

Sie sorgten sich umeinander. Kearn erkannte das sowohl als Stärke wie auch als Schwäche.

»Kearn?«

Aber eine Reihe leiser Flüche enthob ihn einer Antwort, die Äste teilten sich für Hydallan und Gard Feindhammer. Hinter ihnen kam Wallach Graubart. Hydallan drückte eine zusammengeknüllte, mit Blut vollgesogene Decke gegen den Kopf. Mit der anderen Hand schlug er einen der Webknechte weg, der sich an seiner Wange festklammerte.

»Cromverfluchte Spinnen! Ein verflixter Nestbaum, das sind diese nach Pisse stinkenden Weiden für sie. Nein!« Hydallan schüttelte Gards Hand von seinem Arm. »Wenn du jemanden brauchst, an dem du dich festhalten kannst, dann stütz dich auf diesen Klotz da drüben, der nur Weiber im Kopf hat.« Er wies mit dem Kopf auf Reave, dessen Gesicht zu einer Maske erstarrte, und beugte sich vor, um nach auch nur einem Anzeichen für ein albernes Grinsen Ausschau zu halten.

»Das muss jemand nähen«, sagte Kearn und lenkte den alten Mann von Reave ab. Er hatte die Wunde gesehen. Hydallan hatte ein ordentliches Stück von seinem rechten Ohr verloren, und er konnte sich glücklich schätzen, dass sein Schädel nicht gespalten war. So viel Blut. »Noch einen Fingerbreit weiter links«, sagte er, »und du hättest den Pfeil ins Auge bekommen.«

»Noch einen Fingerbreit weiter rechts, und der Pfeil hätte mich vielleicht verfehlt und wäre in deine hässliche Fratze geflogen«, stieß Hydallan hervor, dann spuckte er aus. »Mach deswegen nicht so einen Aufstand, Welpe. Es ist, was es ist. Und wir haben bereits genug Probleme.« Er trat gegen die Beine des toten Kriegers.

Das traf allerdings zu. Kearn hatte bereits den fehlenden Harnisch und die nicht vorhandene Bettrolle gesehen. Und den leeren Proviantbeutel. Da gab es nur einen Kriegsbogen und einen Köcher voller Pfeile sowie ein gutes Messer an seinem Gürtel.

»Da sind noch mehr, wo der herkam«, sagte Kearn und nickte. Dann sah er die Männer an. »Seid ihr sicher, dass er allein war?«

Gard zuckte die Achseln. »Ehmisch glaubte es. Und der da sieht aus wie jemand, der vor Einbruch der Nacht auf der Jagd war. Jäger arbeiten gern allein.«

Brig nickte stumm. »Aber der Rest von ihnen wird nicht weit sein.«

»Ich habe die anderen in einer lang gezogenen Reihe ausschwärmen lassen«, erklärte Wallach Kearn. »Nur falls es nötig ist, dass sie nahe genug sind, um zu kommen, wenn sie etwas hören.«

»Gut. Notfalls ziehen wir uns zum Fluss zurück oder stoßen tiefer in den Wald vor.« Flucht? Das war nur die letzte Möglichkeit. »Wenn wir sie vor Einbruch der Nacht aufspüren können«, dachte er laut nach, »könnten wir sie vielleicht mit einem schnellen Angriff überraschen.«

»In dieser Nähe zu den Schwarzen Bergen bricht der Abend schnell herein«, sagte Brig. Er versuchte durch das massive Ästegewirr einen Blick auf den Himmel zu werfen. »Vielleicht haben wir genug Zeit für eine Suche, aber nur in einer Richtung, wenn du willst, dass wir vor der Dunkelheit mehr als eine Meile schaffen. Gehen wir falsch, könnten wir am Morgen im Nachteil sein und sie uns überraschen.«

Dann redeten auf einmal alle, stritten über die Größe der Patrouillen und ihre Anzahl. Fragten sich laut, ob es nicht besser wäre, einen ordentlichen Lagerplatz zu finden – mit trockenem Boden! –, der eine gute Verteidigungsposition bot. Falls sich das als erforderlich erweisen sollte. Wenn sie nicht auf gut Glück losrennen wollten – worauf man sich oft nicht verlassen konnte.

Kearn hörte ihre Argumente, ihre Leidenschaft. Es drängte ihn nach einem Kampf, er wollte die Vanir nicht so davonkommen lassen, aber es war doch ein schlechter Zeitpunkt. Vor allem, da einer seiner Krieger bereits ernsthaft verletzt war – auch wenn der zu stur blieb, um das zuzugeben oder um das Rudel auch nur einen Augenblick lang zu behindern. Kearn sah keine Möglichkeit, dieses Problem zu lösen. Unvertrautes Terrain und noch keine Freunde. Konnte er seinen Blutdurst diese Entscheidung treffen lassen?

Es war eine heikle Entscheidung, und Ehmisch rettete ihn davor, sie zu treffen. Ästerascheln kündigte ihn an, und er stellte sich zu der Gruppe, ohne mehr zu tun, als Kearn kurz zuzunicken und von Hydallan einen dankbaren Schlag auf die Schulter zu bekommen. Er hörte einen Augenblick lang zu, dann lächelte er. Es war kein besonders freundliches Grinsen, brachte aber ein gewisses Funkeln in seine Augen, das Kearns Aufmerksamkeit erregte.

»Ehmisch?«, fragte er. »Hast du etwas hinzuzufügen?«

Der junge Mann nickte. Dann zuckte er die Achseln, offensichtlich stolz darüber, den anderen einen Schritt voraus zu sein.

»Ich weiß, wo sie sind«, versprach er mit einer solchen Überzeugung, dass niemand daran zweifelte.

Und das entschied es.

So wie Ehmisch es erzählte, hatte er unter einer großen Goldkiefer gehockt, mit eingespanntem Pfeil und bereit – als Wallachs Ruf ihn erreicht hatte, das knappe Bellen eines Kojoten, das ihn warnte, dass die Gefahr vorüber war und sie wieder zurückkommen sollten. Er hatte direkt auf dem Rückzugsweg des Vanir seine Stellung eingenommen. Aber Brig und Reave hatten ihn vorher erwischt.

»Also habe ich darüber nachgedacht, wie es weitergeht. Und ich ...« Er hielt in seiner Erklärung inne. Wartete, bis Kearn ihm zunickte, dass er fortfahren sollte. »Ich hörte Kearns Stimme in meinem Kopf. Als wüsste ich bereits, was er sagen würde und wie er es sagen würde.«

Schon seit vielen Tagen wusste Kearn mehr darüber, mit anderen Stimmen in seinem Kopf zu leben, als ihm lieb war. Er wollte nicht, dass Ehmisch zu lange auf diesem Thema herumritt.

»Was habe ich gesagt?«, wollte er wissen.

»Du hast gesagt: ›Klettere auf den Baum, Junge, und sag mir, was du siehst.‹«

Ehmisch stieß das eilig hervor, als wollte er es hinter sich bringen. Offenbar war es schlimm genug, dass er versuchte, wie Kearn zu denken. Noch schlimmer aber war die Weise, wie »Kearn« es gesagt hatte.

»Es war die richtige Idee, egal, wie du darauf gekommen bist«, sagte Kearn mit einem heftigen Nicken.

Ehmisch hatte den Rauch eines Lagerfeuers erspäht, das man etwas zu früh entzündet hatte; die Schwaden hatten sich nicht vor dem dunkler werdenden Himmel verloren, und er hatte auf diese Entfernung ein paar Flammen emporzüngeln sehen können. Darum schlichen Kearns Krieger nach Einbruch der Dunkelheit durch den Wald, geführt vom Licht ihres Feindes. Sie mussten sich sehr sicher gefühlt haben, um ihre Deckung so zu vernachlässigen.

Kearn lächelte grimmig. Er hatte vor, sie dafür mit ihrem Leben bezahlen zu lassen.

Dreißig Krieger oder mehr, Männer und Frauen, hatten ihr Lager auf einer abgeschirmten Lichtung aufgeschlagen. Auf der einen Seite plätscherte ein kleiner Bach und versorgte sie mit frischem Trinkwaser. Mehrere der Männer hatten ein gehäutetes Rehkitz über das Lagerfeuer gehängt, und der warme Duft von schmackhaftem Wildbret trieb in den Wald hinein.

Einen solchen Fehler hatten sie wegen des frischen Fleisches gemacht.

Er hatte bereits fünf Wachtposten gezählt, die am Waldrand standen, und sechs oder sieben Gefangene, die zusammengedrängt in der Lagermitte hockten. Mit seiner Nachtsicht kontrollierte er das ganze Gebiet, bevor er zu seinen Männern zurückkehrte und einen Plan erläuterte. Jetzt wartete er darauf, zum Zug zu kommen, hockte neben Reave und Nahud'r. Wartete. Beobachtete.

Zuckte zusammen, als ein leises Rascheln hinter ihm ihn mit einer zum Schlag bereiten Klinge herumfahren und sich um ein Haar auf Frostpfote stürzen ließ.

Der Schreckenswolf zeigte sich nur selten aus einer solchen Nähe. Er war nahe genug, dass Kearn ihn mit einem längeren Schwert hätte schneiden können. Obwohl das Tier eine volle Körperlänge zurücksprang und sich duckte, Kearns plötzliche und gewalttätige Bewegung anknurrte, griff es jedoch weder an noch floh es zwischen die Bäume. Seine goldenen Augen funkelten in der Nacht, als sie einen verirrten Strahl Sternenlicht auffingen, vielleicht auch einen Funken des Lagerfeuers. Es entblößte die Zähne und wartete.

»Das ist einfach nicht richtig«, raunte Reave, an niemanden Bestimmtes gewandt. Aber er legte sich wieder auf den nachgiebigen Waldboden und wandte dem großen Tier den Rücken zu.

Obwohl sich Kearn an die zögerliche Gesellschaft des Schreckenswolfes gewöhnt hatte, drehte er dem Tier den Rücken nie so zwanglos zu. Seine Brust zeigte noch immer die geröteten Narben von jenem ersten Morgen mitten im Winter, als ihn der Wolf angegriffen hatte. Seitdem hatten sie Siege und Beute geteilt. Aber er war noch immer ein Wolf. Von einer der kräftigsten und furchteinflößendsten Rassen. Und ein Krieger, der das vergaß, fand möglicherweise diese Zähne an seinem Hals wieder, und der nach Aas stinkende Atem des Tieres war möglicherweise das Letzte, was er jemals wahrnehmen würde.

Aas ... Kearn schnupperte. »Er riecht das Reh. Den Pass so schnell zu überqueren hat auch ihn ein paar Pfunde gekostet.«

»Gleichgültig, warum«, wisperte Nahud'r und starrte den Wolf mit weit aufgerissenen Augen an. Er hatte ihn schon oft gesehen, aber noch nie aus einer solchen Nähe. »Ich habe ihn lieber hinter mir als an meinem Hals.«

Es blieb keine weitere Zeit für geflüsterte Unterhaltungen oder um sich Sorgen wegen der Nähe des Wolfes zu machen. Denn das Tschirpen einer jagenden Eule verriet ihnen, dass sich auch der letzte von Kearns Kriegern aufgestellt hatte.

Die Vanirposten schauten bei den Lauten des Waldes nicht einmal auf, obwohl Kearn zu sehen geglaubt hatte, dass sich einer der Gefangenen in der Lagermitte geregt haben musste.

Umso besser, wenn sie den nachgeahmten Tierruf erkannt hatten. Sie würden bereit sein.

Kein Dutzend Herzschläge später jagten die ersten Pfeile ins Lager. Sie kamen von Osten und Westen, trafen aber nicht die Wachtposten, sondern flogen weiter und bohrten sich in ein paar der Krieger, die neben ihren Bettrollen saßen oder sich die Zeit mit Würfeln vertrieben. Ein Mann mit tonnenförmiger Brust sprang mit einem wilden Brüllen auf; ein Pfeil hatte sich tief in seine rechte Seite gegraben.

Das schien ihn aber nicht zu stören. Zwei andere am westlichen Rand rollten sich aufbrüllend zur Seite; dem einen steckte ein Pfeil im Hintern, der andere starb mit einem Geschoss im Hals.

»Jetzt!«, rief Kearn, und Reave und Nahud'r brachen am Nordrand des Lagers aus ihrer Deckung, genau in dem Augenblick, als ihnen alle Wächter den Rücken zukehrten.

Sie brachen zwischen den Bäumen hervor und rannten durch ein taillenhohes Gebüsch und machten kein Geheimnis aus ihrem Angriff. Tatsächlich versuchten sie, es nach mehr Angreifern aussehen zu lassen. Als sie gleich hinter dem nächsten Wachtposten zwischen den Bäumen hervorkamen, blieben dem Nordmann vielleicht noch eine Handvoll Herzschläge zum Nachdenken, bevor Reaves Langschwert auf ihn niedersauste und ihm mit einem mächtigen Hieb einen Arm abtrennte.

Reave trat den Toten zur Seite, während Kearn links neben ihm ins volle Blickfeld trat, gefolgt von Nahud'r – der fast von den Knien bis zum Kopf in Wolle gehüllt war – zu seiner Rechten. Einer der Wachtposten erkannte Kearns Züge und rannte auf ihn los. Er ließ das Schwert in der Scheide stecken und fuchtelte mit den Armen über dem Kopf, brüllte Kearn auf Nordheimisch zu, den Angriff einzustellen.

Das ist ein Irrtum, brüllte er.

Die nasale Sprache der nördlichen Krieger war nicht gut geeignet, um Furcht jeder Art auszudrücken, aber das hier kam ihr schon sehr nahe.

Dann traf ihn ein aus Osten kommender Pfeil mitten in den Rücken, und er stolperte die letzten paar Schritte, bevor er von Kearns Schwert aufgespießt wurde. Eine Erkenntnis flackerte in seinen Augen auf, gefolgt von plötzlicher Verachtung und Wut. Dann starb er.

Kearn sah mit großer Zufriedenheit zu, wie das Licht in den Augen des Vanir erlosch, während seine eigene Wut stieg und ihn mit angenehmer Wärme überkam.

Ein paar der feindlichen Krieger brüllten: »Ymir-egh.« Männer rollten sich aus ihren Decken oder warfen ihre Würfel zur Seite, rissen Klingen und Kriegshämmer, Äxte und sogar ein paar lange Piken hoch.

Wie Kearn gehofft hatte, rannten die meisten Wachtposten auf sie zu, kreisten seine Dreiergruppe ein. Im Lager begaben sich ein paar Krieger zu den Gefangenen, um sie in Schach zu halten. Aber die meisten kamen in einer unregelmäßigen Reihe auf sie zu.

Dann raste Mogh zu Kearns Rechten und Desa zu seiner Linken zwischen den Bäumen hervor. Mogh wurde sofort von einem der Wachtposten angegriffen und hielt den Schild hoch, um die wilden Schläge abzuwehren. Er stach mit dem Breitschwert tief zu und schlitzte den Leib des Mannes wie eine überreife Frucht auf. Auch Desa hielt ihren Schild bereit, was sich als vernünftig erwies, da einen Herzschlag später ein Pfeil auf dem Eisenbuckel zersplitterte.

»Reave, hinter dir!«

Reave duckte sich. Der Hüne konnte nicht mit einem Schild kämpfen, nicht mit dem Langschwert in den Händen. Kearns Schild war auf seinen Rücken geschlungen, aber er stemmte den schlaffen Körper des Vanirwächters mit dem Schwert in seinem Leib noch immer hoch und hielt ihn zusätzlich an dem öligen roten Haar fest.

Nahud'r sprang an seine Seite, brachte den mit Bronze verstärkten Schild hoch, und zusammen warteten sie den kurzen Pfeilhagel ab, der entweder von dem Schild abprallte oder sich in den Rücken des Toten bohrte.

Weitere Pfeile flogen von Osten und Westen aus der Dunkelheit, als Kearns beste Bogenschützen das Lager weiter mit dem lautlosen Tod eindeckten. Brig und Ehmisch auf der einen Seite, Hydallan und Aodh auf der anderen. Daol, der sich noch immer erholte, hatte nicht daran teilnehmen dürfen und beschützte die Ausrüstung der kleinen Gruppe. Er konnte noch immer kaum das Schwert heben, geschweige denn einen Vanir-Kriegsbogen spannen.

Doch selbst ohne ihn ließen die anderen ihre Anwesenheit deutlich spürbar werden. Ein Mann mit einer großen Streitaxt stürzte auf seinem Weg zu Kearn, einen Pfeil im linken Ohr. Einem anderen Krieger bohrte sich ein Pfeil in die Lunge, gefolgt von zwei weiteren, bis er zurücktaumelte, ins Feuer stürzte und dabei das Rehkitz auf seinem Spieß mit in die Flammen riss.

Ein halbes Dutzend Tote. Vielleicht sogar noch einer oder zwei mehr. Kearn zählte sie, so gut er konnte, duckte sich hinter die Leiche und war mit dem zufrieden, was in diesen ersten chaotischen Augenblicken des Hinterhalts möglich war.

Dann richtete er sich wieder zu seiner vollen Größe auf, beförderte den Vanir mit einem Tritt von der Klinge, zog den Schild nach vorn und machte sich für die erste ernste Bedrohung bereit, die auf sie einstürmte.

Drei Männer, alle mit schweren Schwertern.

Nahud'r ließ sich einen Schritt zurückfallen, machte Platz für Reave, der in die Lücke trat. Von den Seiten schossen Mogh und Desagrena heran. Es war ein sorgfältig durchgeführtes Manöver, das die Feinde geradewegs in ihre Mitte locken sollte. Und als sich die Schwerter zu tödlichen Angriffen hoben und senkten und zustachen, fand sich Kearn in die Defensive gedrängt, hielt Schild und Schwert zwischen sich und den Tod, während weitere Vanir heranstürmten.

Was genau seine Absicht war.

Sie stürzten sich auf ihn, und jeder Vanir war bereit, eine Klinge in sein Herz zu rammen. Kearn trat vor, lockte sie heran und verhinderte, dass sie eine saubere Linie gegen seine Flanken aufbauen konnten. Mit zwei flammenhaarigen Männern tauschte er Schwerthiebe aus, hielt sie auf Abstand, während Reave neben ihm wilde, weit ausholende Hiebe austeilte, um einen Dritten zu entmutigen.

Die Spitze eines Breitschwertes schoss vor und pflügte einen blutigen Strich in die Schulter von Kearns Schwertarm.

Der zweite Mann schlug auf seinen Schild ein, durchschnitt den dünnen Bronzebelag und löste Splitter aus dem Holz darunter.

Und die ganze Zeit über fühlte Kearn, wie seine Wut stieg, wie der Druck immer größer wurde, bis er fast so weit war, ihm freie Bahn zu lassen.

Aber der Rest seines sorgfältig ausgeklügelten Planes fiel auseinander, als Valerus am weit entfernten, südlichen Lagerrand aus dem Wald galoppierte. Zu früh. Sogar viel zu früh. Der Aquilonier trieb sein stämmiges Ross – das auch Ossian und Garret trug – an, um zu den Gefangenen durchzubrechen, die noch immer nur von wenigen Wächtern bewacht wurden.

Ein paar der angreifenden Vanir machten auf der Stelle kehrt und eilten zurück.

Dann brachen drei weitere von Kearns Kriegern hinter Desa und Mogh aus der Deckung und rannten los, um den Angriff der Vanir zu flankieren, die Nordmänner zu binden und sie in eine unregelmäßige, zerrissene Reihe zu zwingen.

Kearn verfluchte ihr Pech, duckte sich unter einem wilden Hieb, fing einen zweiten, auf sein Herz gezielten Stich mit dem Schild ab und stach seinerseits über seinen Rand hinweg zu, um einem Vanir den Hals zu durchbohren.

Beinahe! Beinahe wäre es gelungen. Wäre es geglückt, wäre der Feind auf drei Seiten eingeschlossen und hinten ungedeckt gewesen, während Valerus lospreschte, um die Gefangenen zu befreien, sie zu bewaffnen und sie dann wie einen Amboss aufzustellen, an dem Kearn die ganze feindliche Kriegsmeute zerschmettert hätte. Jetzt war sein Rudel leicht im Nachteil, in eine Reihe Zweikämpfe verwickelt, die gewiss auf beiden Seiten Leben kostete. Selbst wenn sie zusammenarbeiteten … Kearn war sich bewusst, dass mehrere Mitglieder seines Rudels – seine Freunde – diesen Kampf kaum unversehrt überstehen würden.

Er fletschte die Zähne, schlug den Schild des nächsten Vanir zur Seite, hieb zu, einmal … zweimal … dreimal … Schläge wie beim Holzhacken, die sich tief in den Arm des Vanir gruben und von denen jeder einzelne den Knochen traf. Der Mann schrie vor Schmerzen auf, nur um von einem neuen Krieger ersetzt zu werden, der drei Handbreit größer war als Kearn selbst und eine gewaltige Keule schwang.

Es hätte nicht viel gefehlt, und dieser erste Hieb hätte Kearns Schild beinahe in Kleinholz verwandelt; sein Arm fühlte sich jedenfalls taub und möglicherweise gebrochen an.

Kearns Bogenschützen hatten ihre Stellungen schließlich verlassen und die Schwerter gezogen. Brig und Ehmisch, Hydallan und Aodh warfen sich gegen die Flanken der Vanir, und ihre Klingen funkelten im ersterbenden Feuerschein.

Mehrere Nordmänner eilten ihnen entgegen, Stahl klirrte gegen Stahl.

Es gab keine Überraschungen mehr, keine Krieger, die man mühelos töten konnte. Keine Schliche, die Kearn aus dem Hut zaubern konnte. Er kämpfte Rücken an Rücken mit Reave und mit Nahud'r. Als sie der Schwung der Schlacht einmal auseinandertrieb, hieb er mit Schild und Schwert nach beiden Seiten um sich, bis Desa zu ihm stieß, und gemeinsam drängten sie den Keulen schwingenden Riesen ein paar kostbare Schritte zurück. So wie sie gemeinsam auf einen zweiten Vanir eindrangen, ihm Hals und Bauch aufschlitzten und ihn tot zurückließen.

Trotzdem fühlte Kearn, wie sich der Kampf gegen sie wendete. Und seine Krieger zahlten dafür. Kearn sah, wie Mogh zurücktaumelte, das Gesicht bis auf den Knochen aufgeschlitzt. Nahud'rs Krummsäbel beschrieb einen tödlichen Bogen und hielt die auf sie zukommende Lawine auf. Aber dann brach er unter dem Angriff von drei Kriegern zusammen.

Aodh und Ossian sprangen zu seiner Verteidigung, versuchten dem am Boden liegenden Shemiten etwas Schutz zu geben. Aodh aber taumelte mit einem Messer in der Schulter zurück; er hatte das Schwert im Getümmel verloren.

Funken neuer Wut flammten schmerzhaft hinter Kearns Augen auf, das Blut rauschte lautstark in seinen Ohren. Wärme strömte kribbelnd durch seinen Körper, und das Verlangen nach Rache wie auch nach dem Sieg ließ seinen Mund austrocknen. Er trieb den hünenhaften Vanir mit bösartigen Schnitten gegen Gesicht und Brust weiter zurück und ergab sich endlich seinem Zorn. Ließ ihn seine Muskeln stärken und die Spitze seiner Klinge führen.

Er spürte den nächsten Angriff des Nordmannes und stieß das Schwert vor Desa, um sie vor einem zerschmetterten Schädel zu retten. Sein Arm bewegte sich blitzschnell, die Spitze seines Kurzschwertes bohrte sich dreimal in den Mann, in seinen Arm, seine Seite und seinen Oberschenkel.

Noch nie zuvor hatte er sich so kräftig gefühlt. So selbstsicher. Jetzt wusste er, dass dieser Mann der Anführer der Kriegshorde war. Und er wusste mit der gleichen Klarheit, dass sich da ein noch größeres Reservoir an Kraft eröffnete; er musste es nur hinnehmen.

Und trotz des klaren, wolkenlosen Himmels hörte er unaufhörlich Donner krachen. Ein Dröhnen, das seinen Kopf erfüllte wie eine durchgehende Viehherde, das von neuen Rufen und Jubel aus trockenen Kehlen noch weiter angestachelt wurde.

Es war der Jubel – so entschied er später –, der ihn wirklich vom Rand dieses Abgrundes holte. Als ihm klar wurde, dass es tatsächlich der Lärm von Hufen war.

Ein Angriff von Cimmeriern auf Pferden, die sich mit der einen Hand verzweifelt an den Mähnen ihrer Tiere festklammerten, während sie mit Keulen um sich schlugen. Sie kamen vom südöstlichen Rand der Lichtung und führten auch eine Reihe von Fußkriegern an. Große Männer, dunkel und stämmig, mit schweren Klingen und einer Wut in ihren Stimmen, die dem Zorn entsprach, der sich durch Kearns Gedanken drängte.

Sie krachten wie von Dämonen besessen in die Vanir, verwandelten die ganze Schlacht in ein Chaos. Nahmen etwas von dem Druck weg, der sich gegen Kearns Krieger aufbaute, ließen sie schnell Atem schöpfen oder schnell zurückfallen, um die Wunden ihrer Gefährten zu verbinden.

Die Vanir waren schlau genug, keine Stellung zu verteidigen, die nur in einer Niederlage enden konnte. Oder zumindest war es ihr Anführer. Der Hüne mit dem Kriegshammer brüllte so laut er konnte und zog sich vor Kearns Reihe zurück; Mordlust verzerrte sein Gesicht zu einer finsteren Maske, und an seinem Blick ließen sich beginnende Furcht und Zweifel ablesen. Kearn folgte ihm, ohne nachzudenken, noch nicht dazu bereit, den Kampf aufzugeben, den Vanir entkommen zu lassen, damit er morgen die nächsten töten und verstümmeln konnte.

Aber ein zweiter Mann stellte sich ihm in den Weg; ebenfalls ein stämmiger, hochgewachsener großer Krieger, der den Vorteil der Größe und längeren Reichweite auf seiner Seite hatte und in dessen Brust ein Pfeil steckte.

Es war derselbe Krieger, der den ersten Alarm gegeben hatte.

Im ersten Augenblick hielt ihn Kearn für einen Ymirisch. Blasse Haut, helles Haar und Bart. Dann erkannte er, dass es hellblond war, ausgewaschen von den lodernden Flammen, die nun das Rehkitz und den Toten verschlangen. Ein Mann mit etwas Aesirblut in den Adern, obwohl nicht mehr viel davon vorhanden war. Der Pfeil hatte seine Arbeit getan, aber der Mann weigerte sich einfach zu sterben. Geschwächt und von Berserkerwut in den Wahnsinn getrieben, die keinen Platz für Rückzug oder Aufgabe ließ, griff er Kearn mit einer Streitaxt und einem mörderischen Glitzern an, das noch immer in den Augen funkelte.

Kearn parierte den ersten Angriff mühelos. Er brüllte vor Wut, und seine Stimme war der Donner und seine Augen wie zwei gold glühende Scheite, die loderten und loderten und loderten.

Die Schlacht um ihn herum schien sich zu verlangsamen, als würden sich die Männer und Frauen, die um ihr Leben kämpften, plötzlich ganz langsam bewegen. Ein violetter Schimmer strömte aus ihm hervor, dessen Strahlen genauso überwältigend war wie die Kraft, die er ihm entzog und dann in einem finsteren Ausbruch zurückgab. Wieder und wieder. Sich seinem Herzschlag anpasste, während er alles andere verlangsamte. Den sterbenden Vanir erstarren ließ, der mit der hoch über den Kopf gehaltenen Streitaxt zögerte.

Kearn trat in den zweiten Hieb hinein und rammte dem Krieger das Schwert zweimal in die Brust, bevor er innehielt, um darüber nachzudenken, was um ihn herum geschah.

Und in seinem Hinterkopf wisperte voller Wut und Überraschung eine dunkle Stimme.

»Willkommen, Bruder.«

Er verstand das Nordheimisch mühelos. Das allein war schon seltsam genug, um ihn in den meisten Augenblicken hätte stutzen zu lassen. Aber die gutturalen Worte wurden auch noch von Bildern begleitet. Fragmenten, von denen Kearn einige erkannte. Sie rasten wild durcheinandergewürfelt durch seinen Verstand und ließen ihn schwindelig, wütend und verängstigt zurück.

Ein mächtiger Ymirisch, der sich seinen Weg auf dem blutigen Schlachtfeld von Taur bahnte.

Venarium, eingehüllt in einen grellen, violetten Lichtschein.

Gaud. In Flammen.

Ein hageres Gesicht, abgemagert und dünn, aber dennoch mächtig in der Art und Weise, wie die goldenen Augen plötzlich aufblitzten. Das Gesicht eines Zauberers.

Sein Gesicht.

Nein!

Kearn taumelte vorwärts, als hätte er sich plötzlich aus einem Kerker aus Bernstein befreit. Erneut riss er sich vor dem Abgrund zurück, wenn auch nur gerade eben noch, stieß den mächtigen Ruf seines Blutes von sich, der ihn um ein Haar überwältigt hätte. Alles, was er kannte und dem er vertraute, alles, das er geglaubt hatte zu sein – es weigerte sich, die Macht anzunehmen. Scheute wie ein Wolf vor einer brennenden Fackel davor zurück. Er war erschüttert.

Wütend und verwirrt.

Aber an den Vanir war nichts Verwirrendes. Sie ergriffen die Flucht und rannen wie Quecksilber durch die Finger. Ein Dutzend oder mehr erreichte den Waldrand, während ihnen ein paar Langsamere Zeit erkauften, um ein letztes Mal gegen Kearns Krieger oder die unbeholfenen Reiter anzutreten.

Kearn erspähte unter jenen, die die Sicherheit der Bäume erreichten, den hünenhaften Vanir: am südwestlichen Lagerrand. Der große Mann verschwand in der Dunkelheit eines Dornenbusches. Kearn jagte ihm hinterher. Aus dem Gleichgewicht gebracht von den Mächten, die ihn überwältigt hatten, und voller Wut über das, was man ihm in seinem Inneren antat, ließ er sich erneut vom Zorn antreiben. Er überhörte die Stimmen, die ihn riefen, und konzentrierte sich auf eine Aufgabe.

Seinen Feind zu töten. Ihn zu vernichten.

Sich zu verweigern!

Er rannte an dem Gebüsch vorbei, das Schwert hoch erhoben und mit heißem Blutdurst in den Adern. Vor ihm ertönte ein lautes Knurren und ein Aufheulen voll von verzweifeltem Schmerz. Ein Fluchen und ein Kampf gegen das wilde Knurren, das Kearn nur zu gut kannte. Nur einen Augenblick früher, und er hätte den verzweifelten, blindwütigen Angriff gesehen, als Frostpfote den Mann anfiel, der durch den Busch stürmte, in dem der Schreckenswolf Zuflucht gesucht hatte. Einen Augenblick später, und Wolfshirn wäre auf den Waldboden gespritzt.

Kearn umrundete die Büsche und seine goldenen Augen blitzten, als er die Finsternis erforschte.

Er sah, wie der hünenhafte Vanir vorwärtshumpelte, behindert von einem gewaltigen Biss auf der Rückseite seiner rechten Wade.

Er sah, wie sich der Kriegshammer hob. Bereit, auf den Schreckenswolf niederzusausen, der sich tief an den Boden duckte, um einen verzweifelten Sprung vorzubereiten.

Der Zeitablauf verlangsamte sich, erwischte Kearn wieder zwischen zwei Atemzügen. Er fühlte den wilden Lebensfunken des Vanir, der hell und heiß vor ihm brannte. Eine zweite Flamme – wütend und ängstlich – ging von dem Tier aus. Hinter ihm eilten andere herbei – das wusste Kearn.

Aber nichts spielte eine Rolle außer dem, was sich da vor ihm befand, wie auch das Wissen, dass er in seiner Wut zugreifen und das Leben des einen oder auch das beider einfach auslöschen und ihre Existenz beenden konnte.

Und er wusste, dass es ihn *wärmen* würde.

Dieses Wissen. Die Überzeugung, die ihn erregte. Das alles erschütterte Kearn bis ins Mark. In seinem ganzen Leben war nichts je so sicher gewesen, dass er dem, was er da jetzt erlebte, hätte vertrauen können. Man durfte keinerlei Dingen vertrauen, die man nicht zuvor mit dem nüchternen Auge eines Cimmeriers betrachten und einschätzen konnte, damit man sich dann sein Urteil bildete. Er zögerte, dem Ruf seiner Wut zu folgen, und schließlich zuckte er vor der mächtigen Flut zurück – und die Zeit nahm wieder ihren gewöhnlichen Verlauf. Ihm blieb also nur das letzte Echo eines einzigen Herzschlages, um zu handeln.

Er schleuderte das Kurzschwert und legte sämtliche ihm zur Verfügung stehende Kraft in diesen Wurf; die Klinge drehte sich einmal um sich selbst, bevor sie sich in die Achselhöhle des Vanir grub.

Der Hüne verlor seinen Kriegshammer, die Waffe fiel zu Boden. Der Schreckenswolf tat einen geschmeidigen Satz zur Seite, duckte sich zusammen und griff an, alles während eines einzigen Wimpernschlages. Mit einem wilden Knurren prallten achtzig Kilo gegen die Brust des Kriegers und rissen Furchen in seine Haut, während Reißzähne die Kehle des Mannes fanden und mit einem gewalttätigen Biss herausrissen.

Frostpfote folgte seiner Beute bis zum Boden, dann sprang er zurück, duckte sich erneut, wirbelte zu Kearn herum und knurrte voller entfesselter Wut.

Bereit, sich auf ihn oder die neue Gestalt zu stürzen, die mit erhobenem Bogen und mit einem auf den Wolf gezielten Pfeil herbeieilte.

»Nein!«

Kearn war zu weit entfernt, um ihn aufhalten zu können, doch er griff trotzdem zu, als könnte er den Pfeil abfangen. Seine Stimme donnerte, hallte in seinen eigenen Ohren wider. Sie traf den Mann mit körperlicher Gewalt und ließ ihn taumeln. Dabei machte es keinen Unterschied, dass er sich eben noch davon abgewandt hatte – Kearn sah, bei Crom, er *sah* es mit eigenen Augen, wie sich ein Funken aus violettem Feuer von seinen ausgestreckten Fingern löste und zu dem Bogen raste, die gespannte Sehne einfach zerschnitt.

Ein Ende peitschte dem Mann ins Gesicht und er ließ die zerstörte Waffe fallen.

Kearn stand da und keuchte; sein Verstand versuchte zu erklären, was er da gesehen hatte. Was er in diesen letzten Augenblicken erlebt und was er getan hatte. Ihm wurde auch bewusst, dass er dem Wolf den Rücken zugewandt hatte, dem Wolf, der ihn noch immer mit einem leisen Knurren bedrohte. Aber er bewegte sich dennoch nicht. Er wartete auf das, was der neue Krieger tun würde. Wie er reagieren würde. Bereit, sich einem Angriff zu stellen. Mit Sicherheit öffensichtlich bloßgestellt.

Kearn aber hätte niemals auch nur annähernd gedacht, dass der andere Mann lachen würde. Wehmütig. Beinahe ungläubig. Sich mit einer großen Hand das halbe Gesicht haltend, schüttelte er den Kopf.

»Wolfsauge. Das konntest ja nur du sein.«

Frostpfote sprang und landete neben Kearn, setzte in kurzen, mächtigen Sprüngen weiter nach vorn, um dann genau zwischen ihnen geduckt innezuhalten, Kearn den Rücken zugewandt. Er knurrte und schnappte, trieb den anderen Mann einen guten Schritt weiter zurück.

Der Krieger führte langsam und vorsichtig die Hände an die Seiten. Ohne jede bedrohliche Bewegung.

Kearn erstarrte fassungslos.

Und erkannte endlich Häuptling Cul von Gaud.

Lesen Sie weiter in:
Loren Coleman: Das Lied der Sieger

Danksagung

Es war eine schwere – wenn auch befriedigende – Aufgabe, die Geschichte aus *Das Blut der Wölfe* fortzusetzen. Das lag hauptsächlich daran, dass ich wusste, was ich Charakteren antun musste, die mir wirklich ans Herz gewachsen waren. Aber so sieht nun einmal das Leben im rauen, gnadenlosen Cimmerien aus. Und ebenso ist das Leben eines Schriftstellers. Ich möchte den folgenden Personen dafür danken, dass sie mir das deutlich gemacht haben und ihren Anteil daran hatten, dass die Saga weitergeht:

Alle bei Conan Properties International – Theodore Bergquist, Fredrik Malmberg, Jeff Conner und Matt Forbeck. Und Ginjer Buchanan bei Ace Books für ihre unablässigen Bemühungen.

Meinem Agenten Don Maass. Dean Wesley Smith und Kristine Kathryn Rusch für ihre fortwährende Unterstützung. Und Randall Bills, der jederzeit ein offenes und kritisches Ohr für meine Ideen hat.

Und wie immer danke ich meiner Familie. Meinen Kindern Talon, Conner und Alexia, die immer zur Stelle sind, wenn Dad eine Pause braucht. Heather, meiner Frau und meiner Partnerin, die auch diesmal wieder jedes Wort gelesen hat und nützliche Kommentare fand. Und den Tieren, die auf ihre Weise zu allem beigesteuert haben, indem sie einem (auf ihre Weise) viel Aufmerksamkeit schenkten – den Katzen Chaos, Ranger und Rumor, und unserem neurotischen Bordercollie Loki.

Euch allen vielen Dank.